吴克敬获奖作品选

五 味

吴克敬 著

西安出版社

图书在版编目（CIP）数据

吴克敬获奖作品选：五味 / 吴克敬著. —西安：
西安出版社, 2011.12
ISBN 978-7-80712-867-0

Ⅰ. ①吴… Ⅱ. ①吴… Ⅲ. ①中篇小说—小说集—中国—当代②短篇小说—小说集—中国—当代 Ⅳ. ①I247.7

中国版本图书馆CIP数据核字(2011)第263356号

吴克敬获奖作品选
五 味

编　者	吴克敬
出版发行	西安出版社
社　址	西安市长安北路56号
电　话	（029）85253740
邮政编码	710061
印　刷	西安建科印务有限责任公司
开　本	700mm × 1000mm　1/16
印　张	18.75
字　数	237千
版　次	2012年1月第1版 2012年1月第1次印刷
书　号	ISBN 978-7-80712-867-0
定　价	26.00元

序

薛保勤

克敬获奖作品结集出版，可喜可贺！

克敬与我相识、相交、相知多年。虽不常见，却彼此关心、彼此关注、彼此关照，彼此为彼此取得的每一点成绩而欣喜，所谓君子之交、心有灵犀。克敬勤勉、执着，把文学当情人、视文学为生命，几十年笔耕不辍，他的作品深沉厚重，关注民生；真诚拙朴，有着浓浓的泥土气息和人文情怀。特别难能可贵的是，在这个物欲横流、信息泛滥的今天，他始终目光向下，从老百姓的生活和历史元素中挖掘、提炼、反思、升华，以其独特的视角将其生动地“再现”。作品中流淌着一种难能可贵的声音。近些年，克敬厚积薄发、精品迭出、屡屡获奖，名满业界。但他依然执着、依然执迷、依然平和、依然平实、依然平民；依然敏锐、依然机智、依然灵动、依然勤奋、依然勤勉、依然勤恳。《吴克敬获奖作品选》即将出版了，他嘱我作序，盛情难却，以一首《走近延安》的回望诗助兴，是为序。

走进延安

走进延安
带着久违的期盼
再听听苍凉的信天游
在看看奔放的山丹丹

走进延安
带着对红的眷恋
看一眼杨家岭的五角星
吃一口老房东的小米饭

走进延安
带着对奋斗的感念

握一握南泥湾的老镢头
刨几颗香喷喷的山药蛋

走近延安
带着鱼水情深的甘甜
摸一摸那块人民救星的匾
重温为人民服务的庄严

走近延安
我知道
群众是本
乡亲是船
民心是天

走近延安
我明白
成功的背后
有邻家老汉送的军粮
有房东大婶纳的鞋垫
还有手推车、小米饭、
信天游、山丹丹……

走近延安
我懂得
什么是胜利的先决条件
什么是人民做主的江山
人民有情　江山无限

走近延安
我清醒
忘记过去就意味背叛
谁忘记了历史
历史就会让他加倍偿还
饮水更当思源……

目录

渭河五女

上篇

01

“噢——过河了。”

第一个由河柳掩映的沙土小路上奔上沙堤的是凌琴琴。她一看到那在广漠的沙滩中心里被阳光照得闪耀着金光的渭河，便情不自禁地喊了一声。扭回头，朝绿茵茵的垂柳遮挡住的小路高声欢悦地催促：“姐妹们，快走呦，步子跷大些——”

她脱掉鞋袜，提在手上，高高地挽起裤脚，转身跑进堤外的沙滩，一直奔进清亮的渭河里。

今年入夏以来缺雨，渭河只剩下这瘦瘦的几绺儿。河水很清，可以看见河底的沙子和石子。蓝天和白云一齐落到水面，被洗刷得洁净而轻柔。凌琴琴站在一朵云彩上，凉津津的河水在她的腿肚子上翻着细碎的浪花；河面上映出她那红扑扑的脸庞，一双黑乌乌的眼睛熠熠闪光，生动极了。她嬉笑着用脚蹬，用手撩，那可爱的影子却并不顺水漂走。一只翠绿色的水鸟，在她的身边擦着水皮儿飞过，她喊叫着追了几步，水鸟鸣叫着钻进高高的蓝天里去了。

长长的沙堤上又出现了两个女子。那高高大大、结结实实、一副运动员身材的是司马爱云，她身边身材娇小玲珑的叫谈小凤。谈小凤显得娇嫩而妩媚，白白净净，模样俊俏而可爱；墨黑的头发在脑后用一方花手帕扎住，蓬松着像马尾巴似的甩动，脚上的半高跟乳黄色塑料凉鞋，使她走路显得小心翼翼。她们一路走来，一路争论不休。

“噢——噢——噢——”站在河里的凌琴琴向她们呼喊着，摇晃着手臂。

谈小凤噘了噘嘴，说：“看把她美的！她学习挑梢儿，知道自己能考上。烧包儿！”

司马爱云说：“不单是为这哩。”

“还有啥？”

“人家男朋友今日个准定也去看榜呀，要演一出七夕会哩，能不高兴吗？”

“你悄声些！琴琴听见了，看把你骂死呀。”

“哈呀，骂就骂吧！让我捏着鼻子叽叽哝哝说话，把我憋死了。”

谈小凤笑了，一拽司马爱云说：“快走。”

爱云却扭身向后边的垂柳丛中瞧瞧，犹豫地说：“咱们等一等玉惠和九月吧……”

“走，到河边上一块儿等。”谈小凤说着，拽扯着爱云连颠带跑地奔向了堤外。

又一个女子登上了沙堤，这是王玉惠。她是这群女子中年龄最大的，二十一岁。她梳着两条长辫子，略长的脸儿黑里透红，淡淡的眉毛，细长的眼睛，厚厚的嘴唇，显得端庄而贤淑，在这群女子中像个大姐姐。她在沙堤上站住了，看见河边的姐妹们向她招手呐喊，只是无声地笑着向她们摆手，示意她们等一等。她在沙堤上等待着落在最后边的吴九月。

吴九月从河柳丛中的沙土路上走出来了。这是一个很不惹眼的农家女子，矮矮的个子，很瘦。因患小儿麻痹而落下残疾的左腿，明显地瘸着，使她怎么也无法赶上前边的伙伴们。看到了在堤上等她的玉惠，她擦了擦头上的汗珠子，微笑着说："玉惠，你头里走吧，我慢慢赶你们。"

"要过河了，咱们一块儿走。她们三个在河边等着咱们哩。"

说着，玉惠伸出手来扶着九月走进了河滩。这里是渭河的河道，现在却袒露出来了。大大小小白的、青的、花的石子儿赛跑似的向左右铺开，广漠而遥远，似乎直通到蓝天相接的地方。

玉惠扶着九月艰难地向河滩中心走着。九月却叹了口气，说："不是你们四个一再叫我，我是不会进县城看榜去的……"

"怎么？担心选不上吗？九月，你是咱们县中有名的高才生呀！要说哩，除了你和琴琴两个人，我们三个才是碰运气呢！"

"实给你说，我参加高考，只不过是想检验一下自己的学习成绩……"

玉惠微微吃了一惊："为啥呢？"

九月望着玉惠苦笑了一下，说："就是把我初选上了，哪个学校能招我这个残废人呢？"

"不会的！不会的！只要选上了，就……"

"玉惠，前几届高考录取你没注意吗？我可是早就注意了。这事有得是。"

"真的吗？"善良的玉惠心里一阵悲哀。她瞧了一眼九月瘸着的左腿，又赶忙把脸扭开。老天爷，可不敢这样干哩。她想：如果真正是不录取残废人，那，那样干脆不要初选上；初选上了又不能录取，这要比初选不上还让人伤心，难过！"不会的，怕不会那样吧……"

"玉惠，你念啥经呢？什么不会呀？"站在河水里的凌琴琴有点焦急地呐喊，"快过河，再迟了就赶不上进城的班车了。"

"呐喊啥？"高个儿的爱云瞪了琴琴一眼。她已经脱了鞋袜，裤腿挽到大腿上。当玉惠扶着九月一到河边，她就蹲到了九月的面前，高声叫道："来，过河！"

吴九月爬在了爱云的脊背上，司马爱云迈着有力的步子过河了。玉惠和小凤走在她们的两边，一人搀扶着爱云的一条胳膊；站在河水里的琴琴，噼里啪啦地蹬着河水跑过来接应……她们已经这样过了三年渭河了。

三个女子一台戏。这五个沙柳滩上的女学生在渭河上喊叫着，吵嚷着，嬉笑着，比一台戏要热闹多了……

02

小小的县城里到处挤满了人，简直快要把县城憋破了。

大街小巷、百货大楼、供销商店、饭店、餐馆、个体户的门面里都拥实了。一街两行的凉粉摊子、面皮摊子、卖豆腐脑、炸油条麻花的各种吃食前，人挤成了疙瘩；钱从人缝隙里递，碗由人头上过。呐喊、招呼、争吵、粗鲁的叫骂和工商管理所宣布惩罚条款的高音喇叭声搅在一起，大街上充满了喧嚣。

一个干瘦的农村老汉被人流挤得东倒西歪；怕被挤失，草帽揽在怀里。他急急巴巴地向人打问："今日个县城有物资交流会吗？请西安易俗社的戏了没？啊？"

有人扒在他耳朵边大声喊叫："老者，啥会都没有，净是学生娃和他们的亲戚朋友，来看考大学的初选榜哩！"

"噢，噢。"老者恍然大悟，张开没牙的嘴笑了，"难怪说哩……"

这几年，大学高考越来越牵动更多的人了。不仅是高考参加者和他们的父母亲，他们的舅家、姑家、姨家、朋友、订了终身的对象以及没有言明的相爱者，也都比关心其他国家大事更牵心高考的结果了。所以，一年一度的高考初选公布的日子，变成了小县城最拥挤、最热闹的日子了。县人民政府大门两侧的公告栏，是连续几年张贴高考初选入选红榜的地方。从一清早起，那里的人就拥成了疙瘩，一拨儿拥上来，一拨儿像潮水似的退走；叫的、喊的、笑的、哭的、骂的吵嚷成一团。一个戴着眼镜的姑娘好不容易挤到了前边，可她的眼镜却挤掉在鼻梁上，什么也看不清了。她想用手推一推眼镜，但两只胳膊被旁边的人夹得怎么也抽不出来，她急得直央告旁边的人："给我把眼镜往上掀掀……"另一个显得有些呆气的男学生，被人流推到楼前，但他被吓得失去了在红榜上寻找自己名字的勇气，两只眼睛紧紧地闭着，反而让别人去看他的名字有没有……

当我们那五个沙柳滩的女子来到县城的时候，太阳已经端了。这时，县城里最拥挤的时辰已过去了。看榜的学生们和他们的亲戚朋友欢笑着、沮丧着、争执着、沉默着慢慢地向城外退去了。她们五个顾不得饥渴，照直奔向县政府门前，挤进了红榜前已为数不多的人群里。

留着短头发、身材健壮的司马爱云站在最前面。她只用眼睛急速地在榜上一扫，就立刻知道自己落选了——根本不必一个人名、一个人名地去看嘛，自己那四个字的名字放在一般是三个字的行列里，是非常容易找到的。没有四个字的名字！他妈的！县中女子排球队队长在心里骂自己：把时间都在排球场上跑光了，这榜能有自己名字那才怪哩。净是县体委那帮家伙日弄得我把学习耽搁了！她一跺脚，气哼哼地往人群外挤；踏了别人的脚，惹得人家翻白眼，她也没管没理。

王玉惠和吴九月站在人群的边上，从人缝隙里往里看。突然，玉惠喊了起来："九月，快看，有你哩——那不是，第四行第七个，吴九月！"

吴九月踮着脚尖往里瞅。她个子太低了，除了最上边的两三行字，下边的她根本看不见："你再看，还有咱们谁呢？"

"没我。"玉惠的嗓音哑了。她红着眼圈儿，拽着九月来到站在一边双手叉在腰里的司马爱云身旁，眼泪在眼眶里打着旋儿。

"哇——"人群里有人大声哭出来了，是凌琴琴。她双手捂住脸，哭着冲出人群，发疯般地沿着街道往下跑去。爱云、玉惠、九月愣了一下，喊叫着追过去。小凤看清了自己也榜上无名，也跟着追上来。街道上的人乱了，都追着看这几个女子，大声评论的、叹息的、怪叫的，一阵骚动。

追到县人民银行门口的时候，爱云一把拉住了琴琴，不容分说地把她拉到了一家挂满成衣的摊子后边。她把琴琴挡在自己身后，扭身朝着围观的人群恶狠狠地嚷："去去去！有啥好看！不就是没考上大学吗？没考上的多得是！你们屋里的人明年、后年考不上，也会哭给你们听的！”

人群慢慢散开了。几个女子挤在了一堆劝琴琴。

“没啥，没考上就没考上。考上的说不定还是后门上去的呢。”谈小凤说，“我也不伤心，伤心也不顶啥。我就知道我考不上。”说毕，她望望其他四人，问：“怎么，现在你们打算咋办呀？回去吗？我说，咱们都到我二姨家里歇歇脚去，咋样？”

四个人都没回答。她们知道小凤她二姨在县酒厂里工作，就住在街北巷里。谁有心思现在串门子去呢？

小凤说：“你们不去了我去呀，我今日不回滩上了。”

“你去吧。”玉惠说，“我们一会儿就回去了。”

小凤拽拽衣服，掸掸身上的土走了。九月从口袋里掏出叠得四四方方的手帕，给凌琴琴擦了脸上的泪水，四个人沉默着向县东关走去。才走到刚建起不久的影剧院门口，就听有人大声呐喊：

“凌琴琴——”

四个人扭头一看，在影剧院那水磨石台阶的最高处站着一个小伙子。玉惠、九月、爱云在学校里都见过他，知道他爸是县文教局局长。

那小伙相当潇洒地一甩头发，洋气地向琴琴招手。

凌琴琴漂亮的脸蛋一下通红了。司马爱云霎时明白了：那人一准是琴琴的男朋友。她一推琴琴：“去吧，我们不等你了。”

凌琴琴不好意思地磨蹭着向影剧院走去。玉惠、爱云、九月继续往前走。刚走几步，司马爱云忽然大声说：

“走！咱三个去下一回馆子！”

03

三个沙柳滩里的女学生在一张塑料贴面的餐桌前坐下了。

这是她们一生里第一次下馆子，都有些拘谨。吴九月看看王玉惠，玉惠又瞧瞧司马爱云。到底还是女子排球队队长在校外闯荡过几回，她咬咬嘴唇，轻轻一拍桌子说：“好，看我的！”她朝着走过来的个体户店主伸出三个指头，大声吩咐："给我们炒三碟碟菜，有肉的，一人一碗米饭……"她朝旁边的那张餐桌上瞅瞅，见人家桌子上摆着一瓶"秦川大曲"，便抬头往酒橱看了看，又咬咬嘴唇，沉吟了一下，"嗯……再提上一瓶酒，要红的，就是那葡萄酒！"

饭、菜、酒上齐了，司马爱云一伸手拿过酒瓶，给三人面前各斟了一杯，大声提议："我说，这第一杯子酒祝贺咱九月，她给咱沙柳滩上争了光，是咱村里第一个大学生了！来！"

吴九月慌了，两只手一齐捂在酒杯上。她明白自己虽然初选上了，可被录取却是不可能的。这种深深的痛苦被爱云的提议搅上来了，她眼睛一阵湿润，慌乱地说："别，别，我不会被录取的……我的腿……哪个学校能要……"

玉惠的眼泪忍不住冲出来了。自己没有考上，她难过；可她更为九月初选上了不能被录取而伤心。她在桌子下边轻轻踢了爱云一下，提醒爱云不要刺激九月。

司马爱云明白了。她瞪圆了眼睛，凶狠狠地一拍桌子，说："如果真是那样，我就要写信告去哩，给中央告！"

九月忙一拉她，说："国家培养大学生，花不少钱哩。一个残废，唉，国家划不来……"

"反正，真的是那样，我就要告哩！现在教育部长是谁？我就告他哩！"

九月不想再说这个话题了，她想起来，上了三年高中，是爱云和玉惠、小凤、琴琴在渭河上把她来回背了三年；这个恩德太重了，比秦岭山还要重。她啥时节想起来心里就发烫。她高高举起酒杯，对爱云和玉惠说："这一杯酒算我感谢你们四个人三年里对我的帮助吧！喝了！"

"啥话！我不喝！"

"九月，你怎说那种没味的话呢？"

酒又放回桌子上，谁也没有喝。她们开始吃饭了，没滋没味。

好一阵，九月对两人轻轻地说："你们还是别灰心。今年不行了，还有明年哩，再复习一年吧。"

爱云一甩运动式的短发，干脆地说："我不考了，就那一点点饭，挖抓得人头都挤破了，何必再添一个我呢？”

“你呢？”九月又问玉惠。

玉惠多么想读书呀！能复习一年，明年肯定会比今年考得好一点的，或许，明年能考上；可是，不行呀……她猛然放下筷子，一把抱住了九月，把嘴紧紧压在九月的胳膊上，不让自己哭出声来；泉涌似的眼泪很快就浸透了九月的布衫。她早就许人了，她爹连她今年高考都不同意呢，还能说什么明年呢！“三虎他爹两眼瞎了两三年了，人家急着要人哩……”

九月和爱云一起默然了。

很久，爱云终于又端起了那杯红莹莹的葡萄酒，低沉地说：“来，为咱们结束了的学生生活，喝了！”

……

店主人过来清账了：六块三角八分。爱云两手把九月和玉惠一挡：“今日个算我请客！”她从兜儿里把所有的钱都掏了出来，一数只有五块零三分，“把你家的！弄的这事！你两个谁有钱，把剩下的垫上。我以后办了鸡场，或许其他啥场子赚了钱，一定会还给你们的。”

04

太阳偏西的时候，吴九月挎着一只大竹篮子，篮子里放着磨得雪亮的大草镰，由村里蹒跚地走出来，到一片碧绿的滩地里去打猪草。这几年粮食不缺了，家里养了七八头猪。只要她在家里，每天这个时候，她总要替父亲去打一筐猪草。

她的心情是平静的。那天，她和司马爱云、王玉惠回到沙柳滩里，分手的时候，爱云说：“高考的事就这样了结了。从今往后，咱们谁也不能淌眼泪。眼泪淌干也不顶啥！咱要刚邦硬正地生活哩，不能让人笑话。往后咱们几个要互相帮助。说话算话！”的确，这几天九月没有掉过一滴眼泪，她早就想通了。自己的名字上了初选榜，说明自己的学习成绩是令人满意的，对得起供自己上学的父母亲，对得起生养自己的沙柳滩了。因为残废不能上大学，又能算什么呢！天底下路多得很。九月觉得在这偏僻的沙柳滩上，有着属于自己的道路。

打猪草的劳动是畅快的。在大自然的怀抱中，她思索着，寻找着自己的路。

太阳西沉了。九月前倾着低矮的身子，挎着沉重的、塞满青草的大篮子来到渭河边上。她站在清亮的河水里洗着身上的汗水和泥土，惬意极了。巨大的太阳沉落在遥远的渭河上游，西边的天空里飞起了无数朵红色的云霞。远远的蜿蜒流来的渭河，河面上闪着灿烂的橘红色，仿佛是一河绚丽的胭脂。河北拔地而起的黄土塬在晚霞里更加古朴雄浑，苍茫的塬根下冉冉升腾着淡淡的雾霭。河南辽阔的河滩地里，秋庄稼长得齐楚楚的，堤内婆娑的垂柳在晚风里舞动着长发。草滩上一群又一群的羊群缓慢地移动，就像是朵朵白云在大地上浮游，这是辛苦的牧羊人回村去了。绿树完全笼罩着村庄的上空，浮起一大片白色的炊烟，亲切地向庄稼地里的人们在召唤。再向南，平时清晰得每一道山峁都可以看清的秦岭山，此时变成了蓝乌乌的了，浓重的阴影马上就要把大山吞没了。

啊！多么美丽的家乡，多么可爱的沙柳滩！九月想，我一生一世都不离开这生养自己的地方，一种要为此而献身的庄严神圣的感情在她那瘦小的胸膛里涌动。

她挎起草篮子回家。沿着河湾刚刚转了一角，她看到一群赤条条的孩子仍在河里扑腾着，打闹着，追逐着，水花飞溅。

九月大声地吆喝："噢——天黑啰，回家啰——"

"噢——噢——"

水里的孩子们听到九月的呼喊，一齐大声地呐喊着，奔上了岸，他们身上的水珠子在夕阳下闪耀着点点的红光。他们瞅着等待他们的吴九月，突然，有个孩子轻声叫了个"一、二"，这伙孩子们便一齐跳着，蹦着，一哇声地整齐地喊起来：

吴九月，真个佯，
走起路蛮晃荡，
不怪自己一腿短来一腿长，

倒怪是路修得不光堂。

喊完，孩子们又放肆地大声笑起来。

九月一下子愣住了。那怪声怪气的喊叫和笑声那么刺耳，仿佛是无数支锋利的箭，一齐射在了她的心上。泪水猛地涌上来，模糊了她的双眼。自己的缺陷成了别人嘲笑和取乐的对象，而且是这么一群不知世事的娃娃们！有什么能比这更让人痛苦和难堪呢？

她站着，久久地一动不动。

这就是自己喜爱的孩子们吗？

九月爱孩子们。在她填写的高考志愿中，第一志愿就是师范学院。尽管同班有的同学嘲笑她胸无大志，可她不改初衷：将来，在沙柳滩上第一个当上人民教师。沙柳滩从来没有过学校。这里很穷。解放前夕，从四州八省逃荒而来的人们聚集在这里，才有了这个不大的村落。老一辈的庄稼人几乎都是睁眼瞎子。九月和其他几个姐妹都是成天奔跑着在五里路以外的清河湾上的小学。从她背起书包上学的时候，她就执拗地认为沙柳滩应该有一所学校。

九月决心要在沙柳滩当教师的起因，是一件很小的甚至是可笑的事。前年的一个星期六傍晚，她和四个姐妹蹚过渭河回到沙柳滩。就在村头家的门前，有四五个年龄不等的妇女们正在那里哄娃说笑。她们走过这里的时候，妇女们热情地向她们打招呼。她看到一个中年妇女怀里抱的娃娃十分可爱，上前逗了逗他，问他会说话不。那妇女不无炫耀的口吻说："会说，还会骂人哩。"说着就鼓励她的孩子："骂，骂你姨姨，看我娃会骂人不？"那个可爱而活泼的孩子，果然张开了红润润的小嘴骂上了。

啊呀！孩子骂人的话咋是那么粗俗、低级！

一个孩子骂开了，一群孩子竞相比赛，稚嫩的骂声喊成了一片。孩子们的母亲或他婆也都开心地笑了，连连夸奖着："我娃能成了，真是个乖蛋蛋娃呦！"

九月看着这个场面，听着孩子们的骂人声，心里涌上了深深的悲哀和痛苦：这就是沙柳滩上孩子们最初的启蒙教育吗？这是多么愚昧呀！

就是从那个时候起，她萌生了要在沙柳滩上当一个人民教师的愿望……

河滩上，那伙娃娃还在怪声怪气地喊叫着：

吴九月，瘸，瘸，瘸，
东摇西摆打趔趄，
摇过来，
摆过去，
鸭子和你比赛哩。

九月认出来了，那领头喊“一、二”的孩子是凌琴琴的侄子小琪儿。他见吴九月向他们望着，反倒做着鬼脸儿越喊越起劲了。

终于，九月扭回头往村里走了。她那两条消瘦的双腿，仿佛一时间变成了生铁，变成了石头，几乎要拖不动了……

05

王玉惠的家坐落在沙柳滩的尽西头。河滩里的村庄与其他地方的村子不同，散乱而一家离一家较远。这里的住户并不多，可村落却散漫地扯开了二里来路。

那天，从县城里看榜回来，玉惠一迈进那整洁而亲切的院落，半天来心里的悲苦和痛苦就再也压不住了。她爹、她妈正在院子里拾掇柴草，一见女子回来，两个人一齐丢下手里的杈耙，急急地拥过来；她爹急巴巴地问女子到底考上了没有，她妈却操心女子出去一天是否饿了肚子。玉惠什么话也没有说，从两位老人的面前跑过去，进屋就关了门，一头扑在炕上，放声大哭起来。

听到女儿悲切的哭声，两位老人愣了一下，互相交换了眼色。一切都明白了。玉惠妈叹息了一声，知道劝说女儿也不顶用，用围裙擦着发红的眼圈到灶房去了。

玉惠爹挨着墙慢慢地圪蹴在脚地里。他从后腰上摸出巴掌长的烟锅，“吧嗒吧嗒”地吸着。一辈子忠厚而讲信义的老汉，在对待女子高考的问题上，内心里是十分矛盾的。他知道玉惠爱上学，那几年家里困难，他宁肯把玉惠她哥的学狠心停了，让他在家里挣工分，也没忍心让玉惠回来，一直把她供到高中毕业。他清楚女子一心想上大学，上大学才是鲤鱼跳龙门哩，农村娃想吃国家饭只有这一条路咯！可是，他又担心甚至害怕女儿考上大学。如果那样，他怕对不起在他家困难时帮助过他的同村的亲家。按乡俗，在玉惠十二三岁时，他就给她和世勤老汉的小子三虎定了亲。世勤是和他当年一起由河南挑着担子逃荒到这里的。那几年他困难时，世勤在钱粮上没少帮他，这恩德他一直在心里记着。如果玉惠考上大学，这亲事还能成吗？现时不管男方女方，一出去吃上国家饭，就和家里原来定了亲的对方扯断关系的事真是太多了！真的那样，他觉得无论如何对不住亲家，良心上过不去；他做不出那种让人骂先人和指脊背的事。特别是两年以前，世勤的老婆下世了，世勤本人两眼也瞎了，玉惠要是再考上大学和三虎把亲事一断，那不就是给人雪上加霜，心口插刀子吗？所以，他心里又希望玉惠考不上大学。亲事瞎不了，他的良心上也就安然了。

尽管如此，此刻房里女儿悲切的哭声，依然使他非常难受，他几乎要淌出泪来了。他唏嘘了几下，揉了揉发酸的鼻子，隔着窗子絮絮叨叨地劝说玉惠：“……惠惠，哭吧！把难过都哭出来心里就畅快了。爹知道你的心思。唉！只怪国家办的大学门太小了，进不了那么多人……话说回来，都去念大学干国家事了，谁又种庄稼呢？总还得有人种庄稼哩嘛。世上的事就是这么个，不能都按各人的心思来。惠惠，你要想开些，万事不能光想一面。那年，让你上学，让你哥回来劳动挣工分，他也哭得鼻涕眼泪，可时间一长，惯了也就行了。你如今总比你哥多念了几年书，你要能想来事哩！还有，你也知道三虎屋里的情况，爷父两个过日子，屋里没个女人，吃不到嘴里，穿不到身上，唉……惠惠，哭一哭就对了，爹心里也难受……”

老汉圪蹴在窗下，啰啰嗦嗦地说着；说到后来，自己也忍不住了，两行浑浊的眼泪由皱纹围满的眼窝里涌出来，掉在脚地里。

屋里，玉惠的哭声由大变小了，成了抽抽咽咽；又过了很久，屋门开了，她走了出来。她的略长的脸颊上还挂着泪珠，站在父亲的身边，低声说："爹，你甭难受。我没啥，我能想开的。那阵，我和九月、爱云都说了的，回来决不哭，可一进屋就又忍不住了……爹，你的心思我知道，你也再甭说了……"

……

两天里，玉惠一直没有出门。她把过去上学用的书、本子拾掇整齐，装进一只纸箱里，收拾起来了。然后呆呆地坐着，既没有到责任田里帮她爹她哥做活，也没帮她妈做家务，只是拧着眉毛思量什么。第三天的晚上，全家人喝毕晚汤，她慢腾腾地来到爹妈面前，两只手揉搓着垂在胸前的辫子，很有主意地说：

"我明天过去看一看。"

老两口看着女子，一时不明白她要到哪里去，去看什么。

"我到三虎家去看一看。"玉惠又说。

老汉老婆明白了。他们明白了这三天来女儿思量的是什么了。一块石头落了地。唉唉！女子终究是明白娃，在咱王家门里是不会出那种忘恩负义的逆种的。他们第一次用看待成年人的目光瞅着女儿，心里有一种宽慰而不无骄傲的心情，想笑一笑，却又同时觉得喉咙发涩，鼻子尖儿发酸，于是，感情深沉而颇为庄严地互相交换了个眼色，点了点头，什么话也不必说了……

06

一清早，玉惠就到三虎家去了。

她换了一身干净衣服，上身是紫色小花的确良衫子，下身是条蓝布裤子，脚上穿着自己做的黑灯芯绒带袢儿的布鞋，浑身显得清清爽爽。她右胳膊弯里挎着一只篮子，篮子里盛着她妈攒下的白花花的鸡蛋，上面苫着一条蓝花儿毛巾。三虎家就在本村的东头，一会儿工夫就能打个来回，但老两口却郑重地把女儿送出了院门，就仿佛玉惠是出远门去一般。

她妈说："去了和你世勤伯多说说话。把早饭吃了再回来，不要去打问一下转身就走。噢，记着，甭羞脸答答的……"

她爹说："你世勤伯现在家境不好，眼睛一瞎心思多，你要把话给他说到心里。啊？惠惠，爹的话你能记住吗？"

玉惠点了点头，往村东头去了。黎明时的嘈杂和喧嚣已经过去了，上学的学生们早到了地里，沙柳滩里此刻呈现出一种柔和的安静。夏日的清晨凉津津的，晨风徐徐地吹来滩地里的潮气，太阳还没有从地平线下钻出来，东方的天际里白亮而洁净。

玉惠下了一个坎儿，沿着一条水渠埂往东走。她明白她爹的话里的全部意思，那就是要她明白地告诉世勤伯和三虎，她不会远走高飞，让他们放心，她是他们庄稼院里的媳妇。对于这个，她似乎没有什么难言的痛苦；她那天回到家里后的痛哭，只是沉痛地惋惜自己再不能上学了，是她在心里和无忧无虑的学生生活诀别。在她十二三岁的时候，父亲为她和三虎定了亲，那时，她根本不懂得这意味的是什么，后来，女伴们总是把她和三虎联系在一起说笑，这才使她渐渐明白是怎么回事。沙柳滩的生活告诉她，比她大的女子们都是这样：订婚，结婚，做饭，生娃，养娃，和男人们一起过日子，操持家务。她妈是个贤惠而识大体的女人，从她能记事的时候，她看到母亲总是围着锅台转，围着父亲转，围着她兄妹转，似乎惟独忘记了自己。玉惠在这种环境里长大，她自然地接受了这种规律，确认自己将来也应和母亲一样生活。尽管她上了高中，在县城开阔了眼界，丰富了知识，但是，她从来没有想过要和三虎扯断那根联系着他俩的红线。她继承了爹的忠厚而讲信义的品德。人怎么能做那种不讲良心，不讲道德的事呢？只有陈世美才做那种事哩！……

走完了那段短短的水渠埂，在经过两家庄稼院门前时，一位正在门口石圈井台上用扁担吊着水桶打水的妇女看见了她，诧异地问："玉惠，你这是到哪里去呀？"

玉惠略长的、黑红的脸膛更红了，她拖长声音"嗯"了一下，想撒个谎过去，但终于没编出来，轻声说："去看看我世勤伯……"

"呦，去看三虎呀！提的是鸡蛋吧？提上鸡蛋看女婿哩，没过门就是个乖媳妇。”

玉惠不敢再搭话了。农村妇女说笑，说的粗话比男人更厉害。她把鸡蛋篮子倒了个胳膊，低着头匆匆走过去了。

从她懂得了和三虎的关系以后，已经多年没有去过三虎家了。三虎小学毕业以后，没有考上中学，他们见面也是很少的。有时星期六下午她从学校回来，或者是星期天下午她背着馍馍口袋去县城，偶尔会在三虎家简陋的土坯门楼前碰见他，但双方都立刻红了脸，低下头，连个招呼都不打就过去了。

玉惠总记着这样一件事：那是上小学五年级的时候，一个冬天的早晨，天还黑着，她和几个女伴往青河湾学校去。刚走到半路，一个女伴突然失声大喊：“有狼哩！”扭身就往回跑。玉惠什么也没看见，但也惊呼着和伙伴们没命地跑。刚跑了几步，脚下一绊就摔倒在地上了。她惊诧地大声哭喊。就在这时，一个男生从前边冲上来了，他大声地喊着壮胆，手里拼命地抡着书包，直冲那黑乎乎的狼面前，狠狠砸了几下。突然，却笑着喊叫：“啥狼嘛，是四爷家的黑吊尾巴狗哩！”他跑过来搀起了她。当两人互相认出对方时，三虎红了脸，把甩掉在一边的书包递给她，转身就跑了。这一场虚惊，惹得很多女伴取笑她：“是女婿把你从狼嘴里救下的哩！”从那时起，三虎那勇敢的、抡着书包扑上来的身影就永远印在她心里了……

玉惠来到三虎家门口。那简陋的土坯门最近拾掇了一番，砌了少许的红砖，使人感到了新的生气。门板依然是白茬子，没刷漆。玉惠在门口略略停了一下，往两边看了看，见没什么人，红着脸推开了院门。

院里，站着一位身材高大而腰却完全佝偻的老人：腰里缠着黑布腰带，衣裳很脏，胸膛和袖子的污垢明光光的，袖口吊着索索的布襟；头发花白了，胡子花白了，枯黄的脸上两只失明的眼睛全然无光。玉惠一阵慌乱。小时候她一直是称呼他世勤伯的，现在似乎不应该那么称呼了，可是她却怎么也叫不出那一声“爹”来。她嘴里胡乱地轻轻咕噜了一下，走上去扶住了老人的一只胳膊：“我爹妈让我过来看你哩。”可能是对于玉惠的到来意外地激动，老人那花白的脑袋痉挛似的摇动，扶着拐杖的粗大的手颤抖着。

玉惠在扶着老人向房里走的时候，她迅速地一眼扫遍了整个院落。在沙柳滩的庄稼院中，这应该算是一个宽敞的院落了，但却空旷而杂乱。稻草、麦草、玉米秆堆在西边墙根，却拉扯得半个院子都是的。东墙边两棵大柿子树，浓密的枝叶遮蔽了半个院子，树下是一堆刮过灰浆的半截砖头，缝隙里已长出了青草，这显然是主人准备派什么用场的，因为无心操持而年久地堆在了这里。院里听不到猪娃的叫声，没有喂猪；除了一只安静地躺在那里吐着舌头的黄狗外，院子里连一只觅食的鸡也没有。

四间偏厦隔成三间，一间是灶房，另外三间扎成一明两暗。啊呀呀，屋里更乱得使人没法睁眼了。陈年旧月的窗户纸已经破烂，两盘炕上的被褥都翻得乱糟糟的，铁块似的油黑，炕烟把整个屋子熏得黑黄，墙没有一张彩色的画，乱七八糟地钉了许多钉子，挂着零七碎八的家什；脚地里摆着大小瓦罐，小板凳翻倒着，东一只、西一只扔着开了花的破布鞋和打着补丁的解放鞋，盛粮食的柜上放着吃毕没洗的碗筷，显然是昨天晚上喝了汤扔在那里的。再靠墙是一堆待洗的衣服，上面落下了灰尘，散发着一股子汗酸味……

没有女人的家庭哪里能算个家呀！心慈面软的玉惠心里一阵难忍的酸楚：这爷父俩过的什么日子呀!紧接着，又一种无法推卸的责任感在她的胸中升起，使她觉得应该立即挑起这个家庭的生活担子。她本来就是一个善良而富有同情心的姑娘啊！

她放下鸡蛋篮子，扶着老人在炕边坐下。才回答了老人的几句问话，她立即想到应该给老人和下地去了的三虎做早饭了。

她问老人：“早上吃啥饭呀？”

“不是糁子就是麦面糊汤。唉，我做不成，三虎一个男人家又能做个啥呢？唉唉，早上让你吃啥呀……”老人抱歉而焦急。未过门的高中生媳妇不嫌弃地过来看他，他真不知怎样表达心里的激动和感激哩。

“我给你老人家做饭去。”玉惠轻声而略微颤抖地说。说毕，她强硬地挡开了老汉的阻拦，扭身端起柜盖上的碗筷进灶房去了。

老人摸索着跟过来了。他在灶房的门槛上坐下，指点着什么东西在哪里。在他那激动的、喋喋不休的夸奖和感叹中，玉惠和面，擀面。一阵案板响，一盘细、光、薄的面条就擀好了；然后，又是一串儿风箱的响动，她摊了鸡蛋，切成了菱形的小片。不大时辰，一碗漂着鸡蛋片引动着人食欲的汤面条端在了老人面前。

热呼呼、香喷喷的气味钻进老人的鼻孔。自从老伴儿下世就再也没吃过这种面条了。啊啊！好女子，乖娃！我这是怎么修来的福呀，怕是我前世里烧过老瓮壮的香吧？两股热泪从失明的双眼中涌出。他颤巍巍的双手伸出接碗，两个粗大的、结满厚茧的手指却一下子伸进了面条碗里……

玉惠的心里一阵滚烫，细长的、秀气的眼睛里顿时溢出了晶亮的泪花。那种姑娘家的羞涩和矜持霎时消失得一干二净，使她激动地喊出了一声长长的、饱含深情的“爹——”，把碗筷递到了老人的手上……

此时，惦记着给老人做早饭的三虎提前由庄稼地里回来了。他刚刚一踏进院门，就一眼看到了这令人激动的一幕，听见了玉惠那亲切深长的呼喊，他像被迅雷击过一般，树桩似的站在门口一动也不会动了。

……

吃过早饭，玉惠没有回家去，她也没让三虎下地：“来，你拾掇院子和房里；我给你和爹把被褥拆洗了，你和爹把脏衣服都脱下来，我一齐给洗了。就这样。”

许久没有过笑声的庄稼院里，现在又有了笑声。在他们一齐忙碌中，腼腆的三虎告诉了玉惠一件新鲜事：早上在地里听人说，九月要在沙柳滩上办一个学前班哩！

07

这里过去是生产队的草料粉碎机房和堆放杂物的地方。实行生产责任制以后，草料粉碎机折价卖给私人了；这两间两搭子的简陋的瓦房，本来想拆了把椽檩和砖瓦卖掉的，后来由于意见不统一和价钱谈不妥而搁下来，一直闲置着。

现在，吴九月要把两间房子作为她的学前班校舍了。这是她和生产队长软磨硬缠，又搬了大队支部书记说情才争取来的。她一直没有收到大学的录取通知书，她知道那完全是不可能的。她定下心来，决心为生养自己的可爱的沙柳滩献出自己的青春年华。她想到那些可爱的却又是没有教养的孩子，萌生了办个学前班的念头。

昨天，她已经在这里紧张地劳动了一天了。屋梁和墙壁上多年积存的灰线和尘土，被她打扫干净了，墙旮旯里堆的半截砖头和垃圾也让她一筐一筐提出去了。这样一拾掇，两间房子似乎宽敞了许多。惟一的遗憾是光线太暗了，不利于孩子们学习。今天早上，她瘸着腿，拉着架子车又到这里来，车上放着镢头、铁锨、扁担、水桶，有麦草截儿，还有石灰。她正在发愣，司马爱云从房里跳了出来。

爱云一见九月就绷紧了脸蛋儿，一双杏核眼睛瞪得溜圆，甩动着齐到耳根的运动头，生气似的说："好呀，你要开辟你的事业，竟然连我也不告诉了！啥人嘛？"

"啊呀，你是兴师问罪来了吗？"九月笑着说。

"就是的。我今天兵临城下，要问你个无故背盟之罪哩！"

"我背了啥盟？"

"咱们从县上回来的那天说得明白，以后要互相帮助，这不是我们的盟约吗？你在这里开办学前班，昨天都弄了一天了，为啥不叫我？吴九月，你还不知罪吗？"

"原来是这事呀。"九月走过来，一下搂住了上身穿着淡黄色的确良半截衫子的爱云，用一种真诚赔不是的口气说，"我怕你忙着哩，没敢打扰你。对对对，是姐的不是，对不起。"

"噗嗤！"爱云绷不住了，一下子笑了出来。她伸手在九月腰里一捅，把浑圆光洁的胳膊拳头伸到九月的脸面前，说："你呀，你把这么好的劳力不使唤，活该你出死力哩。来，干吧，看我一个不顶你两个才怪哩。"

九月使镢头在墙上挖窗户，爱云挑水和泥。

身材瘦小的九月抡圆了镢头在墙上挖着。飞溅的土块打在她的身上，她的头发里、脸儿上蒙了一层尘土。她全神贯注，只是一下又一下用力地挖着……

那天在河滩里，那一群淘气而顽皮的娃娃们对她的那种恶作剧，就像一把把锋利的小刀剜在她的心里。在那一刻，她恨那些无知的孩子。这就是自己热爱的孩子吗？这就是自己立志发愤要成为一个人民教师，用自己的心血去培养教育的下一代吗？

几天来，在她的脑海里没有一时停止过对此事的思索。九月的腿因小儿麻痹症而残废了，但是，她的思想是健康的，在她的同龄人中，她的思想是纯洁而明朗的，甚至可以说像一张白纸那样洁净。经过了这几天的思索，她才下定了要在沙柳滩上办学前班的决心。社会风气不良造成的污染，一些家长的无知和愚昧，缺乏正常的、正确的教育和引导，才使娃娃们那样顽劣而可怜啊！虽然自己不能去上师范学院，也不能阻碍自己成为一个人民教师。

就这样，她决心向自己心中的目标坚定不移地迈进了……

窗户挖好了。她们又商量着把那几根木棍儿安上去，用泥结结实实地糊牢靠，抹平抹光。虽然不好看，不漂亮，总算有了两个窗子了。娃娃们来这里学习，光线是蛮可以的了。九月左瞧右看，满意地喘了口气。

爱云用胳膊擦了一下脸上的汗水，说："歇一下吧。这早上做的活，在生产队都该记一天的工分了。"

九月也嘻嘻地笑了："这倒是真格的。所以大锅饭里没油没盐才吃不成了。"

她们一起走出未来的校舍，坐在了房前一片不很大的空地上。爱云看看九月满头满脸的灰土，九月瞧着爱云从上到下的泥水点子，都忍不住咯咯地笑起来。

早晨明亮的阳光照耀着平坦的渭河川道。远远的河北的黄土塬显得更加浑厚而雄浑，眼前一眼望不到边的秋庄稼快要成熟了，红的高粱、绿的玉米、黄的豆子、白的棉花，使大地呈现出斑斓的色彩。犁过的水田，翻着泥块，映出一片又一片的蓝天，水鸟从水田里扑噜噜地飞起，盘旋着在远处又一块水田里落下……

爱云眯起眼睛看了一阵，突然说："唉，那镜儿似的水地要变成排球场就好了。嘿！"

"又想起你的排球了？"

“想也没用。如今咱是庄稼丫头了。”

“你打算下一步怎么办呢？”

“我还没有考虑好哩。”

“反正，你不能光想你的排球了。”

“我把排球安排在梦里打哩，不影响我白天的事情。”豪爽的爱云笑着，泥手在脸上一抹，站起来，“干吧，现在不说它排球了，开始泥墙！”这一下，她变成了泥花脸。

九月笑弯了腰。

08

沙柳滩的学前班正式开学了。

清早，吴九月站在学前班教室前边的空场地上，等待着她的学生们。她的并不浓密而又略微发黄的头发，细心地梳成两条小辫子垂在脑后；她惟一的一件玫瑰红的确良衫子今天也穿上了，使她那本来总显得发黄的脸颊映出了红晕。她欢欣中又带着一点紧张，仿佛是立刻要开赴战争前沿的新兵一样，胸膛里揣了一只小兔子，噗噗地跳。

这几天，在司马爱云的帮助下，这教室拾掇得总算是那么一回事了。几根木棍儿做成的窗子上蒙了一层薄塑料纸，很亮堂；几块木板儿央人推光，钉在一起，刷上墨汁，挂在墙上，是很漂亮的小黑板；由于村支部书记的支持，从社员家里借来一垛土坯，在教室里一道一道垒起来，抹上一层和了石灰的泥，成了娃娃们用的低矮的课桌。墙上贴了几张图画鲜艳的小学生挂图，那是爱云昨天专门上县城买来的。

“第一天能来多少学生呢？”九月想。她做过一个细致的统计，全沙柳滩五岁到七岁的学龄前儿童一共有四十六个，该上学而又没有去上学的八岁到十岁的娃娃，还有十七八个呢。如果这些娃娃们都来，那就太好了。可是，不可能都来的，来了，这教室也盛不下。虽然是这样，前天和昨天，她还是拖着那条瘸腿，逐家逐户地到每一个学龄前娃娃的家庭去动员过，大多数家长答应送娃娃来，有的当然是含糊其辞的。究竟今天能来多少个娃娃呢？她有点忐忑不安了。

“九月！”一声轻轻的呼唤打断了九月的思绪，她抬头一看，王玉惠第一个送她的小妹妹来上学了。

玉惠拉着九月的手，另一只胳膊紧紧搂在九月的肩膀上，大姐姐似的看着她，轻声说：“我给你帮不上忙，真对不住你哩。我把我妹子给你送来了，让她跟上你学习，就算是我对你事业的支持吧。”

九月感激地笑了：“你妹子是第一个来的，这就是对我最大的支持。”

昨天，九月到玉惠家里去动员她父母送娃娃来学习时，玉惠对她办学前班还是颇不赞成的。她真诚地劝九月算了，一个人要撑起一个学前班不容易哩，谁知道前边还有多少艰难和挫折呀！她说九月的外语基础好，如果真正上不了大学，就在家里努力钻研外语吧。张海迪不就是从外语方面干起来的吗？你跟上广播再学，弄一些书来看，到熟练掌握外语以后，就在家里搞翻译，翻译外国文学作品或其他什么，会搞出成绩来的，要比办那个学前班更有意义。

九月承认玉惠说得有道理，她也体会到玉惠对自己的关切之情，可是性格坚强而有主见的她自有主见。她对玉惠说，她这一辈子上不了大学是她终生的遗憾，但是，她盼望沙柳滩的下一代将来能有一批人上大学，她愿意为他们打个最初的基础。当时，她们谁也没有说服谁；可是，玉惠现在却第一个把她妹子送来了。

玉惠说：“九月，我盼望你能干出成绩哩，你人虽瘦弱，可你内里比我坚强，实话！”

“啊呀呀，玉惠，你怎么也学会糟践人了……”九月的脸通红了，她是最见不得人夸奖她的，“啥坚强嘛，我这样个身体，就只能干这样一点点事……”

正说着，一伙儿妇女吵吵嚷嚷地送娃娃来了。跑在母亲前边的娃娃们，几乎个个穿着像过年一样的漂亮衣服，大呼小叫，像一群撒欢的马驹子。妇女们围住了九月，你一言，我一句，叽叽喳喳：

“九月，你给人办了件好事！”

“娃早就该念书了，人就是不放心让娃跑那几里路……”

“狗娃，过来，叫你九月老师。不听你九月老师的话，小心我把你尻子打肿……”

九月的脸儿绽开了一朵春花。她牵一牵这个孩子的手，摸一摸那个娃娃的脸蛋儿，一种从未体验过的新鲜的欢愉充满了心头。她对娃娃们说：“欢迎你们来哩，好好学习，天天向上，盼望你们将来个个是大学生。”

一句话，说到了母亲们的心上，教室前的笑声更高、更响、更欢了。

突然，玉惠悄悄一拽九月的衣襟，用下巴颏儿向旁边一指，说：“九月，那不是琴琴她侄儿小琪儿吗？”

九月扭头一看，果然，那虎头虎脑的小琪儿正躲在一棵粗壮的椿树背后向这里张望哩。看到爱云和九月注意到了他，那娃娃赶忙缩回头去，机灵地藏到树背后去了。

九月小声地告诉玉惠：“我昨天到琴琴家去了，她不同意让小琪儿来。”

“为啥？”

“她说我是胡弄哩，干不长；多一个娃来，光能给我多添一分麻烦。”

“唉，这人！”玉惠叹了口气。她往前走去，叫着，“小琪儿，来来，上学呀！”

九月也喊叫着：“小琪儿，来呀！”

可是，那天在渭河边上带头骂了九月的小琪儿，却像一只敏捷的小兔子一般连蹦带跳地窜走了，九月和爱云叫也叫不住。

家在凌琴琴家隔壁的一个大嫂子忍不住说：“九月，玉惠，我看你两个到底心大咯，考不上大学照样活人哩。可琴琴就不一样，一回到家就光是个哭，这么些天了连门也不出，把琪儿他爷他婆都熬煎死了。”

旁边的另一位中年媳妇接上话茬说：“就是的。你们瞎好还在外面混了几年世事，都这么个样儿，我们这伙一辈子没念过书没出过门的人，都怕得吊死呀？唉！天下农民一茬人哩！”

九月和玉惠默默地互相看了一眼，什么话也没有说出来。她们的心里，同时都翻腾起一种苦涩而酸痛的感情来。

……

半早上了，来上学的娃娃们还不到二十个。看来，今天只能来这些了。九月咬了咬嘴唇，决定不再等了。

她准备的第一堂课是教学生们唱歌。她觉得，这样会更快地吸引娃娃们。歌词是她花费了一个晚上编出来的，套在一套比较容易唱的曲子里。

十八九个娃娃们，在九月的组织下，在门外他妈、他婆和来看热闹的人们的注视下，整齐地坐在了土墩儿的后边，兴奋而新奇。九月教一句，他们唱一句，歌声虽不整齐，但却清脆响亮：

沙柳滩，沙柳滩，
秦岭高高呀渭河弯弯；
这就是我们可爱的家乡，
地肥水美好秦川。

快快地长呀快快长，
我们要长成个好儿男；
今天努力来学习，
明天啊，建设我们的沙柳滩。

09

……顽强拼搏，勇猛扣杀。嗨，这场排球赛真够意思！简直打得难解难分！

“快！哎呀！笨熊！”

“扣！扣！狠扣呀！”

“好！嘹——”

球场上紧张而短促的喊叫和场外观众不无偏向的加油声、喝彩声，尖厉而悠长的口哨声响成了一片。每一个球的失利和成功，都紧紧地系着一群观众的心，都会引起骚动、叫好、惋惜、咒骂，仿佛这球场上进行的是一场决定人类命运的鏖战。

穿着鲜红运动衣的司马爱云，浑身鼓荡着无坚不摧的劲头，守卫在球网边。这场球赛开始以来，仅她一个人已赢得了五分，这使她充满了自豪，她渴望着夺取更大的胜利。冲出县中，到世界的排球场上为中华民族去夺取新的冠军杯，就像郎平和孙晋芳她们那样。我就不信，她们能办到的，我司马爱云就办不到！她们有三头六臂？

笑话！

一个球飞过来了。正是扣杀的好战机。司马爱云跃起来，高高举起拳头，狠狠迎着球砸下去——啊！球却脱手高高地飞起来了，飞出了场外。哨音响了：失分！

他妈的！倒霉透了！

场外一片喝倒彩和喊着司马爱云的名字的讥笑、起哄、咒骂、口哨此起彼伏！

“啊——”爱云大叫了一声，抡起拳头在自己头上狠砸了一锤，眼泪夺眶而出……

爱云一骨碌翻身爬起来。唉唉，原来是睡在自家的土炕上，那激烈的排球赛原来是在梦境里！

自己是第几次做这种梦了？

窗户上透进明亮的晨光，院子里响着父母亲的脚步声，后院里鸡的啼叫“咕咕咕”“咯咯咯”地响成一片。爱云闷呆呆地坐在炕上，眼前还是奔驰在球场上那飒爽的身姿，耳朵里依然鸣响着各种喊叫，心里涌起一股苦涩酸痛的味儿……完了，只有在睡梦里才能去争夺那球赛的奖杯和鲜花了。只有这份儿了！

过了一阵子，她一抹脸上的泪滴，跳下炕来。滚蛋吧！只有傻瓜才靠睡梦里的欢乐和胜利打发日子哩。新的一天又开始了，过农家日子，这是实实在在的事！

起床后的第一件事是去喂鸡。

家里本来就喂着二十来只鸡，靠着这些鸡下蛋，家里的油盐酱醋钱和零碎开支基本上够了。爱云回到家里以后，又鼓动着父亲买了三十多只洋种鸡，后半截院子用竹子编成篱笆隔开来，成了一个小小的鸡场。

既然上大学、考体育学院成了气泡儿，在农村里立足扎根过日子就是一辈子的事了。窝窝囊囊地生活，最后嫁给一个由父母包办的不认识的人，围着锅头、炕头、地头过一辈子，这是司马爱云这个倔强而有主见的姑娘无论如何也接受不了的。她希望在农村过一种新的生活，先人、父辈没见过的新生活，像报纸和电影里表现过多次的那种先进农村的生活。这几年党在农村里的政策改变了，各种各样的专业户不断涌现出来，绝大多数人不再像过去多年那样，被饥寒和困苦逼迫而忧愁，这使她感到了自己憧憬的生活并不遥远。她在县中时就比较关心时事，常到校图书馆看报纸，哪里的养鸡专业户买了汽车，哪里的蘑菇专业户办了罐头厂，都给她很大的鼓舞。考不上大学有什么，我要在农村里办起新的事业来，改变自己的处境，也改变农村的面貌。她在县城下馆子时对玉惠、九月说“将来要办养鸡场或其他啥场”的话不是心血来潮。

要按她的急迫的想法，她想一下子买上几百来只小鸡，办个正经的鸡场。可是，爹不同意，说场地、饲料、经验都不足，办事要摸着石头过河，一步一步来哩。这才使她只开了个小头。这些天来，她跑这跑那，借来了一些农业科技报纸和杂志，还买了几本农技小册子，努力希望能帮助自己找到开拓的领域……

“爹，我看这事咱能干。”一天晚饭以后，她手里抖动着一张报纸，胳肢窝里夹着一本小册子，郑重其事地坐在正在炕头抽烟的爹面前，俨然是进行外交谈判的架势。

粗识几个字、因没有儿而把独生女儿当儿看待的爹，早就注意到女子这些天来的动向了。女子没有被痛苦压倒，还表现出了一种要干出一番事业的心志，使他格外庆幸。

“啥事？”他信任地望着女儿。

“咱养蚯蚓！”司马爱云说。

“啥？啥？”

“养殖蚯蚓！”

爱云把手里的那张《农民报》和小册子摊在她爹面前，用自己也是刚刚弄清楚的一些知识，向爹讲述养殖蚯蚓是一种新型的生产，在咱们国家是才开始，可在国外却早已开始了，日本、美国，还有加拿大都用蛋白质含量很高的蚯蚓做饲料喂鸡，取得了很高的经济效益。要是把蚯蚓制成粉，不但能喂鸡，还能喂猪哩。国外还把蚯蚓当做名贵的食品，有一种“地龙酒”，就是蚯蚓做的……

她爹听女子讲了蚯蚓的用途，又细问了蚯蚓的饲养办法，一直不声不响，把烟抽得吱吱响。停了很大一会儿，他才问了一句："咱这地方有人养哩没？"

"这不是报上介绍了嘛！"爱云指着报上一篇报道邻近的陵高县繁殖蚯蚓的文章，满怀信心地说，"看来不难喀，养好了，很有利哩。我想到陵高县去一趟，给咱买些良种回来。"

她爹再不做声了。他知道女子拿定了主意，是很难说服的。另外，他也的确动了心：看来这事办起来并不难；办好了，倒的确是有大利哩。要富起来，是得找一找门路，而且，也得冒几分险哩……

这事就这么定下来了。可是，当老人的却又提出了一件爱云想起来就心烦的事：婚事。三年前，爱云许给了离沙柳滩五六里路的麦芽镇的一个小伙了。

"咱屋没儿，得给你寻个帮手。"她爹转着圈儿说，显得小心翼翼。老人知道，女子是很不情愿提起这桩婚事的，但他又不能不提。

爱云像没听见爹的话，几下子把摊在爹面前的报纸和小册子收拾起来，抬脚就走。在她将要迈出房门时，才丢下一句话来："没儿怕啥？有我给你养老送终，你请放心吧！"

晚上，爱云又是很久很久不能入睡。她爹的酣睡声在隔壁房里扯得很响，后边的鸡不时有轻微的扑腾声传过来，窗外的梧桐树叶子也轻轻响动，落下水滴。在这样的夜深人静的时刻，被搅动的姑娘的心，是很难平静的……

第二天黎明，爱云揣上家里加上借来的共一百元现金，带上十来斤粮票，还提了一兜儿干粮，出门往陵高县去了。

10

凌琴琴家隔壁的大嫂子对九月和玉惠说得一点也不错：这么些天了，凌琴琴钻在家里连大门也没出过。

没考上大学，对于凌琴琴来说，简直像是晴空响了一个霹雳，太出乎她的意料了。自从高考之后，她在心里核对过无数遍，自认为自己的分数不会太低。她没有考虑自己考不上怎么办，只是担心录取的学校是否合意，能不能和“他”分到一个地方的学校去。可是，命运偏偏捉弄了她。曾经在脑子里编织的彩色的未来，被这无情的一击粉碎了，她觉得理想中的一切都烟消云散，似乎生活都没有什么意思了。

回到家里，她蒙头盖被在炕上整整地哭泣了两天。然后就一声不语地把所有的课本都拿出来，铺在临窗的桌子上，复习功课。她准备回校插班复习，明年再考。这是那天在电影院门前“他”说的。虽然学校宣布过，因为教师、教室不足，不接收插班复习生。但他保证给她把这事办成。他爸是县文教局局长，办这事只是一句话，没问题。想到这一点，她那乌云密布的心灵上，才仿佛被风吹开了一条缝隙，透出一线碧蓝的天空来。

为了她，她的父母亲常犯口角。

老实巴交，从明到黑只会在土地上死受的她爹，对琴琴没考上大学虽然很惋惜，但并不痛心疾首；在他的心里，农民的女儿虽说上了多年学，现在回家来种庄稼也是顺理成章的事。可是，半个月过去了，女子只是钻在屋里看书，大门也不出，地里的活也不做，他就很不满意了。老实而勤劳的庄稼人最看不惯的是不劳动。另外，女子十八九了，还没有按乡俗寻“主儿”，使他常常犯心病。按他认人阅世的经验，是早就主张给女子在农村里寻个殷实富足的人家，只要小伙老成勤苦就好。可是，琴琴妈不赞成他。一说起女子的事，两口子就弹不到一根弦上。

琴琴妈比老汉年轻七八岁，土改时曾是文艺宣传队的“台柱子”。神差鬼使嫁了个一味只知道做活吃饭的男人，使她觉得窝囊了一辈子：没出过县，没上过市，没穿过时兴衣裳，走不到人面前去。几十年跟上老汉只是地里刨食，死受，到老，想起来心里还是顶得疼。琴琴出落得是一枝花，模样儿、身条儿，在姑娘家群里是众鸟群里的凤凰，百花丛中的牡丹。琴琴妈不拘啥时节都掩饰不住对生养了这么一个俊俏女子的骄傲。她心里有个老主意：决不让琴琴像自己一样窝囊一辈子，要让娃好好活人哩。因此上，她极力支持女子上学。而这些年来，只要老汉一提说要给琴琴在农村里定亲，她就一口回绝了。一个庄稼地的秃小子就能打发了自己如花似玉的女子吗？说笑呢！

“琴琴，今晌午到棉花地里……”

只要一听老汉叫琴琴下地，琴琴妈就毫不客气地出来挡驾了：“有你和娃做哩，叫女子做啥？让她好好复习功课！”

“……不做活，村里人说闲话哩……”老汉讷讷地说，他有点怕老婆。

“我权当放屁哩！我屋里人做不做活，他旁人管个啥？驴槽里伸出个马嘴！”

“人家那几个女娃们都做活哩……”

“人家是人家，我琴琴是我琴琴！我琴琴还念书呀！明年还考哩！”

窝了一会儿，老汉只得叫上儿子上地去，临出门又记起了“那件事”：“……嗯……琴琴也该提说亲事了，你看咱滩上谁家女子……”

“去去去！我琴琴不跟庄稼汉！”琴琴妈又抖出了一辈子的窝囊，“你还想让我琴琴和我一样吗？一辈子过不下个舒心日子，出了稻地进麦地，收了麦又种秋，跟上你连个见人衣裳也没穿上两件子，嗯……我好苦的命哩……”说着竟撩起围裙擦眼睛了。

不敢再说。再说两句，老婆更难听的话就出口了。老汉赶紧出门下地。

每当这种时候，趴在临窗桌子上的琴琴，心就安不在课本上了。“光电发射的第二定律：光电子发射的初始最大动能跟入射光的频率成正比，而与光的强度无关。光电发射的第三定律……”她的嘴唇仍在翕动着，下面却不知在背诵什么了；秋水般明净的大眼睛抬起来，从窗玻璃上望出去，盯在蓝天上飘游的一朵云彩上，久久地盯着，白云上便叠印出一张表情生动而脉脉含情的脸庞来……

这是县文教局局长的儿子奚少宜的脸儿。

11

文教局局长的儿子奚少宜过渭河，到沙柳滩上来寻凌琴琴了。

昨天，他接到了成都音乐学院寄来的录取通知书。年轻的大学生一脸春风，过河来会县中他惟一选定的美人儿。

一见钟情。风流倜傥的奚少宜从心里爱上渭河滩里的农家姑娘，是从他第一次见到凌琴琴就开始了的。他和琴琴并不在一个班里，他们的第一次相遇，是在升入高中以后不久，筹备一次联欢会的时候。能拉手风琴和小提琴的奚少宜，并不需要别人的指派和推举，自认是这种场合里最活跃的人物和实际组织者。爱唱歌儿还能唱几句秦腔的琴琴也来参加这个筹备会。当她推开学生会办公室的门走进屋子时，坐在桌前登记与会者名单的奚少宜，眼光就顿时被拉直了，而且再也没有离开她的脸和身子。凌琴琴那油黑发亮的头发，生动的、漂亮的脸蛋上一双会说话的大眼睛，端正而秀气的鼻子，红润的显得湿润的小嘴儿，丰满而圆实的、成熟的胸脯，浑身上下恰到好处的曲线，立刻使他认定这是全校女生中“盖了帽儿”的“绝代佳人”。第一眼看到她之后，就发疯般地爱上她了。

中学生的爱情是隐蔽的。一年，两年，到了第三年，奚少宜才慎重而隐蔽地向凌琴琴展开了“进攻”。出乎他的意料，在他向她只发了一封堆满了抄来的烫人心肺的语句的信后，她就成了他的“俘虏”。

他也有对她不满意的地方，那就是她的农民家庭。可是，经过认真的权衡，他还是决定了爱她：漂亮并不是任何一个姑娘都具备的。在这一点上，他见到的其他姑娘都难于和凌琴琴匹敌。至于农民家庭，只要琴琴能考上大学，吃上国家商品粮，那个处在渭河滩上的家庭，不就可以毫无牵挂地抛到身后去了吗？凌琴琴没考上大学，动摇了他的爱情支柱，但是，在他说服了他那当文教局局长的父亲同意凌琴琴复习一年之后，他又坚定了他的爱。他知道，琴琴的学习是不错的，再努力一年或许可以考上个大学。

他决定维持和凌琴琴的爱情。在启程去成都之前，到这里看望也是告别琴琴来了。

琴琴妈头一眼看见上门来找女子的奚少宜，心里就充满了喜悦。看人家这城里小伙，高高的捋直的个儿，白白净净；带暗道儿的白涤丝衫子，薄得透明；银灰色筒裤上裤线直得像刀刃；凉鞋是皮的，黑得发亮。手腕上是手表，鼻梁上架着黑腿儿眼镜，还没说话就笑哩，一看就是个念大书的人嘛。当琴琴告诉她，他爸是县文教局局长，他是成都音乐学院的大学生时，她心里更是念佛了。不需要多说，小伙能隔河渡水来看琴琴，手里还拎来了两大包儿礼品，那种关系是瞎子也能摸到的。她心里高兴，毫不犹豫地承认了他在他们家里的地位。老话没错，“家有梧桐招凤凰”喀！哼，我早就说过，庄稼地里的秃小子，是打发不了我琴琴的。啥人配啥人嘛！看，啧啧，局长的娃，大学生喀！

“丈母娘爱女婿，前院后院捉母鸡。”未来的丈母娘不能让未来的女婿小看。琴琴妈毫不吝啬地一次就杀了两只正在下蛋的母鸡，又让老汉到麦芽镇割了四斤猪肉，称了黄花、海带，还买了半斤香茶叶。城里人爱吃酱油，也灌了两斤。不可怠慢！她热情地让奚少宜在家里住上两天再走：“住下。噢？住下。隔河渡水地来一回不容易；再说，你就要出远门上学去呀，有啥话多和琴琴说一说，要多帮助我琴琴哩。娃今年没考上大学，心都熬煎烂了……再让琴琴领你到滩上转转，你城里人不常见咱乡下的风光哩……”

凌琴琴的脸上露出了灿烂的笑容，半个多月以来愁苦而忐忑不安的心境平静了。心爱的人儿突然出现在自己的农家院落里，使她有些羞臊，可更多的是幸福感。奚少宜告诉她，他爸已经同意让她两个月以后回校插班复习去。望着少宜那张热情而亲切的笑脸，特别是一遇上他那灼人甚至是贪馋的目光，那颗少女的心就完全沉浸在甜蜜而激动的感情中了。她的眼前又展现出了过去在脑海里多次编织的彩色图景，多么清晰，多么美丽，五光十色……尽管沙柳滩上还从未有过姑娘家领上未婚夫一块儿闲逛散步的先例，但是，她毅然怀着羞涩而骄傲的心情，按她妈的指派，引上少宜出去领略渭河流域的田园风光了。

沙柳滩上上下下都轰动了。“琴琴引了她女婿到滩上逛哩！”这使得一些久不出门而又脑筋死板的老人目瞪口呆，媳妇、小伙、姑娘们脸红心跳。撇凉腔的、嫉妒的、羡慕的、赞成的，各种议论都有。而娃娃伙则一群一伙追在琴琴和少宜的身后，喊叫着，怪叫着，看西洋景哩。这正是琴琴妈所希望的效果哩！

奚少宜对小家伙们的起哄很气恼，说：“讨厌！太没教养了。”

凌琴琴红着脸儿赶走背后的小家伙们，抱歉地对大学生说：“农村里就是这么个。少见多怪！……不了，咱们还是坐在家里说话，没人干扰……”

“钻屋里有什么意思呢？”少宜嫌那个农家小院有她爹妈在，说话不方便，“走，寻个风景优美而又僻静的地方，说话不是方便嘛。以前在学校连话也不敢说，现在咱有这个自由了嘛！”大学生愤愤地发出感叹，“咱农村，包括县城里，就是不开化。你到西安那大城市去看一看，看人家八十年代的年轻人是怎么活人哩！那才叫生活哩！”

琴琴去过一次西安，见过姑娘小伙挽着胳膊走路，心里是赞成人家的文明的。她说：“就是的。农村跟城市没办法比么。”

他们找到一块风景优美的地方。这儿对着清凌凌的渭河，开着花儿的草地散发出青草的幽香，一棵连着一棵的柳树垂下长长的柳条，使这里幽静而隐蔽。这是个有利谈情说爱的地方，比城市里的公园强多了。这两天，他们在家里一吃过饭，就到这里来了。

他们有说不完的话。

琴琴对两个月以后才能复学很不理解：“你说，为啥要等两个月呢？”

少宜骄傲地嘲笑乡下女子：“你真是个死脑筋！要插班复习的人太多了，所以才规定了不招复习生。可是，规定是死的，人却是活的。县里那些领导的子女你能不照顾？县委书记、县长、人大主任、政协主席，都是我爸的顶头上司，还有县委各部室、县政府各局办的领导，都是我爸的同事。他们这些人的子女要复习的就有二十多个，都得插班进去。这么多人，只能一拨一拨来，不然一下子拥进去，那意见和告状谁能受得了？这叫障眼法。把你排到两个月以后，还是我磨破嘴皮争取来的哩！”

琴琴笑了，娇气地说：“你真好！”

琴琴说到了九月，说到九月办起的学前班。侧耳细听，能听见远远传来的孩子们的歌声。

少宜问：“她办学前班经过批准了？”

“还要批准吗？”

“那当然。谁想怎么干就怎么干能行吗？”

“九月的理想就是当一个教师。”琴琴同情她的姐妹，想对九月能有点帮助，“你在你父亲面前说说，给九月寻个民办教师的工作吧！九月的腿是那种情况，在农村里是太难了……”

奚少宜突然不耐烦了：“哎呀，你怎么管那么多的闲事呢？天底下的残废人多得是，谁能管得完？”

琴琴愣住了。她完全没想到亲爱的少宜会这样回答她，火热的心里渗进了一种凉丝丝的感觉。她涨红了脸，低下头去。

奚少宜马上觉出自己失言了，稍稍一踌躇，大胆地伸出白皙的双手，捧起了琴琴那惹人怜爱的脸庞。那一双妩媚动人的大眼睛里，竟涌满着晶亮的泪花。

“琴琴，原谅我！不是我不帮助你的朋友，这事不好办哩。走后门是犯错误的事。我爸的原则性很强，上上下下都是眼睛，他也难办……不过，我回去给他说。琴琴……”

一生中第一次被异性捧住了脸蛋，琴琴的心剧烈地怦怦跳荡，胸膛里仿佛点燃了一把火焰，又像是一股电流通过了全身，身体立刻变得软酥酥的了。在那一刻里，刚才的委屈和幽怨消失净尽，她不由自主地扑在了奚少宜的怀里。

“亲爱的，我多么爱你呀！”少宜搂住了琴琴圆实的肩头，声音是那么柔和甜蜜，“咱们说说咱们自己吧。我很快就要去成都了，我真担心，我想你会把我想疯了的……”

“你哄我……”

“此心惟有对天可表……”

“我怕……”

“怕啥？”

“你一走那么远，会把我忘记了的……”

“啊呀！琴琴，你怎么能把我看成那种负心人呢？我是‘春蚕到死丝方尽’……”

“我不信。”

“那我起誓……”

“不，不！我相信你！”

“你明年一定要考上大学。”

“嗯。”

他们紧紧地搂抱着。柔和的、长长的柳条遮蔽了他们。渭河上吹来的风清爽宜人，草丛中的小虫儿鸣叫着，悦耳动听。一切是那么甜蜜，使人忘掉了一切。

第二天晚饭后，他们依然在这里度过。明天清早，奚少宜就要回县城去了，什么时候才能再见面呢？琴琴依偎在奚少宜的怀里，难舍难离。

太阳沉下去了，西边天空里只留下一抹橘红色。

琴琴要站起来了：“回呀，黑了。”

奚少宜却把琴琴搂得更紧了。手在摸索……

“呀！”低声的惊呼。

“琴琴……”

“不，不，我不……”无力的挣扎。

“琴琴……”

夜色垂落下来了。

12

玉惠和她妈都坐在炕中央悬着的十五瓦电灯泡下，低着头做针线活儿。老婆婆把缠过的小脚盘起来放在左右腿上，坐得稳稳当当；玉惠也像她妈一样稳稳地盘腿坐着，只不过没有她妈那种功夫，脚放不到左右腿上，而是压在腿底下。她在绱鞋，绳子拉得吱吱地响。娘两个都没说话，说话的只有脚地里的玉惠爹。

脚地下有两个小板凳闲着，老汉没坐。他依照几十年养成的习惯，脊背擦着靠墙的老式银柜，圪蹴在脚地上。他一只手捏住巴掌长的烟锅，一只手在脚地上无目的地画着道道子。

已经决定了，明天，玉惠和三虎子相跟着到公社去扯结婚证。按当地关于晚婚的政策规定，玉惠还没有到年纪，可是，三虎子家里需要女人，不能再拖了。两家老人为这事熬煎，有人从中点了个眼儿，三虎他爹世勤老汉让三虎子买了两瓶子西凤酒，一条子金丝猴烟，提到大队支部书记家里去了。支部书记跑了两回公社，今下午传过话来：公社文书点头了，只管去扯结婚证吧。两家老人心上的石头才落到了底。又怕夜长梦多，一致决定：明儿去公社呀，捉到手里才算完事哩。

自从那次玉惠去了三虎家以后，这些天来，她手上就没离过针线了：过去没拾掇下嫁妆，如今只得赶了。按玉惠的想法，结婚就结婚，不必做什么嫁妆了。过日子要什么再做什么就是。可是，她爹她妈却高低不依：啥话！嫁女没嫁妆怎行？让乡亲们把牙都要笑掉呀！一点马虎不得！这几天，家里请了木匠，割成了一只能装两石麦的大箱子，一个半截儿立柜，还有两把椅子，过几天一漆就行了。玉惠缝了被子，又缝褥子，还做了一对儿大枕头。她妈只要一闲也就给女子搭手做活。玉惠给自己没做什么衣服，她原来有两身新衣服，到时候有穿的就是了；但是她给三虎做了一身内衣，外罩到商店买成衣就行了，现在年轻人外边不穿自己做的那没样式的衣服了。她又给三虎他爹做了两身衣服，一身单的，一身夹的，还做了两双鞋。她决心一过门，就要让老汉感到儿女们的温暖。

这些天晚上，娘儿俩在炕上做活，老汉在脚地里教导着玉惠过门后做人的道理。明天要去扯结婚证，老汉的话自然比往日更多了。

“……噢，我说的话你都记着。在家里，在你妈和我跟前，你是女子，把你当娃娃哩。过了门，就再不是娃娃了，人家就用当媳妇的尺子来量你哩，不能懒散，不能麻糜不分，不能疯张倒势……”

玉惠妈看了老汉一眼，小心地说了一句：“咱惠惠不是那种人……”

“……噢，这我知道，自家娃能不知道吗？我是说过去了要勤快，多做活，少说闲话。要孝敬老人，你世勤伯，噢，过门了要叫爹哩，你爹一辈子不容易，心肠好，肯帮人，老了却把眼睛没了，你要多经心老汉的吃穿。要和三虎好好过日子，他是外边人，你是屋里人，不能因为你多念了几年书，就不听他的话。看你妈，一辈辈就没和我翻过嘴。要和隔壁两邻处好，甭占别人家的便宜，吃点小亏也没啥，亏能把人吃死？远亲不如近邻哩！千万不能和隔壁两邻争吵打谪。过日子要俭省，人说细水长流哩，万万不能有了一顿，没了扛棍，那是败家子、二流子的过法。惠惠，这些你都记下了没？”

玉惠抬起头，看了一眼昏黄的灯光下她爹那黝黑而显得苍老的脸。这些话，这些天来她爹已不知翻来覆去说过多少遍了，可她没打断他，她能体会老人的心。

“嗯，记着哩！”她说。

“记着就好！不拘怎么，你要给我和你妈争气做脸哩……咱丑话说到头里，你在人家屋里要不是个好媳妇，就少进咱家的门！就是这话！”

“嗯，我知道……”

屋子里寂静下来。玉惠爹觉得自己把应说的话都说尽了。他很满意女子的态度：虽说上了十来年学，咱庄稼人的本分一点儿也没变咯。忠厚的老庄稼人在女儿问题上感到了一种满足。他磕了烟锅，站起来，说了声“天不早了，歇下吧”，便慢腾腾地走出去。后院里喂着一头牛，他常常睡在新搭的牛棚里。让儿子喂牛，他不放心。

十五瓦光的电灯关了。玉惠听见她妈很快入睡了，但是，她却很久也睡不着。连着纳了几双鞋的鞋底，又接着绱鞋，麻绳儿把手勒得涨乎乎的生疼。她的心绪很乱，没有一丝儿睡意。

阴历十二三的月光，透过敞开的窗子照进来，白花花的，像水，像银。夜静静，有风，院里白杨树的叶子很响，远处传来几声狗吠和渭河里潺潺的流水声。

玉惠翻了个身，两颗清冷的泪珠从眼角里涌出来，横着流过脸颊，滴在枕头上……

13

玉惠在前，三虎在后，他们一齐从公社供销社里那嘈杂的人群中挤出来了。三虎手里拿着两件装在塑料袋里的衣服，他似乎要喊玉惠停下来，但“嗨嗨”了两下，见玉惠头也没回，便只好跟了出来，急迈两步，他就可以和玉惠走在一起了；但是，他还跟在后边。像关中农村的绝大多数纯朴青年一样，他还缺乏和未婚妻并肩走路的勇气。唉唉！

终于，离开了石子铺成的简易公路，拐上了一条通往沙柳滩的乡间小道。茂密而茁壮的秋庄稼把这里隔成了一个隐蔽的世界，没有人来人往的嘈杂声，更没有那么多讨厌的眼睛，三虎方才松弛了下来。今天，他们两个到公社扯结婚证了。没有遇到任何麻烦。公社文书稍稍问了几句例行的问话之后，便给他们每人发了一张结婚证。之后，像任何一对领到结婚证的农村男女一样，他们进供销社去“扯货”。玉惠没有给自己买一样东西，只给三虎挑了一身涤纶成衣，便扭头挤出来了。按乡俗，“扯货”是男方根据女方的挑拣，为女方买几身满意的衣物。现在，三虎提拎着两个装衣服的塑料袋，简直不知该怎么办。

玉惠在前边听不到身后的脚步声，一扭头，却发现三虎圪蹴在小路边上。

“怎么啦？”

“你走你的！”

“怎么回事嘛？”

“我把这两件衣服退了去呀！”

“为啥呢？”

“说是给你扯货，倒给我买了一身。你啥也不要……”

玉惠噗嗤一声笑了，转身走回来，圪蹴在了三虎面前，用温柔的眼光瞅着三虎，轻声说：“不是给你说了嘛，我有穿的，何必都凑到现在买呢？结婚时还要花不少钱哩。”

“你连一件衣服也不要，全村人都要笑话我哩！让爹知道了，骂死我呀！”

“你就告诉爹说给我买了，爹又看不见。”玉惠耐心地劝说未婚夫，“咱们要过的日子长着哩，只要咱们手里有钱了，你以后还怕我不穿你买的衣服吗？你听我说，咱不要只图结婚时红火，最要紧的是能把以后的日子过红火；这是一阵阵，那是一辈辈，你掂不来个轻重吗？”

三虎大胆地瞅着玉惠那双细长的、温顺的眼睛，心里涌起了一种冲动，竟然想把心爱的人的手捉住。可是，他忍住了，他不敢哩。

“我怕……怕把你委屈了……”

“你呀！结婚是两个人的事，只要咱俩心甘情愿，有啥委屈的？”

“玉惠，以后……咱会把日子过红火的。我保证不让你跟上我受委屈……以后，你说咋办咱就咋办！”三虎到底把玉惠的手捉住了。

“嗨呀！大天底下再没地方了，你们两个跑到这半路上来山盟海誓来了！”猛然，两人身后传来一声喊叫，惊得三虎和玉惠急忙红着脸离开来；扭头一看，原来是司马爱云顺着小道大步走过来了。

爱云风尘仆仆。头上、脸上、身上、脚上都落着一层尘土，那运动员式的短发随着嗵嗵有力的脚步，在脖梗儿里跳跃着。她背上背着一个沉重的木箱子，襻带勒在肩膀上，使她那本来就很丰满的胸脯更显突起了。一双黑汪汪的眼睛里泛着红色的血丝，眼窝显得发青，透出多日的疲劳和困倦，但依然跃动着兴奋而欢乐的光芒。

“啊呀呀！爱云，你才从陵高回来呀？”玉惠喊着迎上去，托着木箱子的底儿，让爱云把箱子放下来，“好沉呀！爱云，你把啥宝贝弄回来了？”

“先不说这话！”司马爱云双手叉在腰里，看看玉惠羞红的脸，又扭过头去瞧瞧窘得像要钻进地缝里去似的三虎，怪声怪气地“噢”了一声，竟像审案子似的问：“说实话，你们是不是去领结婚证了？”

玉惠低着眉眼点了点头。

“怪不得哩，连走回家去都等不及了，半路上一个就给另一个表忠心呢。嗨，我来得太不巧了，冲断了你们的山盟海誓，罪过呀罪过！”爱云哈哈地笑着说。

玉惠咬着嘴唇推了爱云一把，脸涨得通红：“你快少说两句吧，谁能把你当哑巴卖了吗？”

爱云一挥手：“想卖我的人这个世界上还找不到哩。嗨！”她冲着站在一边看她和玉惠打闹的三虎喊了一声，把拳头攥起来在脸前晃晃，威胁地说，“三虎子，以后你要敢欺负我们玉惠，你就小心招祸吧。我饶不了你！”

“我能欺负谁呀？”三虎的脸像个紫茄子，喃喃地说。

“谅你不敢！”司马爱云一甩短发，豪爽地一笑，又说，“你们还盟你们的誓吧，我回去呀，不打扰你们了。”说着，弯腰又要去背那个沉重的箱子。

“咱们一块儿回。”玉惠推了爱云一把，“我给你背上，你歇一歇吧。”

没等玉惠弯腰把挽箱子的绳子捉到手里，三虎一步抢上来，把手里的衣服往玉惠怀里一塞，轻轻一提，把箱子放在了自己的肩上，头也不回地迈开大步走了。

爱云捶了玉惠一拳，由衷地赞叹道："你真遇上了个好女婿哩！"

"小心着，胡说嘴上要长疔疮哩。"玉惠啐了爱云一口，"说正经的吧，听人说你到陵高贩啥蚯蚓去了，是实是虚？"

"那木箱里就是的。整两千条蚯蚓良种。"

"啊呀，你买那做啥呢？"

"喂鸡。"

"两千条，够鸡吃几天？"

"这是种蚯蚓，主要是用来繁殖哩。"爱云说，"资料上说，繁殖快得很，利也大得很！"

"你真胆大！"玉惠不无担心地说。

"要想富起来，是得冒点险哩。哪里有躺在炕上，芝麻烧饼掉到嘴里的好事呢？给你说吧，我这一次就摊了一百块钱的本儿。我一路上往回走，一路上见人就宣传，我已经和好多养鸡专业户订了供销合同，还和陵高订了收购合同……"身上去了沉重的木箱子，司马爱云浑身变得异常轻松，她比划着兴致勃勃地给玉惠介绍着外出的经历；两道长长的眉毛飞扬，疲倦的脸上泛出红光，眼睛里闪射着信心坚定和渴望胜利的光彩。沙柳滩距离陵高县足足有六百里路，爱云是乘火车去的。当她买到了蚯蚓种以后，才发觉没有返回的车费了。把它的，弄的这事！身强力壮的女排球队长一咬牙，便背起蚯蚓种步行回家了。六百里路，她整整走了一个星期，渴了，在沿途的街镇上喝一杯一分钱的白开水；饥了，就吃自己背着的干蒸馍。就这样，她硬挣着回到沙柳滩来了。这样的经历，对于一个刚刚离开学校门的女高中生来说，是艰巨的；但是现在事情已经过去，站到了自己家乡的土地上回想这几天的经历，她却感到了奋斗的欢乐。爱云跷起一只脚，把磨破了底和帮、脚大趾已露了出来的鞋伸到玉惠面前，哈哈笑着，大声说："看，跑了几天路，把他大舅都跑出来了！"

两个姑娘笑着扭成了一团。笑声在秋庄稼地里回响着。走在前边的三虎没好意思回头来看，但他也偷偷笑了。

14

在凌琴琴接到通知，就要回县中插班复习的前一天，从看榜以后一直没有回沙柳滩来的谈小凤回来了。很快，一个消息在河滩上的村庄里传开来：小凤那在县酒厂工作的二姨给小凤把工作寻下了，小凤要到外地当工人去哩!

傍晚时分，满脸春风的谈小凤在村里跑了一圈，看她那早已回村的四个同学，向她们告别。明天清早，她要和凌琴琴同路上县呀！满村子的庄稼人都看到，小凤和两个月以前的那个女学生娃不一样了。在县城里住了这么长时间，在她二姨家看娃做活，把个农村女娃变成了洋女子了。

啧啧！原来在脑后甩着的马尾巴烫成了大波浪，黑色瀑布般披在肩背上，把那娇嫩而妩媚的脸庞衬得更加白皙和鲜亮。上身的衣服太薄了，胳膊身子都能看见，胸膛上的一副乳罩清晰地显露出来，老实的庄稼人都不敢往她身上看。腿上是玫瑰红的裤子，裤脚儿扫到了脚地下，盖住了穿着黑皮鞋的脚。啊呀呀，有人走到她的面前都不敢认了。

小凤对于这四个同学的处境和事业都没有表示可否。她觉得，和这几位自幼一同长大的姐妹相比，自己是太幸运了：毕竟有个正式的可心的工作了。老天爷给每个人安排的命运是不同的，每个人只好走自己的路。能给老同学说什么呢？称赞吗？办学前班，养蚯蚓，这些事她从心里不赞成，不过是没办法的办法罢了。听说玉惠准备结婚，她甚至感到悲哀，她无法想象玉惠今后怎样生活：一个高中毕业生和一个老实巴交的农民有什么共同语言呢？爱情在哪里？凑合起来打发未来的日子罢了。她什么也没说，她不想让老同学们挖苦她骄傲，说她下眼观人。她只是告诉她们：通过酒厂她姨的介绍，一个来招工的人同意接收她进一个国防工厂了。先去这一年，月工资二十八块五角，一年以后再涨。明天就走，不能多停。

小凤虽然一再谢绝，九月、玉惠、爱云还是坚决表示明天送她和琴琴。同学一场嘛。

……

当初升的太阳把红艳艳的光芒洒遍渭河川道的时候，四个女子由渐渐现出黄色的河柳夹道小路上走出来，迈上了长长的沙堤。这一次，她们没有像两个多月以前那次那样前后分散地走开，而是紧紧聚在一堆慢慢走着；走走停停，向后看看——司马爱云还没来哩。鬼知道她跑到哪里去了！

谈小凤站在沙堤上，扭回头向村庄的方向望去。浓密的柳丛遮挡了她的视线，看不见沙柳滩那散开的村舍，也看不见已经开始收割的秋庄稼地；猛地一丝离乡背井的愁绪像闪电般袭上她的心间，她脑子里飞速地流过许许多多的记忆。她感到了一种从未有过的眷恋——家乡毕竟是美好的！不过，这种情绪只是稍纵即逝，目下，最能吸引她的是工厂的现代化生活：柏油大道、高大而整洁的厂房、陌生而新鲜的工人生活，还有电影院、公园、音乐会……她扭回头来，向渭河北岸眺望。开往县城的班车快到了吧？她思量着。

玉惠极力从河柳的缝隙里向来路张望，十分焦急地埋怨：“爱云跑到哪里去了？说好的嘛！”

九月也同样焦急，但是她说：“许是啥事把她绊缠住了。不然，她不会耽误的，她是个急性人。”

不能再等了，再等就要误了班车。一路上一直沉默不语的凌琴琴，死活硬挡住玉惠和九月，不让她们送过河去。地里的活很忙哩。

只好在沙堤上告别了。九月握住小凤纤细的手，叮咛着：“去了就来信，记着！”她的心里，总有一种不实在的感觉。她觉得，城里待业青年还一批又一批哩，农村户口的小凤怎么会被招工呢？尽管小凤告诉了她，是她姨为她走的“后门”，但她还是很有疑惑：小凤没转户口，说是实习学徒一年之后才办户口，没听说过这种事呀。昨晚她问了小凤，小凤还蛮不高兴，还以为她在查她的“后账”哩。唉，真的当工人也好。她只盼着小凤能来信就把心放下了。

玉惠什么话也没说。她低垂着头，怕自己流出眼泪来。直到琴琴和小凤已蹚过渭河，在远远的河北岸身影模糊了，九月招呼她回村子时，她才长长地叹了口气，扭过身子来，眼泪渗出了眼眶。

啊——司马爱云什么时候站在身后了呢？她那圆圆的、红润的脸上表情很复杂。

九月问："你什么时候来的？怎么没听见你声音？我们把你等了很久。"

爱云闷闷地说："我早就来了。我走的是另一条小路。总算是我送了她们，尽了我的情！"

"你这是为什么呀？"

爱云没有回答，转身走下沙堤，迈上回村的小路。走了一阵，才扭回脸问九月和玉惠："你们羡慕她们吗？"

九月和玉惠没有想过这个问题。她们吃惊地望着爱云，不明白她的意思。

爱云干脆地说："要是让我像她们一样走后门，我死都不干！"她嗵嗵地走在前边，甩动着乌黑的短发，并不扭回头来，说："看小凤昨天那神情，说当工人一月挣二十八块半哩；我当时就实在想说：'我每月给你发三十八块半，你帮我养殖蚯蚓吧！'看她咋样说！"

玉惠倒笑了："人家要当的是国家工人，还看不上你那钱哩！——唉，我真盼望琴琴明年能考上大学……"

"我就不信，在农村里干一辈子农民，就屈了我们高中毕业生的才，只怕到时候还有大学生回农村哩！"

玉惠和九月没有回应爱云这句气昂昂的话。实话，九月心中也常涌动着这种感情，爱云说的是她心里的话。不过，她不愿意像爱云那样偏激地看待琴琴和小凤罢了。她想：世界上有各种各样的路，每个人都有选择自己的路的自由。只要你把路选择对了，哪怕前面有曲折和荆棘，也要勇敢走下去。

15

春天的夜晚是美好的，渭河滩上的春夜更美。

吴九月从家里走出来的时候，心情像这春意盎然的月夜一样，轻松而欢悦，胸膛里拂动着缕缕春风。

正是庄稼院里喝罢晚汤以后，劳碌了一天的庄稼人，都拥挤到新添了电视机的两家院落里去了。电视上不知播出的是什么节目，竟把大伙儿，特别是娃娃们的笑声逗引得那么响亮。农历十三四的月亮，早早地从远处树丛后边升起来，巨大而浑圆，黄澄澄的，在墨蓝色的夜幕上，像贴上去的剪纸一般分明。淡淡的柔和的月光照射在村庄、道路、水渠、滩地、树丛上，像蒙上了一层轻纱，慢慢在升腾、浮动。阵阵的春风送来桃李花的甜香，花香和滩地里带着泥腥味的水汽，庄稼院里的柴火烟气混合在一起，弥漫着沙柳滩。

月亮很快地升腾着，渐渐变成了白玉一般的皎洁、明净，水银般的月光猛烈地向大地上流洒，使这平坦而宽阔的渭河滩完全袒露出来，只有远远近近的树木变得更浓更黑，木刻一般分明。远处的秦岭山，渭河北的黄土塬变得朦朦胧胧，影影绰绰，完全是一幅生动的水墨画。不远的渭河，春天里是娴静的，水声汩汩，像谁拉响一曲小夜曲，悠悠荡荡，飘飘游游……

九月披着银色的月光，向东走着。她想去找司马爱云。她觉得，自己肚里的那种欢愉必得对人倾吐一番才行。

半年的时间过去了，她的学前班现在已经有将近四十个学生。这是多么不容易啊！现在，村里实行生产责任制，庄稼人的心全被发家致富的各种门路吸引着。虽然，他们也懂得将来的日子没有文化是不行的，可是，他们更注重眼前的实际利益，有人甚至把在清河湾上学的孩子都停了学，叫回来饲养、牧放奶山羊了。一斤羊奶要挣一角多钱哩嘛！在这种情况下，九月几乎跑断了腿，磨破了嘴，说服那些固执的家长让孩子来上学。这哪是一件容易事啊！直到如今，琴琴的小侄子小琪儿就还没上学来哩！过去是琴琴不同意，现在则是琴琴她嫂子不同意了：家里喂了两只奶山羊，娃们家不拾掇草谁给拾掇草呀？

今天傍晚，九月把孩子们集中在教室前边的空场上，组织娃们家开了一次晚会，竟几乎把全村人都吸引过来了。人们里三层外三层围了一个大圈儿，看孩子们唱歌、丢手帕、猜谜语、讲故事，使劳累一天从庄稼地里回来的庄稼人乐得前仰后合。一个半截老汉心里高兴，竟喊出了声："九月就是有办法咯，把这些狗日的娃们家拨弄得像个样样行行了！"谁知，这句粗鲁的赞美，倒惹得好多娃们瞪起眼来。一个孩子站起来说："你怎么骂人呢？我九月老师都不让我们骂人，你大人还骂人吗？"这一下，更惹得全场人哈哈大笑，那个半截老汉羞红了脸，连连说："不得了！不得了！真格出息了！"本来，这个晚会早该结束，可围着的人们不肯散去，孩子们兴致也更高，直到天完全黑下来，要喝汤了才散了场。

能有什么比这更让九月欢乐呢？像六月天迎面吹来一阵凉风，也像劳动之后汗水淋漓之际喝下一杯凉甜汽水，九月感到了一种从未体验过的幸福和痛快。喝罢汤，她一丢下碗，就想去找爱云。痛苦或欢乐的时候，总会想起自己的同学来，这是学生们特有的感情。

脚下的土路在月光里白光光的，九月蹒跚地走着，身子随着残瘸的左腿一颠一颠。半年的时间了，她第一次独自哼起歌儿：

红红的阳光蓝蓝的天，
一路春风回家园。
人人都说杭州美，
怎及得啊，
自己的家乡梦魂萦绕
时时刻刻在心田。
……

突然，她听见前边的路上有脚步声，她停止了哼歌。月光里，可以看见有人迎面走过来。她仔细看去，来的正是司马爱云。鬼东西来得巧！

“嗨——”九月喊。

“你高兴啥呢！人家都快愁死了，你还唱歌哩！”

16

“人家都说你现在发了财了。”

“嗯。这话不假。发了点小财。”

“有多少呀？”

“对你不保密。三千块。”

“啊呀！这蚯蚓真能卖钱！”

“你说多是吗？”

“你还嫌少呀？”

“离万元户还差一大截子呢！”

“你有办法。”

“别给我戴高帽子。反正不会下馆子再借钱就是了。你要用钱，张口就是了。”

“那你还愁个啥呢？”

“唉！难言得很……”

“噢，我知道了。现在有钱了，该是结婚的时候了……”

“我把你……”

两个姑娘扭在一起了。司马爱云把九月猛地压倒在渠埂上，两只手使劲胳肢她。直到九月笑得喘不过气来，连声讨饶服输才放开她。两人重新紧挨着坐在了渠埂上，喘息着。

渠水由西流来，在她们身边猛一转弯，又向南流去。月夜里，仿佛流淌着的是一渠白亮亮的银子。银盘似的月亮倒映在水面上，抖动着，扯长着总也流不走。渠水打着小水花儿，叮叮咚咚地响着，很动听。

“到底是什么事让你发愁呀？”九月真诚地瞅着最知心的朋友，她真不明白有什么事会难住这个不知愁的乐天派。

爱云看了一眼九月，低下头去，瞅着面前的渠水："你知道，我爹给我把婚订了三四年了，那男的家在麦芽镇。这几年，他家共给我家连钱带东西，算起来有一千三百多块了……"

农村里的女孩子，虽然有的很早订了婚，在村里也不算什么秘密，但直到领结婚证，甚至出嫁过门之前，本人一般是决不对旁人谈自己的婚事的。现在爱云对九月不但说起了自己的婚事，连只有当事者两家才能知晓的财礼数也告诉了她，这使九月十分感动。她说："这是咱这地方的乡俗，家家订婚都是这样……"

爱云截住了九月的话："为啥会有这乡俗，还不是因为一个穷字嘛？说穿了，这婚姻是用钱来拴着的。过去女人一过门，就成了男人家买进去的骨头算尽的肉，在人家面前低一头，有个啥平等！有个啥爱情！女的全成了男的附属物了，不就是因为你是人家用钱买去的吗？"

九月望着目光里显出深深的痛苦和思索的爱云，点了点头，表示很赞成她的这个看法。农村里多年来因为财礼而造成的婚姻悲剧，她是十分清楚的：金钱不能保证人的幸福哩！她想：爱云也许准备退婚。在农村里退婚是非同小可的事，没有一种一拼到底的精神是办不成事的！当然，她知道爱云有这种精神。

"我把财礼钱退了！"爱云终于说出来了。

九月还是吃了一惊："你退婚呀？"

"不。我还不是退婚。我是把他家这几年给我家的财礼钱退还给他！"

"一千三全退？"

"全退。一分也不要他家的。退了财礼，我们就是平等的了，谁也不附属于谁。没有平等，就没有爱情喀！"

"你爸能同意？"

"我爸挡不了我的事！再说，我又不让他掏钱！"

"你真行！"九月由衷地佩服爱云那敢说敢干的劲头，"这一下，村里人更要说你这毛鬼神女子胡弄了。"

"说让他们说去！我根本不理那些。"

"爱云，我支持你这么干哩！"九月抓住爱云的一只手，大声说，

“用钱买媳妇的历史该在咱这一代人手上翻过去了！”

“唉……难得很哩……”

“怎么？”

“前天，我到麦芽镇去了。我把齐崭崭的一千三百块钱往他家的炕上一放，他全家人全慌了，比那年闹地震还慌，说我是退婚来了。任我怎么解释，人家也不相信。特别是……那个人，人家的话他一句也听不进去，还眼泪唏唏，真没出息！我急了，把钱一丢扭身就走了。谁知道，今天一早，媒人到我家来，钱又还回来了，一千三反倒成了一千五，多了两百元。口口声声只说，情愿多花钱，坚决不退婚！他把我退财礼当成嫌财礼少了！九月，你说气人不气人！”

“……我说，这种事太少见了，所以人家才当你是为退婚耍手段哩。你再解释解释……”

“还要我怎么解释呀？他也是年轻人嘛。他妈的，那家伙是个牵着不走、打着倒退的货！九月，你说我咋办呀？”

月亮越升越高了，慢慢地，钻入了一片淡淡的云彩中，大地上昏暗起来。一会儿，月亮又从云彩中浮了出来，变得更加明亮，更加浑圆，流泻出清冽的光波，轻浮轻游地向天心飘去，像是在深蓝色的大海中游动。那光波飘洒在地，仿佛散发出一股淡淡的香气……

两个姑娘低声交谈着，咕咕哝哝，叽叽嘎嘎。爱云说着她的想法，九月为她作着补充；不知谁打趣了谁，两人不时地撕扭一阵，然后又亲密地咕哝起来。直到两人无法抵挡半夜的寒气了，才恋恋不舍地站起来，告别回家。

爱云说：“反正，我要凭自己的力量去过一种新的生活呀，天王爷也挡不了！”

九月点点头，为知心朋友的勇气叫好。等她慢慢走回自己家门口，推开了独扇柴门，才想起，自己学前班的欢乐竟一句都没告诉爱云。不过，她很满足，身上也更增加了一种亢奋的力量……

17

像一阵风，司马爱云给男方家退财礼的事，在沙柳滩上沸沸扬扬地传开来。不过，传的不是“退财礼”，而是“老司马家嫌财礼少，要退婚呢”！农村里，订婚是一件大事，也是一件难事。谁家没为给娃们家订媳妇凑财礼而熬煎过呢？因而，庄稼人顶见不得的是退婚，特别是由女方提出退婚，在庄稼人的心目中，更是瞎了良心、丧失人格的事。背信弃义么！

“说不是退婚，说是移风换俗，不要财礼哩！”

“屁！那话是哄娃不哭哩！”

“就是的，退了一千三，拿回来一千五，一退涨了二百元！”

“越有钱心越狠！人心没底！”

“听说老司马箍不住女子？真格反了蛋，高中生上天呀！”

街头巷尾，到处都有这样的议论，风一股，雨一股。司马爱云听见这些议论，毫不理会，反倒更添加了和旧习俗抗争到底的劲头：嘴是圆的，舌头是扁的，爱怎么说就怎么说去吧！看你们谁敢说到我面上来！

她爹却抵抗不住村里这股风了。

唉唉！这两天，老人出不得院门了。活了六十五岁，什么时节曾这样被村里人议论不休过呢？仿佛做了啥对不住乡亲们的不名誉的事，老汉觉得身材仿佛一下子矮下去许多。他是坚决不同意女子退财礼的主张的：退什么财礼？人老几辈哪有退财礼的事？乡下历来有讲究，不要财礼的女子不值钱！可是，女子偏偏不依，非退不可，说要啥男女平等，要建立真正的感情！高中毕业的女子说起话来像卖瓦盆的，一套又一套，钱又是她养蚯蚓挣来的，她要自己做主。唉唉，如今当老人的做不了年轻人的主了，只得由她去。这倒好，如今要让全村人的唾沫星子淹死了！

在硬让媒人把带来的一千五百元拿走的第三天，老汉到底扛不住村里人的议论，决心“求一求”爱云了。人活在世上，总要顾全一下人言哩嘛！

在半年前圈鸡棚的地方，如今搭起了两间简陋的草房，是爱云的蚯蚓饲养室。那些鸡早已转到玉惠家去了。老汉小心地推开草房门，一种潮湿的热气和浓烈的牛粪味扑出来。在一排养殖箱和用烂砖、土坯垒起的养殖槽间，戴着口罩的爱云正在观测着。房里温度高，爱云只穿着一件半截袖衫子，额头和脸颊上挂着细密的汗珠儿。

“爱爱，你出来。”老汉向女儿招手。

磨蹭了好一会儿，爱云披了一件衣服出来了。她站在饲养室门口，拧着眉头耐心听完她爹那一套唠叨了几遍的话，毫不动心地说：“就这话吗？我把你的话都快背过了。再没别的了，我还忙着哩。”说完，扭身又要进饲养室。

“爱爱，村里人的话难听得很！”老汉可怜巴巴，一脸苦相。

“我不在乎！”爱云说。

老汉鼓了好大的劲，问出他最担心的问题：“你要退财礼，人家贵贱不要，这到底咋办呢？难道……你真格把这亲事弄瞎塌呀？”

司马爱云没吭声，紧紧咬着嘴唇，抬起头来望着天空。这是使她十分苦恼的事啊！对于麦芽镇那小伙子，她是陌生的，更说不上什么感情。原本打算通过退财礼，能使两人在思想认识和感情上一步步沟通起来，能够在未来的日子里齐心协力去创造新的生活；年轻人，总不能按老先人划的道儿一步不错地走呀，一个时代有一个时代的内容和精神生活嘛！可是，竟是这么复杂和困难……她思索了一阵，冷冷地一笑，说：“这婚事瞎不瞎，也就看他咋对待这事哩！要还是‘买来的媳妇揉到的面’那种思想，我和他也过不到一搭儿去！凭他的钱想把我买去？呸，我自己有钱哩！”

说完，她回身进饲养室去了。

老汉“噗嗒”一声坐在了墙根下，花白的头扎在两腿间了。自己的女子自己亮清，她说到的就敢办到呀！他感到自己毫无办法来管这事了，真格是：女大不由爷呀！他懊悔，自小儿把女子惯坏了。

就在这种沉重的气氛笼罩着这个庄稼院的时候，一件令父女俩甚至全村人都没料到的事发生了：县广播站的记者和文化馆的摄影员，蹚过春水潺潺的渭河，来到沙柳滩上，进了司马家的小院里。他们不知道从哪里得到的消息，来采访蚯蚓养殖专业户司马爱云来了。

文化馆摄影员手中的闪光灯照相机，吸引了沙柳滩的老老少少，司马家的庄稼院第一次像跟集赶会般热闹。闪光灯在饲养蚯蚓的两间草房前闪闪，又在饲养槽里团团蠕动的蚯蚓近跟前闪了；最后，摄影员为神采飞扬、依然留着运动员发式的司马爱云拍了一张头相。闪电般夺目的闪光灯把爱看热闹的人们眼睛都耀花了。广播站记者和爱云整整谈了一天，还和爱云爹谈，和大队支部书记及一些庄稼人也谈了，啥啥都打问，啥啥都往小本子记。他听到了爱云退财礼的事，以比养殖蚯蚓的事还大的兴趣，细细打问了一番，也记在了小本本上。

记者和摄影员在沙柳滩上呆了两天。这个事件冲淡了司马家庄稼院的沉重气氛，也稍稍改变了全村庄稼人的议论中心：人们对司马爱云养殖蚯蚓的事业，比对她退还一千三百元财礼更关注、更有兴趣了。广播站记者和文化馆摄影员走后的第六天，沙柳滩各家各户拉的有线广播匣子里，响起了对司马爱云的报道，题目是《新的力量在农村中迅速崛起》。这篇热情洋溢的报道，从司马爱云没考上大学说起，介绍了爱云怎样发挥自己的文化知识，怎样跋涉几百里路背回来良种蚯蚓，在农村致富的道路上打开了新的门路，热情肯定了这个方向和这种奋斗的精神。庄稼人万万没想到的是，广播匣子还说到了爱云退财礼的事。女播音员的普通话虽不纯正，却也悦耳动听。她称赞爱云的这一行动："毕业回乡的高中生，不仅在农村创造着新的物质文明，而且还开拓着社会主义精神文明。这是一支灿烂的红花，必将开遍广大农村的土地；这是一支充满青春活力的新歌，必将引出更加雄壮嘹亮的大合唱！"

紧接着，沙柳滩进县城跑生意的人带回来了另一个消息："哈呀！爱云的相片贴在县政府门墙上了，有脸盆那么大哩！把爱云照得比她真人还蛮哩！啊呀呀，风光极了！"

一阵春风，一下子刮走了爱云她爹脸上的愁云，弯了多日的腰，又硬朗地挺起来了。他在心里对自己说：咱女子比旁人的儿子还强哩！你谁的儿子上了广播，相片贴在县政府大门墙上了？

18

瞎眼的世勤老汉因家里娶来了贤惠的媳妇而念佛了。他跟人说话，说不上三句，便说到了玉惠身上：“玉惠真格是个乖娃呦，我享了玉惠的福了！”

村里人说：“这是你的命好喀。”

“狗屁命好！”老汉扭着脖项大声反对，因没听到对方对自己儿媳的称赞而不满，溅着唾沫星子争执，“命好能让我只过黑天不见白天？还是我玉惠好，让我活得像个人了！”

“那是你三虎有办法喀。”有人故意和老汉抬杠，“再好的媳妇也看男人指哩。常言讲得好，骡马上不了阵嘛！你是偏心喀，娶了媳妇见不得儿子。”

“滚球远！三虎的本事抵不上玉惠的一个角角！甭看我眼窝看不见，心里可亮清得镜儿一样！”老汉脸红脖子涨，“滚球远远地去，知道个你妈的腿！老天爷该让你一辈子娶不上媳妇才好！”

看把老汉惹得发躁了，围在旁边的人们才一齐张大嘴，哈哈哈哈地大笑起来。

每逢这种时候，玉惠便急忙跑出来把公爹搀回去。进了经过修缮的头门，她总红着脸轻声细语地劝阿公：“爹，给你说过多少次了，我做的都是小辈人做的，你再甭夸人了。要不，人家要笑话呢。”

老汉不服气地说：“笑话啥呢？实话么！”

“你说的次数太多了。”

“你甭看人家和我争哩，抬哩，那都是故意惹我老汉哩！实在，他们心里是承认我的话对着哩。”老汉倒笑了。

玉惠不再说什么，心里涌起了一股幸福的暖流。

她和三虎结婚有四个月了。结婚那时，按照阿公和三虎的意思，哪怕是借一笔债，也要让她享受一下排场。人一辈子才这么一次，不能让她把遗憾留在心里。玉惠坚决不同意这么办，她懂得过农家日子的艰难，不主张图那虚名。结果，在结婚的那天，并没有像富有的人家那样待全村坐席，只是待了两家的知己客和玉惠的同学。不同于其他人家的是，晚上包了一场电影，招待了全村人。尽管如此，结婚仪式依然是隆重而热闹的。深明事理的庄稼人并不责怪三虎家的礼数不周，能体谅他们家里的困难，不坐席也都照样来祝贺和恭喜。吸一支香烟就尽够了，全为的是玉惠的人品：高中毕业生，不嫌弃只上过小学的三虎，不嫌弃三虎的家贫，不嫌弃世勤老汉那瞎眼人。庄稼人从心底里敬重这种人咯！

世勤老汉失明的眼窝里鼓涌着泪水，从心里抱愧，说："我玉惠娃还没有好好地活人哩！"

老人的话使玉惠心里发酸、发烫，她为老人的心而久久激动。

从那天开始，她挑起了这个家庭的担子。

新婚的第二天清早，她把一碗冲蛋端到老人面前："爹，吃吧。"

"这么早吃饭呀？"

"早饭过一阵再做，这是给你冲的鸡蛋。"玉惠说。

"咱没看鸡，你买的鸡蛋吗？"

"不是的。"玉惠说，"忘了告诉你老人家了，爱云现在专门养蚯蚓了，把她家原来养的鸡给了咱四十只，算是送给我和三虎结婚的礼当……"

"这……这，这礼……"

"我们同学，和亲姐妹一样，我收下了。下午我和三虎拾掇了鸡窝，就全拉过来。以后，你老人家天天早上有鸡蛋吃哩！"

世勤老汉抖抖索索地端住了鸡蛋碗。他从心里感到，一种新的生活就要开始了……

在司马爱云的帮助下，玉惠和三虎拾掇好了鸡圈，把四十只鸡圈起来了。玉惠过日子的心盛，她又从娘家爹和哥那里拿回来几十块钱，让三虎进了一趟秦岭山，牵回来一大一小两只奶山羊。院里堆放的那堆半截砖正好派上了用场。两人和灰和泥，在东墙根那两棵柿子树间，垒起了一个蛮漂亮的羊圈。每天天一放亮，鸡鸣，羊咩，狗叫，这个农家院落里再也不是以前那种死气沉沉的景象了。

须发皆白的世勤老汉，高大的腰身虽然佝偻着，但身上的衣服再也不吊得紧紧缩缩。一天里，他摸索着从羊圈走到鸡窝，又从鸡窝折到羊圈，像听着最动听的音乐，枯黄的脸上整天挂起笑容了。

三虎承包的地多，路又远，玉惠整天里和三虎一块儿下地，一块儿回来。一听见他们进门，世勤老汉总要说："惠惠，地里的活让三虎多做，你忙时给他搭个手就是了。"他又给三虎说："惠惠是念书的娃，做活没练下，能和你比吗？让她做一天歇一天。"

三虎只是笑："我把她说不下么。"

玉惠忙说："爹，我年轻人不知道乏，你甭担心；再说，咱地多，他一个人也做不过来。"

背过了老人，小两口说笑。三虎说："爹光怕把你挣了，你还是歇几天吧。不然，我就成爹的出气筒了。"

玉惠说："我想歇了会歇的。我是盼着忙里挣了丰收，咱过日子就有底摊了。"

说到过日子，三虎就想起爹的心愿，说："夏季丰收了，你腊月了给咱生上个儿，双喜临门，让爹抱上孙子就好了。"

"去，去去去去去！"玉惠羞红了脸；毕了又说，"让我说，还是女子好。"

"儿好！"三虎对这一条是坚定不移的。

"女子好。"

"儿好！"

玉惠不做声了。她知道三虎希望生一个儿子后，心里就想：老天爷，以后就让我生一个儿子吧！不过，现在不要，过两三年再说……

这时候，村子里传起了司马爱云退财礼的事，说啥的都有。这又打破了玉惠幸福而平静的心境。有人让她去劝说爱云，她没去，她相信自己的同学是个有主意的人：爱云有她自己的想法，别人是没法干预得了的。她为爱云暗暗地担心着。

19

"玉惠！玉惠！"

听到头门外的喊声，玉惠家脖子上拴着铁绳的大黄狗扑了起来，发出凶猛的吼叫。

正在给鸡拌食的玉惠，听出叫门的是司马爱云，顾不得把手里的拌食棍儿扔下，就跑过去开门。爱云站在门外，手里提了半截砖头。

玉惠说："呦，打上门来了。"

爱云笑着说："我怕你家那狗咬了我的腿。"她扔掉手里的砖头，拍着手上的土走进院子。

爱云问："你女婿呢？"

"才买了个收音机，炕上听戏哩。"玉惠朝着屋里喊，"嗨，爱云来了。"

三虎趿着鞋从屋里跑出来，还没等他张口问候，爱云已夺下玉惠手里的拌食棍儿，塞在了他的手上："把你品麻得听戏哩！你不会喂鸡去，让玉惠听戏嘛！"

三虎一只手搔着后脑勺，嘿嘿地笑了，不好意思地磨蹭着去喂鸡了。

两个老同学手拉着手进了屋里。今天早上，玉惠听了有线广播中对爱云的报道，正替爱云高兴哩，现在一见面，话多得说不完。她问了爱云为啥要退财礼，又问男方家的态度，再说爱云下一步的打算。两个人一会儿声音大，一会儿声音小，叽叽咕咕，嘻嘻哈哈，说个不停。爱云好多天没有这么高兴过了。经过县上这么一报道，肯定会有更多的农户来和她洽谈贸易；对她退财礼的热烈赞扬，更使她激动不已。她觉得，多少天来窝在心里的闷气吐出来了。她躺在玉惠的新房炕上，来回翻滚着，说是沾新人的"新气"哩。

突然，爱云一翻身坐起来，两只巴掌响亮地一拍，对玉惠说："尽说闲话了，差点把正事忘了！"

"啥事呀？"

"你买奶牛不？"

"奶牛？你说细法些，没头没尾的。"

"是这么回事。"爱云告诉她，说她今天听到一个消息，说县农业局在新疆廉价购买了一批良种奶牛，很快就要运回来了，准备卖给需要的农户，支持发展牛奶生产哩。需要的人，现在就到县上农业局去报名，牛回来就交钱拉牛。“这是天大的好事！一头奶牛，每天要挤六七十斤奶呢，一斤牛奶交给奶粉厂，收购价是一毛六，一天就挣十几块钱，你算算一年是多少！这是生产致富的好门路，我来就是给你报告这个好消息的。快去报名吧，过了这个村就没这个店了！”

玉惠听后，愣了半晌，才问：“一头奶牛得多少钱？”

“一千五的，两千的，三千块的也有。”

“啊呀！哪来那么多钱呀？”

“笨蛋，你不会去银行贷款吗？国家支持农村专业户，几万块都给人贷哩！”

玉惠又是好一会儿没做声，拧着眉头思考着。她长了二十来年，手上从未经过百十元的花销，甚至从未想过这么大撒手的开支。养奶牛是件好事，上了高中的她，知道将来食品结构要改变，生产牛奶是发展方向哩。她扭过头去，隔着窗子向外瞅瞅，只听见三虎喂鸡喂羊的声音，却看不见他人。

爱云撇着嘴笑笑，高声喊：“三虎，你来！”

体魄魁梧而又不善言辞的三虎走进来，坐在门槛上，望着爱云。他对这厉害而又能干的司马爱云，是敬重佩服的。他不敢在她面前说话。

爱云把买奶牛的事重复说了一遍。她把买奶牛致富的前景描绘得仿佛就在眼面前，又把怎样盖牛棚、饲料来源、饲养方法以及怎样交售牛奶等等，都讲得很具体。她恨不得把面前的小两口立即拖到致富的路上去跑。她说：“你们要是害怕贷不上款，我去替你们贷款。信用社的人我个个都熟，没一点儿问题。”

可是，三虎和玉惠只是听着，并不表态。

“啊呀呀，比上刀山都难场吗？”爱云喊叫起来。

玉惠笑笑，问三虎：“你说敢不敢办这事？”

三虎也笑笑，反过来问玉惠：“你说吧，你看敢不敢弄这事？”

爱云腾地从炕上跳下脚地，说：“你们两个人呀，一个木刀子，一个烂刃片，都切不了个菜！好吧，你们开个家庭全委会，讨论它几天几夜吧。我没工夫陪你们了。我走呀！”说着，走出屋子，又扭回头喊道，“玉惠，给我把黄狗看住。”

玉惠和三虎感激而又抱歉地把爱云送出大门。晚上，小两口简直没睡觉，一会儿躺着，一会儿坐起，商量了又商量，盘算了又盘算；既觉得养奶牛能挣钱，又担心风险太大，一次花几千块钱，弄不好就丢到河里去了。

玉惠说：“咱没经验，又不会喂。听说，奶牛比咱秦川耕牛难侍候哩。”

三虎说：“就是的。喂塌伙了，几千块钱拿啥还呢？一脚踏偏，把全家就入到祸坑里去了。有钱不买张口货，咱把鸡羊喂好就是了。”

直到鸡叫三遍了，两口子才决定：这回不买了，待村里有人买来养了，看看情况再说。主意定了，两口子才亲热地搂着睡觉了。

20

公社差人给沙柳滩送来一个通知：县政府召开农村专业户座谈会，邀请司马爱云去参加哩。这在沙柳滩上又是一件引起轰动的新鲜事：县上开会没叫大队干部，没叫挂有各种头衔的人物，专请发了小财的司马爱云。这是过去从来没有过的事。世事的变化，越来越让庄稼人眼花缭乱了。

对于村里传播的消息，吴九月总是比别人知道得迟得多。她一门心思办学前班，旁的话钻不进她的耳朵么。当她听说爱云要上县去开会的消息时，已是座谈会报到的前一天了。

她急忙去找爱云。对于爱云的上广播和上县开会，她觉得都是值得特别庆贺的事，她把好姐妹事业上的顺利和成功，看成是自己的顺利和成功，为之欢欣鼓舞。她就是这样一个对好朋友诚心的姑娘。她从爱云得到的荣誉上，体会到党的政策越变越好。庄稼人的日子发生巨大变化的时候，已经来到家门口了呀！她还有一件事，要托爱云到县上去办，就是叫爱云打探谈小凤的消息。小凤走时，她千嘱咐万叮咛，让小凤很快来信。半年时间了，却一直没有接到小凤的一封信，小凤家里也没收到信。走时她就担心出事，现在更担心了。小凤被招到哪里去了？出没出什么事？九月想让爱云在开会期间，到县酒厂去找小凤她二姨询问一下。

爱云正准备收拾出门了。她经常出门在外，他爹并不当做一回事；可是这次上县开会，老汉却异常地郑重其事，一定要爱云把最好的衣服穿上，拾掇齐整；一味地叮咛女子见了县领导说话要懂礼貌，要感谢县领导的支持。他把自家去年种的经过挑选后收藏的黄花菜，包了足足有五斤多，硬叫女子带去送给那个县广播站记者和文化馆摄影员。老汉固执地认为，女儿现在的荣耀，是那两个有本事的人带来的。爱云不愿带。说这样会招人议论，可他爹不依，硬塞进她那镀铬件闪亮的黑皮背包里了。这次上县参加县政府召开的专业户座谈会，是一件喜事；但是由于玉惠两口子不听她的意见买奶牛，心里堵得发慌，只想和人吵一架。这时，九月找上门来。她一下遇见了可以倾泄自己感情的对象了。

“他妈的！玉惠和三虎一对儿肉头，窝囊废，菜包子！元宝垫了车脚子，反倒把元宝拿脚踢了，当了烂石头！”她对玉惠的旧意识和胆小，又好气又好笑。

九月噗嗤笑了。她说：“爱云，你把天底下的人都当成你了。你以为你敢干的事别人就一定敢干吗？这不是一件小事，是花几千块钱的大事，谁能不摸准石头就过河呢？你再不要咒玉惠了。她，我，和你过日子的方式并不一样呀！”

听九月这么一说，爱云一肚子的闷气全泄了。她佩服九月那清醒的头脑。

九月一再叮咛她记着去打探小凤的下落，才回去了。

爱云到县城，在县政府招待所报到以后，就直接去了县酒厂。可是，她要找的人出差去了，没有找到。

离开酒厂，爱云打听到县供销联社和城关粮站在体育场赛篮球，一下子又勾起了她的“球瘾”。她跑进体育场，直到人家两场球赛完才离开。毕了，又到影剧院连看了两场电影，算是弥补了半年来文化生活的欠缺。夜里，她睡得很香。

五天专业户座谈会，使爱云觉得自己的脑筋一下开了许多窍，也生出了许多的勇气和力量。她更加想要大干一场了。

座谈会最后一个介绍经验的是个饲养奶牛的专业户主。他讲的那些，一下子鼓起了她的劲。根据在会上听到的信息，她知道目前养殖蚯蚓还不能大规模发展，因为销售和再加工生产都有困难。她决定做第二手打算：报名买奶牛。一旦蚯蚓养殖不得不停顿，就把养奶牛当主业来搞。

拿定主意就行动，会下，她去找了那个饲养奶牛专业户主。这人叫魏双成，是前年县北山畔高中毕业的学生，也是没上成大学，倒弄成了另一番事业。他养了十头奶牛，已下了三头牛犊，红火得很。听他会上讲，还准备买十头八头奶牛哩。这人一见面，就让人感到是个头脑敏捷、精明强干的人。他高个子、宽肩膀、细腰身；飘逸的长发搭在脑门上，显出一种潇洒的风度。使人见一面就忘不了的，是他的眼睛：不大，细长，总是微微眯缝着，像是在探究和审视着眼前的一切。只有在他兴奋的时候，眼睛才睁大了，黑白分明，眼珠一动也不动地瞅着你，使你看到那深潭里跳动的智慧和毅力的火花。

爱云和魏双成谈话的时候，就注意到这双眼睛。尽管她是个泼辣大胆的姑娘，可是，在经过了第一次对视之后，她就再没敢去盯那双眼睛了。她感到那双眼睛能看到自己的心底里去，使自己的心扑通扑通跳个不停。她向他讲了自己目前经营的状况，也讲了自己下一步的打算。他的眼睛里闪射出一种惊讶的目光，感到自己面前这个女子不是一只平地卧的兔儿。他们谈得很投机，真有相见恨晚的感觉。会议散了，魏双成突然大胆邀请爱云去他家参观他的奶牛场。爱云爽快地答应了。她觉得他身上有一种新的东西吸引着她，她也想去取取经。

离开县城之前，他们两人一块去了县农业局给爱云报了买奶牛的名。爱云在魏双成家呆了一天，看看他的奶牛场，拿了几本有关饲养奶牛的书和双成记载自己饲养奶牛的一些资料。临走时，她猛地记起了五斤黄花菜，已经没法带到县城去了，只好给魏双成留下。

双成把她送到班车上，汽车开出老远，爱云透过车后窗玻璃，还看见他伫立在黄尘弥漫的公路边上。

他的形象刻在她的脑海里了。回到沙柳滩，她的眼前总有那么一双眼睛：不大，细长，睁大了的时候就闪烁着火花，照进你的心里，撩拨得人心再也难以平静……

21

九月陷入了悲愤的深渊里。

县文教局下来了通知：沙柳滩的学前班，既未申请，也没有得到任何一级领导部门的批准，不符合规定手续，要立即停办。

这个通知，是大队党支部书记昨天后半晌由公社带回来的。他心里也通不过，九月办学前班是得到他允许的；可是，公社文教专干向他一摊双手，说，这是文教局下了红头文件的，他也没法，胳膊扭不过大腿。大队支部书记寻见九月，吞吞吐吐地把这事给她说了。“九月，好娃哩，甭难过，就当咱以前没这学前班就对了。”他说。

九月痴呆呆地愣怔住了。这不啻是一声闷雷在头顶劈下，把她震懵了。

第二天清早，在往常到学前班去的那个时间，九月揉搓着整整一夜不曾闭合而变得干涩的双眼，抱着今天应该发给孩子们的生字本，依然到学前班去了。她似乎忘记了学前班已经停办，她希望那只是昨天晚上的一个噩梦。

她走进教室。教室里寂静得不能再寂静了，连一个孩子也没有。她缓慢地走上土坯垒成的讲台，把生字本放在讲台上。面对空旷的课堂，她还是不由自主地打开了课本。两行清冷的泪珠，不可抑制地由她那瘦削的脸上滚下来，成串地落在打开的课本上……

为什么要停办这个学前班？她不明白，学前班妨碍谁啦？

小儿麻痹后遗症使她失去了进大学深造的机会，她不怨恨。可是，一个残废人连给孩子们教授文化，传播文明，建设家乡的权利都没有了吗？半年多来，她和那些可爱的孩子们已经连在一起了，要让她和孩子们分开，就像是在她的心上撕下条条的血肉啊！

一个人在世上办这么一点点儿的小事都这么难吗？高中毕业的她，真想去叩问苍天。

九月再也忍不住心中的悲愤和酸痛，她伏在讲台上，先是抽抽咽咽，后来竟哭出声音来了，撕心裂肺……

“老师！”“老师！”……

一阵杂乱的深长的呼喊，使她吃了一惊。她直起身子，扭头发现，不知什么时候，她教了半年的亲爱的学生们，竟都紧紧地围在自己身边。那一张张幼稚的脸膛气恨而凄苦，那一双双天真的眼睛里都噙满着晶莹的深情的泪珠。啊！他们是上学来了吗？

九月急忙用袖子抹去脸上的泪水，问："学前班停了，你们不知道吗？"

孩子们七嘴八舌地回答，他们昨天就知道了。

"那……你们怎么还来……"

"我看见老师抱着我们的本子来了，我就去把人都叫来了。"一个机灵的男娃说。

"老师，咱不停……"

"老师，我还要上学哩……"

"咱的课还没讲完哩……"

孩子们乱哄哄的喊声，使九月的心一阵震颤，她恨不得刹那间能生出许多只手臂来，把这些可爱的庄稼院的孩子们都揽到自己怀里来。她望着孩子们，不知该说什么话了。猛地，她一把抱过桌上的生字本子，一本本地递到学生们的小手上。

"来吧，我现在给大家再上一堂课。"她说，"晌午，你们就暂时不来了……"

"那啥时来呀？"孩子们问。

九月回答不出。此刻，她心里渐渐生出一种抗争的勇气。为了这些庄稼院的娃娃们，为了沙柳滩的明天，要抗争哩！

明天上县城去！去问他文教局！他文教局不收回停办沙柳滩学前班的文件，我就不回沙柳滩！

"同学们，咱继续上课！"

22

"叭啦！"碗掉在锅台上，又滚落到脚地里，摔得粉碎。

正在灶房里准备做早饭的玉惠，听到要停办学前班的消息，一下子愣住了。碗掉到地上才惊醒过来。她惊慌地东瞅西望，似乎寻找什么，可又什么也不需要。她失失慌慌地跑出灶房去。

专门回来告诉她这个消息的三虎子，跟她也出了灶房。

“这咋办呢？”玉惠说。

“咋办呀？”三虎说。

“老天爷。我的九月……”玉惠又说。

“把九月熬煎死了……”三虎也说。

后院里的鸡咯咯咯地叫，几只鸡由鸡窝里飞出来，骄傲地向主人和同类炫耀它们新的贡献。爱云送给的鸡都是良种子，见天儿下蛋呢，一个种蛋一毛九！这真要感激豪爽仗义的司马爱云哩。

寻，寻爱云去！她或许能帮九月的忙。起码，她劝说起九月来比我强。玉惠终于知道该做什么了。她吩咐三虎子先给爹做一碗荷包鸡蛋，便急忙出门去了。

经过学前班教室的时候，她听见了九月那悲凄而伤情的哭声。她跑了过去，没敢进教室，扒在窗子上往里望。九月哭，她的眼泪也不由得流下来。九月的命太苦了。考上大学录取不了，办个学前班又让人停了。命运真要把她赶到绝路上去吗？为什么连这么一点理想，也不能顺顺当当地实现呢？

她急匆匆赶到爱云家。

半早晌了，爱云家风箱不动，案板没响，炊烟未升，她正躺在炕上，靠着被垛子忘掉一切地念书哩。从这次参加专业户座谈会以后，奶牛虽说还没见影儿，可爱云却已对养奶牛的事入了迷了。忙完养殖蚯蚓的事，她就一头钻进带回来的那些奶牛饲养书和资料中去。有时，连饭都是爹做好了才叫她吃哩。她要在奶牛未进家门之前，就先弄懂饲养奶牛的科学方法。

玉惠来时，爱云躺在炕上没离窝，只是欠起身来，静静望着她。她有些看不起玉惠，连个奶牛也不敢养。

玉惠站在炕沿前，焦急地说：“九月的学前班要停了！这要九月的命哩，你还在看书！”

爱云“呼噜”一声跳下炕来，手里的书飞到一边去。“你说啥？”她吃惊地问。昨天和今天，她没有出门，学前班的事她一点也不知道。

“县文教局下了通知，要停办学前班哩！”

“为什么？”

“说是不符合手续！”

“九月在哪里？”

“在教室里哭哩，放声大哭哩！”

“走！”

爱云喊了一声，拔脚就往外去。玉惠紧跟在后边。两人一溜风地往学前班去。玉惠还在絮絮叨叨地说着什么，爱云却一句也没有听进去。什么养殖蚯蚓，什么喂奶牛，此刻，她都不想了，只惦记着亲爱的姐妹九月。

教室里，九月还在上最后的一堂课。她那压抑着悲愤而变得沙哑的声音在教室里回响着。

“我们要爱家乡，爱祖国。”九月在念。

孩子们放开喉咙，齐声跟着念：“我们要爱家乡，爱祖国——”

“我们要爱家乡，爱祖国。”

“我们要爱家乡，爱祖国——”

“爱家乡，爱祖国。”

“爱家乡——爱祖国——”

要不是玉惠紧紧抓住，爱云就要闯到教室里去了。

终于下课了。还没等得孩子们走完，爱云就扑到教室里去了。她大声地喊：“九月！”

九月呆呆地站在讲台上，仿佛这一节课耗尽了她全部的力量，又像跋涉了千山万水，已经精疲力尽，再也迈不动腿了。听到爱云的喊声，看到爱云和玉惠一齐站在她面前，她木木地呆了一会儿，才像惊醒了一般，扑了过去。

“你打算怎么办？”爱云直截了当地问。

“我要去问问文教局，凭什么停我的学前班？凭什么！”九月说。

“好！找他们去！”

玉惠踌躇了一下，用一种商量的口气说：“我看，咱们是不是先写一封信去问问情况，看他们怎么回答再说？”

"去去去！"爱云横了玉惠一眼，毫不客气地否定了她的意见，"写信？公文旅行？这个局长转到那个副局长，那个副局长再转到又一个副局长，再批到小公务员手上。好了，回封信，冠冕堂皇的几句官腔；不好了，说不定那信都擦了屁股了！去找他们！直接找局长！非让他说个明白不可！不然，不然我给《人民日报》写信告他！他妈的，啥东西！"

玉惠沉默了。她觉得爱云的话虽难听，倒也是真的。九月则感激地点了一下头。

"你去不去？"爱云问玉惠，"你要害怕了就别去！"

玉惠生气地说："去。我为什么不去呢！"她觉得受了侮辱，新婚后变得丰腴而红润的脸，一下子成了灯笼柿子。

爱云倒咯咯地笑起来，捶了玉惠一拳："请将不如激将，这是古来用兵之道。走，都去。一条绳儿上拴了三个蚂蚱，跑不了我，也别想蹦脱了你。回家吃饭，快吃；吃毕，上县去！演他一出'闹公堂'！"

23

三个女子走在县城的街道上。

爱云最近才在县城开罢专业户座谈会，她对县城的变化比较熟悉了；九月和玉惠，自从半年多以前离开县城以后，就再也没有来过。她们一眼就瞧见大街中心矗立了两幢四层楼，横七竖八的脚手架尚未拆去，但那脱颖而出的新姿已十分引人。街道两旁，增加了不少用各色铁皮焊就的售货亭，一间紧挨着一间，录音机里轻柔的或强烈的歌声、乐曲在招引潮水般涌进城来的庄稼人；挂满五颜六色从广州、上海、北京趸来的成衣的摊子前，挤满了叽叽喳喳爱美的大姑娘、小媳妇，她们比试着，挑拣着……

三个人无心去看，匆匆往文教局的方向走。

来到影剧院的门口，玉惠突然站住了。她猛然想起了那次看榜后在这里碰见的凌琴琴的男朋友，他不是县文教局局长的儿子吗？"嗨！咱们找琴琴去！县文教局局长不是她的……她的公爹吗？让她给咱们帮帮忙。”

九月愣了一下，迟疑地说：“走后门？”

“走后门怕啥？”爱云倒一下子兴奋起来，高喉咙大嗓门地说，“有后门就走，不走白不走！是亲三分向，儿媳妇在老公公跟前说话顶事着哩。走，去学校找琴琴去。”

县高中在县城南面的一道背巷里。正是课间休息的时间，她们不费什么力气就找到了凌琴琴。虽然只有十分钟的时间，可琴琴竟还在念念有词地背她的英语单词呢。

琴琴看到站在面前的三个姐妹，惊喜得简直要跳起来了。过了寒假回到学校以后，她足足有两三个月未回沙柳滩了。她想念家里的亲人，想念过去朝夕相处的姐妹们，可是她硬忍住星期天也不回去，憋足了一股劲，学习。今年无论如何要考上大学。

“你们三个一块儿来了，多好呀！简直要把我想死了。”琴琴站在九月、爱云、玉惠中间，抓住她们的手，眼睛竟泛起了潮红，“你们把我都忘了！我爹前几天来县上看我，说爱云来县上开会了，可你都没到学校里来……”

爱云心中涌上一种深深的歉疚，急忙说：“真对不起，那几天太忙了，没顾得上……你骂我吧。”

琴琴笑了，摇摇头，又问：“你们三个上县有事吗？”

“无事不登三宝殿。”爱云问，“你能请一节课的假吗？我们想和你说一件事呢。”

“这一节课是自习，我去给班长说一下。”琴琴转身跑进教室，一会儿又跑出来，领上姐妹们一块儿回到宿舍里。

爱云、九月和玉惠默默地打量这间熟悉而陌生的宿舍，一种淡淡的说不清楚的愁绪袭上了心头。不过很快就过去了。这时候，她们才注意到，琴琴改变得多么厉害呀！

琴琴瘦了。本来圆润而光洁的脸庞，失去那青春的红润了；颧骨突起来，眼睛陷下去了；过去总流动着光彩的眼睛，变得更大、更圆、更深，使人可以感到里边隐藏着不可诉说的愁苦。她仿佛在半年的时间里，年龄猛地向上蹿了许多。

九月心痛地劝说：“琴琴，学习再紧也要爱惜身子哩。”

琴琴苦笑了。她不愿说那些，催促姐妹们把要说的事情快说。可是，当她听完三个人讲的事后，脸上涌出了更浓重的悲凄。她提着水壶给三个人倒水，手在微微颤抖，水洒在桌子上。

爱云说：“文教局局长是你……那个他爹，我们来找你，想走你的后门哩。为咱九月，这事你不办也得办！”

玉惠说：“琴琴，你去说说吧，让他把手抬一抬。你说话比我们三个去吵架顶事呢。”

琴琴跌坐在床沿上，叹了口气，思思量量地说：“……这事不好办哩，他爹那人……难说话……不，不，我说不来他爹那人。再说，现在他爹没在，到地区开会去了。这些头头成天开会！只留一个副局长在局里，啥事都不问不管，针尖大的事也不定点点，跟他说话办事，还不如给墙头说话。……真的，我说的都是真的。”

三个人望着琴琴。她们不怀疑她的话，可也都感到她有一种难言之隐。怎么办呢？今天白来一趟县城吗？玉惠瞧瞧九月，九月低垂着头，额角抵在墙上。爱云焦躁得站起来来回走。突然，她一跺脚。喊道：“搬倒罐子洒了油，来就一不做二不休，咱寻县委书记去！告他文教局！”

九月惊喜地睁大眼睛，闪出希望的光芒。她觉得只有如此了。

“寻书记？”玉惠迟疑了一下，可依然站起身子，“去就去吧，不知道能寻见不。不过，咱去了说话要注意哩，千万不能吵起来。”

“他县委书记不吃人！有理走遍天下，我就要问他为什么不支持群众办教育事业！”爱云说，“县委书记不在，咱找县长；县上不解决，我豁出去了，明天找地委，哪怕告到中央去哩，我相信中央会支持我们！”她说着就往门外走，“走！都走！”

一呼噜出了学生宿舍，琴琴却站住了，低着头轻声说：“你们……去吧，我……不去了，我……”

九月回头望着琴琴，似乎明白琴琴的难处，她怎么能去告她的公爹呢，便说：“你上课去吧，不用去了。”

三个人来到县委门口。高大漂亮的水磨石大门顶端镶嵌着镰刀斧头，庄重而严肃。大门里夹着皮包、提着提兜、拿着笔记本出出进进的人川流不息。三个人互相望了一眼，走进大门去。

“喂！找谁？”

三人扭头一看，大门右边传达室里，一个干瘦的老头毫无表情地向她们喊。

爱云率先走过去。老头儿见她们过来了，回身坐在一把红木罗圈椅上，拿了个茶罐放在小煤油炉子上给自己温茶。

爱云说：“我们找县委书记。”

“啥事？”

九月站到前边来，把文教局停办她的学前班的事告诉他。没等她说完，老头儿一抬瘦长的胳膊，向对面一指，懒洋洋地说：“去那里谈谈就行了。”

三人回头一看，大门左边有幢挂着“群众来访接待站”牌牌的小平房，门口一张条凳上，已经坐了三个人了。

九月说：“我们想和书记直接谈一谈。这事不能再拖……”

老头儿说：“接待室就是接待来访的人哩。都找书记，把书记就挣死了。去去，进去排队等着去吧！”他用一根筷子搅一搅他那黑乎乎的罐儿茶。

玉惠几乎是央求了：“老伯，你说让我们进去吧，我们谈快些，占不了书记多少时间的。啊？老伯！”

“这娃哟！”老头儿无动于衷，“再甭说了，多费那些唾沫不顶事的。”他身子往后一靠，闭上了眼睛。

爱说话的爱云一声不吭，她低头看着老头儿的罐儿茶，仿佛在研究怎么熬茶才好！当老头一闭眼睛的瞬间，她一伸手扭大了煤油炉的开关，蓝莹莹的火苗儿扑上来，黑乎乎的茶翻腾起来，“噗嗤嗤”一下子溢翻了，扑灭了煤油炉子，水汽、煤油味冲起来。老头儿睁开眼睛，惊慌地“啊呀呀，啊呀呀”地嚷着，两手直甩，手忙脚乱地拾掇他的茶罐儿和煤油炉。“可惜了，好陕青茶哩！”

当老头儿把茶罐儿端下来，惋惜地直咂嘴的时候，才发现三个女子一个也不见了。全跑进去了！

“瞎女子，日弄我老汉！”他气恨地嘟囔着。

24

多么洁净的天空，多么热闹的街市。拥来挤去的城里人、庄稼人，个个看上去可亲可爱；此起彼伏、争相叫卖、寒暄争吵的市声，不再是那么刺耳和讨厌，甚至变得动听了。

爱云、九月、玉惠走出县委的大门，都共同产生了这样的感觉。

县委书记是多么好的人呀！他并不像她们三人以前看过的小说中的那种领导干部。他很年轻，四十多岁，一副书生模样，说起话来旁征博引，妙语惊人。他对她们的来访很是欢迎，特别是听说了她们闯进来时给看门老头儿搞恶作剧，竟是那么有趣地大笑起来。他没用“研究研究”的官腔打发她们，而是旗帜鲜明地表示了对九月办学前班的支持，说这样办完全符合中央一号文件精神；他鼓励九月坚持办下去，办好；关于文教局那边的事，他说他会去查问，要文教局支持九月。他说他知道爱云，看过有关她的材料，还听了广播。他详细询问了爱云养殖蚯蚓的事，并为她的事业发展担忧，告诉了她一些养殖蚯蚓的信息。听了爱云准备喂奶牛的计划，他很赞赏，连声夸奖爱云“有思想、有魄力”。他对农村里的事很有兴趣，特别对农村青年人的思想活动更关注，问这问那；最后，他鼓励她们要多看报，了解时事政策，要她们在农村里好好干。“坚冰已经打破，航道已经开通。”他说，“现在就是需要有文化有知识的青年人，在农村的这场改革中当先锋哩！”一切都谈完了，他把她们一直送到县委大门外，和她们一一握手，说了一句：“听说你到魏双成家去了趟？他是我的朋友。你们应该多来往，取长补短……”爱云不知为什么脸红了，可是县委书记倒哈哈大笑起来……

这样的县委书记，将留在她们记忆中。

她们边走边兴奋地交谈着；街上来往的人们挤了她们，撞了她们，踩了她们，她们一概毫不在乎，乐乐呵呵，嘻嘻哈哈。什么时候这么高兴过呀！

县委书记对爱云提到魏双成，这使她心里增添了一种异样的感情。那一双细长的、睁大时会迸射出火花的眼睛，又出现在她眼前。她想，新疆奶牛到县上以后，是不是应该请他来帮自己挑选呢？是不是要把他请到沙柳滩来，给自己指导几天养牛呢？似乎都是需要的。想到这里，她猛地又想起了麦芽镇那个和自己订了婚的小伙子，想起了前一段时间因为退财礼而引起的风波，唉……

这时候，九月正对玉惠说话："真的，以后是要加强政治学习了，这样，就心里亮堂了，谁也唬不了咱了……"

玉惠却说："你们都比我强，有奋斗的目标。我应该向你们学，真的……"

"哎呀，快别这么说了。"九月红了脸，"千万别说这话，咱们谁不知道谁呢。"

人在高兴的时候是容易想起朋友来的。当三个人走在往县酒厂去的路口时，都不约而同地想起了谈小凤。这半年她音信全无，出了什么事吗？

九月说："去找小凤她二姨问问吧。"

三人一块儿往县酒厂去了，高高兴兴去的。可是，她们谁也没料到，找到小凤她二姨后，却凶狠地吵了一架。

一开始，小凤她二姨见到她们，显得殷勤和高兴。当九月向她问起小凤的情况时，她先是说，小凤现在工作很好，工种很轻，上班穿的是白大褂，脚上穿的是拖鞋；当问到小凤究竟在哪里时，她躲躲闪闪地说，那是个保密厂，制度很严格，半年时间了才给她来过两封信，也没说个啥。玉惠向她要信看，想知道个地址，好去信；可她一味地推托，说信看完后就扔了，地址也没记下来。这一下，九月说什么也放不过去了，坚持要她把小凤的地址或工厂代号告诉她们。小凤她二姨推委不过去，竟变了脸，说小凤是他们家的人，用不着外人来管，狗拿耗子哩，多管闲事。一见面就看不惯这个酒厂采购员那种庸俗、油滑、狡诈气味的爱云，这时一下子炸了，她扒开九月和玉惠，脸对脸地站在小凤她二姨跟前，手指头戳到了她的面前，逼着她非把小凤的去向告诉她们不可。小凤她二姨撒了泼，借着刁野来掩饰她心里的惊慌。结果狠狠地吵了一架。要不是同楼里住的工人们听见吵嚷，赶来劝阻，很可能要打一架。

从县酒厂气呼呼地出来，她们三个越想越不甘心，小凤她二姨的态度使她们怀疑这里面有鬼。九月把她去年送小凤时心里的怀疑也告诉了她们两个。

爱云猛然一砸自己的脑袋，说："咱们真是昏头了！咱们就不该去问那婆娘！你想，招工的事县劳动局能不知道吗？咱们应该去劳动局查问一下！"

三人立即去了县劳动局。劳动局的同志很慎重，把她们查问的事记下来，并记下她们的姓名和地址，让她们先回去。"查了以后会很快转告你们的。"那同志说。

办完了事，已是下午时分。琴琴恋恋不舍地把亲密的姐妹们送出了县城。不知为什么，她泪花在眼眶里打着旋儿。爱云、九月、玉惠走得很快，回过头去，还能看到城里渭河大桥上琴琴那窈窕的身影……

25

近半年来，琴琴确有难言的痛苦；日子愈久，这种痛苦愈是折磨她。

她站在县城河那青石砌成的大桥上，送走了姐妹们，那无法与人诉说的痛苦，丝丝缕缕地又涌上了心头。

这半年来，她越来越佩服爱云和九月了，她们都比自己强，都有一个坚定的奋斗目标，为了追求这个目标，她们付出了多么巨大的努力；而自己呢，自己似乎只是为了得到少宜的爱情才在挣扎。是谁说过，"为一个人活着是禽兽的私心。"她知道自己可怜而渺小，却又无法战胜自己。

县委书记支持九月办学前班，她替九月高兴。当初，她认为九月办学前班是胡弄，干不长，不愿让侄儿小琪儿去给她增加困难；现在，她觉得只有让小琪儿去上学，才是对九月的支持了。在送她们出县城的路上，她低声问：“小琪儿还没上学去吗？”

“没。”九月说。

“你去找一找我嫂子吧，你给她说，我让小琪儿上学去。他会去的。”她说，“九月，其实，我早就应该把小琪儿给你送去的。”

九月答应了她，她心里才稍稍地有一种安慰。倏地，她由自己联想到了这个残废姐妹的终身大事，“九月，现在……你也该考虑考虑自己的……婚事了……”她关心地说。

九月愣了一下，笑笑，反问她：“是你，会爱我这个残废人吗？”

琴琴语塞了。是的，在农村里，特别是在一家一户过日子的今天，哪个青年小伙子不愿意挑选一个身体强壮的姑娘呢？

“我早就找到属于自己的爱。”九月又说。

“谁呢？”

“娃娃伙——我的学生。”九月平静地说。沉默了一阵，她扭过头来，关切地问，“你的心事很重——我能看出来。你大概把你和那局长儿子的事想得太多了吧？”

琴琴脸微微红了。她没有答声，也没有否定。

九月说：“我想过，咱们女人的命运，要操在自己的手上，决不能依附于别人的身上。这样，就会觉得自己有力量了。琴琴，这话我说得太直，你可能不爱听，可千真万确是这样的！”

姐妹们走了，回四十里路以外的沙柳滩去了，可九月的这话却久久留在琴琴的脑子里。九月的话是对的，可她却不敢把这话和自己联系起来。因为，她已经陷入九月所说的那种情况的反面，那是一种可怜又可悲的境地啊！

她爱奚少宜。在学校的时候，他的出色的学习，文雅而出众的谈吐，潇洒而彬彬有礼的风度，都吸引了她的少女的心。在那个甜蜜而又令人心悸的沙柳滩下的黄昏之后，她就完全属于他了。她现在艰苦努力地学习，完全是为着能够保持他们之间的爱情。有时，在她的脑海深处会闪过这样的想法：我如果今年还考不上大学，少宜还会爱我吗？她被这种可怕的预想惊吓得心慌意乱。她听说过痴心的女子因爱情的破灭而出家为尼的故事。在不甚远的省城西安，就有女人为尼的八仙庵。但是，她又总是在往好处想：可爱的少宜绝不会是那种负心人，他的誓言是那么真诚，能变心么？

为了她心爱的少宜，她在辛苦学习了一星期之后，也很少回沙柳滩去，却总要到少宜的家里去，帮少宜的妈妈，一位影剧院副经理做饭，洗衣，做家务。说心里话，她不喜欢这个家庭，虽然这里的一切和自己沙柳滩上的家相比，阔气得多，可是她每回去总感到一股冷冰冰的寒气。局长和副经理很少和她说什么，而少宜的妹妹，那个娇里娇气的城里姑娘，竟把她当做佣人，常常粗声粗气地叫她干这干那。每次由这个家里回校睡觉，她的枕头总会被眼泪打湿。但是，下一个星期天，她还会去那里。她害怕失去可爱的少宜呀！

少宜到成都以后，开始一段每个星期都给她来信，每封信里的话都热得烫人。可是，渐渐地，信越来越稀，越写越短了，只说他学习太忙。而现在，已经足足有三十八天没来信了。她预感到要失去他……

她多么想把这一切告诉自己的姐妹们啊，但是，她终于没有说，只是把痛苦深深锁在自己的心里。

26

农历四月初，渭河川道一片迷人的碧绿。长得齐楚楚的小麦已开始扬花。初夏的略带干燥的风在田野里吹过，麦子随风摆动，像无边无际的绿色彩海翻腾着波浪；清幽而带甜味的麦花香味弥漫在整个空气里，使庄稼人心醉。一进入夏季就变得宽阔而奔放的渭河，失去春天的娴静，水量大为增加了。河两岸已由嫩绿色变为深绿的河柳，拂动着新生的柔软的枝条，倒映在河面上，使河水也染上绿色，仿佛像一河液体的翡翠向东奔流。天空高远、洁净，由于大地的映照，湛蓝的天空也似乎透出可爱的碧绿，片片白云轻轻飘着，像大海里浮动的白帆。

下午，司马爱云拉着架子车到河滩里去。最近几天，她一直在拉石头，拉沙子，备砖瓦木料，要赶在夏忙之前给奶牛把饲养室搭盖起来。县农业局通知，新疆奶牛最迟在搭镰割麦以前就到了。

那天，她去麦芽镇订砖瓦时，她爹一再叮咛要她去把未婚夫叫来，让他帮她拉几天沙石，然后再拉砖瓦。她没有去找他，却把送砖瓦的事全部委托给砖瓦窑上了。回来，她给她爹说，那小伙最近没在家，出门做活去了。她爹愣怔了一阵，啥话也没说，只长长地叹了口气。

一车沙石千十斤。体格强壮的爱云拉着架子车，热汗把浓厚的乌黑的头发，毡片儿似的贴在额头、脸颊和脖颈上；上身一件略显小了的布衫儿，紧紧地裹在圆实的身上，车的襻带勒在肩膀上，使她的胸部更加丰满和隆起；赤脚穿着一双带襻儿的黑布方口鞋，青布裤腿挽起来，露出浑圆结实的小腿。她像一头充满力量的小牛，头低垂着，弓起腰身，奋力拽动车子。

沉重的劳动能够驱走人思想上的繁乱和苦恼。爱云这几天正处在苦恼之中。魏双成最近给她来了一封信，身处县北山畔的高中毕业生写的信平平静静，接信的女高中生却能敏锐地品出那字里行间透出来的微妙的感情，那个精明能干的小伙子，是在向自己抛出一条爱情的红线哩。对这飞来的红线，是伸手抓住，还是不瞅不睬呢？这个苦恼折磨着她。她和他接触不多，但是人与人心灵的相通是不能以时间的长短来计算的。魏双成的身影已经印在了她的心里，他的那双眼睛总是闪现在她的眼前，他的远大的心胸和精细的经营才干使她倾慕。姑娘的心扉似乎已为他悄悄敞开了，她愿意把那红线接住，紧紧抓在手里。可是，自己是订了婚的人了，退一次财礼都惹出那么一场风波，真的退婚能是个轻而易举的事吗？自小儿生长在沙柳滩上的爱云，对关中川道的这一古旧的习俗是很知底的：你要提出退婚，你就要做好让人用手指戳破脊骨的准备，就要打算在庄稼人唾沫星子里过日子。一向遇事有主意的爱云，在这件事上难以拿定主意了。她希望通过沉重的劳动，摆脱思想上的烦乱。但是，几天过去了，她还是摆不脱，甩不开……

在大堤下的柳树阴里，爱云停下了架子车，撩起衣服，擦着脸上的汗水。“噗嗒”一声坐在了树下，身子靠在树身上，双眼闭了起来。她想好好歇一歇。天慢慢地阴沉下来，风带着潮湿的味儿吹拂着她，一身热汗的爱云感到异常凉爽。

忽然，她睁开眼来，在自己面前的脚地搜寻，把一粒白石子和一粒青石子拣在手心里，又用手把面前土路上的石子土块全部拨去，才闭上双眼，把捏着两粒石子的手一扬。两粒石子落在面前，她闭着眼去摸，摸到了一粒，便赶忙睁眼看，是青石子。她咬咬嘴唇，重又把两粒石子一块儿捏起，闭眼，再一丢，再摸。又是青石子……丢下、摸起三四回，只有一回摸到白石子。“他妈的！抓阄的办法不灵！”原来，她心里把白石子当魏双成，青石子当麦芽镇那小伙。“这是哄自己哩，啥狗屁办法！”她心里骂起自己来了。

“哎呀！一个人钻在这里想啥心事呢？”

听到面前的一声呼喊，爱云睁眼一看，九月和玉惠一齐站在自己面前，每人都挎着一只大草筐子，塞着满满的青草。

九月笑嘻嘻地说：“爱云，你在做啥？”玉惠向九月一挤眼睛：“咱们快走吧，人家肯定是想她的女婿呢。”

两人一齐叽叽嘎嘎地笑起来。

从县上回来还不到一个月的时间，九月好像完全变了一个人。她似乎比过去胖了，黄黄的脸上透出了红色，一副笑模样儿。难怪，这一段时间，她的心情是愉快的。县委书记说话算数。没出一星期，县文教局就派人到沙柳滩来了，在村里开了座谈会，最后，向九月承认了他们的错误，宣布撤销了那个停办学前班的决定。他们表示以后要支持全县第一个个人办起来的学校，并且说，在经费许可的情况下，还要给沙柳滩学前班拨一些款，支持群众办学嘛！公社和大队也很快作了研究，说是麦收之后，要首先帮助把简陋的粉碎机房改就的教室大修一番，要坚决落实县委书记的指示哩。学前班又开学了，比以前还红火，入学的孩子又增加了一些，连琴琴的侄儿也入学了。还有什么比这更让九月高兴呢？她目前已经在考虑，一个人办学前班有困难了，还应该再有一位老师才行，形势在发展哩嘛！她很感激爱云，没有她的帮助，学前班大概还在停办着呢。她愉快地笑着，一屁股坐在草筐子上，对玉惠说：“来来，咱也坐下歇一会儿。我不怕打乱爱云的心事，她的心事还能背过咱们吗？”

玉惠也在草筐子上坐下了，激拨着爱云：“那就看爱云敢不敢把心事告诉咱们了！”

爱云一声不吭地看着面前的两个人，思量了一阵，说："说就说！我正希望听一听你们的意见呢。"她没有一般姑娘家那种忸捏和羞涩，真诚地对面前的两个姐妹摊开了自己心中的矛盾。

"啊呀呀，使不得！"玉惠一听完爱云的话，便脱口喊了出来。

爱云的脸有些苍白了。她痛苦地扭过脸去，用希冀的眼光望着九月。

九月拧着眉毛思量了一阵，问爱云："你告诉我，你真的喜欢那个北山小伙？"

"我们能想到一块，说到一块……"

"你不喜欢麦芽镇那个人？"

"那人太窝囊了，我和他到底没话……"

"是这样。"九月咬咬嘴唇，眼睛紧盯着爱云说，"我支持你退婚！你应该和魏双成好！"

爱云的脸上显出一种少有的激动，一把抓住九月的手："你说，应该这么做？"

"嗯，应该这么做！"

"敢这么做？"

"敢这么做！"

"不怕？"

"不怕！"

玉惠的脸却一下子涨红了，淡淡的眉毛扬起来，那双平素总是温柔的细长的眼睛睁大了。她惊诧地盯住九月，愤愤地说："你怎么能劝人退婚呢？你想没想，麦芽镇那小伙等爱云多少年了？"

九月回答说："这些我也思量了。可是你想一个更重要的问题了吗？爱云对谁有感情呢？在以后的日子里，和谁生活在一起会更幸福呢？我认为，爱云有权去追求她自己的爱情和幸福。"

玉惠思想上接受不了这种"背叛"。她又争辩："爱云真要退婚，她就一辈子抬不起头了！人会说，高中生看不上农民了，人要骂她是陈世美！"

九月："风言风语肯定免不了，但是，人们的观念也绝不会永远不变。魏双成不是农民吗？他是新式农民哩嘛。"

“这么做是不道德的！”

“传统道德也要随时代变哩，麦芽镇那小伙也能去选择他中意的姑娘么！”

玉惠和九月互相争执起来。她们互不相让，谁也说服不了谁，都不能同意对方的观点。爱云根本听不清她们在争论什么。她在想自己的事。九月的话，使她的思想渐渐明朗起来。

天突然黑了下来，空中一片铅灰，万马攒动似的乌云从渭河以北的塬上涌过来，像脱缰的野马一般向南奔跑。从高空中，也像是从大地的深层传来沉闷而压抑的雷声，天边上，电光闪闪；空气中充满了浓重的雨腥味，向人扑来。

一场大雨即将来临了。

27

时大时小，不歇不停的夏雨下了几天几夜，到第三天早饭前后，方才停息。铅灰色的凝重的天空中，乌云渐渐向西方退去，绽出一块海水般蔚蓝的天来；一束金色的灿烂的阳光照在渭河以北拔地而起的塬边，给被雨下成黑色的土塬镶上了明亮的金边儿；几天没有露脸的沙柳滩南边的终南山，清晰地显现了出来，蓝幽幽的，每一道山脉都清清亮亮。

雨过天晴，沉寂了两天的沙柳滩又喧闹欢腾起来。有人急急忙忙地到承包地里去了，即将成熟的庄稼牵挂着他们的心；有人甩动着铁锨，细心地平抹着自家门前的泥泞的路面；也有人因下雨在家里钻了两天，急迫地站在门前或到公众去处，寻找知音者天上地下地高谈阔论，哈哈大笑；孩子们终于能够从家里跑出来，去上学前班，他们像出笼的鸟儿一路乱跑，溅得满身泥水，踏乱了勤快人刚刚抹平的街路，招来一阵毫无恶意的责骂……

此刻，从谈小凤家里却传出了呼天抢地的哭声。身穿白色警服的县公安局人员，会同公社的公安干事，把一个令人吃惊的消息带到了沙柳滩：县劳动局根据爱云、九月和玉惠的查询，证实了没有那次招工以后，把这可疑情况反映到了县公安局；县公安局从小凤她二姨那里入手追查，查出了一个骗卖妇女的犯罪集团。谈小凤目前被骗卖到什么地方，尚在追查之中。

这消息震撼了沙柳滩。

紧接着，沙柳滩尽西头的凌琴琴家里也传出哭声，同样呼天抢地，凄厉惨人。县高中教导主任因渭河涨水，多绕了三十里路从渭河大桥上过来，来到凌琴琴的家里。他告诉琴琴的父母：前天下午，凌琴琴突然昏倒在校园里了，在送到医院以后，昨天早晨私自离院出走，什么东西也没带，搭车去了省城，不知去处；经过学校和西安有关方面紧急联系，昨天晚上有了回音，说是确有一个名叫凌琴琴的姑娘到了西安，跑到八仙庵苦苦要求削发为尼，经过多方劝阻，还是不肯离开。西安有关方面要求学校迅速去人，配合做好工作，领回思想痛苦的凌琴琴。昨天晚上，学校已经连夜派人去了西安；学校希望琴琴家里也能去个人，共同劝回琴琴……

沙柳滩的善良勤苦的庄稼人实实不明白。老天，老天爷呀，让小凤和琴琴都回来吧！

悲愤异常的九月、爱云和玉惠，急匆匆地由谈小凤家出来，又赶忙进了琴琴家。她们笨拙地安慰了这位老人，又去安慰那位老人。小凤被人骗卖，琴琴要出家为尼，这些事痛苦地撕揪着她们的心肺，她们恨不得立刻到天涯海角找回小凤，劝回琴琴。

县高中教导主任避过琴琴的父母，递给她们一封信，说是在琴琴昏倒的地方拾到的。

信纸揉皱了，上面沾满着泪渍。这是县文教局局长的儿子、正在成都上大学的奚少宜的来信：

琴琴同学：

你好！很久没有给你去信了。因为，这一段时间我一直在思考着，思考着我们的过去、现在和未来。你今年能不能考上大学，这是一个X；即使考上大学了，将来分配你到什么地方又是一个X。我们不能不思考和正视我们的将来。想来，你也一定在思考着。

等待着我们的是天各一方的痛苦，那么，我们为什么不及早把这个痛苦消除呢？写到这里，我泪水长流；但是，我们的理智应该也能够战胜感情。你说呢？八十年代，需要我们更多地从现实出发来安排我们的生活。

我的家庭一直是不赞成你我的关系的，这些，你早就感到了吧？我也无法违父母的意志……

请原谅我去年在渭河畔柳丛里轻率而幼稚的行为吧，这只是由于你、我年轻而不谙世事……

相信你能重新得到属于你的幸福。

奚少宜于成都

五月五日

啊！就是它，摧毁了琴琴生活的意志，使她万念俱灰！

挤在一起看信的三人一齐抬起头来。九月痛苦地思量着；爱云横眉怒目，牙齿咬得嘎嘎响；玉惠则唉声叹气，泪水汪汪。她们一致决定：下午，搭车去西安，死也要把琴琴拉回来。

28

九月往家里走，只走了几步，又停下了。她想起了她的可爱的学生们。今天去西安，不知耽误几天时间，这应该给孩子们交代一下。她扭头往回走，想到那个年龄稍大一点、担任班长的学生家去。

小凤和琴琴的身影与音容，不断浮现在她的眼前。九月不能原谅自己。她觉得，自己没有对这两个姐妹尽到应有的责任。小凤被招工的事，自己是有过怀疑的，可为什么没有想得更复杂一点呢？为什么没有把自己的怀疑告诉小凤呢？为什么没有及早去县上查问呢？一个多月以前去县城，自己就已看出了琴琴思想上有痛苦和矛盾，可自己却怎么没有深问呢？如果自己能帮助琴琴解开思想上的矛盾，让她不要只想自己的可怜的爱情，而以更大的热情投入到新的正在变革的生活中去，她就绝不会被负心人的一封来信所击倒！如果……错了，错了！全怪自己错了！

想到这些只能留下遗恨的事，她又不由得联想到目下应该办的事：爱云已经下定了决心和麦芽镇那小伙解除婚约了，应该帮助爱云去说服她爹，决不能让又一个爱情悲剧在爱云身上重演；玉惠是个好人，但传统的东西在她身上压得太多太重了，她就像被裹在拥挤着奔跑的人流里，看不清人流奔赴的前程，也不能强烈地感受到时代变革的冲击，这对于一高中毕业的青年人来说，是可怜而可悲的现象。九月想，我们应该订一份《人民日报》，使我们沙柳滩狭小的生活圈子和全国形势联系起来；噢，从西安回来就订，爱云和玉惠一定会赞成的……

“九月姨，九月老师！”

一声呐喊惊醒了九月，她这才发现自己已经走过了要找的那个学生的家。此刻，琴琴的侄子小琪儿正从后面向她追来。又发生了什么事呢？她紧张地站住了，扭过身来。

九月忙问：“琪儿，怎么了？”

小琪儿喘着气，提出了他不能理解的问题：“老师，什么叫尼姑呀？”

九月大吃一惊：“琪儿，你问这干啥？”

小琪儿的头扭起来了，说：“你们都说我姑当尼姑去了，大家都哭呢。当尼姑是去干坏事去了吗？”

九月无法回答。

“我姑是去干坏事去了吗？”小琪儿抓住了九月的一双手，仰着圆润的小脸问道，“老师，你给我说呀……”

“不……”九月的心上一阵悲痛，她克制住自己，不让眼泪涌出来，耐心地劝着小琪儿，“回家去吧，琪儿，我和你爱云、玉惠姨会去把你姑叫回来的。一定会叫回来的。“

“我姑是去做坏事了……”

“不……”

“老师，我和你们一块去！”

“这……”

“我去叫我姑回来！”

“听话，琪儿。”

“我去呀！”

“琪儿……”

小琪儿突然丢开了九月的手，扭头向不远处的渭河岸上跑去。

“琪儿，你弄啥去？”九月喊。

小琪儿头也不回：“我姑是过河走的，我知道，我去找她呀！”

九月急了，大声呐喊：“回来，琪儿——”

小琪儿不回答，只是向远处猛跑；他像一只从庄稼地里蹿出来的小兔子，两只脚甩起来，把土路上的泥水踏得飞溅。

啊，九月一下子慌了，她瘸着左腿在后面拼命追赶。刚落过雨的渭河，可不像平日那样，河水大，河岸滑，孩子万万去不得啊！

“琪儿，回来——”

“琪儿，听话——”

“琪儿——”

小琪儿奔上渭河堤岸了。

此时的渭河，变得凶猛而强悍。平日里袒露出来的石子河床，完全被河水吞没了，浑黄的河水汹涌而无遮无挡，夹带着上游漂下来的树枝、木头、死狗、死猪，急剧地向东奔流；河水发出一片吼声，哗——哗——，使人感到心惊目眩；巨大的浪头举起来，又摔下去，一浪推着一浪……

小琪儿愣怔了一下，又沿着泥泞的河堤往前跑。他要寻找一个可以过河的地方，决心去把当尼姑、“干坏事去了”的姑姑找回来。

“回来，小琪儿——”

“危险，不敢跑——”

“琪儿——”

九月追上了河堤。她已经摔了两跤，泥水溅满了她的全身，她还是挣扎着追赶这任性而要强的孩子。她已经跑得气都喘不过来了，脸像一张白纸似的，全身的力气似乎用尽了；可是，她还在追赶着……

九月追上小琪儿了。她刚要伸手去抓他，可是，小琪儿脚下一滑，摔倒在河堤上，身子向河堤下滑去。

“啊——琪儿——”

九月大叫着，什么也顾不得了，一下子扑倒身子，趴在堤坡上，一把抓住了小琪儿的衣服，狠命地往后一甩，小琪儿回到了堤上；可是，她无力控制自己了，头朝下没有发出任何声音就滑进了河水里。一个浪头扑过来，无情的河水一霎时就吞没了她……

“九月姨——老师啊——”

在浑黄的激流里，举起了九月的一只手臂，只一闪，没有了。

金色的阳光洒在宽阔而汹涌的河面上，一河金子向东流去，流去！

“九月老师——”

爬在大堤上的小琪儿哭喊，嘶叫，可回答他的只有渭河水那哽咽的松涛般的吼声！他的可爱的九月老师永远无法回答他的呼喊了。

29

在沙柳滩学前班的不远处，添了一丘新坟。那里埋着在这个美好的世界上只生活了二十个春秋的瘸了一条左腿的吴九月。坟四周，插上了一圈柳条；它几时能如烟似雾？长眠的九月能在柳丝下听见身旁孩子们的歌唱吗？

从西安回来的司马爱云、王玉惠、凌琴琴站在九月的坟前，痛不欲生。她们在心里深情而沉痛地呼唤九月，盼她死而复生。琴琴热泪滚滚。当初，她心如死灰，可九月的死震惊了她，小琪儿托爱云、玉惠捎给她的“我们要老师”的话，唤起了她对生活的热望。她回来了，回到九月的身边，她决心要挑起九月留下来的担子。那滂沱的泪水，仿佛要把她整个儿地刷洗一遍。

此时此刻，她们也都想到同学小凤：小凤，你在哪里？你何时回到沙柳滩？

不远处，学前班的孩子们在歌唱着。歌声在村庄、田野、大道、小路、河水、柳丛上飘荡……

爱云、玉惠和琴琴望着小麦已经黄梢的田野，望着不远处绿色烟雾般的河柳，严肃地思量：

这只是生活的开端。

原载1985年《当代》杂志第3期

五味什字

01

客人有点嘴碎，问呀问的，总是问个不停。问大满多重啊？问大满多大了？体重和年龄，对一个姑娘家来说，是件很忌讳的事。做小姐的大满，也是一样的，心里烦，嘴上还不能烦，还要照顾好客人。好在客人也不在这两个问题上纠缠，一会儿又说，小姐啊，你很像我年轻时的一个女朋友。大满的手在客人身上运动着，脸对着客人笑了一下。客人就很兴奋了，又问大满哪儿人啊？叫什么名字啊？来城里几年了啊？……说着，客人竟睡了过去。

大满为客人按摩着，她的手轻轻的，以为是她轻轻的手法把客人按摩得瞌睡了，就想把客人叫醒来，手上用了些劲儿，客人却睡得更深了。做小姐的大满，经常会碰上这样的客人，找小姐消费时，像刚搬了一座山，累得还没做事儿，自己就先睡死了过去。

对睡深了的客人，大满做了个不屑的鬼脸，从客人躺着的床上下来，到窗前去，把拉着的窗帘揭开一道缝，头伸进去往外看。大满做事的这家桑拿按摩洗浴中心，设在一座十八层高楼的最顶层。从顶层往下看，楼下街道上的车和人，都变得扁扁的、小小的，像是蚂蚁一样的小玩偶，看着很是有趣呢。

大满一有机会，就趴在顶楼的玻璃窗口，向楼下看。今天这一看，让她的心口痛了一下。扁扁小小的人群中，有一个骑着人力三轮车的小伙儿，把大满的眼睛拉直了，勾在了他的身上，跟着他走。

大满禁不住念叨出了声："那是小满啊！"

大满说："是小满哩。"

客人还在按摩床上睡着，大满也不管了。

大满觉得她的身上像着了火，心跳慌慌乱乱的，像有万千只虫子在她的心上撕咬。有多长时间没见到小满了？可小满一直在她的心尖上挂着，她是那么地想念小满，不期然地，小满撞在了她的眼皮底下，她把什么都忘了，甚至忘了换下身上做小姐才穿的小裙子，便如一只受惊的小鹿，冲出包间门，坐了电梯往楼下跑。

02

确实是小满。

确实是小满蹬着三轮车，在这个北方城市的一个叫五味什字的街口，在人流和车流中，像只鱼儿游动着。大满做事的大楼就在五味什字的一角，电梯下降得很快，迅速地，大满就从大楼里跑出来了。

大满朝着小满的背影喊："哎——小满！"

大满喊："停下来呀小满！"

到这个喧闹的、繁华的城市，小满除了他打工的那家西府面庄，就再不认识谁了。城市对小满是陌生的，小满对城市也是陌生的。不过，聪明的小满，不久会和城市熟悉起来的。现在的小满是很土气的，头发土气，衣着土气，浑身上下都透着一个从乡下初进城市的土气。但是，看一眼小满的眼睛，就晓得小满的洋气了。小满的眼睛亮晶晶的，充满了城里人少见的坚毅和智慧，很纯洁，也很纯粹。假以时日，小满在城里呆久了，好好理个发，洗个澡，换上一身时尚的服装，小满就会变个样子，变得让人不认识了呢！

别人这么想，还是不想，都不要紧，要紧的是大满坚定地这么想。

大满和小满在关中西府的一个自然村里一起长大，女娃娃的大满比男娃娃的小满大生月，按说小满还要把大满叫姐姐哩，而大满是要把小满叫弟弟哩。但两个人，谁也没叫过姐姐，谁也没叫过弟弟。两个人见了面，甚至话都不说。这就是农村娃娃成长时的心态和状况，越是一个对一个好，越是表现得很生分，很少交情。但谁心里都明白，一个惦念着一个，一个担忧着一个，都把对方架在心尖尖上，疼着哩！

大满和小满默默地长大着。一起上了小学，读了初中，又考上了高中，坐在同一个教室里，哪一道数学题没听清楚，传一张条子过去，程序、步骤、答案、准确的算式写在条子上，又传回来了；哪一个英语单词没记准，远远地在校园走着，错误地说出那个英语单词，准确的英语单词组合和发音，就会脱口而出，传到对方的耳朵里。

已经上到高二年级了。再有一年多，大满和小满就能通过高考，双双飞出土窝窝，到城里的大学去翱翔了。到那时，大满和小满会一改生分的样子，手牵了手，在大学的校园里，在城市的大街上，充分享受青春男女的欢爱和美好。

大满和小满的眼睛会说话，相互间不经意的一瞥，啥啥的意思都在里边了，有鼓励，有期盼，更有憧憬。

当然了，大满和小满也有能力实现心中的理想。

老师都说了，大满、小满考不上大学，我撂了教案，辞职卖凉皮（西府集镇最常见的一种小吃）去。

然而大满等不到考大学了。

大满的母亲得上了一个瞎瞎病。原来健健康康的一个农家妇女，五十岁不到，饭吃得，觉睡得，苦也受得。为了供养大满和大满身后的两个弟弟，早晨起得比鸡早，晚上睡得比狗迟，熬黑熬明，从来没吃过一丸药的人，清晨去给后院喂的两头大肥猪端食盆，都走到猪圈里了，嘴里也“佬佬佬佬”很亲昵地招呼着懒懒的大肥猪，突然地，眼前一黑，一头栽倒在猪圈里，猪食盆摔碎了，猪食糊了一头一脸。紧急送到医院治疗，命是搭救下了，却落得个半身不遂，说不了话，翻不了身。

这可咋办呀?

父亲急坏了，用眼睛去瞟大满。只一眼，大满啥啥的意思都知道了。父亲是要大满退学呢，回家来，做饭、洗衣、喂猪……大满不敢想，一想眼泪就流下来了。畅畅快快地流了一个晚上，眼泪水流过脸颊，冰凉冰凉的，有一些就滴到了母亲的脸上，母亲肯定也感到了女儿眼泪水的冰凉，眼睛骨碌骨碌转着，说不出话来，也不会说话，母亲的眼睛也就只有泪水了，从眼角里小河似的流淌着。

大满在村子的街道上拦住了小满。

大满望着小满，说：“帮我把课本从学校捎回来。”

大满一脸的伤感，说：“帮我给老师请个假。”

小满知道大满家的困难，说：“婶儿的病可好?”

小满说：“课本给你捎回来，我一课一课给你补。”

小满说得到，也做得到。大满不能去学校听课做作业了，凭大满冰清玉洁的慧心和对知识的深情渴望，小满白天在校努力学习，晚上回来给大满辅导，课程就一定能跟上，到时一起去高考。困难是暂时的，一切都会好起来的，像苏联电影上的革命家说的：牛奶会有的，面包会有的……

小满坚持着，每天从学校回来，就到大满家去，和大满一起学习功课，一起做作业，还一起给大满瘫痪在炕的母亲翻身、喂药……高中三年级的最后一学期了，毕业班进入到全面冲刺阶段了，小满还是天天回了家，就往大满家跑。

又是一个小半夜的攻读和学习。小满收拾好课本和作业，要回家去了。大满把小满送出家门，送到了已很沉静的村街上……

小满说：“回去吧，不要送了。”

小满说："又不是不见面，不在一起学习了。"

……

小满说："一天了，你太累了。"

小满说："你总是那么累。"

……

太突然了。突然得小满没有一点思想准备，突然地大满就抱住了小满的脖子，把她颤抖的身子埋进了小满的怀里。

大满几乎是啜泣着说："弟呀，叫一声姐好么？"

小满就叫了，好像他也早想叫了："姐啊！"

大满满意地应着："哎！"

大满扬起了脸，脸在月光的涂抹下，苍白得让人心痛。大满说："吻一口姐，好吗？"

小满就吻了，好像小满早就想吻大满了。

阳春三月好时光。轻纱一样、水银一样的月光下，两个乡村青年紧紧地搂抱在一起……村外的田野上，梨花儿白白地开着，桃花儿红红地开着……浓浓的花香，在春夜微微的轻风里，悠悠地飘飞着，飘进了鸡不啼、狗不吠的村子，染香了寂静的村庄，染香了村庄里吻在一起的大满和小满。

再一日的黄昏，小满急匆匆赶到大满的家。

大满却不在家里了。

大满的父亲给炕上瘫痪着的大满母亲翻着身，不冷不热地告诉小满，大满进城打工去了。

大满的父亲说："家里没钱了。"

大满的父亲说："大满妈的病是无底洞，花不完的钱。"

大满的父亲说："大满还有两个弟呢，念书也是大花销。"

……

喧嚣的市声里，大满喊叫小满的声音，小满是听见了。小满只是有点怀疑，谁叫他呢？小满仍很吃力地蹬着三轮车，蹬了几脚，回头很不经意地看了一眼，使着劲儿的腿和脚就不动了，双手扶着三轮车的车把，身子朝前头朝后，像是一座街头雕塑，僵在车如流、人如流的五味什字街口上了。

03

城市里，到处都是十字路口。这一个怎么就叫了五味什字呢？初进城市的小满，对什么都充满了好奇，都要问个究竟。

小满打工的西府面庄，在这个城市还是有些名声的，吃客盛，已在城市的各处地方开了连锁店。五味什字以南不远的西府面庄是新开的，小满是西府人，面庄的活计，在家就熟悉了，做起来得心应手，来的时间不久，却深得面庄老板的信任，派给他的活，每天赶早到蔬菜市场去，把一天要用的葱蒜辣子胡萝卜、香菜黄瓜紫茄子等等的新鲜菜，蹬着三轮买回来，然后就守在锅口上，跟着大师傅调汤、浇汤。西府面讲究的是大味浓汤，酸要酸得出头，辣要辣得出头……是所谓：煎稀汪、筋薄长、酸辣香，五味俱长。但五味什字的起名，不是依西府面庄的味道起的。小满问了，问的是在什字一角摆着个棋摊，约着几个花白头发的老人一起下棋的，同样花白了头发的一位老者。

老者给小满指了五味什字西北角的那座旧建筑，问小满看见了吗？小满看见了，式样古朴的旧建筑门楣上，悬着一面金漆大匾，大匾上浮雕着“藻露堂”三个大字。大匾下敞开着的大门里，进去的人手空着，出来的人，手上都提了大包小包的药。

是个药店哩。

没错。从下棋老者的嘴里，小满知道了藻露堂的历史，四百多年的老店了。明天启年间，湖北一户宋姓人家，世代行医，子弟们都精通岐黄之术，深谙医道之理，其中一位，过汉水，翻秦岭，来到这座西北古城，扎根在此，既为人诊脉，又为人处方，积累了德行，也积累了银钱，原地盖起一座药房，请当地名流起名。起名仪式就设在宋家的客堂里，请了厨子，摆了酒席。有个赋闲在家的老进士，喝了几口烧酒，一时兴起，抓起酒席桌上的一块抹布，嚷嚷着快研墨，快铺纸。现场研墨已经来不及了，现场铺纸也来不及了。心性乖巧的厨子站出来帮忙了，先从锅底下刮了一堆草烟墨子，再把蒸锅上的一块笼布展开，让老进士蘸了化开的草烟墨子，运足气，眨眼儿在湿温的笼布上，写下了“藻露堂”三个巨书。旁边的人就鼓起掌来，新开的宋氏药房，就叫了“藻露堂”。

藻露堂的大名传播了二百年，又有地方贤良，集会在一起，为表彰藻露堂的功业，针对药性中苦、辣、酸、涩、甘诸味的品性，把藻露堂所在的十字，改名为五味什字了。

小满对“五味什字”这几个字，非常的敏感了。在城里打工，心里便如五味翻腾。一回头，再看见大满，心里更是打碎了五味瓶，不知道是个什么滋味了。

小满看着向他跑来的大满，人像电击了一下，竟有了一瞬间的窒息，心脏突然停止了跳动，气也堵得喘不出了。

大满看见小满回头了。大满却僵住了。

不过，也就是僵了一会儿。小满从人力三轮车上跳了下来，小满向大满走，大满向小满走。两个人都走得很慢，像电影电视上常用的慢镜头一样，好像走了半年一年，走了一生，两个人这才走到一起，脸对脸地站在五味什字。

总有路人要朝大满和小满看。

大满做事的大楼，又高又现代，斜对角的“藻露堂”，却又矮又古旧；对面站着的大满，又时尚又靓丽，小满呢，却又土帽又寒碜。

九月炎热的城市，在五味什字，现代与古旧对峙，时尚与土帽对峙，形成了一个独特的景观。

小满说话了：“大满呀！是你哩。”

小满说：“可把人想坏了。”

大满的心口急喘着，说：“小满呀！是我哩。”

大满说：“我一心想着你哩。”

小满说：“怎么样呀？”

大满说：“那你呢？怎么样呀？”

小满说：“还不错，我考上了哩。”

大满说：“你一定能考上。考了多少呀？”

小满说：“八百六十八分。”

大满说：“满分是多少？”

小满说：“九百分吧。”

大满就激动得脸上放光，激动得管不住自己了，激动得跳了两跳，激动得伸出两只手，一只在小满的左脸上拍了一拍，一只在右脸上拍了一拍。

大满说：“那就清华、北大任你挑了。”

小满说：“我报了咱省的师大。”

大满说：“为什么？”

小满说：“钱。师大的钱少一些。”

当国家把大学当做了一个产业来办，学杂费孙悟空似的翻着跟头往上涨，贫困乡村的学子，有力考得上大学，无力上得起大学的人，比比皆是。大满的大学梦连考场都没进，就破灭了。小满考上了大学，圆了上大学的梦，却还在梦的边沿徘徊。出来打工，就是为了上大学的。打工的收入太少了，一天八元的工钱，还不够在城里吃两碗面呢。小满都要愁死了。

大满心疼地在小满的脸上一左一右地，各自拍了一巴掌。

大满说：“钱你不用愁。”

大满说：“有姐哩。姐供我弟上大学。”

仿佛是阴天的一束闪电，小满愣住了，他不敢相信自己的耳朵，大满说不用愁，有她哩，她供小满上大学。这使近来愁肠百结的小满感到了一种极大的温暖。上大学，那要花多少钱呀！省吃俭用，一分掰成两半儿花，一年也得万儿八千地支，大满能支得起吗？这么想着，小满仔细地打量着大满了。因为缺钱寡用，大满放弃了学业，提早到城里打工。打工不易呀，实在是太不容易了。已经有了打工经历的小满，对此有太深的感触，起早贪黑，稍不留意就要受到老板的责难；严重的，还要受老板的打骂呢。小满因为打了老板的一只玻璃杯，挨骂不说，还罚了他六元工钱，说是对玻璃杯的赔偿。打工挣钱，能挣够一口饭钱就不错了。大满打的什么工？大满能挣到钱吗？小满是疑惑的。

小满说：“你能有多少钱？”

小满说："家里还有你妈，还有你两个弟弟。"

大满说："说了的，不用你愁喀。"

大满想起今天和小满见面是九月十二日，正是大学新生入学的日子，就问："通知上让你啥时候报到哩？"

小满说："就这两天。"

小满说："钱还差着半座山，我不想去报到了。"

大满的手又举起来。但这次没在小满的左右脸上拍，一下子改了方向，拍在了自己的脸上，还连着拍了好几下，仍然是一脸的激动。大满为小满考上了大学，激动得真是不知所措了。

大满说："明天吧，明天咱俩在这里见面。"

大满说："我把钱取出来，够你上学的，姐陪你一起去师大报到。"

大满说："我上不了大学，倒要看看我弟上的大学是个啥样子。"

给打工的面庄购买鲜菜的事不敢耽误。人家一天的生意呢！小满一想起来，就和大满要告辞了。

小满说："叫你姐哩。"

小满说："姐穿得少了点儿，也露了点儿。"

大满的脸就红了起来，像喝了酒一样，脸红到了脖子根，朝后退了两步，与小满有了一些距离，身子却怕冷似的，轻微地抖了起来。

确确实实地，大满穿得太少了，薄薄的一件粉色短裙，从胸脖上往下露，都快要露出两个乳房了，不敢再露了，才突然打住，就又从大腿往上露，都快要露出两个屁股蛋了，不敢再露了，才又突然打住。这是大满的工装，做小姐的，哪里敢把自己包起来，都像她的穿着一样，要大胆地露，只有露了，才能有生意，才能挣到钱。

大满做着丢人现眼的事情，大满心里难受，却也只有埋在心里，自己一个人难受。大满不想让小满知道她做小姐。

大满的声音颤抖了说："忙去吧。"

大满说："明天见。"

04

回到十八层高楼上的桑拿洗浴中心，大满一下子被同在中心做事的小姐们围了起来，七嘴八舌问大满：啊呀呀！好一个大满哩，撂下客人都不管了，一个人疯了似的跑下楼去，与谁约会了？老实交代。人长得怎么样？是啥时候挂上的？老相好了吧？说呀！啊……得是特别的帅？特别的酷？特别的招人心疼？

姐妹的问话，像是一串串连珠炮，朝着大满身上发射。大满也是一脸的激动，一脸的幸福，她也想毫无保留地都说给姐妹们。在一起做事，谁心里苦了，大家都会一起来承担；谁心里乐了，大家也会一起来分享。大满是姐妹中的一个，她何尝不想和大家一起来分享今日的快乐呢？

然而大满不晓得为什么，硬忍着不给大家交代。

大满晓得，围着她嘻嘻哈哈闹着的姐妹，都已透过窗口，侦查到了她的情况。其实谁没有个情况呢？都十八九岁，二十二三的年纪，在桑拿按摩洗浴中心做事，像是关在笼中的鸟儿，苦做苦受，除了钱来得容易些，哪儿能有快活，心里头烦，烦得好似长了一窝草，数不清，理还乱。没奈何了，自己给自己找快活。有的小姐就和客人好上了，十天半个月的，一起出去吃一顿饭，喝一回酒，跳一场舞，在外面开一间房子，舒舒展展地睡上一宿；有的小姐还包下一个小白脸，供吃供喝供零花，还供小白脸在她的肉身上疯狂。这样的供养，这样的好法，很少久长下去。可是没办法呀！心里慌，心里毛，好上一个客人，供上一个小白脸，就能踏实下来。没久长，也不去想久长，今日过去了，管他明日是什么。

姐妹们都有了与客人好，或养小白脸的经历了，就她大满没有。坚持到现在，突然跑到楼下，与一个蹬三轮的乡下小伙见面，能不惹得众姐妹眼馋。

大满忍着，不应姐妹们的问话。有人就下手了，去挠大满的痒痒。一人上手，大家都上，当下把大满挠得软成了一摊泥。

告饶声里，大满问：“菊儿呢？”

有姐妹就告诉她：“替你去了。”

大满不解，问：“替我什么？”

姐妹们的声音就很齐了，说：“替你服侍客人嘛。”

大满这才“噢”的一声，想起她下楼去会小满时，是把客人撂在包间里了。她这么做，客人不满意，老板更不会满意，认为她缺乏职业修养，不守职业操行，是必须罚款惩戒的。过去，大满从没有这样的“不良”行为，今日是太特殊了，别说客人那阵子睡着了，就是和她正做着事，她也会从客人的怀里抽出身来，去见她的小满弟的。

还好，菊儿替上去了。

只有菊儿才能为她顶上去的。菊儿在众姐妹中，和她大满是最亲的一个。也难怪，她们俩长得像是一个娘胎里出来的，都是高高挑挑的身段，圆圆的脸盘，圆圆的眼睛，小小巧巧的嘴，连走路的姿势，说话的声音，也都特别像。起初，两姐妹在十八层高楼上做小姐，领班的会把她俩认错，姐妹们会把她俩认错，客人更会把她俩认错。

为此，俩人有次面对面站着，你指着她，她指着你，忍不住都笑了起来，笑得弯了腰，笑得浑身打颤，笑得相互抱起来……一个问一个的生辰八字，结果又是那么的一致，同年同月同日生。俩姐妹就不笑了，抱在一起的手松了松，眼睛也都躲开了一定距离，各自认真地把对方盯了好一阵子，就又抱在一起了，抱得比刚才更紧更用力，仿佛一个把一个要抱进自己的身体里，使她们俩变成一个人。

大满跑下楼去撵小满，菊儿在十八层楼上的玻璃窗上也看见了。菊儿晓得大满要撵的小伙子是小满，好得一个人似的大满，早把小满说给菊儿听了。菊儿晓得，只有小满才能使大满魂不守舍，发疯发狂，小满是大满心尖尖上的一块肉，牵着大满的心，牵着大满的肺，大满和菊儿在一起，就说小满的聪明，就说小满的耿直，大满的心时刻都连在小满的身上。

还在昨晚，大满给菊儿说：“小满今年考大学哩。”

大满不无担心地说：“不知小满考得可好？”

清早起来，大满和菊儿从她们共同的出租屋才起了床，洗漱一毕（小姐的生活节奏就是这样，半夜不得睡，就只有白天睡了），穿戴整齐了，一起到十八层楼上的桑拿按摩洗浴中心来上班，给菊儿又说了小满。

大满说："我做梦了。"

菊儿顺口就说："梦见小满了？"

大满点了头，说："就是他哩。"

大满的脸红红的，说："小满考上大学了。"

菊儿说："考上了就好。"

菊儿在这件事上特别依顺大满，说："梦，不会白梦。"

大满就非常的高兴了。给菊儿说，不晓得他是去北京上大学呢，还是去上海上大学？他有钱吗？如今上个大学，收的钱太多了，农村人供娃上大学，一个字：愁！考不上了愁，考上了还愁。愁的就是个钱，一家人把嘴扎住不吃不喝，一年又能剩几个钱？不只是小满家，谁家里都一样，考上个大学生，就得厚着脸皮借钱。老辈人的话是怎么说来，"钱难借，屎难吃"，实在没办法了，扭椽溜瓦卖房子地筹钱。难呀！太难了！

菊儿和大满说过的话，还言犹在耳，小满就出现了。大满高兴，作为她姐妹的菊儿也高兴哩！最初趴在十八楼的玻璃窗上看见大满和小满，菊儿就兴奋得不知怎么是好，想着一对苦命的人儿，菊儿一会儿是喜，一会儿又是忧。

菊儿心想：小满怎么就蹬三轮车呢？

菊儿心想：小满没有考上大学吗？

菊儿心里正在胡思乱想的时候，大满撂在包间的客人醒来了。客人睁开眼睛，一看包间里没了他叫的小姐，就如一头开水烫了屁股的猪一样嚎叫起来。

客人的嚎叫被他刻意地压制着："人呢？啊？人去哪儿了？"

客人压抑着低吼，在十八层楼上的桑拿洗浴中心引起了一阵不小的骚乱。领班在楼道也喊起来了，喊着大满在桑拿房的编号，声色十分的严厉。领班晓得和气生财，晓得留住回头客，晓得必须为客人做好服务，让客人彻头彻尾地满意了，他才有钱赚。领班不能容忍小姐撂下客人而去，正待还要有大发作时，菊儿从她的思想中醒转了过来，知晓吼喊着的客人，就是她的好姐妹大满撂下的，立即换了一副好脸色，笑盈盈地去了客人的包间。

菊儿凭着她的经验，猜想客人刚才是睡过去了。

菊儿进了包间，脸上笑盈盈的，嘴上却满是抱怨，说："人家都不能小小的方便一下了。"

菊儿的嘴噘起来，继续说："你看你么，怎么就睡着了呢？是看不上人吗。好了，我出去，给你另换一个你喜欢的来。"

菊儿连嗔带怪，一下子就把客人安抚住了。不吼了，也不喊了，伸出猿猴一样的长臂，把菊儿搂进了他的怀里，嘴上舌头上便都有了动作，一副急不可耐的样子，像要把菊儿吃了似的。然而也就是那一抱和嘴巴舌头的动作，客人便觉出了不同，现在的小姐不是原来那一个小姐了。尽管她们俩长得像，十分地像。

客人就把菊儿从怀里推开了。

客人有点浮肿的眼睛盯着菊儿问："她人呢？"

菊儿还装着傻，卖着乖，说："我一个不够你用？还要找一个吗？"

客人就不高兴了，很不高兴的样子，脸也刷地红起来。这叫菊儿不好理解了，做了很长日子的小姐，什么样的客人都遇到过，身材肥的瘦的，高的矮的，脸色黑的白的，面相凶的善的，五花八门，形形色色，谁在小姐跟前脸红过？没有，只有眼前的客人，怎么就脸红了？到桑拿找小姐，不就是一个嫖吗？脱光了嫖在一起，和谁不一样，用得着脸红吗？

菊儿的心理活动，一丝不差地被客人解读到了，脸上的红晕渐渐地在褪着，渐渐地恢复了他惯常的风度和修养。客人甚至对菊儿笑了一下，很温暖很柔软的那种样子，让菊儿感觉到这个客人的不同。菊儿听着客人给她说话，说她菊儿和原来那一个不一样。客人还不知道大满的名字，就只能用"原来那一个"的字眼来代替了。客人不无尊重地说，原来那一个不像小姐，倒好像邻家小妹一样，眼睛里有一种质朴的，却也是高洁的气质，鼻子嘴巴也是，有一种质朴的，却也是高洁的气质，她的全身，胳膊和腿，披散的长发，无不透露出质朴的，却也是高洁的气质。

客人说着停顿了一下，还对菊儿抱歉地笑了笑，又说："你就不同了，你身上少的就是那样的气质。"

菊儿本想给客人恼一下的，转念一想，觉得客人说的也是。平常和她的好姐妹大满在一起，她也觉得大满比她多了一些什么东西，原来就是那个不可捉摸的气质呀！

菊儿还想妒忌大满的。同时又一想，好姐妹还妒忌个什么？她应该为大满高兴才是。今天的大满，高兴事一个连着一个，刚才在楼下与她的小满久别重逢了，而高高的楼上，还有一个特别的客人又惦记着她，大满真是太幸福了。

脑子里没有多少弯弯的菊儿流泪了。不知是为大满，还是为自己，总之，她太感动了，感动得只有流泪了。

菊儿不知哪儿来的一股子邪劲，抓了客人的手腕，牵了客人到按摩房的玻璃窗前，"哗"地拉开捂得严严的窗帘，指着楼下的大满和小满给客人看。

客人看了一眼，就如一块石头僵在那儿了。

可是菊儿忍不住，絮絮叨叨地给客人说着大满和小满的事。

05

菊儿还陪着客人在按摩房里。

很长时间了，客人只是一口又一口地喝着他点的一瓶矿泉水，也不和菊儿做什么，也不和菊儿说什么。直到大满和小满告了别，小满骑着三轮走远了，大满转身回到大楼内，约摸坐着电梯上到了十八层楼上的桑拿浴房，菊儿才小声问客人，用的还是客人对大满的称谓。

菊儿说："还让原来那一个来？"

客人点了点头，说："让她来。"

菊儿便解脱似的从按摩房出来，向着姐妹们闹成一团的大满走来。

大满看见了菊儿，笑着看她，脸上是对她无限的感激。

大满还想在十八层高楼上的桑拿按摩洗浴中心再做下去的。她不想因为自己的失责而离开这家桑拿按摩洗浴中心。现在做小姐的人太多了，想找一个理想的地方不容易。大满先前做过几个地方，比较起来，这里的情况要好一些，客人来得多，档次也都高，赚的小费自然就多。

做了小姐的人，就没有羞脸了，赚到钱才是硬道理。过去，大满赚了钱，都是为了补贴家用。现在，小满考上大学了，她就得赚更多钱，一部分供应家用，一部分供应小满用。

嘻嘻哈哈闹着时，领班来了。

领班是个中年男子，脸上胖胖的，虚虚的，对小姐们说不上热情，也说不上冷漠，小姐有个什么事的，说说也就过去了，从没给过小姐难看。有一次，来的一个客人太过分了，一口气换了八九个小姐，竟没有一个小姐如他的意。后来，大满顶上去，凑凑合合做下来，临到了抽身想走，却赖着不掏小费，和大满吵起来，嘴巴上也像吃了屎，骂得不干不净，十分的难听。大满哭了，撕着客人不让走。有人就把事情告诉了领班。平时少言寡语的领班黑着脸来了，支走了大满，让大满把眼泪擦了，犯不着为那样一个无赖淌眼泪。

大满出去了。

听得身后的门一碰上，客人就如刀劈似的尖叫了一声，接着就是一连声的哀求，大哥、大爷的也叫上了。一会儿，客人弓着腰身，捂着肚子，狼狈地走出包间。领班跟在后边也出来了，走过大满身边时，客人把攥在手里的三张百元大钞丢在了地上。领班往前跨了一步，挡在了客人的前头，低声地却是不可违抗地告诉客人："捡起来！"

客人也就乖乖地捡了起来。

领班又告诉客人："交给人手上。"

客人就交到了大满的手上。大满却接过钱，一秒钟都不停，啪地摔在了客人的脸上。

真是解气呀！太解气了！

这一次，胖领班会怎么对待大满呢？胖领班的脸阴得那么重，大满的心里怯怯的，但她没有躲，脸上还是那么的激动，那么的幸福。大满不看领班的脸，只是一味感激地看着一步步走近了的菊儿。

领班对大满说："撂下客人，你倒有理了？"

领班说："跟我来吧。"

赶着点儿，菊儿插在了领班和大满的中间。心直口快的菊儿，才不管你领班不领班，她只想大满别受欺负。待到看见鼻子不是鼻子，脸不是脸的领班再怎么训斥大满，而大满还是一脸的激动，一脸的幸福神情时，当下很有些英雄气概地转过身，冲着领班吼起来：“想吃人呀！啊！不在你这干了还不成？”

在桑拿按摩洗浴中心，胖领班虽说也算个管理者，但他的权力是很有限的。他可以管理小姐，给小姐编号，安排活儿，却也不敢把小姐惹下了，小姐炒他的鱿鱼，罢他的工，他就没辙了，就得妥协，就得向小姐低头。菊儿冲胖领班一发火，胖领班还能说什么呢？再看围着大满的一堆小姐，全都眉毛不是眉毛，眼睛不是眼睛地盯着他，领班冰冷的脸上就有些许的暖色，有话没话地给自己找着台阶。

胖领班说：“下不为例。”

菊儿便也得理时候且饶人地转过身，很幸福很甜蜜地笑着说：“小满考上大学了？”

大满脸上的喜悦更是难以言表，回答菊儿：“考上了。考上了。”

菊儿说：“考到哪儿了？”

大满说：“就咱们城市南郊的师范大学。”

菊儿说：“不是说北京、上海的大学也能上么？”

大满说：“都是钱害的，钱把人难住了！”

菊儿说：“师范大学不要钱吗？”

大满说：“一样要钱的，只是少一些。”

姐妹俩说着话，姐妹们便都明白了个大概，知道有个叫小满的人考上了大学，大满撂下客人，跑到楼下是去撵小满的，姐妹们叽叽喳喳地兴奋着，也都为大满高兴了。

胖领班还没走开，逮住话茬也问：“小满是谁？”

胖领班说：“小满是大满的小弟吗？”

大满没回答也没笑，菊儿听了，却忍不住大笑起来，告诉领班，小满不是大满的小弟，却是比小弟还要亲的小弟哩。

胖领班本来心不坏，这么一说，甚至也为大满高兴了。这才善解人意地挥了挥手，独自个走了。

胖领班走了。围着的其他小姐也走了。就剩下菊儿和大满了，俩人竟不约而同地举起了双手，在空中很响亮地连拍了三下。俩姐妹有什么高兴事，都是这么击掌庆贺的。小满考上了大学，又焉能不击掌呢？以往也仅是相对击掌一下，今日是太高兴了，按捺不住，便击了三下，一下比一下响，像是晴空打了三声雷。

击掌声未落，俩姐妹又拥抱在了一起，大满的脸一贴上菊儿的脸，说不清为了什么，突然地鼻子发酸，眼底发热，泪水儿便断线的珍珠一样，悄悄地滑过脸颊，砸在了菊儿的肩膀上。

菊儿却没时间陪大满流泪。大满原来陪的客人还在按摩室等着哩，等着大满给他按摩哩。

菊儿就在大满的额头上拍了拍，说："人家客人看上你了，等着你陪他哩。"

大满就抬起头，擦了一把眼泪，转身要走时，又回转头来，看了一眼菊儿，一脸的怀疑和不相信。

菊儿就又说了："我能骗你吗？快去吧，别让客人闹起来。"

06

客人在等大满来。

客人点了一根烟，叼在嘴上贪婪地咂了一口。客人已经连抽好几根烟了，菊儿在按摩房陪他的时候，他就抽起烟了。按说，他不是个爱抽烟的人，可在十八层高楼上看见大满和小满的那一瞬间，他就想抽烟了，不是一般的想，是特别的想呢！就让菊儿打电话，给他从前台叫了一盒软包的熊猫烟，这就抽起来了。抽的那个狠模样，像是要把着火的烟头吃进肚子里去。这可不是客人本来的样子。他是什么人呢？说出来谁都会另眼相看，谁都会羡慕的。尽管他百忙之中也到KTV歌城、桑拿按摩洗浴中心什么的风月场中来，但他的势是不能倒的。他是谁呀？他有这个权力，有这个资格，有这个能力来，来了放松一下，有必要和小姐搞得那么缠绵吗？别给自己弄不自在，找不开心。在今天，他却拿捏不住自己了，和小姐大满一见面，自己便先是嘴碎，什么都想问，什么都想说。小姐大满跑到楼下去会她的小满，客人在十八层的高楼上看见了，旁边还有个冒充大满救场的小姐，很动情地给他讲大满和小满的故事，他一句不落地听进了耳朵，在脑子里打着旋儿，越旋越快，都要成一场突如其来的飓风了。飓风的核心，有一个垂着两条发辫的姑娘，一脸泪光地看着他……客人便闭上了眼睛，一脸痛苦的神情，再睁开眼时，飓风核心的姑娘不见了，就只有与小满分手了的大满，匆匆地走进了大楼。

客人知道小姐大满一会儿就又要回到十八层楼上来。

客人就又点了一根烟，贪婪地吸进肚子，回旋了一阵又从鼻孔里喷出来的烟雾，把客人的脑袋隐没了。客人坐在按摩床边，手边的床头柜上有一个玻璃的烟灰缸，乱七八糟地叠放着抽剩的烟屁股。到客人把手里的那根烟屁股再一次拧灭在烟灰缸里时，大满敲响了按摩房的门。

大满的敲门声很轻，如同她的脚步，她的声音，她的气息……客人咳嗽了一声，大满便推开门，轻轻地进来了。

烟雾笼罩着的客人，再见大满，觉得心里咯噔一下，像有一条脆弱的神经扯断了。而这条神经就牵着他的心、他的肺。

轻轻地大满走近了客人的面前，隔着那层浓浓的烟雾，有几分怯，有几分羞，还有几分小心，扑闪一下眼睛，瞟一眼客人，低下头去，只一会儿，又抬起头，扑闪着眼睛，瞟一眼客人，又低下头去……仿佛一个做了错事的邻家小妹。

轻轻地大满说话了："对不起。"

轻轻地大满脸上的红晕还在飞："真的对不起。"

客人还能怎么说话呢？客人本来就不怨怪大满，便如大满一样轻轻地说："没啥对不起。"

轻轻地客人说："真的没啥对不起。"

客人这么说着的时候，觉得自己仿佛年轻了几十岁，像他年轻时和那个一直挂在他心上的农村姑娘谈恋爱时一样，说话都是轻轻的，开头都是对对方的检讨和抱歉。那时候，客人从城里下乡到西府的农村，生产劳动的艰苦不消说了，他能扛得下来，但他的城市小资本家的家庭背景，严重地影响了他。一块儿下乡的知青伙伴，几年的工夫，先先后后都参军、招工，回到城里来了，剩下他一个人，还在农村的知青点上苦做苦受。他是死了心的，就在农村扎下根吧，哪儿的黄土不埋人，农村也是一茬人哩，也不见把谁苦死累死了。这么一想，他的心安静下来，也不再想城里的事了。在那个大雪纷飞的夜晚，生产队“学大寨”，战天斗地，改造旧山河，他拉着装满了黄土的架子车，在农田基本建设工地上舍命地走着。他不知道自己发着高烧，只觉得头重脚轻，平时便就沉重的架子车，在那个晚上就更沉重了，可他不知死活地还在挣扎着，大如梨花瓣的雪片，飘在他的头上、脸上、脖子上，就像飘在烧红的铁板上，立即化成一股水汽，蒸发掉了。迎面走来的那位扎着两根发辫的姑娘，捉住了他的架子车辕，仅只是轻轻一拽，架子车便停下了。姑娘的手伸出来，在他的前额上，也只是轻轻地一碰，立马脸色一变，甚至不容分辩，把他从架子车的绊绳里解脱出来，捉了他的一只胳膊，把他拽出了漫天雪飘的工地，直接拽回了姑娘的家里，脱了他的鞋，扶他躺在热烫烫的土炕上，给他烧了一碗辛辣的姜汤，喂着他一口一口地喝了下去。

整个过程，他都感到轻轻地在进行，轻轻地关怀，轻轻地抚慰，在他的心里打下了永不磨灭的印记。

他回城了。恢复高考的头一年，他就以较高的考分，考进了省城著名的医科大学。毕业了，又留在省城里，从一名救死扶伤的医生做起，不断地进步，到现在，可以说很有成就了，可他还会想起那个发了高烧的大雪之夜，想起那个扎着两条发辫的姑娘，和姑娘轻轻的体态与情态。

小姐大满轻轻的体态和情态，就像从那个扎着两条发辫的姑娘身上遗传来似的，但的确又不是。作为客人的他，已经问过了，绝对不是。如果他惦念的那个发辫长长的姑娘结了婚，有了女儿，也该是眼前小姐大满一样的年龄了。

可惜不是。客人的心里竟至有了些微的遗憾。

客人埋头抽着烟，又一次把烟屁股拧灭在烟灰缸里后，没有抬头，招呼大满说：“坐呀，你也坐下吧。”

大满就依然轻轻地坐在客人身边。

大满依然轻轻地说：“刚出去了一下，是我不对……”

没等大满的话说完，客人却笑了，不是装出来的笑。大满就有些莫名其妙，而客人笑着，就笑得更开心了。

客人笑的是大满的口音，西府人老把“出去”说成“吃去”，这是很好笑的。这个城市的一个区委办公室主任是西府人，区委书记下乡调研去了，市委书记打电话到办公室，找区委书记谈工作，办公室主任汇报说书记“吃去了”。等了几个钟头，市委书记打电话，办公室主任的汇报还是“吃去了”。一天时间，市委书记打了五次电话，区委办公室主任的汇报都是“吃去了”。这就惹得市委书记发了火，让办公室主任告诉区委书记，回来了到他的办公室来一下，他等着，不见区委书记他不下班。区委书记一回来，听了办公室主任的汇报，急忙赶到市委书记的办公室，劈头盖脸地受了市委书记一通批。批他吃饭没有错，但不能一吃一天不回来！不工作！

区委书记心里冤枉，要辩解却被市委书记戗回去了。

没奈何往回走，想着怎么能过市委书记批评关，就想起办公室主任的西府口音，知道惹祸的根源就在此了。风风火火赶回区委，拉了办公室主任就往市委跑，赶在市委书记出办公室门时，让办公室主任把“出”和“吃”说给市委书记听，市委书记就笑了。接下来还在全市公务员当中开展了一次讲普通话的活动。

大满的“吃”，让客人乐了一会儿，这才有了些微的醒悟，攥着拳头，轻轻地在客人的胸上砸了两下，还轻轻地说客人坏，笑话了她。

客人是不恼的，挺着胸让大满的拳头砸，好像很受用的样子。而大满不砸了，借势让客人躺下去，躺在按摩床上，她好给客人按摩呀。可是客人说什么也不躺了，很固执地坐在床沿上，伸出他的胳膊，轻轻地把大满拥在怀里。客人穿的是桑拿中心的一次性按摩服，浅蓝的颜色，薄薄的几乎是透明的，根本遮不住客人包裹在里面的身体。客人拥抱着大满的姿态，让大满恰好看见了他的下体，一丛卷曲的毛发之间，那个羞人的物件儿一点点地翘起来了。大满就从客人的拥抱中挣脱出来，也不管客人是啥态度，很麻利地解开了小裙子上的扣绊，把她青春饱满的身姿完全地暴露了出来。

客人是欣赏大满的，很专注地看着大满把她像剥一根白白嫩嫩的葱一样，白净闪亮地剥光了，依在他的怀里。可是客人没有进一步的举动，只是伸出舌头来，在大满翘翘的桃花一样粉艳的乳尖上舔了一下，就又帮着大满，把脱在一边的网眼裤头、蕾丝花边的乳罩和浅粉颜色的小裙子，一件一件地穿起来。

客人说："我看见你的男朋友了。"

客人说："小伙子有出息，考上大学了。"

不晓得为什么，大满突然地就火了起来，对客人横眉冷对，还跳开一步，与客人保持了一段距离。大满不要客人说她的弟弟小满，一个嫖客，有什么资格说她的弟弟小满呢！在按摩房里，大满自己也不想说她的弟弟小满，在这里说小满，那就是对她小满弟弟的污辱！

客人一副好脾气。

不管大满火了，恼了，客人都还是原来的笑模样，不过不再提说大满的弟弟小满了。客人默默地从床头柜上取来卡单，填了一个桑拿按摩洗浴中心规定的小费数儿后，却又从带进按摩房的手提黑皮包里掏出一叠扎着封条的百元现钞，粉红色的一沓，轻轻地往卡单上一放，拉开门，自个儿悄悄地走了。

以往客人要走，大满跟在后边还要送上几步。

今天她没有跟出去，只是觉得意外！

太意外了！

07

生意还是不错的。一直做到半夜两点，大满和菊儿这才脱了小姐服，换上一身家常装，从十八楼的电梯上下来，在五味什字的路口叫了一辆夜行的出租车，坐上回她们合租的地方去。在出租车上，要好的俩姐妹，一时都找不出话题来，默默地坐着，看见街道两边的路灯，闪闪耀耀，迅速地向后移去……

菊儿总是缺心眼，也不看大满，自言自语地说："你有福气哩。"

菊儿说："你总是有福气咯。"

大满不接菊儿的话，靠在出租车的椅背上，十分疲乏的样子。她的脑子里，被考上大学的小满塞得实实的，答应了要供给小满的学杂费，那不是一句话就能解决问题的，毕竟是一笔很大的数字，大满她又不是有钱的人，又不是有权的人，家里的父母弟弟，还都指望她呢。大满她又能怎么样？大满她只是个小姐呀！像个贼一样，用自己的青春和身体，要帮助这个要帮助那个，而且还不能叫被帮助者知道她是用青春和身体来挣钱。难为人呀！太难为人了！这么想着，大满又想起今天的那个客人，虽然不可思议，凭着感觉，大满已经感知他不是个一般人，当然更不是个坏人。哪怕他也到桑拿按摩洗浴中心找小姐放松，也不能说他是坏人，绝对不！

得不到大满的回应，菊儿偏过头看她，发现了大满挂在脸上的泪珠，在城市迷离的夜光中晶莹闪耀。

菊儿就说了："大满，你哭了吗？"

菊儿说："咱不哭，咱该高兴的，你说是吗？"

大满却哭得更伤心了，拧身抱着菊儿，浑身颤抖得像旋风。大满是在哭自己吗？是的，她是在哭着自己。如果不是因为家里难，她大满和小满一样，也会考上大学的。可她现在做了小姐，一个怕人知道的浑身染得脏了的小姐。

大满只有流泪了。

小满考上大学的喜讯给她带来的激动和幸福之感，在一阵滂沱的泪雨里，龟缩进了大满的心里，藏在心室最深的地方，留待日后慢慢去品尝了。

眼目脚下，大满务必要筹措到小满上大学的钱。大满流了一阵泪，不流了。流泪能起啥作用呢？大满只有面对现实了，刚才纷纷乱乱的东西，在那长流的泪水中都排泄掉了，现在就只有小满的学杂费一个问题了，这是必须解决的，而且只有今天一个晚上，天明了，就要一个不少，如数交到小满的手上，让小满高高兴兴地到花红草绿的大学去报到了。平时，大满不给自己身边留钱，赚上几个，就往家里寄几个。从现时起，让其他姐妹都歇着，来一个客人，她上一个客人，也不能一下子积攒万儿八千元给小满交学费呀。

还是真心姐妹眼儿亮。菊儿从大满的泪水中品出了太多太多的滋味，真可谓苦、辣、酸、涩、甘，什么样的味道都有了。

菊儿说：“小满蹬什么三轮？”

菊儿说：“他不去师大报到蹬三轮做什么？”

大满哽咽着回答：“小满没办法咯。”

大满说：“他缺钱呀。学费那么高，你让他怎么办？”

菊儿就知道大满要拿钱供小满上大学了。对此，菊儿是赞成的。菊儿轻轻地拍打着大满的背，对大满说：“你手头钱不够？”

菊儿说：“我还有一些，凑一凑说不定就够了呢。”

俩姐妹拥抱在一起的手彻底松下来了，都长长地喘了一口气。这时，大满把眼泪也收回去了，望了眼菊儿，脸上又浮出一抹幸福的神采。大满自觉握住了菊儿的手，对菊儿说：“谢谢你！”

大满说：“你解了大满的围了。”

到了她们的出租屋了。大满和菊儿从出租车上下来，俩姐妹牵着手，一步一步地往她们的出租屋去。菊儿低着头，两排洁白如玉的牙齿咬得紧紧的。快要走到她们的出租屋门口了，菊儿突然站住不走了，抬起头，看着大满，眼睛火辣辣地烫人。

菊儿很坚定地对大满说：“明天，明天我和你一起去，一起去送小满到师范大学报到。”

08

来日再见小满，大满脱了昨天穿在身上的那件低胸超短裙，换了一身纯棉的黑白装，上身是纯白的短袖小衫儿，下身是纯黑的长裤子。人长得漂亮，素净的衣裳是遮不住的，倒是平添了另一种的美。小满说不出来，看着大满，脸上的神色是真的高兴啊！

小满说：“姐呀，你穿啥都打人眼哩。”

大满说：“甭废话，把通知书给姐看看。”

小满就磨磨叽叽地给了大满。烫了金字的红皮大学入学通知书，捧在了大满的手里，像是一团燃烧的火，把大满的手烧了一下。大满的手不由自主地颤抖了起来，捧起大红的入学通知书，贴到她火烫的脸上，眼睛里便蓄了一池清亮的泪水。

小满哪里知道，大满夜里睡着了，梦里已经多次接到过大学入学通知书了。

大满的梦中，穿的从来不暴露，从来都是很素净的，就像她今天的穿着一样。大满在豪华大楼里做着事，不穿低胸超短裙，不暴露，还真的不成。客人来做什么，来就是品尝美色的，把自己包起来，包得修女一样，客人看不见，谁还给你小费。一行有一行的规矩，一行有一行的活法。大满长得美，长得漂亮，心里想的只为小满美，只为小满漂亮。

可是眼目脚下，大满有个啥办法呢？

大满就只有暴露自己了。为愿意给她掏钱的客人，客人是胖子，是瘦子，是年轻，是年老，都不重要了。给了大满钱，大满就得为他们美，为他们漂亮，为他们暴露。

菊儿没有来。约好了的，大满和菊儿在五味什字见面的，见了面就一起送小满去师大报到。可是不见菊儿来，让大满等得好不心焦。

一块儿起的床，菊儿把她的积蓄都拿给了大满，和着大满的一点积蓄，俩姐妹都点了一遍，交上小满的学杂费还有余的，俩姐妹就很高兴了。一块儿出了门，在楼下囫囵地吃了一根油条，喝了一碗豆浆，一块儿都走了一段路，挡了出租车，拉开车门要上去了，菊儿忽然说她忘了一件事，让大满先走，她一会儿就来，还说不见不散，可就是等不见菊儿来。都到九点钟了呢，菊儿忘了一件啥事嘛，怎么还不见来？菊儿可不是言而无信的人啊！过去，她们姐妹约的事，无论迟，无论早，从来没有错过钟点。小满上大学的事，比她们姐妹约的事，都要大得多，怎么能失约呢？

大满心里想着，都要埋怨菊儿了，却从大满的身后伸出一双手，捂住了大满的眼睛。大满知道菊儿来了，而且是早早地来了，躲在一边看她和小满哩。

大满说："菊儿你放开我。"

大满说："你要把我眼睛捂瞎吗？"

菊儿的手就松开了。

菊儿回头去，是为着自己的穿着打扮的，像大满一样也是一身的黑白装，上身是纯白的短袖小衫儿，下身是纯黑的长裤子。这使小满看了特别惊讶，瞅一眼大满，又瞅一眼菊儿，一时之间，大有分不清谁是谁的迷惑。

倒是菊儿大方，把手伸给了小满，轻轻地握了一下，告诉小满她是菊儿，和大满是最亲最亲的朋友。本来嘛，是要和大满一起送小满到大学报到的，手上有个事非在上午办了不可，就不能送小满了。

菊儿给小满道了歉，拧转身，双手捂着嘴巴，凑到大满的耳朵上，给大满说："我瞎掺和个啥？我是傻吗？"

菊儿说："我不当电灯泡了。"

说罢，菊儿丢开大满和小满，咯咯咯咯地乐着，一溜烟走得远远的了。

小满还奇怪菊儿和大满长得那么像，双胞胎一样，小满目送着菊儿往远走，大满却拉了一下小满的袖子，说："咱走吧，到师大报到去。"

09

两个人这里排队，那里排队。排了一上午的队，直到把大满带来的一万多块钱现金，分着沓沓从每一条长队里交了出去，小满的入学手续才算办完了。领了铺的盖的，抱了去分配给小满的宿舍，大满很在意地给小满在一个架子床上铺铺好了，又小心地，一巴掌一巴掌地把床铺捋平，对小满满意地笑了笑。

大满说："饿了吧。"

大满说："我请客，咱们喝酒去。"

小满一直很被动，跟着大满，真的如一个呆傻的弟弟了。在师大校门外的一家酒馆里，大满要了四个菜，两荤两素，有海鲜，有山珍，还点了一瓶白酒，很高档的白酒，倒在两只喝茶用的玻璃口杯里。大满端起来，让小满也端起来。小满说他不会喝酒。大满就说原来不会喝是对的，现在是大学生了，怎么能不会喝酒。以后做事，做啥啥的事，都要喝酒的，不喝酒不成，不喝酒啥啥的事都难做成。大满开导着小满，鼓励着小满端起了酒杯，碰了一下，大满就把口杯中小半杯的白酒喝进肚子了。而小满只在嘴唇上舔了一下，就呛得咳了起来，咳得脸红脖子粗。

小满说："我咋就是见不得酒？"

大满说："甭急么。慢慢喝下去，喝着喝着就能喝了。谁都是这么喝过来的。"

果然小满又试着喝了一些白酒，舌头上能沾了，喉咙里也能进了。慢慢地再喝就没什么了。

小满的话也就多起来了，说："姐呀，真是要谢谢你哩。"

小满说："没有姐的帮助，我就难上大学了。"

大满默默地听着，喝着酒说："谢啥的谢。"

大满说："以后每月的今日，姐都把生活费给你。"

小满说："姐不能都顾了别人。"

小满说："姐也能读大学的。"

大满说："姐怎么能上？"

大满说："姐又没烫金的红纸入学通知书。"

小满说："还像咱在家里那样，我在学校学的，晚上回来了，和你一起复习作业，姐也就学习了。"

小满说："姐就去参加自考。自考嘛，也是个大学毕业哩。"

的确是个不错的主意。大满几乎要被小满说服了。然而可能吗？大满要挣钱，用她美丽的、漂亮的青春挣钱。没有她挣钱，家里的妈怎么办？家里的弟弟怎么办？还有上了大学的小满怎么办？

大满还有别的办法吗？

大满没有。大满只有继续在五味什字的现代化的大楼上做小姐。

大满的心里乱哄哄的。师范大学的环境真是太好了，到处都是绿树鲜花丛中的教室、实验室，当然还有端庄文雅的大学老师和朝气蓬勃的大学生。因为刚入学，许多如大满、小满一样年龄的大学生，聚集在学校大门内的喷泉广场上，端着照相机，作态作势地照着相。大满真想也在那里照张相，就和小满一起照，可她没有照相机，附近也没营业性照相的摊点，这让大满很是失望。

大满便想，下一次来，一定要带上照相机，和小满一起照一张。大满想得兴起，就又端起酒杯，和小满碰了一下。正喝着，手机在她的小皮包里没命似的叫了起来，把大满吓了一跳。急忙取出来看，发现是菊儿发来的短信。

菊儿的短信说："大满，你和小满在喝酒吗？"

菊儿的短信还说："代我敬小满一杯。"

大满看罢短信，转着眼睛把她身处的小饭馆扫视了一圈，这才发现菊儿也在小饭馆里，一个人守着小饭馆的一角小桌，独吃独饮酒。大满就跳起来，撵过去，把菊儿抓起来，和小满坐在一张桌子上，三个人都倒了一个满杯的酒，很响地碰了一下，仰脖儿都喝了。

10

一边是巍峨高耸的古城墙，一边是深沟下陷的护城河，夹在其中的就是绿树婆娑、鸟语花香的环城公园了。

每逢双休日，小满与大满都要相约来环城公园走一走，说一说暖心窝子的话。小满在这个双休日来早了，就到那棵他们经常会面的红叶李的树冠下，坐在树下的石头上等大满。在农村，坐在哪儿都能看见红堂堂的太阳，染着天边的云彩；在城里，就看不见太阳了，只能看见太阳的光照，拖着砖砌石垒的古城墙影子，浓浓地向一边倒去。一忽儿，就全都埋没在城墙厚重的阴影里了。小满看到一份资料，知道全中国保护得最好的，就剩下他身边的这一座古城墙了。小满的心里就很感动了，觉得他和大满在这里牵手散步，卿卿我我，让高耸古老的城墙见证他们的真情真意，实在是太幸福不过了。

护城河深陷在城墙脚下，像一条浅墨色的纱带，波澜不兴，偶尔地会有一条鱼儿跃起来，在河面上划出一道优美的曲线，复又跌进水里，溅起一朵晶晶闪亮的小水花。越过护城河，再越过一条宽敞的大马路，即是一座连着一座的高楼，楼上的玻璃窗子，赶着时间，一户一户地亮起灯来……大满就踏着亮闪闪的灯光，到环城公园会小满来了。

大满手里提了个塑料袋，见面就给了小满。

小满知道塑料袋里装的是一个肉夹馍。竹笆市老樊家的肉夹馍，肥而不腻，瘦而不柴，外焦里嫩，小满吃了一回，就念念不忘，对大满直说好吃，好吃。自然了，老樊家肉夹馍在竹笆市经营了百余年了，烧肉的汤天天不断，夜夜不灭，也熬了百余年了，真真正正的百年老汤，烧出来的腊肉，能不好吃！小满爱吃，大满就给小满买。好在竹笆市离五味什字的路短，大满走着去，就把肉夹馍给小满买来了。

小满也不客气，接过肉夹馍，张嘴便咬下了一大口。

看小满吃肉夹馍，大满的心里特别受活。小满吃得越是急迫越是馋，大满的心里就越是受活越是爱。

大满就想，她和小满的生活能像一个肉夹馍该多好啊！那样的生活才是味道浓，才是享受啊！

可是，这样的生活，能维持多长时间呢?

初夜的环城公园，人来人往的，倒比白天还多，几个人在一起抖空竹，嗡儿——嗡儿——的声响，十分的好听；还有打太极拳的、舞剑的、打羽毛球、做广播体操的……稍远的一处空地上，围了一群人，在听一个自由结合的自乐班唱秦腔。

秦腔在城里不甚流行了，而在农村却还大有人缘。在农村长大的大满和小满，耳濡目染，还是爱听一口秦腔的。

吃了大满带来的肉夹馍，小满从红叶李的树下站起来，顺手把大满也拉了起来。

小满说："咱走一走。"

小满说："等你等得太久了，腿都坐麻了。"

大满就说："那就走么。"

大满说："看你吃得那个馋，走走正好消化哩。"

两个人就手牵了手，慢悠悠地，像是一对恋人，在环城公园乱石铺就的、弯弯曲曲的小径上向前走去。走得离自乐班近了，小满听出来有人唱的是《夺锦楼》上的一折戏。《夺锦楼》是个大本子，十四场的戏，讲的是"落难公子中状元，攀龙附凤弃糟糠"的老故事。自乐班现时的板鼓敲得缓缓的，板胡也拉得柔柔的，听得见剧中的俏佳人钱瑶瑛神色喜悦地唱着：

见此人不由人喜眉笑眼，
有学问有才气情致缠绵。
若能够与此人结成亲眷，
也不枉在人世走这一番。

剧中人钱瑶瑛的这一段唱，大满是熟悉的，她自己不要伴奏，也能一字不差地哼出来。过去没少听这段戏词，却也没有什么特别的感觉，今晚上在城墙根儿下的环城公园，牵了小满的手听，感觉大不一样，眼也跳，心也跳，好像她就是那钱瑶瑛，小满就是柳子俊。剧中的柳子俊可不是个好东西，落难时寄食钱瑶瑛裙带之下，赴京高中状元，就把钱瑶瑛忘得一干二净，专意儿攀附高门。想着戏里的事儿，大满一时好不凄凉，当下话也少了。

自乐班唱不了本戏，唱一折，换一个角色，其中也没有过渡，一下子会跳跃过去很多的情节。忘恩负义的柳子俊，不理会钱瑶瑛进京找他的艰辛，到相府幽会珠光宝气的千金小姐去了。然而，不知内情的钱瑶瑛，独自街头彷徨，怀想她的如意郎君柳子俊，一唱三叹，好不心伤：

何一日鸾凤同栖销金帐？
何一日对坐月倚白玉床？
何一日画眉笔儿效张敞？
何一日胡麻饭儿送阮郎？

眼泪水儿从眼眶里涌出了，挂在大满的脸上，在灯光的照耀下，亮晶晶的，像是一颗一颗的星儿。大满自己不知道，听着自乐班的演唱，任由泪珠在脸上滑动。

小满不是粗心人。小满看见了，心里一阵发紧，拉着大满的手使了些力气。

小满柔声地说："大满姐，你哭了。"

大满吃了一惊，伸手在脸上抹了一把，说：“我哭了吗？”

大满说：“我没哭。”

小满便笑了：“是啊，大满姐不哭。”

小满说：“大满姐怎么会哭哩。”

说着话儿，他们俩离开了唱秦腔的自乐班，往树木花草更深的地方走去。显然，那里是恋人的圣地，几乎每一束花丛里，每一片树阴下，都有一对热情相拥的恋人。大满和小满没法不受感染，也不知是谁先拥住了谁，总之，他们像在这里约会的恋人一样，紧紧地拥在一起……大满轻轻地呻吟了一声，她感到小满的手凉冰冰的，从她穿得很薄的毛线衣下伸了进来，触摸着她光滑的肌肤。

小满听见了大满的呻吟，动作着的手有了一个短暂的停顿。小满以为触痛了大满，他望着黑暗中大满的眼睛，知道了大满的呻吟，不是因为疼，而是异性间两情相悦的一种自然表露，胆子便大了起来，手指蠢蠢欲动，仿佛欲望无限的妖魔，向着大满鼓得高翘的胸乳上摸索……小满感觉到了大满身体的渴望，非常自觉地配合着他的动作。他的手指有了大满温热的肌肤的鼓励，变得灵巧起来，指尖儿遭遇到大满乳罩的障碍，便迂回了一下，从乳罩的下方顽强地插了进来，不出意外，小满的手指就会迅速占领大满圆润柔嫩的乳房了……可是，意外还是发生了。

装在大满裤兜里的手机尖锐地嘶叫了一声……大满被那声嘶叫吓了一跳，强硬地转了一个身，把小满的手从她的毛线衣下拉了出来。

大满知道菊儿给她发来短信了。和小满每一次约会，菊儿都要给她发短信，发一条不过瘾，还要两条三条，却是些社会上非常流行的那种。过去发的短信，大满都不记得了，今晚又发来了什么短信呢？

可是打开信息一看，却是桑拿按摩洗浴中心的领班发来的。让大满赶快回，有客人点她。

是谁特别点她呢？

大满的心头就闪现出了那个只给她小费，而啥事都不做的客人。会是他吗？肯定是他。

在大满的客人中，像现在的筷子和饭盒，以及拖鞋和浴衣一样，有许多都是一次性的，一场激情或装出来的激情过后，拍屁股走人，就谁都不再见谁了，即便再见，也是互不相认的，这也是她们小姐遵守的一条职业道德。惟独这个客人不一样，十天半个月的都要到她所在的桑拿洗浴中心来，蒸桑拿是一回事，蒸过了就找她，哪怕她在台上做事，也要等着她来，让她给他按摩，是真正的按摩，绝不越雷池半步。他夸她按摩的手法好，让他很放松。还说应该到斜对面的藻露堂护校去学习，毕业了再到医院里去，一定是个非常出色的护士哩！

这个客人给她的小费总是高，比做了肉体交易的小费还要高出几倍来。客人不再提说大满的小弟小满，只说大满用得着钱，就不让大满推拒争辩。想着那个客人，大满就又从秦腔自乐班的那儿，听到剧中人钱瑶瑛悲愤交集地演唱：

自那日见绝书又羞又恼，
气得人病恹恹步懒心摇。
见老爷和太太双膝跪倒，
快与我惩治那薄情儿曹。

行腔悲悲戚戚的秦腔戏词，一字不落地灌进了大满的耳朵。惹得大满险乎儿又要流泪了。而小满还浑然不觉地伸着手，要摸大满的乳房，大满说什么都不让他摸。

不是大满心硬。大满满心喜欢着她的小满，莫说小满的手不老实，想摸她的乳房，就是小满乐意把她的乳房咬下来吃了，她大满也是乐意的。但大满不能够了，她的乳房上，印下了太多男人的手印。那些个手印太脏了，每有男人在她乳房上印手印，事后大满都要认真地洗一回，可是洗不掉了，层层摞摞，成了大满无法用水洗清的污染。再说了，今后，还会有男人的手到她的乳房上打手印，谁的手印都能打上她的乳房，小满的不行，坚决不行，她不能因为她乳房的脏，而染脏了小满的手。

11

想不到，小满把他的大满姐弄丢了，找不见了。

那一次环城公园相别，弄得挺隆重的，他的大满姐还把他送到了师大的门口。他的大满姐一走，小满心里就打起了疑惑鼓，咚咚咚地跳着，觉得他的大满姐会丢了呢。果然就丢了，找不见了。小满放心不下，打电话，大满的电话停了机，到环城公园他们约会的地方去等，一个双休日，两个双休日……都已二三十个双休日了，小满怎么也等不来……

小满见不上大满了。小满要让大满自学考文凭的计划自然地也就落空了。

冬天去了，春天来了。

春天花开了，满城都是玫瑰、牡丹的花香……小满按月按时地，总能收到大满寄来的生活费，大满还给小满寄来了换季的衣裳，都是质地很不错的衣裳，样式也很新潮，小满穿了，身上的土气没有了。小满却见不到大满了。

小满就到五味什字去找他的大满姐。

现代化的，高高地耸立在五味什字一角的顶楼上，大满看得见小满。

小满变了呢！在大满的眼睛里，看见一回小满，就看见了小满的一次变化。大学真好啊，真是培养人的地方，一年多的时间，土里土气的小满不见了，小满日新月异地成长为一个小知识分子了。那不是因为大满给小满寄去的衣裳所改变的，是知识改变着小满，他的一举手，一投足，都带着浓厚的知识的味道。这是大满所希望的，大满高兴小满的这些变化。

大满为小满高兴着。几次都要忍不住了，要飞奔下楼，去和小满见面。但大满最终还是忍住了。

大满再也不会与小满见面了。

一辈子都不和小满见面。

大满是啥人？

小满是啥人？

一个小姐。

一个大学生。

能有个啥结果呢？！

不敢想。不能想。

小满坚持不懈地到五味什字找大满。经常地来，小满能来五味什字找大满，这就够了。大满在现代化的高楼顶层，能经常地看见小满，看见变化着的小满，大满知足了，非常的知足了。

非常知足的大满，需要有人来分享。大满的好姐妹菊儿，很自然地成了这一幸福的分享者。大满总是要给菊儿说她的小满，说过去，说现在。原来都是清清淡淡的事，过滤了一些日子，发酵了一些日子，变得就很有味道了，听得菊儿一惊一诧的，既为大满感动，也为小满感动。

大满从顶楼看小满，菊儿也从顶楼看小满，常常地看，看得久了，菊儿把小满也深深地印在心里了。

菊儿对大满说："你的心是石头吗？"

菊儿说："是块石头也该软了。"

大满说："我的心我知道。"

大满说："我是小姐，我不能害了小满，小满是大学生啊。"

说着话，大满和菊儿就哭了。两个要好的小姐，在这个问题上，讨论了不知多少回，几乎是小满来找一回大满，在顶楼上做小姐的大满和菊儿就要讨论一回，哭一回。

小满也有不来五味什字找大满的时候，那是因为小满去上课。而大满还会推开十八层高楼的窗帘往下看，看不见小满的身影，却能看见大街上脚步匆匆的行人，男男女女、老老少少，潮水一样涌动着，红红绿绿、蓝蓝灰灰搅和在一起，色彩就很丰富了。其中穿着浅绿色护士装的人特别的入眼，大满啥时候向楼下眺望，总能在色彩斑斓的人潮中，最先看见那些暖心暖肺的浅绿色。

过去，大满可不是这样，把大街上的颜色总会看成一片，像画家手中的调色板，是分辨不出浅绿色的。那个总来找她、也总是照顾她的客人，说了她应该"到斜对面的藻露堂护士学校去"的话后，大满就一下子把护校学生的浅绿色服装，从大街上万万千千的色彩中分辨出来了。

大满想去护校学习。

怎么不想呢？大满是太想到斜对面的护校去学习了。大满没有太大的理想，能在护校学习，毕业了在医院里做个护士，已经是她可望而不可即的目标了。

在十八层高楼的桑拿按摩洗浴中心，大满眺望着楼下人潮中端庄的浅绿色护士装，回头再看一眼自己身上穿着的浅粉色暴露的小姐服，心像突然丢在了醋坛里，让大满感到无限的酸楚。

12

这是个陌生的客人，但人是不错的。

起码在大满的感觉上是不错的。大满就是这样，做着小姐却不失一颗善良的心，客人对她好，不下贱她，她就很感激客人。像现在逢着这样不错的客人，大满的心情也要好一些，甚至会和客人开开玩笑。客人问，你多大了啊？大满说，你猜呢？那人便说，二十一岁吧。大满皱了皱眉头，说我有那么老吗？客人是非常善解人意的，这时忙改了口，十八岁。大满却摇头了，说我二十三岁了。客人也就很高兴了，忙不迭地又说，看不出看不出，真是看不出来。大满却装着又生气了，别安慰我啦。我看上去很老了吗。客人也生了气，哪儿的话啊。

聊着，大满和客人都开心地笑起来。大满去拉上了窗帘，客人把灯光调得暗了些。两个人配合得很默契，脱光了衣服躺在床上，客人不急不躁，动作很是温柔，身上的皮肤也很顺滑，好像大满的皮肤一样。大满产生了少有的认真抚摸的冲动，客人感应着，动作大起来，大满就很受活了，嘴里啊啊地呻吟起来。大满做小姐的时间也不短了，从来都是别别扭扭的，当然主要是心里别扭，行动上还不能表露出来，因此就没有快感。这一回，大满感受到了，就很感激这位戴着眼镜，皮肤白皙，行为斯文的客人。

事情完了，大满还赖在客人的怀里，客人要起来，大满紧紧抱了，娇滴滴还不让客人起。这也是很少见的，从来都是客人的身子一空，大满就翻身下床，多一分钟也不成，穿了衣裳，离开客人而去。

客人也感到了大满对他的温存，但客人不敢贪恋温存。一个小姐的温存，弄不好把自己栽进去，哭娘喊老子都赶不上了。理智在客人心里占了上风，客人就把大满缠着他的胳膊卸下来，调笑地指教大满规矩点，自己起来就穿衣裳了。公事公办地把小费放在大满还蜷在按摩床上的裸体上，转身就走了，直到开门出门，都没再回一次头。

大满就恨着自己了。在心里骂自己贱，不要脸，你只是个小姐呀，拿个热脸往人家冷屁股上贴呢！被人冷落了，下贱了，你是活该！

不紧不慢地穿着裤头，戴着乳罩，套着紧身性感的小裙子，大满还抽出手，在自己的脸上抽了两巴掌。

恹恹地从按摩房出来，领班已等在门外了，脸上是为大满兴奋着，说："又来了，等你哩。"

心情正糟糕着，大满没听懂领班的话，说："谁又来了，愿意等等着去，我要歇一歇了。"

大满说着，就往楼上小姐休息的地方去。领班跟在大满身后，说："真要歇一歇了？"

大满说："真歇。"

领班说："你可别后悔。"

领班这么一说，大满知道是谁来了，等着她哩。心里的不快，当下消失了一半，跟着领班到装饰豪华的贵宾休息室去，待见到等她的那个特殊的客人，心里的气便全部消失完了。代之而起的一腔的委屈，忍不住，有几颗泪珠在眼眶里集聚，集聚到承载不了时，扑刷刷滚出了眼眶，亮晶晶地挂在大满粉白的面颊上。

贵宾休息室，在桑拿中心都是有的，比大众休息室小了点，设备却要豪华百倍，布艺的沙发，水晶的茶几，精美的工艺美术品，很有讲究地挂在墙上，或摆在架子上。领班已很知趣地退出去了，剩下大满和她的特殊客人，客人坐着，大满站着，距离只有一张纸那么近，半天了，却都没说一句话。大满流着眼泪，一颗一颗的泪珠，像是伊拉克战场上的美制炸弹，砸下来，砸在了客人的脸上、脖子上，客人也不管，任凭大满的泪水把他的脸弄得湿渍渍的，仿佛他的脸是一块干涸的土地，正好需要大满眼泪的浇灌……

哭了一阵。大满哭得泪干了，客人才伸手拉大满坐在他身边，给大满擦着泪，说："跟我吃消夜去。"

大满就很温顺地起来了。

大满让客人先等一下，她去换衣服，换了衣服就和客人走。在换衣服的时候，大满就很无奈而自然地调整好了自己的心态，再见客人时，就不是悲悲戚戚的了。大满就来叫客人，说："走啊。咱走。"

大满甚至调笑地说："别说吃饭，把我卖了也跟你走。"

客人就带着大满一起走了。

出了大楼的玻璃门，大满跟着客人向一辆黑色的小轿车走去。客人打开了车门，大满低了头，一只脚都踏进了车门，身子一缩，就要坐进轿车里去的时候，大满听到一声喊。

是小满的喊声："姐哎！"

大满听得明白。一时有些迟疑，差点要挺起身来，给小满应一声。但另一种理智催促着大满，更迅速地坐进了小轿车。客人已拧动了点火钥匙，小轿车轰地响起来，随即向黄昏中的五味什字以外蹿去了。

小满撵着小轿车，喊声高起来了："姐哎，你回来！"

小满喊："你回来呀，姐。"

两条腿怎么跑得过四个轮子的小轿车。在小满积血的眼睛里，他的大满姐坐在小轿车里，消失在街灯闪烁的城市长街上了。

13

门迎是一对外国佬，头上一层一层堆得很高的包布，让大满很容易看出他们是印度人。大满有空时，会到城市的大街上转悠，早就见到印度汉子做着门迎的西餐厅了，透过通明敞亮的玻璃门和玻璃窗，看得见西餐厅的豪华和奢侈，过去一回回从西餐厅的门前过，大满都只是很羡慕地瞧一眼西餐厅，便会加快了脚步，匆匆地走离西餐厅。在大满的心里，西餐厅不仅豪华奢侈，而且神秘莫测。但在这个温暖的傍晚，大满穿着得体地跟着她特殊的客人，走进西餐厅来了。

但是大满的耳腔里，还是小满追着汽车叫她的喊声："姐哎，你回来！"

从小满的眼皮子底下逃离了。逃离的只是大满的身子，大满的心能逃离吗？大满的心是牵挂在小满身上的，小满的学费和杂费、生活费，虽然两人不再见面，大满都是如期如数寄给小满了。大满还按着季节的变化，给小满买了衣裳寄去……大满还在五味什字的那座十八层高楼上，揭开窗帘，向楼下的车流人流看，找她的弟弟小满……

弟弟小满也在找她。找见了，却不能见，还要逃离开来，大满的心情就怎么也好不起来。如果不是小满喊她，在初秋这个温暖的傍晚，大满是太想放松自己了，而且有她的这个特殊客人陪着，来到这座全城出名的西餐厅，大满有理由高兴起来，也让一直关心她、照顾她的特殊客人高兴起来。

大满强迫着自己，在脸上堆出笑容来。

客人是谁呀？大满的强颜欢笑，怎么能瞒得了他的眼睛呢？但客人是善解人意的，在一旁征询着大满的意见，点了菜，点了饮料，还点了酒。客人点什么，大满就欢欢地应什么，因为那所有菜品，大满没有吃过，也没有见过，客人征询的语言，只有一个意思：就是对小姐大满的尊重。大满感觉到了客人对她的尊重，很早就感觉到了。于是，客人点什么菜，她就吃什么菜，点什么饮料，她就喝什么饮料。尽管大满很是吃不惯那西餐的味道。

大满还喝酒了。

喝的是啥酒呢？似红非红的颜色，有点像干红葡萄酒，但绝对又不是。干红葡萄酒，大满已喝得不少了，在桑拿中心做小姐，大家心烦了，会邀上走得近的几位，找个酒吧，痛痛快快地喝一场，红葡萄酒、白葡萄酒的，还有啤酒，她们小姐都是要喝的，偶尔也喝上几两白酒。可在西餐厅喝的这种酒，大满是头一回品尝，说不清好还是不好。

大满和她的特殊客人，坐在西餐厅很隐蔽的一个角落，碰一次杯，又碰一次杯，很快地就把一瓶模样怪怪的，却很好看的那样一瓶酒喝完了。客人招来侍应生，又让取来一瓶……俩人刀切叉挑地吃着菜，杯声叮当地喝着酒，却很少说话，好像她和他前世就在一起了，把话说完了，没话可说了。

俗话说得好：没有不散的筵席。

偌大的一个西餐厅里，已经走得只剩下大满和她的特殊客人了。俩人把要来的第二瓶酒也喝得差不多了。客人叫来侍应生结账，酒意朦胧的大满，神志虽说有点儿模糊，但还是把自己吓了一跳。大满看见客人数着钱，是很厚很厚的一沓子，是五千呢还是八千元？

吃一顿消夜，怎么就花了这么多的钱呐！

客人扶了一把大满，俩人就从西餐厅出来了，又上了黑色豪华的小轿车。客人没有征求大满的意见，拧响了车钥匙，踩着油门就在大街上跑起来，跑了多长时间呢？大满不知道。大满是闭着眼睛的，直到小轿车停下来，客人拉开了车门，扶着大满的手，把大满从小轿车里接出来，大满才睁开了眼睛，当下就看见了一栋小巧的、独立的楼房。大满还转动了眼珠，把周围都瞄了一遍，发现有很多这样独立的，然而小巧的楼房，大满就知道这应该是被称为高尚的一处别墅区了。

客人在前头开了别墅的门，还打开了别墅里的灯。

大满跟着客人的脚后跟，便也进到别墅里了。大满的第一感觉，好像她的脚踩空了，踩在了虚泡泡的棉花上。大满没有惊讶，她知道那是质地很好的地毯，只有这样的地毯才能和这样的别墅配套。在别墅里，什么都很大，什么都很软，沙发、浴巾、浴衣，还有床，多么宽大柔软的一张床呀！在上面打滚翻跟斗，都不会担心掉在地上。

她们桑拿按摩洗浴中心的按摩床呀……

大满不想胡思乱想，也不愿意胡思乱想，在客人几乎是无微不至的关心帮助下，先是去了别墅的浴室洗了个澡。大满虽然在桑拿按摩洗浴中心做小姐，少不了日日洗澡，甚至一日洗几次澡，但都洗得潦草和敷衍。今夜晚就不同了，大满洗得特别的认真仔细，她先在堆满泡沫的浴盆里躺了好一阵，似乎有点消磨时间的味道了，而她绝对是无意识的。有些事情她想理一下，却乱糟糟地塞了一脑子，怎么也理不出来，一会儿是母亲和弟弟，一会儿是小满，一会儿又是领她来别墅里的客人，还有五味什字十八层高楼上的姐妹小菊和领班……理不清楚，大满干脆就不理了，这才从浴盆里站起来，到闪闪发光的莲花喷头下洗淋浴，头发上、身上的泡沫和污垢，随着温柔的，却又是强劲的喷花般流水冲得干干净净，站在明亮的玻璃镜前，看见镜子里自己光裸的肉体，大满不能自禁地颤抖了起来。泡沫能泡净身上的污秽吗？莲花喷淋能洗净身上的污秽吗？……大满闭上眼睛，强迫自己不想这些事情。特殊的客人，这时候推开了浴室的门。他自己已换了一身睡衣，手里拎着一件睡裙，浅白色丝质绣花的睡裙轻轻地披在了大满的身上。大满睁开了眼睛，眼光是明亮的，其中还有许多无辜的成分。客人读懂了，伸手抱起了大满。在客人的怀抱里，大满感到她变轻了，轻得仿佛一片飞得起来的羽毛。

客人抱着大满出了浴室，穿过客厅，走上通往二楼的楼梯，一步一步，走得又稳当又轻捷，大满的思绪突然变得恍惚起来，感到抱着她的人不是客人，而是她的弟弟小满，是她亲爱的小满弟弟抱着她，去他们温馨的婚床上的。

恍惚中，客人把大满抱着已轻轻地放在那张大大的床上了。当然，这不是大满和小满的婚床，他们哪儿能奢望有这么辉煌的一处新房和婚床。大满跟着客人来这里，是还一个债的。客人关心照顾了大满那么长时间了，花在她身上的钱不少了，从来没动过她的身子，大满没有理由不还客人的这笔债。

大满的双手就勾在了客人的脖子上，拉着客人紧靠着她睡在宽阔舒适的大床上。大满想，客人会有一场暴风骤雨的欢爱，可是没有。客人就那么静静地睡在她的身边，呼吸着她吐出来的气息。

客人就有些呢喃，说："香啊！"

客人不住地说："真香呀！"

客人说："好想撇下城里的事情，回到乡下去生活。"

大满听着客人的呢喃和唠叨，心里就有些发酸，农村有什么好？想到农村去生活？几天时间的苦受，你不想办法到城里来才怪！大满就觉得，客人有心事，很沉很重的心事呢！有心事不好，不管你生活在城市，生活在农村，有心事都是不好的。大满就想让客人把心事放下来。哪怕暂时地放下来也好啊！

温热的身体就把客人拥得很紧了。大满用嘴吻着客人的脸和唇，还腾出一只手，在客人的胸膛抚摸，一点点地摸着，就很自然地摸到了客人的根本上。大满感到了客人的冲动，便帮助客人脱了身上的睡衣睡裤，自己爬到客人的身上，很有技巧地为客人做起来。客人自己却不怎么行，三下五除二的，就泄得一塌糊涂，很沮丧地软在了一边。

心事沉重的人，在性和爱上都是这样，大满就很同情客人了。

客人却在一边说："对不起。"

客人说："实在对不起。"

14

大满姐是做小姐吗？

小满为他大脑里闪过的这个念头吓了一跳。过去，小满也这么想过，他的大满姐做的什么工作？穿得体面，而且还拿了一部手机，那都是什么人的做派呢？不是老板，就是小姐了。大满姐不是老板，她是小姐了吗？想到这里，小满就打自己的脸，噼噼啪啪的，觉得自己简直不是人，怎么能胡想乱想他的大满姐呢！然而今天一见，小满就只有吃惊了，他不敢想、不愿想的结果，被眼见的事实证明了，他还能怎么想。但他还在找着理由，找了一千条，一万条的理由，却没有一条理由能说服他，不让他猜测大满是在豪华大楼里做着小姐。

从穿的衣裳上就看得出来，大满是做小姐的。

小满丢失了他的大满姐。他在五味什字，一次又一次地等着他的大满姐，他坚信他的大满姐还在那座高耸的十八层楼上工作。小满有证据这么想，大满姐寄给他的生活费，差不多都是从五味什字的邮政所寄出的。小满就铁了心地在五味什字等，还真的让他等到了。刚才，大满和客人就是从他身边过去的，大满黏糊糊贴着客人的模样，把等在大楼外的小满骗了。到大满从他身边走过去，都没有认出来。

心惊肉跳地想着，小满痛苦地抬起了双手，捂住了眼睛，蹲在了地上。

……

小满又一次到五味什字来了。小满不会不到五味什字来找他的大满姐，他不让大满做小姐，就是他的大学不上了，他和大满一起打工，上建筑工地挑灰担砖，下工厂抬铁搬钢，累死了，挣的是干净钱，吃的是干净饭。小满一如既往地到五味什字来找他的大满姐。执拗的小满不把他的大满姐找回来是不会罢休的。他心中漂亮宜人的大满姐，怎么能做小姐呢？他不能让大满做小姐，他必须把大满从小姐行列拉回来。小满坚持着，有空就到五味什字来，他固执地认为，一定能等到大满的，一定要把大满找回来。

不过，小满用了心思，不再大不咧咧地站在五味什字等大满。小满会找一个隐蔽的地方，躲起来，双眼盯着十八层高楼的玻璃门，等着大满走出来。

小满等得久了……等得不耐烦了。

小满走进了十八层高楼的玻璃门。他已多次走进这扇明亮的玻璃门，向门内的人打问大满。没有人认识大满，都很警惕地看着他，给他说，大满是谁？不认识。不晓得。

这一次走进玻璃门，小满不想让门里的人糊弄他。不弄个水落石出，小满就不从玻璃门里出来。豁出一条命，也要把大满找出来。

小满见人就打听。谁不给他好好说，就和谁红脸，和谁吵闹……有位客人从电梯门里出来了，西装革履，油头粉面的样子，小满看了竟觉得有点面熟，他会是谁呢？想起来了，他就是开着黑色小轿车带着大满走的那个人呀！（其实小满把人认错了，情急之中，出入大厦的人，有许多人在小满的眼里，都是开着小轿车拉走大满姐的人）小满没有迟疑，一个箭步窜上去，扭住客人的脖领，气汹汹地追问客人："你还我的大满！"

小满的脸上露着杀气："你还我大满。"

情急之下，小满没有太多的话，吼叫着让客人还他的大满姐。客人被吓着了，急赤白脸的样子像是遭了绑架，左右顾盼，看着没有解救的人，就肥猪挨了刀戳似的尖叫起来。

客人喊叫着："保安！保安！"

客人喊叫着："救命啊！救命啊！"

保安便出现了。也不知在哪儿站着，迅速围上来六条大汉。客人是熟客，常来他们大厦消费，小满也是熟人，常来他们大厦找大满。保安知道利害，知道孰轻孰重，围上来揪住了小满，放开了客人。小满没法和客人理论了，就和保安急了起来，伸手扭住一个保安的头发，问他们把大满藏在哪里了？啊？藏在哪里了？你们是瞎尿！你们是坏种！

好汉难抵三尿客。何况是六条大汉，都穿着威风凛凛的保安服，怎么能忍受小满的撒泼，你一拳、他一拳的，就把小满打软了。六条威风八面的保安，抬腿的，抬胳膊的，把小满抬出了大厦的玻璃门，扔到了五味什字的街面上。

15

十八层顶楼上的小姐菊儿，正站在玻璃窗前朝楼下看，困在桑拿浴房里的小姐，几乎都有俯视楼下风光的爱好。被打软了的小满，让保安抬出来扔在街道上的过程，菊儿都看到了。小姐菊儿多次看见楼下的人吵嘴打架，也多次看见保安和人纠缠。一次次看了，都没往心上放。这一次看着，心里却莫名的惊慌，仔细地去看，发现被打的人太像小满了。

是小满吗？

小姐菊儿想着应该去找大满，但大满在哪儿呢？一对要好的姐妹，说散就散了。大满的命好，有一个考上大学的弟弟小满，还有一个关心她、爱护她的客人。正是那个客人，改变了大满的命运，让她从十八层高楼上的桑拿按摩洗浴中心辞工不干了，而且还从她们合租的地方搬出来，到斜对面的藻露堂卫校上学去了。

小姐菊儿羡慕着好朋友大满，也顾不上换衣裳，直接坐了电梯下楼。她穿在身上的衣裳，和小满看见大满曾经穿着的衣裳一样，是很性感，很暴露的那种。

小姐菊儿从高楼的玻璃门一出来，看一眼还蜷在门外大街上的人，就认定那是大满的弟弟小满了。菊儿便扑上去，抱着小满的头，企图把小满扶起来，然而几次的努力都失败了。

菊儿便叫起来了：“小满，醒醒啊！”

菊儿扯长了声音叫："醒醒啊！小满！"

保安打了小满后，都退回到大厦的玻璃门内，但仍然警惕地观察着门外的情况。其实保安晓得，他们打了小满，打得不是很重，也就是吓唬吓唬小满，让他别在大厦胡搅蛮缠，妨碍了大厦的正常经营。那样，他们做保安的就有了责任，就会被罚了款的。工资本来不高，谁愿意辛苦一场，到头来被罚去一大截。一个小伙子嘛，谁还挨不起三拳两膀子？但问题好像不如保安们在玻璃门内想得那么简单，小满倒在大街上不起来，保安扔成什么样子，就一直是那副样子。现在有小姐菊儿冲下楼来扶小满，却还扶不起来，喊人，也不见应声。保安们就也有些急了。死了人怎么办？谁出的拳谁偿命！这是没理可讲的！

胆小的两个保安，脸上的颜色已经变得煞白了。恰好桑拿洗浴中心的胖领班也出现在了玻璃门口。领班是看见菊儿在门口，才从十八层楼上的桑拿按摩洗浴中心下来的。看了一眼菊儿和菊儿抱在怀里声声嘶叫不见动静的小满，不自觉地大吼起来。胖领班是冲着保安吼叫的。

胖领班吼着："还愣着干啥？啊！"

胖领班的吼叫已经是气急败坏了："快把人往医院送！快！"

得到了胖领班的指示，保安哪敢迟疑，迅速冲出门来，像刚才他们抬小满时一样，抬起了小满，迅速地穿过五味什字，迅速进了斜对面的藻露堂医院。

医生护士一阵紧张的救治，测了心电图，量了血压，还插了氧气……在白衣天使有条不紊的忙乱中，挨打的小满慢慢地醒过来了。

睁开了眼睛的小满，当下就看见了守在他急救床边的菊儿。

小满把人认错了，虚弱地说："姐哎，可见上你咧。"

现在的小满总是认错人，何况菊儿与大满长得又是那么像，小满自然更容易认错人。小满就很深情地说："见到姐我就安心了。"

菊儿也不否认，任凭小满自说自话。

而小满说不了几句，就又虚弱地闭上了眼睛。菊儿在一边轻唤着小满，想问一问小满伤得重不重，哪儿感觉不好，说出来，医院也好处置。可菊儿的轻唤，就如喊给了一块石头，小满一点回应都没有。菊儿就又急起来了，一脸慌张地又问还在急救床周围的医生和护士。

菊儿问："小满怎么样？伤得很重吗？"

菊儿问得太急了，一个问题连着一个："小满没事吧？你们快想办法呀！"

医生护士不说话，还都紧张地检查着，而检查的结果是，挨了打的小满伤得不重，没有外伤，也没有内伤，可人为什么那样虚弱呢？会不会有别的问题？医生护士紧张地交换着眼色，点头，或摇头，然后决定对小满进行一个全面的检查，便问谁是小满的亲属。在场的菊儿没吭声，胖领班也没吭声，几个保安就更不会吭声了。医生又问了一遍，菊儿才说他们都不是小满的亲属。医生就明确表示，他们无能为力了。但又告诉菊儿和胖领班，小满的伤病很麻烦，必须尽快住院检查治疗，否则，后果不堪设想。

医生还是得不到回答，迫于无奈，最后甚至说，对不起了，你们没有人负责，我们也负不了责任，就请你们怎么把人抬来的，就怎么抬走吧！

菊儿就更急了，抢在这时说话了："开住院手续吧。"

菊儿说："我把小满他姐一会儿找来。"

16

阳光透过窗帘的缝隙，照在大满的脸上时，她醒过来了。

这一觉睡得太沉了。大满在她特殊客人的怀里睡着以后，连一个梦都没做，这在过去是没有的。过去的大满，有太多的梦在夜的酣睡中不期而至，有让她笑起来的，也有让她哭起来的，即使做了桑拿按摩洗浴中心的小姐，也是这样。只是到了近来，又见了她的弟弟小满，还有这位特殊的客人，大满做的梦就只有哭了。许多个夜晚，大满都是从梦中哭醒来的。这个晚上没有梦，是大满的梦把她做疲了，做不出来了吗？

大满揉了一下眼睛，发现与她同床共枕了一个晚上的特殊客人早已起床走了，在枕头一侧甚至连一个浅浅的头型小窝都没有留下，大满就有些失望，幸好还有一根头发，短短的，硬硬的，一定是她特殊客人的头发了。大满就拈起那根头发，在鼻子上嗅了一下，脸上是一个不知所以然的微笑。接着，大满就从被窝里爬起来了。

拧开了床头灯。

雪亮的灯光下，乳白色柔和漆面的床头柜上，搁着一张如小满考取师范大学时的入学通知书，大红的封皮，烫金的大字。大满的心跳剧烈起来了，凭直觉，她知道这是客人给她办的卫校入学进修通知书。颤抖着手拿起来，打开一看，果然没错，大满的心跳就更加剧烈了。

大满甚至想喊想哭！

客人没有食言。大满原来以为只是客人快乐一时的轻许，是当不得真的。可现在已变成了现实，让兴奋的大满怎么能不感激她的特殊客人啊！

大满拿着烫金大红的入学进修通知书，在别墅的上层和底层找了个遍，都没有找到她的特殊客人，但却找到了餐厅饭桌上热着的一杯牛奶和夹着奶油腊肠的面包片。就在牛奶杯的下面，压着一张纸，写着一行漂亮的钢笔字。大满一字一句地读着：

一扇新生活的门向你打开了。到卫校学习去吧。开始你一个有尊严的未来！

没有开头的称谓，没有结尾的署名。大满便很明白了，她在这栋豪华别墅里，只有这一夜的放纵。客人不是个贪性的人，见好就收，用他的可能，给她铺设了一条理想的生活道路。大满是知道的，也很感动，坚定地认为他是一个好男人。

在别墅里，大满慢慢地咀嚼着面包，慢慢地啜饮着牛奶，并把别墅里的一夜，慢慢地封闭在了她的记忆里。最后，大满穿上了她来时穿着的衣服，从别墅里出来，走到阳光灿烂的大街上，叫了一辆出租车，坐着直接去了五味什字的卫校。

小满挨打的事，大满不知道。

大满那阵子坐在窗明桌亮的卫校教室里，和她的同学一起听老师授课。大满是插班进来的，领到了与同学一样的浅绿护士服。卫校的用心是对的，早一天穿上护士服，就早一天树立起一个有志护士工作者的责任心。大满穿上浅绿色漂亮的护士服，立即就有了那样一种神圣的使命感和责任感。因为插班，有些课大满还落了一些，学习起来有点吃力，因此她珍惜每一秒钟的时间，听课比其他同学认真，作业比其他同学认真。大满有决心把落下的课业都补上来，成为卫校一个优秀的学员。

菊儿知道大满在哪里。好姐妹遵守着俩人分手的承诺，没有万不得已的事，谁也不找谁。为此，大满把手机号也换了。小满挨打住院的事，算不算万不得已的事？当然算了。菊儿就找到卫校来了。

正是课间休息时间，大满在校园的草地上，还捧着书在如饥似渴地诵读着。菊儿悄无声息地来到她的面前，她竟没有一点知觉。

菊儿便轻声地“嗨”了一下，才说：“小满出事了。”

小满两个字在大满的耳朵里是敏感的，大满把头从书本上抬起来，这就看见了急白了脸的菊儿。

大满是疑惑的，说：“小满出事了？”

菊儿说，很肯定的：“出事了。”

大满就有些腿软，跟在菊儿的身后，踉踉跄跄地走着，走到卫校大门口，却不忘回了一下头，对校园里她的同学高声招呼着，为她在老师跟前请个假。

菊儿的脚步走得很快，几乎已是小跑了。大满跟在后边，跑得气喘吁吁，落了很长一段距离。大满还是觉得腿软，觉得自己没力气。大满被吓着了。直到进了小满住院的病房，见到小满，大满都是特别的无力和无助，看见躺在病床上的小满，大满扑上去，抓住小满的胳膊，便失声地问起来了。

大满问：“你这是怎么了？”

大满问：“啊，你倒是怎么了？”

医生和护士制止了大满的举动和询问，仍然紧张地为小满检查着。有一个护士推进来一个医护车，取出针管，在小满的胳膊上抽了一管血，便又推着医护车出去了。

小满昏睡着，鼻孔和嘴里都插着橡胶管子，昏昏迷迷地睡着了。

守护在小满的身边，大满也是一会儿清醒，一会儿糊涂，就这么度过了小满住院的头一天夜里。早上医生来上班，就把大满叫到医生值班室去了。

医生告诉大满："病人的伤情是次要的，重要的是小满的血液有问题，可能是白血病。"

白血病吗？大满听着，脑子里便轰的一声响。

但大满不会再失态了。在噩讯传入大满耳朵里时，大满已经有了初步的思想准备，再严峻的恶果，大满都会面对了，勇敢地面对。

大满问了医生，治疗白血病的费用是很巨大的，没有十七八万元的支撑，生命就会很快枯萎，而要彻底根除，只有移植骨髓一种方法。如此巨大的费用和珍贵的骨髓需求，让大满怎么能解决呢？

医生给大满出了主意，让大满把大学生小满的困境投书新闻媒体，呼唤社会的关心和支持。

报社和电视台的记者就来了。记者们的职业精神让大满十分感动，来为小满拍照摄影。期间，小满清醒了几次，也回答了记者的提问；而更多的，都是大满为记者介绍情况，说了小满在农村的刻苦上进，说了小满在师范大学的积极进步，自然还说了小满的艰难和困苦。记者们就在报纸和电视上报道了小满的情况。

文字中和画面上的小满是虚弱的，大满是悲戚的，但俩人的神情是坚强的，无畏的，这便使电视机前的观众和报纸的读者为病魔困扰的小满而感动，也为关心体贴小满的大满而感动。

17

媒体的力量是巨大的。

不仅这个城市的好心人为大学生小满的健康关心着，外省的一些城市，好心人也为小满的病情关心起来，终于有一位大学生自愿捐献骨髓的化验结果，与小满很相配。志愿者就在相关方面的安排下，从沿海一个城市，坐飞机来到内陆的这个城市。

小满师范大学的领导和同学早就来过了。

学校尽其所能给小满以医疗上的补助，同学们也自发捐献，从自己拮据的生活费省出三元五元的钱，汇集起来送到了小满的手里。然而这些钱是不够的，大满自然取出了她的全部积蓄，却依然是杯水车薪，无法满足小满的医疗费用。在大满急得嘴唇上起了几个亮晶晶的大水泡的时候，她的消失了一段的特别客人也来了。

在大满的意识深处，她知道看了新闻的他，是不会袖手旁观的，他会出现在她最需要的时候，帮助她克服困难。他果然就来了，果然在她最困难的时候。

特殊客人的到来，惊动了藻露堂医院的领导，院长、副院长全都来了，跟在特殊客人的身后，笑脸如花地问候着，每一声问候，都少不了热辣辣的“局长”两个字。

院长的问候，其实也是表态了：“局长您放心，我们一定全力救治患者。”

副院长的问候，又几乎是院长表态的补充：“有您局长的关心，我们有能力使患者康复。”

大满就知道了，她的特殊客人原来是这个城市的卫生局长哩！

大满就长长地出了一口气，知道她的弟弟小满有救了。

因为碍着众人的面子，暴露了局长身份的特殊客人，在大满的面前，他不敢表现得亲热了，甚至连曾经认识的表情也不敢有。局长的神态是和蔼可亲的，却又不失居高临下的威严；大满的神态是欣喜感激的，却又夹杂着女孩子固有的矜持。

局长详细地询问了小满的病情以及治疗方案，满意地点着头。

局长还问了外地赶来捐献骨髓的志愿者，嘱咐医院一定要安排好志愿者的生活。

说了这些话，局长就要告辞，这才像突然发现大满似的，问大满可是小满的亲人。大满点头了，局长便把手伸了过来，握住了大满的手。大满感到手与手之间，隔着一张折叠得很紧的纸团。局长看着大满，大满看着局长。

局长安慰着大满，说：“救死扶伤是我们的责任，我们不会让一个年轻的生命离开我们的。”

大满就很礼节地说：“谢谢局长的关心。”

局长很有力量地握了握大满的手，便很有分寸地丢开来，转过身，在医院领导的簇拥下，威风八面地走了。

走出了小满病房的门，局长还对医院的领导叮咛：“做手术时，通知我一声。”

目送着局长走远了。大满把攥在手心里的硬纸团展开，她看清楚了，这个折叠得很紧的硬纸团是一张银行的存款单，上面竟然写着她大满的名字，而且数额也很巨大，二十万元！

有了卫生局长的关心，医院里的态度就很积极了。

捐献骨髓的志愿者与小满也见了面，俩人还留了合影。在做了充分的准备后，医院把手术时间定在三日后的一个傍晚进行。局长没有食言，准时准点地赶到医院。在把小满往手术室推去的路上，小满的眼睛一直盯着局长看。从小满的眼神里，看不出他的感激，而是隐埋心中的一个怀疑。

道貌岸然的卫生局长对每一个患者都是这么关心吗？不可能，绝不可能。那又为什么对他特别关心呢？他是开着黑色小轿车拉走大满的那个人吗？

……时间不允许小满想得太多。他被护士推着，撞开了手术室的门，他和大满姐，还有道貌岸然的局长，以及赶来的小姐菊儿，要暂时地隔开一段时间。

挂在手术室外墙上的那座大钟，不知疲倦地跳动着，嘀嗒——嘀嗒——的声音，像一只铁锤敲着大满的心发出的……每敲几下，大满都要瞭一眼陪着她的卫生局长。也许是大满的目光太灼人了，局长一直低着头，一支接一支地抽着烟，浓浓淡淡地，先从嘴里鼻孔里出来，飘浮着，钻进头发里，再从头发里散出来，让人看去，好像他的头上着了火一样。

时间在一分一秒地度过。等得很有耐心的卫生局长从坐着的靠椅上站起来，敲响了手术室的门，有人把可亲可敬的卫生局长请了进去。

外面等着的便只有大满和菊儿了。

是等得太心焦，等得太聚精会神了，手术室的外面又来了几个人，大满竟然一点觉察也没有。在大满的眼里和心里，现在只有躺在手术室里的弟弟小满，和为弟弟做出切实关怀的卫生局长。

手术进行得顺利吗？

手术快结束了吗？

是的，一切进行得都很顺利，也就要结束了。手术室的门轻轻地一响，大满可亲可敬的卫生局长出来了。只看一眼局长的脸色，大满吊着的心就放下了。大满知道她的弟弟小满得救了。

不等卫生局长与大满说句话，后来的几个人围上去，围住了卫生局长，仅只是亮了一张纸，卫生局长的脸色刷地白下来，像是手术前的小满一样，非常的虚弱，额头上蓦地也有了密密麻麻的汗珠，整个人一下子显得很无助、很无奈的样子！

大满真想扑上去，给她的卫生局长抹去额上的汗水。

可是大满的脚不听使唤，手不听使唤。

大满的脑子里浮现出一个不祥的念头，她的卫生局长犯事了！

围着卫生局长的人，有两个特别威武高大的汉子，一左一右挟了局长，迈开步子，从手术室的门口向外走去……大满凭着本能撵了几步，亲敬的卫生局长回过头来，叮咛大满了。

局长的语调还是镇定的，说：“要注意营养。”

语重心长的局长说：“营养要跟上了，术后的康复会好一些。”

亲敬的卫生局长说完这最后的两句话，拧过头去，与围绕着他的几个人一起，迅速地走失在藻露堂医院的夜色中。

小满躺在那辆四轮的小床上，从手术室敞开了的玻璃门里推出来了……

18

大满也被请进检察院里去了。

来请大满的人，就是圈走卫生局长的那几个人。大满以为在检察院能够见到卫生局长的，但是没有。她被告知，卫生局长枉法受贿，玩弄妇女，宿妓嫖娼，已被党纪“双规”了，正在调查审核他的犯罪事实，要她放弃幻想，积极揭发他的罪行。揭发有功，她还能得到奖励。

哼！奖励！大满才不要别的什么奖励。

大满坚定地认为，她亲敬的卫生局长是个好人。

因为已经有了思想准备，大满就很有耐心地呆在检察院里，一言不发。任凭检察人员讲政策，做动员，说得鼻口冒烟，大满都不说话。检察人员急了，威胁要把大满收审送监，大满脖子一梗，伸出手让给她戴铐子。没办法，两天两夜后，大满被检察院放回来了。

临出检察院时，大满还笑了一下，说：“人啊，不长尾巴难认哩！”

大满说：“一个罪犯，也不全都是恶，也有他善的一面。”

说过了，大满像吐出了一口郁积在胸中许久的浊气，长叹一声，走出了检察院的大门，走到了五味什字，在一个公用电话亭里，给她的好姐妹菊儿拨了一个电话。大满知道，只有菊儿在她丧失自由的两天里，才会守在医院的小满身边。手术几天的小满，是不能没有人服侍照顾的。

电话打过去，菊儿果然在医院，在小满的病房里。大满让菊儿不要告诉小满，让她到大街上来，她有事和她商量。

有什么事可商量呢？小满的病在恢复，没有钱是不行的；家里的父母和小弟，也要钱来支撑……大满能怎么办呢？站在五味什字的大街上，大满深情地看了一眼她读了不长时间的卫校，眼泪止不住刷地就流出来了……泪眼婆娑中，小姐菊儿匆匆地向她走了过来。

俩姐妹对面站着，一时都没话说。

还是大满首先打破僵局，说：“好菊儿，你给我帮大忙了。”

大满说：“以后还少不了你帮忙。”

菊儿的心事虽然粗糙，对大满的这两句话还是听明白了。菊儿就很吃惊地问：“你去十八楼呀？”

菊儿说，可不敢胡思乱想。好不容易跳出了火海，还怎么能再跳进去呢！

大满就望着菊儿凄然地笑了一下，不再说什么，斜着穿过人来人往、车来车往的五味什字，走进了那座现代化的高楼，电梯的门开着，大满跨进去，看见阿拉伯数字的楼层号闪着亮光：1、2、3、4、5、6……18。

原载2007年《作家》杂志第3期

手铐上的蓝花花

01

致死夫命的阎小样从监所的铁门里走出来了。

纵然她是一个罪犯，纵然她在森严的监所里关押了很长时间，纵然冷冰冰的手铐箍在她的手腕上，她却还是那么出类拔萃，还是那么理直气壮，还是那么风情万种……头顶上，明晃晃的太阳光，照着一步步走来的阎小样，让前来押解她的青年民警宋冲云顿觉一种惊心动魄的美丽！

宋冲云痛苦地闭上了眼睛，他难以相信，如此美丽的女子，怎么能够致死夫命？但他知道，这是事实，一个不容怀疑的事实，神圣的法律已经作出了公正的判决，死缓二年，宋冲云今天押解阎小样，就是要到省城西安的女子监狱服刑去的。

按捺不住激烈跳动的心，让穿着警服的宋冲云十分无奈。

宋冲云在心里无声地警告自己，要自己不要心跳。他是来提杀人犯的。他要把致死夫命的阎小样押解到省女子监狱去服刑。他努力地压抑着自己那颗狂跳的心，但他却很无奈，怎么都压抑不住，感觉呼呼激跳的心，像是一颗火红的子弹，就要从喉咙眼里弹射出来了。没有办法，他俊朗的脸，不由自主地红了起来。

赶在这个时候，谷又黄来到了监所的门口。

谷又黄接受了任务，是和宋冲云一起押解阎小样的。

与监所的管理人员进行交接，是一个必需的程序。宋冲云从押送阎小样出来的监管人员手里接过一个档案袋，抽出装在其中的档案纸，依着规定的程序问话了。

宋冲云的声音是公事公办的，他问：你叫什么？

阎小样接受了许多次的提审，对这个程序已经相当熟悉了。她很干脆地回答：我是阎小样。

宋冲云接着问：年龄？

阎小样接着回答：二十岁。

宋冲云又问：所犯罪行？

阎小样又答：致死夫命。

原以为在这枯燥单调的交接程序里，宋冲云的脸色能够恢复正常，但是没有，他的脸还红着，像是一个正发高烧的病患者一样红着。

敏感的谷又黄，非常清楚地看见了宋冲云的红脸。

谷又黄知道宋冲云为什么脸红。汉子嘛，见不得姿色艳丽的女子，特别是艳丽的却又犯了罪的女子。这一点，在公安队伍里滚爬了两年的谷又黄见得多了。她发现，自觉不自觉地，汉子警员在面对漂亮女子罪犯时，很有那么点儿怜香惜玉的情怀，表现得就总是心慈手软了。她谷又黄就不，绝对不，纵然是个美若天仙的女犯，到了她的手里，该咋办就咋办，绝不会下不了手，动不了颜色。好像是，她与犯罪的女子，天生是仇敌。譬如眼前，不就是个致死夫命的罪犯嘛，还臭美个啥？理直气壮？风情万种？瞧着好了，看咱谷又黄怎么收拾你！

发狠想着，谷又黄觉得她的眼睛像染了毒一样，有种火烧的痛感。

因此，她恨恨地盯了阎小样一眼，还不解恨，回过头来，就又把宋冲云剜了一眼。

也是谷又黄今日的心情好，她不想把气氛弄得太紧张，便是她押解的一个罪犯，从陕北的保安县到西安的女子监狱，路途可是远着哩，气氛太紧张，弄出些别扭和麻烦，那实在是不合算的。而且是，阎小样致死夫命，那是她的事，法律已对她作出惩治，咱又何必与人家过不去。女孩子柔软温暖的心肠，又一时让谷又黄狠不起来。但她还是想把脸红的宋冲云刺一把的。

谷又黄贴到宋冲云的耳边，问：你呀，脸红什么？

宋冲云掩饰地说：我脸红了吗？

机械的交接仪式结束了，把宋冲云刺了一把的谷又黄，心情不错地跨步靠近了阎小样，伸手拽住阎小样的一条胳膊，向停在监所门口的那辆警用吉普车走去。

让阎小样坐在哪儿好呢？起初，心生暗气的谷又黄没有想过这个问题，现在心情好了，脑子里却还塞满了宋冲云的红脸，还有宋冲云的眼神……她要那样的红脸和眼神，永远都对着她的，而不是对着一个致死夫命的女犯。

与宋冲云一起工作了两年，他们俩是有点意思的，只差一个捅破那层皮儿，就是一对掏心掏肺的恋人了。是这样的，谷又黄是该有这么点小心眼的。

这是一种习惯呢，谷又黄安排阎小样坐在了吉普车后座的中间，以阎小样为界，宋冲云坐在一边，她坐在另一边。在警官学校读书时，教科书上规定，押解犯人的方法就是这样。惟有这样，才能有效控制罪犯，以免节外生枝。但在今日，谷又黄对这样的安排，心生了一种叫她无法忍受的别扭，在大家都已坐进了吉普车，司机老展也已发动了引擎，只要右手松开手刹杆，脚在油门上轰一下，吉普车就会向前驶去时，谷又黄却又打开了车门，跳到车下。

谷又黄轻声吆喝着阎小样，让她坐到了自己先前坐的位置上，同时还轻声吆喝着宋冲云，让他坐在了中间，她绕了一圈，拉开车门，坐在了宋冲云的身边。

很显然，这样的安排是不对的，谷又黄却不管不顾，使着性子这么安排下来了。

谷又黄要使自己的心情舒坦起来呢。

可是呢，她也只是舒坦了一个瞬间，就又发现这样的安排不行。怎么老是宋冲云挨着阎小样？这太不妙了。谷又黄不要宋冲云和阎小样挨着身子坐在车上，这会破坏她的好心情，让她心烦。于是，在吉普车又一次将要启动时，谷又黄又把车门打开，跳到了车下。

谷又黄同时吆喝宋冲云也下了车，她先上车坐在后座的中间，让罪犯阎小样坐在她一边，宋冲云坐在她的另一边。这么看来，倒像她成了罪犯，被阎小样和宋冲云押解着了。

唉，这是不好责怪谷又黄的，谁让她把心贴在了宋冲云的身上呢。

反复地折腾了这么几遭，司机老展这才发动了吉普车，慢慢地向前滑去了。

坐在车窗一边的阎小样，却善解人意地轻声笑了一下。

谷又黄想她是笑自己的，她不要阎小样笑，便不无气恼地轻声呵斥道：笑什么笑？

阎小样就不笑了。

可是司机老展却也笑了，自然也是轻声地笑呢。

谷又黄能怎么样呢？受聘为协警的老展，虽然算不得国家编制的警察，却也经常工作在一起，知根知底的，谷又黄能对他恶语相向吗？这是不能的，所以她也笑了。轻轻地笑着呵责道：不要笑。

02

肚腹的右下侧痛着，一直痛着。

大约从夜半时分就一点一点地痛着了，到天明时分，便痛得有点难以忍受。放在平时，堪称警中之花的谷又黄，才不会忍着腹痛去执行任务呢。对宋冲云很是上心的她，有个与他同去西安城的机会，她是要积极的。她的目的很单纯，公私兼顾，和宋冲云到省城西安去，把罪犯交出去，俩人好在西安城逛一逛，钟楼是要去的，鼓楼是要去的，还有大雁塔、小雁塔，也是要去的，有可能的话，就在大雁塔的佛堂上烧一炷高香，祈求神灵开恩保佑他们……啊！怎么说呢？呆头呆脑的宋冲云害得肚腹疼痛的谷又黄只有忍着疼痛，和他一起押解女犯阎小样，到了西安，选个机会，把他们的关系确定下来，因此，她是要忍着的，咬牙忍着也要忍到西安去。

为了保证去西安，在来监所提解阎小样前，谷又黄绕道去了一趟县医院，在那里看了医生。

医生只是临床做了个简单的检查，就说她是阑尾炎，要在医院住下来，观察治疗。

谷又黄哪里听得进去，她笑嘻嘻地缠磨着医生，说她还没那么稀贵，开了几样药后，就往监所赶去了。

尽管谷又黄赶得很急，到时还是晚了些时间，加之她在安排座位时，又倒腾了那么一阵，时间就又晚了不少，清晨原本冷寂的保安县城，已然人来人往，开始热闹起来了。

从监所要去县城外的公路，是必须穿过一段街区的。吉普车一会儿鸣声喇叭，一会儿鸣声喇叭，颇为艰难地在人丛里向前爬行。

这是罪犯阎小样所希望的，她侧着脸，希望吉普车再走慢些，她好眼睛眨也不眨地看着车窗外的县城街道，以及街道上熙来攘往的人群。此外，还有街道两旁的树木和房子。她要把每一个人，每一棵树，每一幢房子，都印记在她的脑子里，尽管这人、这树、这房子，与她并无多大关系，她却比往常的任何时候都留意。

是啊！谁能知道阎小样此刻的心情呢？一个死缓女犯，她太热爱生她养她的故土了。

街的一边，就是县城中学的大门。

起名保安中学的县城中学，在陕北是大有名气的，谁要考进这所中学读书，那就等于谁的一只脚已经跨进大学的校门了，只要在校用心学习，很少有考不上大学的。县城东南乡阎家沟村的碎女子阎小样，就很豪迈地考进了县城中学，成了这所名校学习最为刻苦，学习成绩也最为优秀的一员。老师和同学都喜欢她，对她抱着极大的期待。

吉普车依然缓慢地在人丛中蠕动。

阎小样一眼眼地看着，就又看见了街边的影剧院。

这座规模不是很大的影剧院，建成时间已是有些年头了。那个时候，阎小样还在县城中学读书，知道县政府出资，填高了县城边上的一片河滩地，号召县城的干部群众，义务出工，修建了这座县城建设史上从来没有搞过的大工程。

修建影剧院之前，保安县城多的是窑洞，有青砖箍的，有麻石卷箍的，还有在石岩上、土崖上掏掘的。当地人曾经骄傲地说：保安堪称世界窑洞博物馆。

要建一座现代风格的影剧院，中学的老师组织在校的学生也到工地上来了。农家女子阎小样在工地上，是吃得苦的，搬砖头，抬灰浆，干得热火朝天。打心眼里说，阎小样期望她们的保安县城，有座像样的影剧院的，她也能到影剧院里去，看电影，看演出，那该是多么享受的事啊！

在这里参加义务劳动，阎小样看到了许多水泥预制件。

雄伟壮观的水泥预制件呀！竖起来的两排是柱子，横架起来的是屋梁。水泥的柱子是粗壮的，水泥的屋梁是高耸的。在组装这些大型水泥预制件时，动用了两台移动式大吊车，在施工人员吹响的哨子声里，一根根的柱子竖起来了，一根根的屋梁架起来了。

多么辉煌的一座建筑呀！阎小样当时昂着头看，把脖子昂疼了，把眼睛看酸了，好像还不过瘾。

落成之日，全县城的人，自发地走上街头，扭秧歌，跑旱船，敲锣打鼓，极尽庆贺与欢乐。

然而，所有的热闹与红火，随着时间的推移都冷却下来了。如今的影剧院，除了偶然的一两部叫座电影放映外，其他的演出活动基本没有了。一天天，一年年地闲置，曾经那么吸引人的影剧院，显得破败而落寞。不过呢，因为县城的建设规模在扩展，原来靠着城边的影剧院，不断地有人投资，在它的旁边修楼建房，就把影剧院的位置推到县城中心地段了。有商业眼光的人，租了影剧院临街的地方，隔出一间两间的门面，做了生意的场所。

阎小样看得清楚，那样的生意场所还是很不错的，有人在卖音响设备，有人在卖音像图书，还有人在卖儿童服装和玩具……总而言之，还是有那么点繁华景象的。

很幸运地，阎小样在影剧院看过一场电影。那是影剧院落成后不久，为了报答义务出工人员的义映。县城中学的三好学生阎小样，作为学校的代表，坐在新建成的影剧院里，看着很受陕北人喜爱的《黄土地》。这部电影的画面拍得太美了，就都是陕北的山山水水，沟沟梁梁，可在电影的银幕上展现出来，就是比现实的好看，而且更为喜人。再就是电影里唱的歌儿了，也都是陕北人喜唱，唱了经年累月的信天游，从剧中人的嘴里唱出来，也是特别的好听，特别的耐听。

当时的阎小样，完全沉迷到电影里了。

到电影放映完毕，影剧院的场灯全都亮了起来，碎女子阎小样还沉浸在《黄土地》的音画世界里醒不来。好像就从那一刻起，阎小样下了做个陕北民歌手的决心。

记得当时，阎小样的心给自己的大脑说：我要唱歌。

也是上天有意，给了阎小样一个少见的俏模样，给了阎小样一个少见的亮嗓子。

在她读书的保安中学，不经意地，她就唱出名了。

那时候，阎小样没敢想得太远，她觉得只要有民歌唱就很高兴了，学习之余，阎小样就去学校的音乐老师王厚草那里，让她教她唱陕北民歌。老师王厚草就怕没有学生学唱歌，特别是像阎小样这么禀赋天成的学生，自觉学唱陕北民歌，她没有不认真教唱的理由。

老师王厚草，为阎小样感动着，她像发现了一颗歌坛新星一样，把她所有的唱技和唱功都教给了阎小样。

遗憾随之而来，阎小样的母亲病了，不是一般的病，是个花钱如流水却也无法治愈的恶疾。后来的一天，阎小样从王厚草老师的练歌现场被叫出来，来到母亲的病床前，俯身趴到母亲的身上，没能听到母亲最后的一声嘱咐，就眼睁睁地看着母亲撒手去了。

在母亲的灵床前，阎小样哭了。她想她会号啕大哭的，但却没有，只是静静地流着泪，心里头无声地给母亲唱起了一首陕北信天游。

阎小样唱的是母亲过去编唱的一首《家常饭》：

葫芦黄瓜嫩菠菜，
青菜白菜小萝卜菜。
绿豆小米豆钱钱，
荞麦三棱儿麦子尖。
苦菜叶叶儿搓拌汤，
榆钱叶叶儿熬糊汤。
硬糜子馍馍软糜子糕，
烧酒盅盅子摆开了。

阎小样不知道，她在心里为什么会无声地哼唱信天游。是因为母亲也会唱信天游吧？是的啊，母亲是太会唱，也太爱唱她们陕北的信天游了，她能唱的信天游很多很多，是她们阎家沟村难不住的唱家子。而且是，许多的信天游，还都是母亲现编现唱的，她的手头，她的眼前，是个什么，就编唱什么。正如阎小样现时唱的信天游，就都是母亲家常生活里的编唱，她用心唱给母亲，是对母亲的祭祀吗？

没错，阎小样就是这样祭祀她的母亲的。

亲爱的母亲喜唱信天游，阎小样也喜唱信天游，人就说，她是母亲托生的，遗传了母亲的特长。

然而，遗传了母亲特长的阎小样，很是不幸，像她的母亲一样，只能圈在她们阎家沟唱信天游了。没有办法，家里剩下一个父亲，还有一个长兄和小弟，三条汉子，没个女人照料还真是不行。

阎小样辍学回了家，接过母亲的责任，料理起了家里的生活。

03

魂牵梦萦的保安县城，被司机老展驾驶的四轮吉普车，抛在身后看不见了。

莺飞草长的陕北啊，天是那样的高，云是那么的淡，押解着阎小样的吉普车，像只活泼的旱天鱼，在陕北独有的沟沟梁梁上翻转，一会儿呢，呼呼啦啦地沉入到了深不可测的沟底，一会儿呢，又飘飘摇摇蹿升到高可及天的梁顶。

下到沟底里，自然会有一条小河，呜呜溅溅地流淌着，不歇不停，不知疲累，这儿，那儿，又少不了成群结伙的鸭子，或者白鹅，在清清浅浅的河水里，悠悠然然地浮游着。间或呢，是一只鸭子了，撅起肥硕的屁股，把头扎进水底，它是叼住了一只小鱼吗？不知道，只见它从水里仰起头来，扑棱着翅膀时，猜想它是一定有所获的了。嘎儿——嘎儿——大叫着的，应该是骄傲的大白鹅了，它是在唱信天游吗？好像不是，随着它高亢的叫声，有一只如它一样雪白的大鹅，划动着红红的脚蹼，迅捷地游到它的身边，于是，它把叫声压低了，相互把头绕到脖子上，叽叽咕咕说个不停……

河的两岸，是一棵一棵的柳树。

陕北的柳树啊！都有一个奇怪的习性，喜欢刀砍斧剁，把它长得蓬蓬勃勃的头颅，从齐人高的地方断下来，只待来年，就又生出更加蓬勃的新枝来。好像是，不遭砍头的柳树，还不是很自在，长着长着，会自绝性命而死去，倒是遭受砍头的柳树，却总是精力旺盛，生得葳葳蕤蕤，劲头十足。

这就是陕北柳树的好了。它们像是知道陕北人的需要，以它一次次断头的牺牲，奉献出陕北人生活中略显短缺的用材。

吉普车爬到梁顶上了……到处都是高入云天的井架。新时期的陕北，一个新的风景，就是这些涂了黄漆的井架了，那是油田工人在钻新的油井……还有磕头虫——这是当地人对抽油设备的一种俗称，它们或者独立一处，或者成群排列，不是十分紧张地，上来了，下去了，无始无终地运动着，黏稠的黑色原油，就从地下的深处冲出来，汇入到相连如织的输油管道里。

不眨眼地望着车窗外的景致，望得阎小样有些疲倦，她回了一下头。

正是她的这一回头，看到坐在座位中间的谷又黄，脸色煞白，并有细碎的汗水，像是草叶上的露珠，不断地浸出来，阎小样就很吃惊了。

阎小样小心地问：哎，怎么了？你不舒服吗？

谷又黄却不买账，说：咸吃萝卜淡操心。

一旁的宋冲云也注意到谷又黄的脸色，伸手在她的额头上试了试，说：不发烧呀！

是个粗心人呢。谷又黄白了他一眼，说：你才发烧哩。

宋冲云却还不明白，说：那你说，你的脸色咋那么难看？

谷又黄的话就不好听了，说：难看了你甭看。

宋冲云是知错的，依然地慢言软语，说：我是担心哩。给我说，你哪儿不好受？

谷又黄这就乖顺起来了，说：小肚子那儿，不晓得咋的，有些疼。

宋冲云就很紧张了，说：啊呀！这可咋办呢？

谷又黄却还故作轻松，说：凉拌（办）么。别害怕，死不了人。

俩人是，你要鸡上一口，他就鸭上一口，拌着人间才有的那种幸福的小嘴。一边的阎小样，还有驾车的司机老展，就都成了无足轻重的旁人了。不知司机老展是怎么想的，他只回头关切地看了一眼谷又黄和宋冲云，就又双目朝前，聚精会神地驾驶着吉普车往前奔驰。阎小样想的就多了一点，她知道，她是一个被押解的服刑犯，她是没有资格关心人的，哪怕是表现出一点点关切的意思，都只能是惹得人烦，不高兴，戗她一头，吐她一脸，她也得满盘子满碗地接着呢。

这么想着，阎小样就想哭。

可是现在，她还哭得出来吗？不会了。一个人的眼泪是有限的，不可能像条河，长年累月地流；而且呢，便是河水，也有流干的时候，像他们陕北，一些原来波涛翻滚的河水，不是都干了吗？阎小样觉得她的眼泪，就如断流的河水，已经彻底地流干了。

但她现在却想哭，心头上泪汪汪的。

汪汪的哭的感觉，是为了自己吗？好像是，又好像不是。那么就是为了押解她的女警察谷又黄，是的啊，一定是的。只是短短的时间里，阎小样却已敏锐地发现，谷又黄和宋冲云的关系不一般。他们是一对小夫妻吗？不大像哩，是小夫妻的话，要比他们现在的样子亲密。那么，他们就该是一对小恋人了。这么想着，阎小样在心里依然否定着，她感觉俩人离着小恋人也还存在着一点距离……这么说，他们就一定是一对有点意思的人儿了！是的啊，一定是的，他们现在的样子，怎么看，都是这样的一对人儿哩。

这么一想，阎小样清楚了，她所以想哭，既是为了押解她的一对小警察的幸福，也是为了她的不幸。

按说呢，年轻的女子都有一个梦想的：能够被人所爱，也能够爱别人。当然了，只能是被她想爱的人所爱，她爱她所想爱的人。阎小样就是这样梦想的，但她不能够了，也许是永远都不能够了。

是怕汪汪的泪水流出眼眶吗？

阎小样把头转向了车窗外，是这一转，她便看见了熟悉的山梁，熟悉的沟坡，熟悉的小河了……她的，更为熟悉的家。

生了她，养了她的家啊！

就在眼前的那道山梁的背后，袅袅的炊烟，自由地从山梁的那边飘飞起来，翻过了山梁，还带来了狗的轻吠，鸡的啼鸣，羊的呜咽……阎小样在心里告别着故乡，告别着家，默默地为她的亲人祷告着。

阎小样默祷说：亲人啊，小样对不起你们了。

将心比心，一个远离家人服刑的犯人，隔着车窗玻璃，如此深情地注目车窗外的一切，在宋冲云和谷又黄看来，是能够理解的。一路走来，阎小样不错眼地盯视着车窗外边，宋冲云和谷又黄，又职业使然地盯视着阎小样，这么长时间远距离的盯视，在宋冲云和谷又黄的心头，渐渐地，很没道理地生出了一种同情感。特别是宋冲云，感觉阎小样其实是不该受这牢狱之灾的。

因为什么呢？

就因为阎小样爱唱信天游吗？

就因为阎小样生得俊俏宜人？

宋冲云的脸不再烧了，心也不再急了。但他还是由不了自己，要想阎小样，想她的不幸和灾难。

04

辍学回家的阎小样，去了半山腰母亲的坟堆前，她是拿了一卷纸的，是她在学校俭省下来的纸哩，有的已经订成作业本，上面或者写了字，或者还没有写字，这可都是阎小样的心爱了。她拿到了母亲的坟堆前，点上火，一页一页地烧了。

纸火在风中打起了旋儿，忽悠悠腾空而起，旋飘在云彩全无的虚空里，像是一只只火焚的鸟儿。

阎小样知道，她是烧着她的希望的，同时也烧着她的决定。

决心既下，阎小样回到了家里，像母亲活着时一样，为了家的生计，黑黑明明，没头没绪，无边无沿地担起了家的责任，为她的家操持烟火了。

俗话说得好，穷人的孩子早当家。

年纪还小的阎小样便是这样，一旦把家的责任搁到了她的嫩肩上，担得起，担不起，她都必须担着走了。多亏是，阎小样的悟性好，入道快，家里家外，没有几天时间，就都归置得有模有样，如她母亲在世时一个样子了。

老爸是个肉性子，天大的事都不起火。

所以呢，母亲在世时，家中大事小情，都是由着母亲操弄的。现在，阎小样接过了母亲的责任，自然也就由着她来担承了。性情柔软的老爸看在眼里。就在一天清晨，当着阎小样的哥哥阎小虎和弟弟阎小豹的面说了。

老爸说话前，先赧颜笑了笑，说：小样啊，你太像你娘了。

什么意思呢？别人听不明白，阎小样听明白了，她的哥哥阎小虎、弟弟阎小豹都听明白了，就是此前还有些不放心的老爸，此后放心阎小样管家了。大事小事，都指望阎小样来经管了。

也的确是，从此以后，家里有一分钱的收入，有一分钱的花费，就都在阎小样的手上过了，老爸从来是，不闻也不问。

锅上案上的蒸煮闷炒，炕上炕下的缝补拆洗，阎小样有条不紊地做妥帖后，她还要帮助老爸下沟收种，上梁放羊的。

这些活儿，要是由着阎小样的性子来，她宁肯不在锅边炕头上转，也是情愿下沟上梁的，在沟梁做活放羊，苦累自然要重一些，但却叫人放松。特别是赶着羊群，去了坡梁上，羊儿是要撵着好草去的，阎小样就跟着羊群走，羊儿吃吃走走，吃走得累了，会四蹄撑着歇上一会儿的，阎小样也就歇下了，在距离羊群不远的地方，随便一坐，或者侧身一躺，听沟底的小河流水，看天上的飞霞流云……适逢这样的时候，阎小样就想唱歌，唱她们陕北热辣辣、甜润润的信天游。

阎小样唱的是传统民歌《女儿谣》：

六月里黄河冰不化，
扭住我成亲的是我大。
五谷里数不过豌豆圆，
人是头数不过女儿可怜，女儿哟！
湾水上的鸭子刮水上的鹅，
公家人不知我会唱歌。
青石板上栽葱难扎根，
想说心事口儿难开，口儿哟！
天上的沙鸥一对对飞，
不想我的娘亲在想谁，
不想我的娘亲在想谁，娘亲哟！

本来呢，阎小样的信天游唱得好，在保安中学的校园里，又有敬爱的王厚草老师，对她进行了许多的专业辅导，她便唱得更好了。好像是，把她专业学习来的信天游，拿在野天野地的梁坡上，迎着明媚的阳光，迎着熹微的风，她唱得就更好了。

有好几回，阎小样把家里的羊群赶到背梁上，自己纵情唱起信天游时，对面坡梁上像条黑色缎带的公路沿边，会有一辆两辆行驶的汽车停下来，钻出几个人，手往眉眼上一搭，瞭望着这边坡梁上唱着信天游的她，久久地不肯离去。

这边的阎小样，心里是得意的，她喜欢人家听她唱信天游的。于是阎小样唱了一首还会再唱一首的。

阎小样就唱她爱唱的《这么好的妹子咋就见不上面》：

这么长的个鞭子——鞭子哎，
咋探呀么探不上个天。
这么好的个妹子——妹子哎，
咋见呀么见不上个面。
这么大的个锅来——锅来哎，
咋下呀下不了两颗米。
这么旺的个火来——火来哎，
咋烧呀烧不热个你。
三个疙瘩的石头——石头哎，
咋呀么咋是两块砖。
什么呀的个人来哟，
哎哟，把人的个心呀么心挠乱。

这就是陕北的信天游，这就是陕北女子阎小样，她是不会掩饰的，老辈人这么热热火火地唱了，她也就热热火火地唱。尽管让别人听来，有那么点挑逗，有那么点激将，但让听的人，就感到特别的过瘾，不是一点点的过瘾，而是像喝了羊羔汤，吃了糜子糕一样的过瘾哩。果然就有大胆的汉子，好生不知羞惭，在对面坡梁上听着不能自禁，张开了嘴巴，要来对上几声了。

对面山上的圪梁梁，
哎哟，那是一个谁？
那就是我要命的，哎哟，
要命的三妹妹。

阎小样笑了。她发现和她对歌的人，白白胖胖，虽则有了把年纪，人却显得精神爽朗，他从对面山上的公路上走，听见阎小样唱信天游，是一定要停车听的。阎小样就想，那是一个像她一样热爱信天游的汉子呢，但他只有平白的喜欢了，天生的破嗓子，绝对是唱不好信天游的。

这让阎小样很遗憾，许多次，像这位白胖的汉子一样，想着能和她对唱的，却没有一次，没有一人能对得好。

有一次呢，阎小样的老爸从沟底下爬到了坡梁上。他的到来，像个隐身人一样，静悄悄地，坐在散漫的羊群边上，眼睛看着羊儿吃草，却耸着耳朵，一字不落地听阎小样唱信天游，把他一张满是沟壑的老脸听得一抽一抽的，一会儿就流泪了。老人顺势抹了一把，把沾在手掌上的泪水摔在了草叶上。

阎小样发现老爸了。

发现了一把一把地把泪抹下来，摔在草叶上的老爸，还着实把阎小样吓了一跳。她自己就如一只白嫩的羊儿似的，跑到了老爸的身边。

阎小样关切地问：爸呀，你是咋了？咋的流泪了？

老爸却泪眼婆娑地笑起来，说：我是高兴哩，高兴你的信天游唱得像你的娘亲一样好。

这是个绕不开的话题。自从娘亲去世后，老爸逢着什么事，都会情不自禁地想起阎小样的娘亲，情不自禁给阎小样说她娘亲这样的好，那样的好。

这一天，老爸终于抹干了脸上的眼泪，给阎小样说她娘亲的信天游好了。说他就是被阎小样娘亲的信天游吸引了，才死死活活地追着阎小样的娘亲，结成了他们死死活活的一对对。

老爸说着阎小样娘亲的信天游时，仍然是情不自禁的，并且张开了口，唱起了一曲信天游。老爸唱的是《小妹妹不嫌穷哥哥》：

鸡蛋壳壳点灯半炕炕明，
酒盅盅量米不嫌哥哥穷。
耳听见哥哥唱着歌儿来，
热身子扑在冷窗台。
只要和哥哥搭对对，
铡刀断头也不后悔

……

阎小样原来只晓得娘亲的信天游唱得好，没想到老爸的信天游唱得也不差。此时此刻，她正聚精会神听老爸唱着信天游，老爸却不唱了，一曲信天游，在他的嘴里，像是一条欢欢畅畅流淌的小河，生生地被他掐断了……老爸难得地笑着，是那种发自内心的幸福的笑哩。

老爸给阎小样指着吃草的羊群说，你看吃草的羊吧，没人教它，它总是撵着高草去吃。有那么多的高草让它吃吗？太少了，是不够它们羊儿吃的，最后还都得吃蹄子下的矮草。老爸这么说着，话题一转，就又说起阎小样的娘亲了。老爸说了，你的娘亲呢，心性是很高的，一辈子的心性高，我把她亏下了。我是没有一点办法，只能把你的娘亲亏下了。

年轻时戴了大红花，穿了绿军装，骑了大白马，秧歌锣鼓送到部队吃了几年粮的老爸，听说当年的他，是很英俊的呢。本来，老爸有条件留在部队上的，可他念着阎小样的娘亲，戴着他在部队上挣来的两枚军功章，乐乐哈哈回到阎家沟村，高高兴兴地娶了阎小样的娘亲。

老爸的绵软性子，是他爱娘亲爱出来的。

老爸习惯了，就成了现如今一成不变的绵软人。

老爸给阎小样说了羊吃高草的话，说了娘亲心性高的话……老爸是想说什么呢？是说她阎小样如她的娘亲一样，也是心性高吗？

心性高了不好吗？阎小样才不这么认为，她倒是觉得，人呢，是该有些心性的，而且是越高越好，越高才会活得越有品位。

阎小样就还在坡梁上放羊时唱着她的信天游。

05

随山赋形，忽高忽低，或转或弯的陕北山地公路，总有一些碾碎的路面，呈现出大小不一的坑槽，也有避让不及的，碾上去了，把车弹起来，弹得老高，车上的宋冲云、谷又黄，还有阎小样，就都随着吉普车的弹跳，蹿起来，落下去，一刻不得消停。有几次，把谷又黄弹跳得歪到了阎小样的怀里，她就赶紧收起身来，好像罪犯阎小样会连累了她似的。自然了，谷又黄也会弹跳得歪在宋冲云的怀里，是这样的，她就会多赖一会儿，多享受一会儿她心所想要的温暖。坐在靠着车窗一边的阎小样，不是一块石头，她也会被颠簸的吉普车弄得弹跳起来，有时会歪向窗门，把头重重撞在车帮上，有时会歪向谷又黄，把头撞在谷又黄的身上，让谷又黄不无厌恶地推她一把，对她毫不客气地呵斥了。

谷又黄怒责：坐正！

谷又黄痛斥：坐稳！

行驶了一段路程，押解阎小样的吉普车上，就不断地响起谷又黄的吆喝，她出语短促而严厉，很有一股警察对罪犯的效果。

阎小样是委屈的，她也想坐正，也想坐稳，避免撞上谷又黄，但是，客观条件决定了她再怎么努力都没法坐正坐稳，好像是，她越是僵硬着身子，就越是坐不正，坐不稳，越是要不由自己地撞上紧挨她坐着的谷又黄。

终于，吉普车躲不开路面上的一个坑槽，弹跳起来，刚落下来，就又遭遇了一个坑槽，吉普车就又一次地弹跳起来，凌空飞射了一瞬，落下来，只听“叭”的一声炸响，吉普车便爬在坑槽前不动了。

不用检查，大家知道吉普车爆胎了。

司机老展和宋冲云下了车，留着谷又黄在吉普车上看守阎小样。

谷又黄就又用短促而严厉的语气警告阎小样了。

谷又黄说：坐好了，不要动。

阎小样就很听话地坐着，纹丝不动。但这不能保证她的思绪也不动。她眼望车窗外的山川地势和眼前的公路，想她生活在阎家沟的时候，她自由地放牧着家里的羊群，她在坡梁上唱信天游，公路上有人驻足聆听，一天过去了，一月过去了，一年过去了……有多少过往的行人聆听了她唱的信天游，她是不知道的。那一天，阎小样赶着羊群又出了坡。叫她奇怪的是，她这天的右眼老是跳，听人说，左眼跳财，右眼跳祸，她不晓得自己会有什么祸端，心慌慌地看着羊儿，看羊儿差不多刚好吃饱肚皮，就吆着羊群回家了。

刚一回家，阎小样发现，哥哥阎小虎早她一步也回家来了，和哥哥阎小虎一起来家的，竟然就有那个呆立在公路边，多次听她唱信天游的白白胖胖的人。

阎小样就只有吃惊了。

同样吃惊的还有白胖的人，他大睁着眼睛把阎小样看了好一阵子。他说：怎么是你呀！

阎小样知道有理不打上门客的乡谚。而且是，阎小样也不讨厌人家白胖的人，隔山听她唱信天游，听得那样的痴迷，作为爱唱信天游的她，应该感谢人家才对呀。但是本能告诉阎小样，她不能太给这个人好脸色。于是，她转身对着她哥阎小虎翻着白眼。那样的意思她哥应该看得明白，别把陌生人往家里带。

白胖的人却不知趣，还沉浸在他的惊讶中，不住嘴地说：真个是巧，听你在坡梁上唱信天游，把人的心都唱醉咧！

白胖的人话说得轻佻了。阎小样毫不客气地斜了他一眼。对这一眼，白胖的人是有感觉的，就不再说别的，只说阎小样的哥哥救了他，是他的恩人哩！

平白无故，怎么就恩人了？

阎小样不解地看着她哥阎小虎，这才发现哥哥的一条胳膊曲着，用一条布带吊在脖子上，从袖筒往进看，隐约看见，打着石膏绷带。阎小样这么看着她哥，使她哥阎小虎有点不好意思，倒退了几步，阎小样就还发现，哥哥的腿上也有伤，一拐一瘸，俨然无法受力的样子。

撇下手里的放羊鞭，阎小样扑到哥哥阎小虎的身边，伸手去捉哥哥的伤胳膊，很是惊恐地问：哥啊，你是咋的了？

哥哥阎小虎却躲着阎小样伸来的手不说话。

阎小样就还问：很严重吗？啊？哥你说。

哥哥阎小虎还是不说。

阎小样就急得直跳脚，心疼得眼里冒起了水花花。

哥哥阎小虎就笑起来了，是个带着幸运，带着喜悦的笑哩。好像他的受伤，是件多么光彩的事。

阎小样的这位哥哥呀，叫阎小样怎么说呢？阎小样是爱着他的，同时又在心里暗藏着一点小小的恨意。

所以还有恨意，在阎小样看来，是恨她的哥哥阎小虎太不争气了。不像她的弟弟阎小豹，上学读书呢，就认真地上学读书；回到家了，眼里便全都是活，能做什么做什么，脚手不失闲。先在阎家沟的小学学习，像她这个姐姐一样，一路的高分，这便考进了保安县城的中学，是县城中学着意培养的重点生。阎小样打听到消息是，她的弟弟阎小豹，只要不松劲，国家重点大学的校门已经向他敞开了。可她的哥哥阎小虎，却奇了怪，拿起书就瞌睡，放下书就精神，让人怀疑他患有书籍恐惧症，根本不是个读书的料子。是这样的，也还罢了，回到家，眼里根本没有活，不说繁琐的家务活了，沟底下滩地里的农活，老爸忙得脚手朝天，喊他去侍弄，他却死不动弹；坡梁上放牧的羊群，阎小样想着腾出手来，做点家务，让他去赶坡，他仍是犟着脖项不去。枪杆高的一条汉子，还能在家里吃闲饭不成?

阎小样和他哥阎小虎大吵了一场。

老爸和小弟阎小豹，自然地，都站在了阎小样的一边，让她哥阎小虎大失颜面，很是狼狈孤立。

狼狈孤立的人，却不认输，一跺脚，从嘴里蹦出一口狠话来：家里没我站的，好么，我走呀!

哥哥阎小虎咬牙下着决心，说：不信天底下那么大，就没我站脚的地方。

狠话既已从口吐出，想收就不好收回了。无奈了，她的哥哥阎小虎就出门走了。不知都走了哪里，阎小样四处打听，能打听的人，能打听的地方，都没打听到阎小虎的消息。

哥哥阎小虎去了哪儿呢?

这让阎小样一直后悔着，不该和哥哥阎小虎吵那一架的。

阎小样后悔着，他却突然回家来了。

回来了，却又成了白胖的人的恩人。

白胖的人能随便让人当他的恩人吗？他是多么富有的人啊！在陕北地面上钻了许多油井，是个呼风风来，唤雨雨到的油老板呢，隔三差五的，他总要在报纸、电视上露个脸，这些事，阎小样是见得着的。县城扩建中学，号召大家资助，白胖之人便捐款资助了；县城铺设城区道路，号召大家资助，白胖人也资助捐款了；再是整修河道、绿化荒山等等的公益善事，只要政府有号召，白胖之人总是积极响应，资助捐款……是这样的举动，让阎小样不断地改变着态度，觉得像白胖之人一样的油老板，是很有些值得肯定的地方的。但是呢，态度的改变也仅如此，并未从根本上改变，埋在心灵深处的态度，对他们似乎总存着点瞧不起。譬如过春节了，白胖之人上了电视台，掏钱在电视的屏幕上向群众拜年，统共说了三句话，没一句说得通顺，特别是他做的那个拜年动作，阎小样当时看了，就很是不以为然。

阎小样为此还嗔骂了一句：黄鼠狼给鸡拜年——没安好心肠。

啊呀呀，我的天啦，矮矮胖胖的一个人，起的名字倒还好听，叫了个顾长龙，这太好笑了。不过呢，钻出来黑色石油的他，却生得那样的白，还是叫人要惊讶的。

不知自己是笑好呢，还是板着脸好？阎小样一时没了主张。她应酬不了白胖之人顾长龙，让她哥阎小虎在家先陪着，她出门去了沟底下，叫回了她的老爸。性情绵软的老爸，同样应酬不了白胖之人，先让白胖之人进窑里坐，再给白胖之人泡了茶，就又举着他的旱烟袋，装了一烟锅的烟叶子，甚是恭敬地往白胖之人的手上递，让他也抽上一锅，还说，抽烟么，就抽老旱烟，老旱烟的劲道足哩。

白胖之人还就接到了手上，划着火抽了一口，就把黄铜烟锅里的旱烟叶子磕掉了。

白胖之人强装呛了他，咔咔咔干咳了几声，就把他一直夹在胳膊窝的黑皮包拿到手里，刷拉一声拉开链口，从中取出一盒大红的中华烟，颠出两支来，给了阎小样老爸一支，他自己也叼了一支，打着了火，很是过瘾地抽起来了。

阎小样的老爸也是，手里捏着中华烟，也是很香地抽着了。

抽着中华牌的香烟，顾长龙说了。他说真该感谢阎小虎的！油井上买了几台磕头虫（抽油机），都是几吨重的钢家伙，租了平板大汽车，拉到井口上卸。是一台吊车呢，过去也卸过这样的钢家伙，不成想，却在这次卸货时出了问题。是个大问题呀，吊车刚刚把钢家伙吊到空中，摆着吊臂往下落的时候，吊车的前伸臂歪了一下。这就不得了了，当时顾长龙就站在吊臂一边，如果躲闪不及，砸他半死还是好的。千钧一发之际，阎小虎冲上来了，他把顾长龙推出了危险境地，自己却被伤着了。

顾长龙是动了情的，他给阎小样的老爸说：你养了一个好儿子。

不是阎小样敏感，她发现，顾长龙在向她老爸说这些话时，眼神一飘一飘的，总是往她的身上飞。

阎小样就有意识地躲着顾长龙。

仿佛她的躲闪更能引起顾长龙的兴趣，他给阎小样的老爸说了那一堆话后，就把脸对着阎小样了。

顾长龙跟阎小样说：你的信天游唱得真好！

阎小样就还想躲。

顾长龙却叫住了她，说：你不要躲。我给你说，麻烦你了，叫你哥先在家养伤，伤好了就到我的油井上来，我的油井上缺他这样的员工。再说呢，你哥是我的恩人，你有要求了，我也会满足你的，你说呢？

06

坡梁上，那一点点的红，肯定是山丹丹了……还有那一点点的蓝，又肯定是蓝花花了……特殊的地理环境，造就了陕北特殊的自然物种，极尽可能地装饰着连绵不绝的山川和沟坡，使得原本单调的黄土地，显得多姿多彩，绚烂迷人。

又是一个小小的坑槽，吉普车跑在上面，自然要蹿跳一下的，谷又黄皱紧了眉头，在吉普车每一次的蹿跳中，都要忍无可忍地轻吟一声。

宋冲云是担忧的，谷又黄有一声轻吟，他就有一声问候，你没事吧？啊，给我说，你哪儿不舒服，是肚子疼吗？

没错，谷又黄就是肚子疼，而且是越来越疼了。她把手握成了拳，死命地抵在小腹上，尽量不使她的轻吟发出声。

但是呢，谷又黄控制不了自己，在吉普车兔子一样蹿跳在陕北山地的公路上时，她还是要轻吟的。

一旁想着心事的阎小样，不是石头人，她能够感受到谷又黄的忍耐。她是很想关心谷又黄的，而前头的教训又告诫她，她是不好关心谷又黄的。可她不能自禁地又被谷又黄感动着，知道她所以忍受疼痛，是因为宋冲云，阎小样以一个女孩子的敏感，肯定谷又黄是爱着宋冲云的，为了爱，她就只有忍受了。这么一想，阎小样对这个有些严厉的女警察，生出了许多好感，甚至敬意。

阎小样侧过头去，来看另一边的宋冲云。她发现了他的粗心大意，对他就有了些微的埋怨……汉子们呀，咋就那么迟钝呢？

阎小样是不忍了，她用戴着手铐的胳膊轻轻地捅了一下谷又黄。这一次还好，没有受到谷又黄的呵责，阎小样便想，她是体会到了她的关心了。都是年龄相仿的女子，这一点应该是好沟通的，阎小样呢，就不再犹豫了，她要说出自己的担心了。

阎小样叫了谷又黄一声大姐，说：你别硬忍了，痛就是痛，哪儿不好，你得说呀。

谷又黄感觉到了阎小样的善意。她觉得这个爱唱信天游的漂亮女子，自己被判了那么重的刑，却还不知愁苦，凭着本能，还要急煎煎地关心别人，实在是太不容易了。为此，谷又黄想她不能再是一副凶巴巴的面孔，她是该有一点暖色了，哪怕对方是一个罪犯。不过呢，谷又黄不好转变得太快，她还得装，装出一副没事的样子。

阎小样却是不忍的，她又叫了谷又黄一声大姐，说：你听我说，哪儿不好是要找医生的，可别耽搁了。

谷又黄没有理会阎小样，倒是宋冲云在阎小样温婉的劝说中，关切地看着谷又黄，同时又一瞥一瞥地看着阎小样，这使阎小样就很感激了。便是谷又黄，自然也是很受用的，她从宋冲云的那一边，看着车窗外的坡梁。

忍受着疼痛的谷又黄，一定看见了坡梁上的山丹丹和蓝花花了。显然地，她是非常喜欢满坡满梁，蓬蓬勃勃开放着的山丹丹和蓝花花的，每一朵，开得都是那么的鲜艳、奔放，泛滥着一种野性的美丽。

为了转移目标吧，谷又黄赞美山丹丹和蓝花花了。她说：多么自在的花儿呀！

不用谷又黄说，阎小样也是喜欢山丹丹和蓝花花的，但在此刻，阎小样晓得，谷又黄所以赞美山丹丹和蓝花花，是说给宋冲云听的。而宋冲云也听懂了谷又黄的意思。因而，宋冲云爬在司机老展的耳朵上，给他耳语了几句，善解人意的老展，就停下了车。车还没有停稳，宋冲云就跳了下来，向公路边的坡梁上攀爬去了。

矫健的身姿，像是陕北坡梁上奔跑跳荡的山豹，宋冲云一忽儿采下一朵山丹丹，一忽儿采下一朵蓝花花……他的怀里，很快就是一束壮观的花团了。可他好像还不满足，还在坡梁上追逐着山丹丹和蓝花花，在奔跑，在跳荡……阎小样观察着谷又黄的表情，发现她被宋冲云的身姿吸引着，神情倏忽变得安详了。

虽然眼睛追着宋冲云，谷又黄却还考虑着阎小样。她说：想方便吗？

都是女孩子的问题，幸亏谷又黄想得到，阎小样就很老实地回答：有点想哩。

谷又黄就押解着阎小样，跟随她去了坡梁上的一个背洼地，她护着阎小样，让阎小样解了个小手，然后又由阎小样护着她，她也解了个小手。到她俩回到吉普车跟前时，宋冲云已从坡梁上先于她俩到了吉普车旁。

很大很大的一束山丹丹和蓝花花哩，宋冲云早用坡梁上的葛条绑扎好了，举起来，送到了谷又黄的怀里。

让阎小样奇怪的是，宋冲云采来的花不是花，而是可以疗疾的药，谷又黄惨白的脸，埋在大团的花束里，也像山丹丹一样的红亮，原来严肃得有些发冷的神色，也一下子柔和温暖起来了。

一边的阎小样，忍不住说：大姐，你真漂亮。

算是一种认同吧，谷又黄竟然有些不好意思地笑了一笑。

宋冲云也是，在把他采来的山丹丹和蓝花花送给谷又黄后，自己情不能禁地踮起脚尖，风车轮子样，原地转了几个圈儿。

还有驾驶吉普车的司机老展，总是沉默寡言，却在这时，抽着一支当地产的“圣地”香烟，吐出一口浓浓的烟雾后，扯开了他的大嗓门，没头没尾地唱起了一曲信天游。

司机老展唱的是《风流的妹子风流的汉》：

山丹丹花儿背洼洼开，
你有心思慢慢来。
前半晌来了后半晌走，
定下关系咱好接头。

马莲的花儿蓝莹莹开，
你是干妹子的心尖尖。
肚子里的冰疙瘩化成了水。

应该说，司机老展的信天游唱得是不错的，而且是，他还没有唱罢，却臊得宋冲云扑到他的身边，伸手把他的嘴捂住了，催他说，谁不会把你当哑巴，咱今日有事，咱要赶路，闭了你的嘴，咱走。长了宋冲云一些年岁的老展，本来就是逗宋冲云玩的，他张着眼睛，很是狡黠地冲着谷又黄扮了个鬼脸，便很守职责地上了驾驶室，等着他们也上了车，就又发动引擎，在陕北的山路上颠簸着向前走了。

车厢里有了那一大束的山丹丹和蓝花花，空间自然一下子显小了一些，但却充溢着花的馨香……谷又黄一会儿把脸偎在花束里闻一下，等一会儿，又把脸偎在花束里闻一下，脸上是久久褪却不了的红晕。

在山丹丹和蓝花花浓郁的香气里，阎小样困了，从来没有的困倦呢，她的头向后一枕，当下便睡了过去……睡梦里，她听人唱起了信天游。

是她的母亲吗？

是的，是活在阎小样心里的母亲在唱了。

母亲唱的是陕北人人都会唱的《蓝花花》：

青线线的来格蓝线线，
蓝格茵茵的彩，
生下一个蓝花花，
实实地爱死个人；
五谷里来格田苗子，
数上格高梁高，

一十三省的女儿哟，

数上格蓝花花好！

眼泪水水，像是一颗颗晶莹剔透的珍珠，从阎小样睡着的眼睛里滚落出来了。

07

女孩子都有一颗爱花的心。

阎小样也是，她还仔细地想过，说不定她就是一朵转世的花魂。如果时间能够倒流，可以发现在阎小样成长的途径上，总有一些抹不掉的关于花的机缘。她能记得的，最早的一次，是她亲爱的母亲，带着她去串亲戚，半道上采了一枝山丹丹，系在了她的一根辫梢上，然后又采了一枝蓝花花，系在了她的另一根辫梢上，摔摔打打的两条毛辫子，因为山丹丹和蓝花花的点缀，一下子就生动活泼起来，到了亲戚家，都说阎小样像花儿一样好看。

阎小样相信，她是堪比花儿的。

渐渐长大，阎小样上学了。在上学的路上，她会受到山丹丹和蓝花花的引诱，采来一大把，认真地编成一个花环，戴在她的头顶上，鲜鲜艳艳地去读书。后来，她吆着羊群在坡梁上游走，很自然地，还会把手边盛开的山丹丹和蓝花花采下来，带回家里来，插在一个黑陶罐子里，让鲜艳的山丹丹和蓝花花，为她的生活增添一抹珍贵的亮色。

这是阎小样的自我采撷，自我欣赏。

很意外地，她也得到了别人献给她的花。但是这次的献花，让阎小样日后想起来，总是心惊肉跳，后悔莫名。

邻家的小嫂子，受到阎小样的邀请，到阎小样的家里来，帮助阎小样拆洗被褥。经过了一个冬天，春暖花开的日子，陕北农村的习惯，是要赶着季节拆洗被褥的，主持家务的女人，把这当成了一种节日，今天呢，邀约几个相好的，到你的家里，帮助你拆洗了被褥；明天呢，转移到她的家里去，帮助人家拆洗被褥。花花绿绿的被面子，白格生生的被里子，在河沟里漂洗干净了，搭在场院的晾杆上，让日头晒着，被微风吹着，相邀的人就聚在一起，一边等被子的里面干燥，一边拉着家常。这个时候，什么样的话都是能说的，有夸自己家人的，就有骂自己家人的，当然，也少不了说别人是非的。怎么说，在这个日子里，大家都是不犯病的。

阎小样邀约了邻家的小嫂子，俩人拉的家常话，大多都是小嫂子家里的。小嫂子骂她的男人，死到外面不回来，打工，打工，就不知道家里还有个想他念他的女人……对此，阎小样是不好插话的，她只有脸儿红红地笑了。

小嫂子骂了她男人，却突然看定了阎小样，给她说：哎哟，你看我，差点忘了呢。

阎小样就接了话，说：嫂子好记性，能把啥忘了的？

小嫂子就说：死鬼男人给家里装了个电视，我听电视上说，县里要办赛歌会，赛出的头一名，还要代表县上到省里去赛歌哩！

这倒是让阎小样欣喜的一个好消息。

而且阎小样也有耳闻。说个心里话，几天了，阎小样还正是为着这个消息瞀乱着。她是很想报名参加的，心里却又怯怯的，像是揣了几只坡梁上吃草撒欢的羊羔儿，总是难以平静。

阎小样说：我知道的。

小嫂子说：知道了，咋不去报名？

阎小样说：我报名干啥？

小嫂子说：赛歌儿呀！

心是热烈地跳着了，阎小样却还在表面上装得很冷淡。而且，小嫂子也是个爱唱信天游的人，在阎家沟，如果说阎小样是唱得最好的那一个，小嫂子就是紧挨她的那个。

阎小样就也鼓励她的小嫂子了，说：你怎么不去呢？你要去了，我也去。

小嫂子拿眼剜着阎小样，说：我是想去的，可我怎么去？上有汉子管着，下有娃子绊着，我心想去，身子去不了。

应该承认，小嫂子说的是真心话。在陕北，婆姨家在村头上、野地里唱几句信天游是可以的，要到县城里的舞台上去赛歌，拖家带口，人家不说臊，自己先就臊上了脸。她阎小样就不同了，黄花大闺女一个，说去赛歌，给家里撂句话，抬脚就能走人，谁管得着？况且呢，赛好了，是家里的光荣，也是村上的骄傲。她的娘亲，当年的信天游唱得好，不仅在阎家沟村受人喜爱，四乡八社也有好名声。可惜了，她的娘亲没有好机会，如果有，娘亲肯定会去赛歌的。再者说，她阎小样回家几年，更亲密地接触着山和水，蓝天和白云，当她面对着熟悉的山，熟悉的水，总是无拘无束地唱，唱她想唱的信天游，唱她爱唱的信天游，倒把她的亮嗓子唱得山高水长，飞天流云，炉火纯青了。

小嫂子鼓励她说：就爱听你那满口的腔，唱得太好听了。

阎小样不能否认，小嫂子的一番话，把她的心说活了。她说：我心里乱，没有底。

小嫂子就还打气说：去吧。你要一去，头名肯定是你的，别人拿不去。

弟弟阎小豹，从保安县城的中学回家背馍馍，也向姐姐阎小样说了赛歌的消息。像邻家小嫂子一样，弟弟阎小豹也是鼓励她去赛歌的。

阎小样说了：我去赛歌，谁给你烙馍馍呀？

弟弟阎小豹说：不妨的，我回家了自己烙。

阎小样说：吃不好，你咋念书？

弟弟阎小豹说：我向姐姐发誓，姐姐赛歌期间，我会加倍念好书。

说得信心爆满的弟弟阎小豹，还适时地抬出了县城中学的音乐老师王厚草。阎小豹说他见到王老师了，王老师说她忘不了阎小样，从她退学回家后，几年了，再没遇到过像她一样天赋卓越的人才。王老师也鼓励她赛歌哩！

这倒是一个很好的鼓励，阎小样基本上下定决心了。她喜滋滋地看着弟弟阎小豹，觉得她的这个弟弟太可爱了，啥话都能说到她的心坎上。

基本下定决心的阎小样，要到县城参加赛歌活动，其实还是有许多愁肠的，老爸和弟弟的吃用是一个方面，最最重要的是，她这是要到县上的大舞台赛歌哩，吊着两只空手，张着一个嘴巴，还不让人笑掉了牙。穿什么呢？戴什么呢？怎么走台？唱哪首信天游？问题一大堆，谁来帮她解决克服呢？

哥哥阎小虎就在阎小样愁肠百结的时候，回家里来了。

成了油老板顾长龙的恩人，哥哥阎小虎伤好后，就到了顾长龙的公司，成了顾长龙的贴身保镖，走到哪儿，跟到哪儿，像是顾长龙肥肉美酒养着的一只狗，很有一些忠诚劲儿。这从他回家来的话中是听得清的，顾长龙这也好，顾长龙那也好，仿佛世上至善至美不可多见的一个好人。自然了，阎小虎的着装派头也发生了变化，穿了西装，打了领带，戴了墨镜，还有脚上的那一双皮鞋，啥时候都擦得油光水亮，照得见人的影子。这样一来，原来的那个愣头青，就还多了点文雅的样子。过去不甚待见他的阎小样，对于他的变化就不能不另眼相看了。

而且呢，哥哥阎小虎这一次回家，真还把阎小样赛歌的愁肠全都解开了。

看了央视三套的《星光大道》，哥哥阎小虎惊喜地看见了唱着信天游的阿宝。他给阎小样绘声绘色地说，阿宝太幸运了，他的演唱怎么样呢？不咋样吧。还有他的人样儿怎么样呢？也不咋样吧。可他却在《星光大道》上火起来了，拿了一个年度冠军，红透了全国演艺界，成了一个腕儿了。阎小虎极尽可能地挖苦着阿宝，同时又极尽可能地夸着他的妹子阎小样，说我们小样的嗓子好，人样好，这一回到县上赛歌，下一回就到省上赛歌，一回一回地赛下来，就能到中央电视台赛歌去了。我们小样一旦上了中央电视台，阿宝的风光就要变了，变成我们小妹的风光了。

哥哥阎小虎还往家里提回了一个硬壳壳的拉杆箱。

哥哥阎小虎把新崭崭的大红色拉杆箱交到阎小样的手上，让她自己打开来看，看他给他的妹子都带回了什么。

哥哥阎小虎不无自豪地说：赛歌么，没有好的行头怎么行？

人靠衣裳马靠鞍，这个理儿，阎小样是懂得的，她想象着大红色拉杆箱里的物件，想象得已经很奢华了。但是呢，当她把拉杆箱的盖子打开来，一件一件地取出演出服和漂亮的头饰，以及这样那样的精美配件时，她把眼睛睁了个圆，不知道说什么好了。

哥哥阎小虎看见了妹子的惊喜，他说：怎么样，还可以吧？

阎小样没有多想，她歪了一下脑袋，很是感激地瞟了哥哥一眼。

在兄妹俩的记忆中，阎小样少有地给了哥哥阎小虎一个好脸色。这样，阎小虎就很高兴了，当天就把阎小样接进了保安县城，先就住在县城的招待所，后来租了一间民房。安顿好了吃住，阎小样去了县城中学，找到了她敬爱的王厚草老师。曾经的师生，几年后重逢，俩人都很兴奋，说了不少的话，谈了不少的事。

王厚草老师说：你来赛歌，老师高兴哩。

阎小样也说：有老师帮助，是我的福气哩。

听起来，都只是些客套话，其实不然，搞了一辈子的音乐，王厚草多想通过她的努力，培养出几个唱得响的歌手啊。在她看来，阎小样是最有希望的。而且，在县城举办的这次赛歌会，身为县音乐协会主席的王厚草老师，很自然地担任着赛事评委会的主任，她也有这个条件使阎小样取得好名次。

说着话，师生俩就很投入地练起歌来了。

练歌期间，哥哥阎小虎还陪同油老板顾长龙看了阎小样。这个时候，阎小样已经全身心地投入到赛歌前的准备之中，对于顾长龙的看望，也表示了她的好感和谢意。因为，阎小样知道能有这次赛歌活动，多亏顾长龙的资助，如果没有他的慷慨解囊，说不定还办不起来呢。

这就到了赛歌的日子，阎小样参加义务劳动修建的影剧院，冷落了一些年头后，也是因为赛歌，一下子就又热闹起来了。并且呢，因为赛歌，对影剧院的设施也做了些别样的整修，看上去，新颖又大方。有几架电视台的摄像机，或者架在舞台的台口上，或者架在舞台的顶棚上，将对全部的赛歌活动进行现场直播。

赛歌现场的气氛是热烈的，同时又是激烈的。在阎小样的前头，安排的几个人都唱过了。她幸运地抓了一个尾号，因此，她有时间准备，这个准备包括酝酿情绪，还包括对前头歌手的经验和教训的总结。阎小样听得仔细，看得仔细，发现已经演唱过的选手，有个后生的信天游唱得不错，台前的评委呢，也都给他打了高分。阎小样就想，要想征服评委，她是必须唱过这个后生的。

在一阵雷鸣般的掌声里，阎小样上场了。阎小样的耳朵里却响着那个后生的歌声。这可不好，手轻轻地抬起来，捂在她怦怦轻跳的心上，向舞台下看了一眼。她看见了评委席上的王厚草老师，还看到了嘉宾席上的油老板顾长龙，和随在顾长龙后排的她的哥哥阎小虎，而且，她亲爱的弟弟阎小豹也来了，就挨着阎小虎坐着，这些她熟悉的人，眼睛亮闪闪的，都还响亮地鼓着掌……阎小样平静下来了。

主持人极富煽情意味地介绍着阎小样，甚至用了一个“黄土地上即将腾飞的百灵鸟”来鼓励她了。

音乐声起，全场一片雅静，只有阎小样的信天游在游荡。她唱的是陕北人都会唱的《蓝花花》：

……

蓝花花那个下轿来，东眺西望，
眺见了周家的猴老子，
就像一座坟。
你要死来，就早早地死，
前晌你死来哟，后晌我蓝花花走。
……
我见到我的亲哥哥，
有说不完的话，
咱们俩死活哟，常在一搭！

高亢激越的一曲《蓝花花》唱完了，黑压压的舞台下，却静悄悄的，没有喝彩，没有掌声，这叫阎小样好不尴尬。这样的静场，维持了有一分钟，不知是谁带头拍了一巴掌，顷刻之间，像山洪袭来，影剧院便都是震耳欲聋的掌声了，久久不能平息。

评委的打分牌举了起来，阎小样力压那位高分后生，夺得了赛歌会的冠军，获得了赴省城参加赛歌的资格。

走上舞台，给阎小样颁奖的竟是油老板顾长龙。

顾长龙把自己收拾得容光焕发，他呵呵笑着，把一座水晶制作的宝塔山奖杯和一个红封皮的获奖证书交给了阎小样。接着，还从礼仪小姐端着的托盘上，取来一束扎着丝带的鲜花，送到了阎小样的怀里。

这是阎小样有生以来，从他人手里得到的第一束鲜花呀！

08

娘亲在世时，也是爱唱《蓝花花》的。

阎小样演唱的《蓝花花》，在一些艺术细节上，吸收了娘亲演唱时的特点，所以，同为信天游的《蓝花花》，阎小样却唱出了不同，是被人所接受、所喜欢的不同。于是，县城的赛歌会结束后，阎小样就有了一个人们常说的代名词：新小蓝花花。

这样的代名词，阎小样自然是喜欢的。

为了准备赴省城西安赛歌，阎小样回家短暂地停了两日，就又到县城里来了。王厚草老师也从中学抽调出来，做了阎小样的专职辅导。

现在的阎小样，信天游唱得好与不好，就不只是她个人的事了，她代表的是保安人民的荣誉。她不敢有丝毫的懈怠，跟着王厚草老师，没日没夜地苦练着。所练曲目，重点还是《蓝花花》。

一个曲目要唱好，唱出感情来，理解曲目的意思是很重要的。为了提高阎小样的演唱水平，王厚草老师给阎小样讲了《蓝花花》的故事。

故事是悲惨的。阎小样虽然不知道可有那样一个真实的故事，但她从王厚草老师的讲解中知道，在她们陕北，曾有一个会唱信天游的碎女子蓝花花，她唱得确实好，被有钱有势的一个地主老财看上了，不管蓝花花乐意不乐意，高兴不高兴，霸王硬上弓，花钱把蓝花花买进府门，残暴地占有了蓝花花。不肯屈服的蓝花花，能有什么办法呢？她只有用歌声来抗争了。

阎小样被王厚草老师的故事感动了，再来练唱，果然多了一份感情，是那种悲愤的，昂扬的感情啊！

赛歌会上有望与阎小样争锋的后生，在她练歌的期间，一有空，就来看望阎小样，两个曾经的对手，在一起时，表现得却是那么友好和谐，后生有些自己的心得，也不保留，都会抖开包袱，说给阎小样听。

后来呢，俩人还双双走上保安县的街头，一块儿去吃羊肉剁荞面，一块儿逛书城，逛音像店……小小的保安县城，阎小样就是明星了，她走到哪里，哪里就是一片沸腾，而且又是和一个赛歌会上的帅后生在一起，没有闲话也成闲话了。

哥哥阎小虎来找她了，给她说：你要注意影响呢。

阎小样是不解的，问：我咋了，你说这话？

哥哥阎小虎说：你和谁上街逛来？

阎小样明白过来了，说：这又怎么样？

哥哥阎小虎说：怎么样不怎么样，你不知道？

阎小样嘴上犟着，说：我不知道。

嘴上是这么说的，行动上还是收敛了些，后生再来邀约阎小样上街吃饭，或是闲逛，阎小样就都婉言拒绝了。在阎小样的心里，参加省城的赛歌会是压倒一切的大事情，她不能把这件事误了。可是呢，后生却不罢休，还要有事没事地来，来看阎小样，来约阎小样上街吃饭，上街闲逛……有一日，哥哥阎小虎来看阎小样，她就心烦地把这件事说了一下。想不到，第二天，后生就被人打了。

是谁打的呢？一定是哥哥阎小虎了！

阎小样去了油老板顾长龙设在保安县城的公司总部，找到她的哥哥阎小虎，甚是愤怒地指责他：为什么动手打人？

哥哥阎小虎也不否认，对怒气冲冲的妹子说：他是自找的，找着挨打。

阎小样哪里肯饶，说：是你手太长了。

哥哥阎小虎说：我是手长。手长咋不打别人？

阎小样被逼急了，说：你手长打人家，打到头是打你妹子的脸呢！

说这话时，油老板顾长龙站在了阎小样的背后，帮着阎小样说话了。他说阎小虎，你打人了吗？这可不好，咱有事，咱就说事，可不敢打人。听我的话，是你打的人，你就给人家道歉去，这不丢人。顾长龙指教着阎小虎，眼睛却不离阎小样，还说阎小样懂礼数，说话占着理，要阎小虎留心向他妹子学习。

顾长龙说着话，还给阎小样拉了一把椅子，说：大明星了，难得来一回，坐着说话。

阎小样对她哥阎小虎有气，对油老板顾长龙是不能生气的。通过这次赛歌会的经历以及以前的一些事情，阎小样已经感觉到，有钱的顾长龙是个好人哩。她这么想着，就很顺从地坐在顾长龙拉给她的椅子上了。她想了，她不能在顾长龙面前发火的，但她心里毕竟又窝着气，屁股就只在椅子上沾了沾，站起来，噔噔噔噔走出顾长龙的公司，走到人来人往的县城大街上，走了一程，猛地抬起头来，这就看见了县医院的大门。

是神差鬼使了吧。阎小样的脚一斜，便从县医院的大门走了进去，三问两问，问进了挨打后生的病房。挨打的后生见她进来，当下起了身，站在病房里，嘴唇子颤动着，像有千言万语，却一句都说不出来。

阎小样看着挨打后生，心想她是有话要说的，却一时也说不出来。

俩人就都不尴不尬地站着，不知该怎么办了。

倒是挨打后生心胸大，说：挨两下打没有啥，只怕以后不能再去看你了。

这个话不是阎小样想听的，既然人家说了，阎小样也不好说啥，就把身上大小仅有的几张票子掏出来，给挨打后生病床旁的矮柜上一放，说了句不能看了就不看的话，转过身，就又从病房里出来了。

走出了县医院的门，阎小样却不知为了什么，忍不住流了一脸的泪。

……

忍无可忍的一声呻吟，从谷又黄的嘴里喷薄而出，一直挺着的身子，也深深地弯了下去，弯得像只大虾米。

宋冲云伸手扶住了谷又黄，冲司机老展喊：快，去医院。

这个时候，吉普车已经越过延安城，走过了三十里铺，快要接近店头镇了。店头镇是陕北的一个产煤区，有几家公司在这里打井采煤，道路上往来的车辆，大多是运输煤炭的。为了煤矿职工的健康，国家在镇子上设立了一个大型的职工医院，医疗技术在陕北是很有些名气的。

司机老展脚踩油门，快速直接地，把谷又黄拉到了职工医院的门口。

这样的情况，阎小样觉着她该帮助病人的。而且，在宋冲云扶着谷又黄下车的一瞬间，还看了她一眼，并且取出钥匙，打开了她一只手腕上的铐子，阎小样就急呼呼地也去扶谷又黄，可她的手还没有扶着谷又黄，就被宋冲云拽着，把打开的那一节铐子，牢牢地铐在了吉普车前座的把手上。

已经铐停当了，阎小样还说：我能帮忙的。

宋冲云却说：老实坐在车里，不要乱动。

想想自己一个致死夫命的囚犯，确实是不好帮助人的。正如宋冲云警告她的那样，她老实地坐在车里，坐了多久呢？阎小样不知道，只见医院门口，人来人往，她想逮住个人问一问，却也只是在心里想一想，根本张不开口……时间在一点点地走，阎小样担心着谷又黄，眼睛眨也不眨地看着职工医院的大门，这就看见了司机老展急匆匆走出门来，走到了吉普车跟前来，打开了吉普车的车门。

阎小样问了：人怎么样？

司机老展是个好脾气，说：开了刀咧。

阎小样问：咋的开刀呢？

司机老展说：急性阑尾炎，都穿孔了，不开刀怕出大问题。

阎小样就很吃惊了：啊！

司机老展把谷又黄清晨提来的一个大提包取下车，提着又进了医院门。

阎小样呢，有一把手铐铐在吉普车里，她只有再次地等待了。这样的等待是痛苦的，像她在监狱里等待判决一样，焦虑着，忧心着，神态就有些昏昏然了。

09

我不要，啥啥都不要。阎小样拒绝着，很坚决地拒绝着。她说：我去省城赛歌，就穿我在县上赛歌的服装，我不要太多的服装。

油老板顾长龙却不为阎小样的拒绝而放手，让跟着他来的阎小虎，给他的妹妹阎小样展示从省城定制来的新的演出服装。

怎么说呢，这些定制的演出服确实好，不是阎小样在县城赛歌时的服装可比的。阎小样需要这些演出服，也喜欢这些演出服，但她是不能接受的，不能接受顾长龙为她添置，尽管他很有钱。

顾长龙在旁边劝着阎小样：别说你不要，去省城赛歌，不比小县城，没几身好行头，咋能出风头？

阎小样自信地说：我凭我的歌声。

顾长龙说：不错，是要有一个好嗓子的。可是呢，仅凭一个好嗓子就成了？没那么简单吧。老实给你说，现如今弄成个啥，背后没有一把硬手，就不要想成事。

阎小样说：你别胡说。

顾长龙说：我胡说了吗？啊？你问你哥阎小虎，我胡说了吗？

哥哥阎小虎在旁边帮腔了：你不能说老板胡说的。

阎小样的犟劲上来了：我就说他胡说了。

顾长龙却大人不记小人过的样子，接过了话说：对，算我胡说了。我不说了，让你哥说么。

哥哥阎小虎便插起了话。他说：我该给你怎么说呢？打个比方吧，在咱陕北，顾老板有资格满陕北钻井抽油，别人就没资格了？不对呀，别人也是有资格的，大家都有资格，但却偏偏是顾老板钻井抽油弄钱，别人怎么就弄不成呢？那是顾老板的背后，比别人多了一把硬手。

阎小样不乐意听这些话，说：他是他，我是我，他与我无干。

哥哥阎小虎不同意阎小样的说法。他说：怎么与你无干？当然，如果只说钻井抽油，也确实是与你无干。但你参加赛歌会，是谁给你颁的奖？是谁给你献的花？是顾老板哩，顾老板花了钱了，资助了县上的赛歌会。还有，你在县上赛歌，穿的用的，哪一样不是顾老板掏的钱？就是你那个头名，不是顾老板给评委们使钱，你唱得再好，也拿不到！

阎小样红了眼睛，她盯着她哥阎小虎看了。

有点儿心怯的阎小虎很怕阎小样那样看他，但却还说：我说的都是实情。过去，顾老板不让我给你说，今天，你都知道了，这不假，一点都不假。

阎小样摇了一下头，又摇了一下头……她把自己从昏昏沉沉的睡眠中摇醒了。手上冰凉的铐子限制了她的自由，她就把头，一下又一下地磕在吉普车前座的后背上。

梦里的事情，其实不是梦，而是现实中发生过的事。不过阎小样不愿意再想起罢了。

哥哥阎小虎当时咬牙要阎小样相信，他给她的演出服装，都是顾老板掏钱买的。评委的红包，也是他给转送的。

也许，阎小样只有震惊了。

阎小样多想否定这个事实，但她否定不了。她必须承认，顾长龙和哥哥阎小虎说的都是事实。若不然，顾长龙不会那么理直气壮，不会那么不知廉耻。

老爸在窑洞里的炕沿上圪蹴着，嘴里咬着他的旱烟锅，一口一口地吞吐着呛人的烟云。

顾长龙笑了。他所以笑，是他来到阎小样的家里，头一次观察到阎小样的无奈。他的目的很明确，就是要阎小样无奈，只要她无奈了，他的目的差不多也就实现了。开心笑着的顾长龙，不再与阎小样做言语上的较量了，他去了阎小样老爸的窑洞，把一摞红砖般瓷实的人民币，砸在了老人家的炕边上。

顾长龙说了：我不能亏你。娃娃的娘亲去得早，你一个汉子抓养娃娃不容易，我得为你分担责任呢。

口讷的老爸能说啥呢？他就只有不停嘴地抽旱烟了。

顾长龙却还说：你看么，娃娃现在都长大了，长得枪杆一样了。像你的大娃小虎，在我身边做事，你该很放心了吧？

老爸抽着旱烟点着头。

顾长龙说：小虎在我身边，一月有一月的收入，贴到家里，家里情况好点了吧？

老爸就还抽着旱烟点着头，把他的头点得几乎像顾长龙油井上抽油的磕头虫。

顾长龙却还不停嘴地说：小虎不能总是单杆杆过日子，总得谈朋友的。还有你的碎娃小豹，听说争气得很，在县城中学读书，可是摇了铃得好，考大学是没问题了。可现在的大学，剥人的皮哩，咱没钱就上不起。

点头，点头，点头……阎小样的老爸在顾长龙滔滔不绝的话面前，就只有点头了。

这辈子只会受苦，不会说话的一个老人，这时候完全失了主意。他得承认，顾长龙说得都对，都是实话。可他很怕听这样的话。因为，顾长龙说的话，只有一个强烈的目的，那就是要老人答应他，把他花骨朵儿一样的阎小样嫁给他！这怎么能呢？他们之间，差着一辈人的年纪，顾长龙咋敢摆出娶他的女子阎小样的架势？他又岂能把女子阎小样嫁给顾长龙？

老人的心在碎裂，他想：这太遭罪了！

要想娶到阎小样，顾长龙知道，不是一时半会儿说得通的。他有这个思想准备，撂下他带来的礼金，抛下回了家的阎小虎，独自一个人走了。在阎小样的家里，顾长龙连一口水都没喝，他却不觉得渴，倒还觉得甜，是那种润润的，能够甜到心里头的甜，那就是，他感觉得到，死死活活地，他是一定能够娶到阎小样了。

好事多磨，顾长龙是有这个思想准备的，要想阎小样做他的新娘子，先碰一鼻子灰是肯定的，就像信天游唱的那样：

头一回到你家，你呀你不在，
你家的大黄狗把我咬出来；
二一回到你家，你呀你不在，
你的妈打了我一呀一锅盖；
三一回到你家，你呀你不在，
你的爸把我骂呀么骂出来；
……

从阎小样的家里走出来，顾长龙就咿咿呀呀哼唱起这首信天游。一路哼一路唱，他自己竟不由自主地笑起来了。

在保安县城练着歌，阎小样就被顾长龙搅扰着了。为了躲避干扰，王厚草老师给她安排好课目，就让她回了阎家沟，在家里安心练。不成想，顾长龙跟腿儿撵到了她的家里来，明目张胆地要娶她做新娘。

岂有此理？愤怒的阎小样，对走出她家门的顾长龙吐了一口痰，她在心里骂：死了你的心吧！

走了顾长龙，留下了阎小虎。

阎小样的这位哥哥留在家里的任务就只一个，逮住机会劝说阎小样，给她说，不要犯傻，这是机会呢。社会上美女多了去了，有钱的老板却不多，老板只要张嘴，啥样的美女都娶得到。也是顾老板好听信天游，你的信天游唱得好，看上了你，是你的福气哩……原来不咋会言语的哥哥阎小虎，为他的老板帮起腔来一套一套的，真要让阎小样刮目相看了。她烦着哥哥阎小虎的腔调，听他劝说，说不出几句话，就会被她恶声恶气地顶回去。阎小样说，你爱做顾长龙的狗你做去，我是我，有没有福气我自己受，不要他的，他要给，我就当尿壶踢……老爸不劝阎小样，也不反对阎小虎。老爸的窑洞里，一个晚上，又一个晚上，灯就不灭，老旱烟燃烧的味道，在老爸的窑洞里浓浓地飘荡着。

老爸就说：我嘴里没味了，一点点味道都没有。

老爸说得没错，这些个日子，过去狼吞虎咽的他，没了胃口，吃饭像尝饭，苦焦着一张脸，就没有别的啥话说。

想不到，乡上的书记和乡长也来了阎小样的家，找阎小样的老爸说话，磨着嘴皮子，要阎小样的老爸不可失主意，把顾长龙给咱拉住了，紧紧地拉住，咱们乡上就占大便宜了。大财神哩，谁家都想拉住的，他们没条件，咱有了，咱就不能放手。

阎小样的老爸给乡上领导让着老旱烟，就还只说：我嘴里没味了，一点点味道都没有。

乡上的领导前脚走，县上的领导后脚就到，说的话，如出一辙，县上经济发展顾长龙立了大功。

阎小样的老爸还是那句话：我嘴里没味了，一点点味道都没有。

便是阎家沟最亲阎小样的邻家小嫂子也登门劝说阎小样了。

大家都劝阎小样：从了吧，不吃亏的。

阎小样咬着牙不吭声。拖到后来，老爸不说他嘴里没味了。在一天夜里，老爸手拉着哥哥阎小虎，到了阎小样的跟前。哥哥阎小虎说了句，求你了，就双膝跪在了阎小样的面前。

阎小样背过了身，她没有答应哥哥阎小虎。

阎小样说了，让弟弟阎小豹回来，她听弟弟一句话。

弟弟阎小豹就回来了。

和弟弟阎小豹一起回来的，还有辅导阎小样的王厚草老师。当着弟弟阎小豹的面，阎小样问：弟呀，你说姐该咋办呢？

弟弟没说姐该咋办。他只坚决地说：姐，我不考大学了。

阎小样的眼睛里弹出了一滴泪花儿。弟弟阎小豹的这一句话，让她没法不答应顾长龙，做他梦寐以求的新娘了。阎小样对她的哥哥阎小虎失望了，对他的老爸也失望了，她还能对弟弟阎小豹失望吗？不能啊，如果弟弟阎小豹不说他不考大学的话，阎小样是抗得下去的，决不答应顾长龙，光天化日，阎小样不答应，顾长龙还能把她抢去不成？他最大的能耐，就是使钱请说客……来吧，都来游说她，大不了，阎小样退出省城的赛歌会，谁还能再说啥？

王厚草老师也是说客吗？阎小样不知道，而且已不需要知道了。慈祥得像个母亲一样的王老师，似乎猜透了阎小样的心思，她到了阎家沟阎小样的家里，把阎小样拉进怀里来，用手一遍遍地抚摸着她的头发，看她有泪弹出，就又用手给她抹去眼泪……王老师啥话都不说了，她只坚定地给阎小样说，咱不要把练歌耽误了。

王老师拥着阎小样，说：跟老师回县城去，咱好好练歌，去省城也红上一把。

10

悲愁满面的宋冲云从医院的大门里出来了。

孤单地锁在警用吉普车上的阎小样在想心事的同时，注意地看了一遍到处都是运煤车辆的店头镇，心头毫没来由地生出一些慌乱。在陕北，阎小样知道，油老板的富足和奢侈是一个族群，煤老板的富足和奢侈是又一个族群，他们构成新时期陕北的一个新阶层，不能说他们不好，但也不敢恭维他们的好。常有消息曝光，煤窑下冒顶透水了，瓦斯爆炸了。有一次事故，就有一批矿工牺牲。有人就说，黑宝石一般晶亮的煤炭，是用矿工的鲜血染成的。阎小样拒绝着这些问题，她不要想，可这些问题却不请自来，充塞着她的思绪，她就只有痛苦了。看着满载煤炭的运输车辆，迅疾地从店头镇的大街上驶过，腾起一股一股的黑灰，阎小样就很悲伤地发现，眼前的人和物，都沾染上了浓厚的煤灰色彩。便是锁着她的吉普车，此时也已蒙上厚厚的一层煤灰。

宋冲云出了医院门，走一步都要回头看一眼。

这一切，就都通过煤灰遮挡的车窗玻璃，映入了阎小样的眼睛。她眼盯着宋冲云，迎接他走到吉普车的跟前，看他噘着嘴，使劲吹去车门把手上的煤灰，打开了车门，取出他的提包，从中找出一件夹克衫来，换下他身上那件深蓝色的警察服，然后，打开阎小样锁在车内把手上的手铐，让她下了车，又把刚才打开的那一端手铐，锁在自己的一只手腕上。

宋冲云用命令的口气说：走，搭长途客车走。

阎小样就很乖觉地跟上走了。

阎小样不知道，宋冲云已经电话请示了他的上级，鉴于谷又黄病急住院手术的情况，留下司机老展在医院照料，宋冲云将独自一人押解阎小样，搭乘普通客车去省城的女监。

老实跟随宋冲云向前走着时，阎小样的心还记挂在谷又黄的身上。她问：怎么样呢？人不要紧吧？

宋冲云不想有人问他这个问题，他说：少管闲事。

阎小样却还固执着自己的想法，说：这时候你不能走的。我看出来了，你们是相好的一对子，她在医院手术，你咋能一走了之？这不对呀，不是你离开她的时候。

应该承认，犯人阎小样的话说得对，他在这个时候是不该离开谷又黄的，虽然他们的恋情还没有确定下来，他留在医院也是个机会呢。可他没有办法，他向上级组织反映了情况，是组织安排老展留守医院，而让他押解人犯的。

宋冲云对组织有意见了。可他知道组织也是无奈的，司机老展只是签约的协警，他没押解罪犯的资格，他就只有留在医院照料谷又黄了。阎小样赶着点儿质问他，质问得很对，正因为此，就惹得他很心烦，也就对她的关心很不领情了。

宋冲云说话的口气很冲。他说：操你的心就行了。

一句气话即出，宋冲云倏忽想起，乘坐普通客车押解人犯的纪律，是有必要给阎小样宣布一下的。于是，宋冲云说了，从现在起，你不要说一句话，也不要乱动，一切听从我的管教。你要牢牢记住我的话，你的每一句出格的话、出格的动作，和由此引发的问题，都会成为你的新罪行，都会增加对你的新处罚。

阎小样老实地听宋冲云说，不再说话了。

但有一个强烈的感觉在阎小样的心里激荡着。她看出了宋冲云的不愉快，他对她的态度，凶是凶了点，却绝对不是冲着她来的。这就是女孩子的敏感了，她理解宋冲云，一对有情有义的人，在对方住院手术这样的关键时刻，不能守在病床前，还要押解她一个女犯离开，怎么说都是一种痛苦。

阎小样不敢多想，再想就有一种毫无来由的悲伤从心头涌起，她流泪了。

一路上，阎小样的心里泪汪汪的，看见了她熟悉的沟河，熟悉的坡梁，熟悉的一棵树一棵草，触景生情，她心里总是泪汪汪的，却都很少流出一滴泪。阎小样想过了，在保安县的监狱里，她流了太多的泪，她把泪水流干了，不会流泪了……可是眼下，她流泪了。阎小样是觉出了自己的委屈吗？好像是，又好像不是，她是从宋冲云和谷又黄的身上，想到了自己，一样的年轻人，他们是多么自由啊！又是多么幸福啊！而她阎小样呢，太不幸了。

一切的不幸，都源于油老板顾长龙看上了她，她嫁给了顾长龙。

新婚的那天，顾长龙为阎小样举办的婚礼是盛大的，保安县城为之而大轰动，张灯结彩，笑逐颜开，一张张喜悦的嘴巴，说的都是恭喜的、赞美的话。县委书记来了，县长来了，保安县有点面子的人都来了……自然了，来的还有阎小样的老爸，哥哥阎小虎，弟弟阎小豹，以及阎家沟她的邻家小嫂子和众多乡亲……阎小样这一天坚持不穿婚纱，她铁定了心，一切都按陕北民间的婚庆形式进行。因此，邻家小嫂子就做了娘家的送女婆姨。当然，这也是阎小样的主意，她只要邻家小嫂子做她的送女婆姨，从清晨坐进花团锦簇的轿车，直到举办婚礼，步入洞房，阎小样的手拉着送女婆姨邻家小嫂子的手，就没松开过。

阎小样坐在轿车上时，就对邻家小嫂子说：我怕。

邻家小嫂子就乐了起来，她是不解的，说：怕啥的怕？咱又不是跳穷坑，咱进的富窝窝，咱有啥怕的呢？

在县城招待所的礼堂举行结婚仪式，惊天动地的炮仗炸飞的时候，阎小样又对邻家小嫂子说：我怕。

邻家小嫂子免不了俗，前来参加婚礼的来客都免不了俗，谁都认为阎小样跌进了富窝窝，后面有她享不尽的福。如今的风气就是这样，是个人，都想攀个富亲戚的，何况她阎小样，彻底嫁了个富男人。大家就都真诚地祝福着阎小样，县委书记、县长现场讲话，就说阎小样和顾长龙是百灵鸟配财神，百年好合，千年幸福。还有与会嘉宾推出的代表，所祝愿的，也是如意吉祥的话。后来，把阎小样的老爸也推上台子来为阎小样祝福了，老人家喝了两杯酒，脸红脖子粗，站在台子上，手拿着麦克风，半晌说不出一句话，大家就都鼓掌了。热烈的掌声激励了阎小样的老爸，他很大声地说话了。

阎小样的老爸说：我高兴，大家高兴。

老爸是真高兴呢。高声大嗓地喊出这句话后，就又精神十足地下了台子，坐在婚宴席桌的中心位置上，左边是哥哥阎小虎，右边是弟弟阎小豹，一家人坐在一起，大家都高兴着。

邻家嫂子显然看见了这一切，她给说“怕”的阎小样耳语：你看啊，你老爸、你哥哥、你弟弟，都那么高兴，你怕啥呢？

婚礼正进行着，婚宴大厅的一边突然爆发了一阵小骚动，吵了两声，哭了两声，又迅速地被人制止了。阎小样的耳朵不聋，她听得出来，那尖啸的吵叫和哭喊，是顾长龙离弃的前妻弄出来的。于是，她不能自主地抖动着身子。

阎小样再一次地给邻家小嫂子说：我怕。

邻家小嫂子就还只能劝说阎小样：好了，我的妹子呀，一会儿就入洞房了，到了洞房你就不怕了。

雕龙画凤的一对大红蜡烛，就在阎小样的洞房里燃烧着。这是个把两层楼房改成跃式住宅的居屋了，大红蜡烛燃烧着，漂亮的枝形彩灯也亮着，把个已经夜深如墨的居屋照得一片通明。阎小样孤独地坐在进门就是的大客厅里，依然还是她在白日婚礼上穿着的大红衣裙。在这个称做洞房的跃式居屋里，正如邻家小嫂子所说，阎小样不怕了。她送走了前来参加婚礼的老爸、哥哥和弟弟，以及邻家小嫂子和众多亲戚邻里，然后，便孤身一人留在洞房里，等待着一个结局的到来。

阎小样的想象限制了她，她只想顾长龙进了洞房，想要沾她的身子，她就和他打，她不要顾长龙沾她的身子，强要都不给。阎小样不信，一个人如果不是心甘情愿，谁能上了她的身子，除非把她打昏过去，他是甭想得逞的。

洞房里的阎小样，就是抱着这样一个信念等着顾长龙的。

也是油老板顾长龙太高兴了。婚礼上频频与人举杯，白酒、红酒、啤酒，来啥是啥，来者不拒，他都很是痛快地喝了……喝得客人走完了，剩下了他的几个狐朋狗友，拉拉扯扯地，不知又去了哪里，是不是又喝上了，阎小样是不知道的，到天黑时，为她做辅导的王厚草老师来了。

在白天的婚宴上，阎小样没有见到王厚草老师，她当时是有些遗憾的，同时还有些安慰，觉得王老师知道她的不快活，不愿看到她的不快活，因此就没来。晚上了，王老师一个人来，心情抑郁的阎小样就还好了一点。

王厚草老师还带了礼品，装在一只精美的盒子里，阎小样接过，埋怨王老师：你带什么礼物嘛。

王厚草老师就说：是你的喜日哩，哪能不带？

这是什么话？阎小样不很理解王老师了，说：喜日？我的喜日？

王厚草老师说：是啊，是你的喜日。

阎小样说：老师你也这么看？

王厚草老师说：别犯傻，你有依靠了。以后呢，老师有啥求你的，你可不能拒绝。

阎小样的心就冷了下来，不知道这人都是怎么了，眼里似乎只剩下了钱，她被油老板顾长龙使钱娶进门，她就幸福了？唉，人啊！阎小样可不是这么想的，她不仅心里不快活，甚至还埋藏下了深深的恨意，恨着有钱的顾长龙，还恨着这样的社会风气。

原来觉得，是有许多话要与王厚草老师说的，说了这么几句，就一下子没了话说。阎小样几次起身，只是一遍遍地给王老师的茶杯里续开水，到茶叶喝得淡了，没有味道了，王老师也就站起身来，从阎小样的洞房里走出去了。

洞房里的大红喜烛快要烧到根儿上了，阎小样还是一身的大红衣裙，坐在客厅的沙发上，有电视也不开，脑子里先还想这想那，这时啥都不想了，也想不起来，满身心都是一片空白……房门的锁孔，就是这时候起了动静的。

当时呢，阎小样吃了一惊，恍惚想起大白天与她拜堂的是顾长龙，这才想起，大概是喝高的顾长龙回来了。

他应该还是醉的吧，钥匙在锁孔上叮叮咣咣戳弄了好一阵，这才把门锁打开，扑进门来的他，果然是一身酒气。和他一起扑进门来的，还有远处不知哪个人唱的信天游。阎小样听得清楚，那隐隐约约的几声信天游，是她此刻最不想听到的《嫁老汉》：

你爸你妈爱银钱，
把你嫁给个老汉汉，
又抽洋烟又耍钱，
耽误了你的青春好年华……

也不知道顾长龙听到这首信天游没有，扑进门来的他，竟然不知道关门，就嘴里喊着“宝贝，我的宝贝，想死我了宝贝”，往阎小样的身上扑，阎小样躲了一下，没扑着，顾长龙肥大的身子就扑在了沙发上。这是套做工考究的布艺沙发，扑趴在沙发上的顾长龙，立即就打起醉睡的鼾声。阎小样以为他可能就这么沉睡下去的，就去关闭还大开着的房门，不成想，顾长龙从沙发上挣扎着爬起来，从身后拦腰抱住了阎小样，嘴里又“宝贝，宝贝”地叫着，这使阎小样无比反感，她使足全身的力气，把抱着她腰身的顾长龙拐了一胳膊肘，也许是酒醉的原因吧，顾长龙又轻又飘没有一点力量，当下就被阎小样拐了出去，向侧面倒下，把头的一侧，也就是太阳穴的地方，重重地撞在了铁艺制作的大茶几上，软软地滑在地上。

阎小样看见了血，也就是一点点的血，她没有想到顾长龙会死，关了房门，上了跃层上的主卧室，往宽大的席梦思床上一靠，不知不觉地睡过去了。

天明醒来，阎小样从跃层的主卧室里出来，看见楼下的客厅里，顾长龙还横卧在铁艺茶几旁，她就觉得不妙，从楼梯上下来，去扳顾长龙时，他已经浑身冰冷，硬成一个冰棍儿了！

阎小样发慌心跳，她手指颤抖着拨响了110。

11

黑色面料的夹克衫，织着一道道的白，还有拉链和口袋上的皮饰，在阎小样的眼里是那么熟悉。现在这件熟悉的夹克衫就穿在宋冲云的身上，阎小样却想起县城赛歌会上那个后生。那天晚上，早于阎小样出场的后生，就穿了这样一件夹克衫。

这个可怜的后生呀！其实呢，他是有资格取得赛歌会上的头名的。当然，阎小样也有这个资格。但是，后生没有油老板顾长龙背后使钱，他不幸落选了，阎小样有顾长龙背后使钱，她有幸获选了。后生不知道这些背后的猫腻，还满心为她阎小样高兴，殷勤地与她阎小样交往，阎小样就有些感激他了，甚而有点喜欢他呢。如果照此发展下去，他们二人走到一起，是很有希望的。后来就出了哥哥阎小虎打人家后生的事，接着又出了顾长龙提亲娶她的事，本该可以顺利发展下去的事情，便戛然而止。

普通客车上，人挨着人，人挤着人，一把手铐铐着宋冲云和阎小样，俩人好不容易挤到客车的后座上，觅得一个位子，便紧紧相挤着坐了下来，任凭客车颠簸着向前走了。

是宋冲云的夹克衫，让阎小样走了一会儿神，很快地，就又回到了现实中。

阎小样偏了一下头。

阎小样是想看一看宋冲云，看他撇下意中人谷又黄，和一个致死夫命的女犯同坐一辆普通客车上，会有什么表情。阎小样看见了，宋冲云的脸是阴的，他不说话，阎小样也就只好阴着脸，不说话了。

是宋冲云的手机吧，“吱嘎”一声响。

宋冲云当时没有取出来看，隔了一会儿，又是“吱嘎”一声响，宋冲云就从裤子口袋里掏出了手机，打开来看。他这一看，阴着的脸突然放晴了，竟然有了难得一见的喜气。

阎小样小心地捕捉着宋冲云的情绪变化，当她看见宋冲云脸上的喜气时，不由自主地，一双眼睛也盯在宋冲云打开的手机上。

手机的屏幕上是一条短信哩：知道我现在最想什么吗？我最想放屁了。听医生说，屁一通就什么都好了。祝一路顺利，我等你回来。

是谷又黄发来的短信吗？阎小样心想，一定是的。现在的宋冲云，也许只有收到谷又黄的短信，才可能面露喜气。无论如何，宋冲云都是操心手术后的谷又黄的，有短信交流，对双方来说，无疑是个很好的安慰。

阎小样想得没错，宋冲云收到的就是谷又黄的短信。心情颇安慰的他，高高兴兴地看了短信后，就又在他的手机短信库里翻找着，找了一条，给谷又黄回了过去。去了不长时间，宋冲云就又收到了谷又黄的回信。

是个什么回信呢？阎小样又在宋冲云手机“吱嘎”响起时，留心着手机屏上的新短信，可她看不到了，宋冲云背过身去，躲着阎小样自己看了。

阎小样这就感到自己的无趣，怎么能偷看人家的短信？不过她想，谷又黄太不容易了，甚至堪称坚强，做完手术就能撑着发短信，真是难为她了。

独自看着短信，宋冲云轻启了一下嘴唇，也就在这个时候，有一把亮闪闪的短刀逼在了宋冲云的眼前，同时呢，就还听到一声断喝。

那声断喝是尖利的：掏钱！快，把钱都给我掏出来！

坐在客车后座上接收短信，发送短信的宋冲云，以他警察的敏感，早就发现了那几个车匪了。他们是从行车途中拦住客车爬上来的，先还老实地待在车厢里，过了一会儿，就都不老实了。他们中的一个瘦子，拿出三张扑克牌，有梅花尖，红桃尖和黑桃尖，倒来换去，让旁边的人猜。猜中了，瘦子给人十元钱，猜错了，他人给瘦子十元钱……可能是他们的同伙了，吵吵嚷嚷，把十元的筹码猜了几番，就升到二十元、三十元……好像是，坐庄的瘦子手气特别差，不断地被人猜中，瘦子就不断地往外输钱……这样的把戏，别说是富有侦察经验的宋冲云，就是客车上的乘客差不多也都识破了，几个同伙就很无趣地自己玩着。不过，他们玩得越来越没耐心，贼一样的眼睛，在乘客的脸上扫来扫去，这就看到了车后座上的宋冲云……

那个时候，宋冲云尖利的眼睛也正看着他们，这样的两种眼光接触上，势必会碰出火花来的。

为着那可笑的短信还在乐着的阎小样，没有注意两种眼光的碰撞。她还在想，谷又黄还会发一个什么样的短信?

恰在此时，瘦子一伙收起他们图谋骗人钱财的勾当，向客车的后座逼来了。

宋冲云没有被逼到眼前的短刀吓住，他甚至很是轻蔑地冲着短刀笑了一下，告诉他们：看明白了，我没钱。

手握短刀的人，被宋冲云的镇定弄得有些羞恼。于是他把短刀向宋冲云逼得更近了一些，声音也更狰狞了一些。

车匪叫嚣着：别废话，小心我做了你!

车匪所以把矛头直接对着宋冲云，那是因为他们看清楚了，这趟客车上想要弄到钱是必须把这个人先拿下的。他太特殊了，高大阳刚，是很有些英武之气的。尤其是他的那一双眼睛，在看他们玩着骗人把戏时，每瞥他们一眼，就让他们心虚几分，瞥到最后，就像他们当时还藏在身上的刀子一样，把他们的衣服皮全都剥下来，精光光暴露在了众人面前。

宋冲云说的还是那句话：我没钱。

宋冲云这么说话，是在拖延车匪，他自己也在寻找机会，准备教训车匪了。这是他身为警察的责任，他不能让车匪再嚣张下去。到车匪的短刀几乎逼到宋冲云脸上时，他伸出那只没戴手铐的手，一把攥住车匪持刀的手腕，阎小样还没看清咋回事，就见车匪的短刀掉在车厢板上，整个人像只老鼠一样蜷缩起来，嘴里的叫嚣变成悲惨的哀号。同伙里的其他人，见状围了上来，一个刮着光头的家伙，挥舞着另一把短刀，向宋冲云身上刺来了。阎小样看得真切，她大喊一声住手，自己则如一只冲动的小兽，挺身而起，挡住了刺来的短刀。

阎小样感觉得到，她的右大臂上冰冻似的冷了一下，跟着，就有鲜血渗透衫袖往出流了。

宋冲云放开了他手抓的那个车匪，他们惊恐地退到了车门口，叫喊着停车。客车的司机听话地停了车，让一帮车匪顺顺当当地下了客车，向着四野逃遁而去。

满车的乘客，到这时候，才都如梦方醒，纷纷站立起来，喊打逃遁了的车匪。这太可恶了，光天化日之下，竟敢持刀骗人行凶，谁给他们的胆量呢？无法无天，抓住他们，不能让他们跑了！有几个血性充沛的汉子，摩拳擦掌，相互呼应着，就要冲下车去抓车匪了。然而就在这个时候，有人发现了阎小样手臂上的伤。

惊呼声随之而起：啊！流血啦！

同时又有人在惊叫：前面就是南泥湾，那里有医院，快到那里去，看怎么样了，包扎一下。

这时的宋冲云，心里是悲哀的，他的一只手紧紧握着阎小样受伤的大臂。可他的大手，不能握住涌流的鲜血，于是，他也催促客车司机，要他加快速度，到南泥湾的医院里去给阎小样检查包扎伤口。

流血使阎小样显得俊美而娇弱。

宋冲云半拥着娇弱的阎小样，这又使阎小样感到莫名的快慰和幸福，他俩双双下了漆皮斑驳的客车，在南泥湾的医院里做了紧急检查和处理，感情车匪的短刀不是太锋利，没有伤着阎小样的筋骨和血管。宋冲云听到这个检查结果，长长地松了一口气，就由着医院的医生，在阎小样的伤口上缝了几针，上了些药膏，包扎了一下，就又上了开往省城西安的客车。

正是秋熟时节，陕北红军的三五九旅当年在南泥湾开垦出来的荒地，经过许多年的耕种，现在已是非常成熟的耕地了。沿着河川的平地上，都栽着吐穗的水稻，两边的坡地上，则点种了玉米和谷子，也都吐穗扬花了，客车穿行其中，就有阵阵的稻香和花香，不可抑制地钻进车厢来，让人总有一种欲醉非醉的美妙感觉。

12

阵雨隔犁沟。宋冲云和阎小样搭乘的客车，还在如诗如画，赛江南的南泥湾川道上行驶的时候，只见湛蓝湛蓝的天空，有一股飞速飘移的黑云，从前方的山尖上翻滚而去……有经验的人知道，前头哪个地方，是有一阵暴雨要降了。

果然是，客车越是往前行驶，前头的路面越是泥湿，快要行驶到黄龙县城的时候，前头玩命驰动的车辆，都像变成了刀戳的野猪，吭吭哧哧喘着粗气，靠着路边停下来了。

宋冲云和阎小样乘坐的客车，没有长翅膀，飞不过越停越长的汽车阵，只好挨着前头的汽车，极不情愿地停了下来。司机下车打听消息，带回来的情况是，暴雨使前头的一段黄土崖滑坡了，黄龙县组织力量，正在全力以赴地清除黄土，疏通道路。

这是个谁都不想遇到的问题，乘客中便起了怨言，言三语四，许多都是官摊话，骂一骂，消解一点心头怨气，也就罢了，是不伤人的。而有个别的言语，就不同了，矛头直指乘坐的客车和驾驶客车的司机了。

有人说了：妈那个脚，咋坐了这么一辆车，倒霉！

有人说了：人心黑啊！车匪骗子上车骗人行凶，车主儿倒装得镇定，该不是合伙弄人钱吧？

对于这样的说法，宋冲云是有同感的，他知道自己的使命，就闭着嘴，没有插话，要在别的情况下，他是要站出来，和这辆客车的司机理论一番的，他不能空等车匪骗子在他的眼皮子底下犯罪，还伤了他押解的犯人，然后又从容地逃遁。这是什么事儿呀？他还是个保护人民群众生命财产安全的警察吗？

因此，宋冲云的情绪看上去，是很羞恼的。

尤其对于阎小样，人家女孩儿虽然身负重罪，是他押解途中的一个犯人，可在关键时候的勇敢和无畏，真是让他汗颜的。试想一下，如果不是阎小样挺身而出，阻挡一下车匪骗子刺来的短刀，受伤的就该是他，而且不可预测的是，那把短刀会刺在他身上的哪块地方，从方向和高度判断，刺来的位置该是他的心脏了。这是危险的，别说那把短刀不够锋利，凡是钢刀，与人的肉皮接触上，就都是锋利的，一定会刺穿他的前胸，刺到他的心脏上！

啊！不敢想，不敢想。

押解阎小样的宋冲云，就只有对阎小样抱愧了。

宋冲云抬起头来，用眼睛看着阎小样，很想对她说几句宽心话的，却听见客车前头一阵小小的骚动。是驾驶客车的司机呢。他从驾驶座上站起来，怒目横对，很是霸蛮地扫视着车上的乘客。

司机的眼睛就如车匪骗子手里的短刀，扫到哪里，哪里的乘客就矮下一截子。

司机恶狠狠地问着：谁说倒霉了？啊，大声说，我给你退钱，你下车去！

避重就轻，司机不和骂他与车匪骗子合伙的话较劲，却揪住自认倒霉的乘客发威，这让对阎小样抱愧着，对司机抱怨着的宋冲云听不下去，也看不下去了，便于乘客纷纷低头的空当，嚯地从客车后排的座位站起来。因为手铐连着宋冲云和阎小样的手腕，在宋冲云十分冲动地站起时，也把阎小样带了起来。受了伤的阎小样不堪承受宋冲云这一带，撕扯着她刚缝合好的伤口，使她痛得大喊起来。

正是阎小样疼痛难忍的喊声，提醒了宋冲云，使他发热的神经冷静了下来。但他还是睁着一双愤怒的眼睛，从乘客们低着的头顶看过去，与司机的怒目碰在了一起，碰得火花四溅。可也仅限于此，四目相碰了一小会儿，却见司机的眼色变化着，不是那么冷硬了。

多年上路跑车，司机该是一个见多识广的人。他驾驶的客车上，今日能与任何一个乘客闹矛盾，却绝对不能与宋冲云闹意见。他看得出来，小伙子不是个善茬儿，而且是，人家有伴儿受了伤，是在他的客车上受的伤，他有不可推卸的责任，追究起来，够他喝一壶的。可是人家，一直没有追究他，这叫他面对人家，自然就气短了。

眼色的变化，迅速传达到了面皮上。司机笑了，对着怒目相向的宋冲云，说：玩时尚啊。我知道，如今的小情人，时兴这一套，叫什么来着，情侣铐吧？

司机的一句话，把宋冲云说了个大红脸，阎小样也是，白嫩的面皮上，也烧起一片火烫的红云。

车厢里的气氛，因此和缓下来，大家的脸上就都有了轻松的一笑。接着有人建议，把车门打开，大家到车外透透气，呼吸一下山野之中难得一遇的新鲜空气。

这个建议得到了司机的认可，他在驾驶室里拧了下一个黑塑料的机关，扑哧一声，原来关着的车门，哗啦大开，大家相跟着出了车厢。

宋冲云脸色还红着，他问阎小样：咱也下去吗？

阎小样似乎另有隐情，她也脸红着，蜂鸣一样，对宋冲云说：我是急了，很急的呢！

宋冲云听懂了阎小样的隐情，女孩儿家，是要方便了。这是个问题呢，一路上早先有谷又黄在，阎小样需要方便，就由谷又黄陪着她一块去。现在怎么办？莫非还要他宋冲云陪着阎小样去？宋冲云在心里想着，还没想出个办法来，他却已掏出一把小钥匙，插进手铐的锁孔里，为阎小样打开了手铐。阎小样却没有动，拿眼看着宋冲云，像是在问，你不怕我逃跑了？宋冲云也不回避阎小样的眼睛，同样是，用他的眼神告诉阎小样，我相信你。目送着阎小样，爬上公路边的土坎，走到高处的一丛荆条后边，宋冲云把他的头拧转了过来。他感到自己的唐突，怎么能目不转睛地看着女孩儿阎小样方便呢？呸，不嫌害羞！在心里责骂着自己的宋冲云，似有一份不安，不断地跺着脚，等着方便的阎小样，从荆条丛的后边站起来，走下土坎，来到他的身边，他再用手铐把阎小样铐起来。

情侣铐！司机那句解嘲的话，一直还在宋冲云的耳际萦绕着。他不能在乎别人说什么，他必须用手铐把他和阎小样铐在一起，这是一种职责，神圣严格的警界职责。

时间够了吧？

就是尿银子，屙金子，躲在荆条后面的阎小样也该站起来了。可是没有。不好意思看，又不能不看的宋冲云，偷眼儿向隐藏着阎小样的那丛荆条看了几眼，一直不见阎小样站起来，宋冲云就有些急了，两眼便都盯在了那丛荆条上，却还是看不到阎小样站起来，甚至不见那丛荆条动一下……她是怎么了？

宋冲云不敢想，他怕阎小样借着他的信任，真的逃跑掉！

这可不得了！

无法再等下去的宋冲云，从公路旁的土坎爬上去了，也向那丛荆条走了过去……是的，宋冲云担心极了，心缩得像是一只蔫核桃了，正在他就要钻到荆条里时，忽然听见更高的坡梁上，传来了阎小样唱响的信天游。

阎小样唱的是《蓝花花》。

保安县城举办的赛歌会，宋冲云约谷又黄看过了，对于取得冠军的阎小样还是很佩服的，尤其是她在舞台上演唱的《蓝花花》，声情并茂，不仅打动了评委的心；台下观众的心，也都被她切切实实地打动了。

现在，阎小样把大地做了她的舞台，把高天做了她的幕布，她在满坡满梁的花草丛中，尽情地演唱着了。她唱得真是好啊！一曲《蓝花花》唱罢，公路上阻滞的车辆上和车辆下的人群，全都鼓起掌来，这是自发的掌声哩，热烈而持久……其中，就有狂热的分子高呼大叫，问着大家，唱得好不好？大家就都异口同声地应：好！狂热分子就又高呼大叫，再来一个要不要？大家就还异口同声地应：要！

在坡梁上唱着信天游的阎小样，听见了大家的喝彩，她弯下腰，采着脚前脚后碧透了的蓝花花和火红的山丹丹，采下一束后，就高举起来，朝着向她张望的宋冲云摇着……她是看到宋冲云的鼓励了，于是，就在坡梁上铺天盖地的花草丛里又唱起来了。

这一次，阎小样唱的信天游是《老祖宗留下个人爱人》：

六月的日头腊月的风，

老祖宗留下个人爱人；

三月的桃花满山山红，

世上的男人爱女人。

天上的星星排队队，
大哥哥都有干妹妹；
骑上个骆驼风头头高，
人里头就数咱们二人好。

掌声……掌声……热烈的、持久的掌声……宋冲云看见，受阻的盘山公路上，就都是鼓掌的人了；有一些呢，还爬到了一辆接着一辆的汽车车顶上，又是鼓掌，又是狂喊……可以肯定的是，大家不会想到，在这受困山路上的时候，能够听到那么纯正精绝的信天游，大家不能不为之鼓掌了。

宋冲云也是，情不自禁地为阎小样鼓掌了。而且还是，他感到眼睛热喷喷的，似有泪的涌动……他警告自己，忍住，必须忍住。

13

从满是花草的坡梁上下来，阎小样一手捧着她采来的蓝花花和山丹丹，腾出一只手来，送到宋冲云的面前。那个意思，宋冲云是知道的，就是要他再把她铐起来。

这是对的，作为犯人，阎小样是该被铐起来的。

阎小样有这个自觉，这很好。可是宋冲云却没有铐上她，而是把他刚从附近山民手上买来的鸡蛋和黄瓜什么的，塞进了阎小样的手里。

宋冲云说：饿了吧，吃点儿。

阎小样手捧着鸡蛋和黄瓜，心头有些堵，她哽咽了，说：吓着你了？

宋冲云也不客气，说：是哩，你吓着我了。

阎小样就还笑了一下，说：你别害怕，我不会乱跑的。我只是想唱信天游，以后不晓得，还有没有机会再唱。

话头说得沉重了，宋冲云想要调节一下，说：怎么不会呢？放心吧，还有你唱的机会哩。

阎小样就很安慰地吃起了鸡蛋和黄瓜，吃着还说：我想听你讲，我的信天游唱得好吗?

宋冲云也吃起鸡蛋和黄瓜了，他点着头说：好着哩，好着哩。

因为路边崖体滑坡，受阻的车辆越来越多，时间长的，已经熬过了四个多小时，前不着村，后不着店，受困公路上的司机和乘客，饮食是个问题了。大家又饥又渴，是附近的山民看到了这一商机，煮了鸡蛋，摘了黄瓜、西红柿，拿到公路上来兜售了，还有扛着瓶装纯净水的山民，一拨一拨向公路上来，来了就有人买，尽管都加了价，贵得很是离谱，却还买得很利索。

盘山而卧的汽车阵，在这个时期，就都是草草吃喝的人群，大家议论着前头的塌方，又议论着唱信天游的阎小样，这从离着阎小样很近的一些人嘴里听得到。

他们说了：嗓子太亮了，像摇响的铜铃铛。

他们说了：看啊，你看么，人家……人家是什么，是一对对吧。

瞎说八道，阎小样和宋冲云在心里排斥着他人的议论，却都没有从嘴里说出来。在这样的情况下，便是与人说，大概也是说不明白的。

有胆子大的人，来给阎小样献花了。也是从坡梁上采来的蓝花花和山丹丹……只有一会儿的工夫，便来了八九个人，他们献的花，与阎小样先前采来的花堆在一起，几乎要把阎小样埋起来。

幸运的是，前头的塌方清理完工了。

受困山野的汽车，又都缓慢地启动起来，向前蠕动了。而这时，太阳已经落山很长时间，如丝如缕的夜幕，黑沉沉地笼罩了整个山地，蜿蜿蜒蜒的汽车阵，前看不见头，后看不见尾，只有亮着的车灯，像是一条明亮的火龙，在曲里拐弯的山道上，逶迤前行。

车过灯火通明的黄龙县城，有些汽车滑出了长长的车龙，钻进了喧嚣的县城街道，大量的汽车，依然开足了马力，向着前方疾驰。

宋冲云、阎小样乘坐的普通客车，在过黄龙县城时，连速度都没减，迅速地穿城而过。它的目的地是西安，因为滑坡受阻，已经耽搁了不少时间，那位曾经十分霸蛮，后来又有点他嘲和自嘲的司机，从此，一副聚精会神的模样，两眼直视着车窗前方，加速了，减速了，左打一把方向，右打一把方向……车上的乘客，在这样的情况下，也没了抱怨和不满，全都鸦雀无声，只听见，汽车的四轮碾压着沥青路面，向前滑动时发出吱吱的摩擦声。

已是深夜两点钟了。

宋冲云和阎小样他们乘坐的汽车，这才驶进了西安北城汽车站，疲惫不堪的乘客鱼贯而下，拖着各自的行李，走出了汽车站的大门，剩下宋冲云和阎小样，却还呆在关了许多大灯的候车室里。

阎小样抬眼看着宋冲云，她的身份她知道，在这里，她是不能说话的，惟一的办法，就是听从宋冲云的安排。

女监就在距离北城汽车站不远的地方，高墙上安装的探照灯，在黑漆漆的夜里，显得特别刺眼，一会儿扫向东，一会儿扫向西，强烈的光柱，像是一把飞扫的钢刀，把沉沉夜色割得支离破碎。

宋冲云朝着女监的方向看了一眼，有点无奈地说：今晚，咱们就在候车室里过夜吧。

是的了，这时候便是去了女监，人家又怎么接收阎小样这个服刑犯呢？而这，对于阎小样来说，似乎又是个求之不得的机会，她可以在监狱外边，度过一个有着人间烟火味道的夜晚。

阎小样笑了，是种发自内心的笑呢！

宋冲云看到了阎小样的笑，他被感染了，竟然也有了情不自禁的微笑。整整一天多的时间，作为一个押解罪犯的公安干警，对他押解的这个女犯阎小样，在心理上发生了多么大的变化啊！他但愿阎小样不是罪犯，而且她也不该是个罪犯，阴差阳错，却无法选择地成了一个致死夫命的罪犯。在保安县城，民间是有大议论的，有人认为阎小样是谋财害命，想要继承顾长龙的遗产。法庭上，公诉人也是这么说的，幸亏法官没有采信，说是证据不足，如不然，阎小样怕是性命难保了。当时，宋冲云也曾这么想过，看来他是想错了，新婚之夜……阎小样致死夫命，绝对只是一种误伤，她是没有一点主观意图的。案子判下来了判得这么重……宋冲云就自觉有了一种责任，他想，他该为这个无辜的姑娘做些什么的。这个念头一旦在心里树立起来，宋冲云沉重的心情一下子轻松了许多，就像身负重刑的阎小样一样，好像并不把那个重刑当回事，对生命，对自然，总还是保有着她天然的乐观。这是可贵的，太可贵了。

面面相觑地笑着时，宋冲云说话了：饿不饿？走，到候车室外边找些吃的去。

很听话地，阎小样跟在宋冲云的身后走出了候车室。

那里是一个烧烤摊呢！

摊主戴着一顶白帽子，双手各自抓了一把串了牛羊肉的钢签，在一个炭火槽子上烤着，正烤一阵，又反烤一阵，却又不断地向烤肉上撒着盐末、辣椒末、孜然末，使得这些调料极尽可能地浸入到烤肉里，以便食客可以充分享受。

宋冲云和阎小样嗅到了烤肉的香气，相跟着到了烤肉摊前，捡了两个无人坐的马扎，合在一处坐了，招呼摊主给他们烤了一把羊肉，同时还要了两瓶啤酒。到香辣的烤羊肉送到他们的面前，俩人便一口啤酒，一口烤羊肉地吃喝起来了。宋冲云吃得豪气，喝得豪爽，不像阎小样总是细细地嚼，慢慢地喝，这就惹得宋冲云要催她了。

宋冲云说：这肉很好吃的，好好吃。

宋冲云说：这酒很好喝的，好好喝。

这可都是最平常不过的关心呢，在阎小样看来，却是十分珍贵和奢侈了。夺人性命的犯人啊，阎小样已经没有大的奢求了，能有这样平常的关心，也将刻骨铭心，至死不忘了。

在灯光昏暗的候车室里，宋冲云和阎小样选择了一个屋角的长排椅。坐在那里，他们有一搭没一搭地说了些话。宋冲云说阎小样，你不喜欢顾长龙吗？阎小样说了，说她说不上喜欢不喜欢。宋冲云就又说，你是不知道，顾长龙要娶你，全县都轰动了，都说你是个福人呢。阎小样所悲哀的就是这句话，她说这个福，咱不会享么。宋冲云就说她，不会享咱就不享啊，你咋能要人家的性命呢？阎小样就很无辜地说，谁要他的性命呀，他喝瘫了，手一拐他，他就倒了，倒在铁艺的尖角上，把人给碰没命了。宋冲云说，那你该给120急救电话报告的，为什么就不呢？阎小样说，我是没有想到，人的性命咋就那么脆弱呢？就只那么一碰，一条命就没有了，我也是后悔，也是不知当时咋不给120急救电话报告……原来一说就伤心的话，在这个特殊的晚上，无论宋冲云怎么说，阎小样怎么说，都不再伤心了。好像他们所说的，是另外一个人的事情。

说着话，阎小样先睡着了……到她醒来时，看见宋冲云也睡着了。这时的手铐，一端还是铐在宋冲云的手腕上，锁着阎小样的那一端却空空地吊在大排椅的一边……阎小样眼盯着那端空悬的手铐，不知道宋冲云是有意呢，还是无意。要放她走，这可太是出人意料了！阎小样真想站起身来，一走了之……监狱是不好坐的，而且是个死刑缓期两年执行！这么想着时，阎小样就还真的站了起来，向后退了两步，也就仅只两步，阎小样就又站住不动了。她想她不能跑，这一跑她要罪加一等，宋冲云也是要承担责任的，还有他住院手术的谷又黄……他们该是幸福的一对儿呀，她不能破坏他们的幸福。于是，阎小样又走回到长条排椅前，坐下来，把悬空的那一端手铐，学着宋冲云的样子，给她铐在了手腕上。

阎小样想，宋冲云打开她手腕的铐子，一定是考虑到她受伤的胳膊的。他不想她太受罪。

天亮了。宋冲云从深睡中睁开眼睛，他看见阎小样坐在他的身边，静静地一动不动。昨夜的啤酒，把他喝得有点晕，记得在候车室落脚时，手铐并没有铐着阎小样，现在却铐在了阎小样的手腕上，知道是她自己所为，因此，对她就很敬重了。

从长条排椅上爬起来的宋冲云，揉了揉眼睛，说：走吧，该给你换药了。

和宋冲云铐在一起的阎小样，亦步亦趋地跟着宋冲云，去了附近的一家医院，给阎小样的伤口换了药。下来呢，没有啥事可以耽搁了，宋冲云应该押着阎小样，到省女子监狱去交差的。可是宋冲云却没有，他和阎小样出了医院的大门，抬头往湛蓝如洗的天空看了一眼，低下头来吸了一口气。

宋冲云说：今日是个响晴天哩！

阎小样听出了一些蹊跷，说：是啊，是个大好的天气。

宋冲云便乐了一下。他说：咱们进城里去，去看钟楼怎么样？

阎小样就有了些异样的感觉，她说：去看钟楼？

宋冲云说：去看钟楼。

这是一个意外呢。阎小样的心理意识里，早就有了观看钟楼的梦想。过去，陕北距离西安太远了，阎小样只把观看钟楼的想法，深深地埋在心底，从来没有给人流露过。成了致死夫命犯，她到了西安，就把深藏心底的那个念想又碰触了起来。她想观看钟楼，昨夜歇在候车室的长排椅上，她做了一个梦，所梦就是钟楼，她兴高采烈地登上了钟楼，在钟楼上跳着，叫着，最后还敲了那个大得吓人的大铜钟。

不敢想，宋冲云咋会知道阎小样心里的念想。

手向路边扬了一下，就有一辆绿色的出租车滑到了宋冲云和阎小样的跟前。他们俩的手臂有手铐连着，便手臂牵着手臂坐了上去。

在出租车上，阎小样仍然激动着，但她还是不解，就问宋冲云：你怎么知道我想看钟楼？

宋冲云淡淡地笑着，说：昨晚在你的梦里。

阎小样说：我说梦话了？

宋冲云说：你说呢。

14

曾经梦想的辉煌与高大，一旦被周遭新建的高楼大厦所包围，就显得有些委顿和娇小。便是这样，阎小样亦然感到极大的满足。

在宋冲云的陪同下，一步一步……阎小样登上了庄严古朴的钟楼，她的心跳了，是很激烈地跳动哩，她多想如同梦中那样欢蹦乱跳，高声大叫啊！但她忍住了，一直转到钟楼西北角的黄铜大钟前，都已捉住了悬在大钟前的木制钟锤，却还忍着，没有敲响大钟。

宋冲云鼓励她了：敲吧。

阎小样摇着头。

宋冲云说：有什么心愿，你可敲钟自许的。

阎小样仍然摇着头。

对一个将要走进女监服刑的阎小样来说，她还有什么愿要许呢？她不知道，只觉一路从保安县到西安城，似乎已经把她残存在心里的一个大愿圆满地实现了。

阎小样清楚地知道，她是想被人爱的。

一路上，波折不断，困难不断，而那所有的波折和困难，好像都是为她阎小样预设的，使她在波折和困难中，点点滴滴地，享受到了被人爱的滋味。甜蜜，温暖，她知足了。

是家婚纱影楼呢！

阎小样从钟楼上看过去，西南角是富贵堂皇的钟楼饭店，西北角是绿草匝地的钟楼广场，东北角是古朴庄严的邮政大楼，东南角是时尚扑面的开元商城……这一切都是那么光彩迷人，阎小样看得眼睛眨也不眨，她看着，努力地看着，亮闪闪的一双眼睛，倏忽被一家婚纱影楼吸引了，面对大街的玻璃橱窗是宽大的，是透亮的，里边满是色彩艳丽、做工精良的婚纱，有几件就穿在模特身上，真是太漂亮了。顾长龙当时要娶阎小样，是要带她来西安选购婚纱服，拍摄婚纱照的，可她没有心思穿婚纱，更没有心思拍婚纱照。可在今天，可在此时，阎小样太想穿一穿漂亮的婚纱拍一张漂亮的婚纱照了。她用眼睛看着和她并肩站在一起的宋冲云，很热切地征求着他的意见。

宋冲云也是，从阎小样热切的眼神里读出了她的愿望。他没有说话，用手铐相连的手，拉了一把阎小样，从钟楼上下来，直接去了那家挂牌为“新新娘”的婚纱影楼，选了一套阎小样喜欢的婚纱，就由一位化妆师，引领着坐在一面竖在墙面上的镜子前，又是打粉底，又是描唇膏，又是修眉毛，把个阎小样收拾得宋冲云都快不认识了。

一个脱胎换骨似的阎小样满脸羞涩地站在宋冲云的面前，使他真正地感到了一种手脚无措。

化妆师就在旁边催促了：别呆站了，把你们的情侣铐先解下来，坐到镜子前来，我给你也补些色。

宋冲云听得出来，化妆师是在催促他的，脸红了一下，还缩了缩脖子，说他不补色了，就给阎小样照。

这太新鲜了，在婚纱影楼，从来都是双双对对照相的，他们俩倒好，只是给阎小样照相。听到这样的话，聚集在婚纱影楼里的情侣们，几乎把他们的眼光都聚集在宋冲云和阎小样的身上，看着他俩还戴着“情侣铐”，就都满脸的不理解。

宋冲云的手慌乱着，好几次都没能把钥匙插进手铐的锁孔里。到最后打开手铐时，他的脸上竟然急出了一层细汗。

阎小样进摄影棚照相去了，宋冲云则从影楼亮闪闪的大门出来，站在人来人往的大街上等着阎小样，等得他的肚皮都咕咕叫了，才等出了阎小样。于是呢，他又陪同阎小样，去了钟楼旁边的肯德基快餐店，去吃美国的炸鸡翅、土豆泥、甜玉米、汉堡包……正吃得味浓的时候，宋冲云的手机响了。这一次不是短信，而是直接通话，好像还不是谷又黄打来的，宋冲云刚一接听，脸上立即像涂了层霜似的严肃起来了。

阎小样只在宋冲云把手机往耳朵上扣着时听到半句话：请报告，你现在在什么地方?

宋冲云回答了：西安。

接下来，手机里都说了什么，阎小样一句都听不见了。她能听到的全是宋冲云“对对对，是是是”的承诺声了。

阎小样猜想，一定是组织上的查询电话了。她取来餐盘上的纸巾，擦了她的油嘴和油手，就把双手交给了宋冲云，看着他迟疑地、无奈地掏出手铐，铐住了她的双手。

宋冲云应该知道，他今天是犯了纪律，很严重的司法纪律啊！到他把阎小样押解着送进监狱，他回到陕北的保安县，是一定要受到组织处理的，轻则会让他蹲几天禁闭，重则会脱了他的警服……这样的结果，宋冲云想过了，但他由不了自己，他给自己说，要处理就处理吧，蹲禁闭，脱警服，就由组织决定了！

省女子监狱在宋冲云纷乱的思绪里到了，黑漆漆的大门，关得紧紧的，有两个背着长枪的监管人员，在黑漆大门前，一左一右，笔直而威严地站立着，阎小样站在门前，她的心如止水一般平静，看着宋冲云与省女监的接收人员交接手续……一切都结束了，宋冲云和省女监的接收人员，双双来到她的身边，阎小样想得到，宋冲云是要把她手上戴着的手铐解下来，带回保安县去的，而她将戴上省女监的手铐，走进黑漆漆的监门，老实服满刑期……到她再从黑漆漆的监门里出来，她怕该是一个小老太婆了！

宋冲云把她手上的手铐打开了……不是鬼差，也不是神使，是心的提醒吧，在这一刻，阎小样向宋冲云提出了一个要求。

阎小样说：谢谢你了！我能抱你一下吗？

宋冲云向阎小样走近了一步，在阎小样展开双臂抱住他的时候，他也展开双臂，把阎小样紧紧地抱住了！

阎小样蜂鸣似的说：答应我，把我的婚纱照取来送给我。

原载2007年《延安文学》第6期

状元羊

01

给你说你别不信，你有好事了！姜干部在坡头村截住冯来财，在给他报告好消息时，胖乎乎的一张圆脸笑成了一朵花。不是腌臜姜干部，乡政府的干部都一样，看人的脸色是在变的，就像现在，看着冯来财是一脸的笑，过去就不了。一个烂放羊的，哪儿来的好脸，看他时早就挂上了一层霜，看一眼，冻得透冯来财的心。

回家侍候瘫子爹的吃喝，冯来财走出门来，就要顺沟而上，照顾他的宝贝羊群，迎面碰上姜干部，听他嘴上说，便站下来问他能有啥好事？

姜干部却不直说，反问冯来财：你说呢？

冯来财说：知道就不问你了。

灿烂着脸儿的姜干部心情不坏，他像一只肥猫逮了一只瘦老鼠，岂有不逗的道理。生活太单调了。有机会逗一逗乐子，总是不错的。姜干部就那么心情很好地笑着，并不急着告诉冯来财。

羊群在沟坡上散放着，冯来财有牵心，不想和姜干部闲熬磨牙，低了头要走，姜干部才又说话了。

姜干部说的是：你的羊当真吃的中草药，喝的矿泉水。

冯来财不想回答这个问题，依然低了头走，姜干部便绕到他的前头，截了他的去路，无法再走的冯来财就又抬起头来了。他的两只眼睛睁得大大的，瞪视着挡了他路的姜干部。短胳膊短腿，短身子短腰的冯来财，是个半截人，当然，这是个俗叫法，文明的称呼为侏儒。尽管矮了姜干部大半截，抬头瞪他的眼神却并不矮，直把姜干部瞪得脸上没了嬉笑，换上一层讪讪的神采。

不止是姜干部这么问冯来财，许多人都问过了。

特别是他们坡头村的人，政府鼓励养羊时没人养，冯来财养了。起初看见他和他的羊群，多是一种幸灾乐祸的神情，等着瞧他的热闹了。这样的机会等了些日子，没有等来，却眼盯眼望地看着冯来财的羊群不断壮大，卖价不断提高，便后悔了当初，自己怎么就没眼色，顺着政府鼓励的风势，也养一群羊。心里这么想着，嘴上就有了妒忌的味道，和冯来财碰面了，便心不由口地要问上那么一句酸溜溜的话。

姜干部截住冯来财问出这句话时，正有两个坡头村的人走来，就很兴奋地又加进来问了。

一个说：哪里是中草药？哪里是矿泉水？

一个说：这还不好办，杀一只喝口羊汤，就都知道了。

冯来财懒得理会他人说道。而他自己也是，对他的羊群吃中草药，喝矿泉水的说法，心里同样没有底。他说不出这话，也不会说出这话。

那么，是谁说出这话的呢？

只有蒋县长了。敬爱的蒋县长有文化，有知识，懂科学，会研究，蒋县长说的能有错吗？别人有怀疑，冯来财不怀疑，但也不在嘴上说。蒋县长之于冯来财，是有恩的，大恩啊！冯来财满腹感激之情，下了黑心，要把他的羊群服侍好。因为那群羊，是蒋县长扶持他发展起来的。

眼睁眼望地，看见一群膘厚毛光的羊，使冯来财枯焦的日子有了起色。

这是冯来财的福，托羊的福啊！

蒋县长来坡头村抓点，推广由他引进的澳洲优良品种布尔羊，把他的唾沫都吐干了，苦口婆心地找人谈话，一家一家地去，好处和道理，说了七沟八坡，却没能说通一家人，客气的拒绝像是商量好的：咱没经验喀，养不好的咋弄？把你蒋县长的人丢了，咱可是担当不起。冯来财答应养了，蒋县长就拿冯来财做榜样，还给大家做工作，大家还是没热情，回绝蒋县长的话多了几个字：等等吧。看冯来财养得可好？他养好了，咱们跟着养，给自己包里积攒几个，也是给你蒋县长争脸哩。

没办法，蒋县长把宝都押在半截人冯来财的身上了。

放心不下冯来财，放心不下点上的布尔羊，隔些日子，蒋县长就到坡头村来一回。冯来财在沟坡上放羊，蒋县长跟着到沟坡上去。撵在羊的屁股后头，看羊儿好吃哪些草。沟坡宽阔得叫人心慌，转过一道弯，以为是个头了，转过去又是一道弯，总是不见头，深长宽阔的沟坡，满是草的世界，蒋县长认识不认识的草有一百种，一千种。他撵着羊的屁股，发现为冯来财所叫的夫子蔓、老鸹枕头、老鼠干粮、构曲牙等草样，是羊舌头上的最爱，争着抢着地吃。蒋县长是从省城下到县里来的科技副县长，锻炼一些时日可是要往上走的，他耐得住那些泼烦，从羊嘴里弄了些草的标本，回到省上去，找人分析化验，回来给冯来财说，这些草都是中药哩。

当时，冯来财想起了一句乡村人的口边话：秦地无闲草。

再到坡头村来，蒋县长还跟着冯来财去放羊。羊群吃草吃饱了，就顺着沟坡下，一直地下……蒋县长跟在羊群身后，也顺坡下了，深一脚，浅一脚，倒比半截身材的冯来财下得还困难，趺趺绊绊地下到沟底，便见一条小河，时而被草隐没，时而又露出草丛，流得无声无息，清清浅浅。站在河沿上的羊群，伸长了脖子，叼一口水，仰起来喝了，再伸脖子叼水，再仰脖子喝水，轮番往复，喝得从容又贪婪。蒋县长看得高兴，把他早就预备好的一个空瓶子，淹进河沟里，灌满了水，带到省城去化验。下一次再来坡头村，就说：河沟流的都是矿泉水哩！

冯来财想起进山的人说，河沟的尽头连着一眼山泉。

还瞪着姜干部的冯来财，这么想着他的羊群，想着他的羊群吃的是不是中草药，喝的是不是矿泉水，就觉出了姜干部和村上人的无聊。他不想和他们无聊，就把蒋县长抬了出来，说：爱信不信，都是蒋县长化验了的。

哪能不信呢？姜干部的口气就认真起来了。

姜干部说：县上要赛羊了。乡上决定，就是你了，要你代表全乡人民去赛羊。

冯来财说：羊有啥好赛的？

姜干部说：赛得好了有奖哩！

冯来财说：有奖也不一定是我。

感觉一时不能说服冯来财，姜干部有点急了，也像冯来财镇他一样抬出了蒋县长。

姜干部说：蒋县长打电话了，你还能不去？

冯来财仍有疑心，说：真是蒋县长打的电话？

姜干部说：这也能骗你？

冯来财没话说了。既然蒋县长打了电话，他就必须去了。肯定要去，蒋县长的面子，在冯来财的心里就是一面火亮的太阳。冯来财没有不去赛羊的理由了。

想着蒋县长，冯来财心里就有笑；想着与蒋县长初识的那个日子，冯来财心里就更有笑了。

02

那些日子，冯来财不敢在家呆，他要出门躲干部。

谁又不是呢？坡头村的青壮们都躲出去了，像躲避瘟神似的，躲得远远的了。只是几日的时间，坡头村曾经的人欢马叫，收麦子，种玉米，忙得昏天暗地，忽然就沉寂下来了，只剩下狼不拉狗不咬的力衰老人和无知小儿。谷黄麦黄，秀女下床。力衰的老人，无知的小儿，在收麦子，种玉米时，也都跟上忙得四脚朝天。现在是，麦子收回来了，玉米种上了，老人也累得散了架子，趴在炕头上踏实地歇着了，小儿们就又背起书包，进了村头的学校，恶补忙假落下来的课文。

寂静的坡头村，也就只有小儿；琅琅的读书声，依然显出些许的人气。

催粮要款的干部要来了。这是坡头村人的经验，一年又一年，许多年了，干部总是撵着麦子入仓的日子扑进村来，挨门齐户地走，吆喝声，哭求声，不绝于耳。干部征收的农业税，村里人再怎么紧，都能自觉缴纳，几千年的农耕习惯，大家还是有那点觉悟的。可是，干部要收的费，名目太多了，也不知有没有依据，由他们掰开本子说，说多少是多少。今日来一拨子，收的是教育附加费、集资建校费、民办教师费；明日再来一拨子，收的是计划生育超生费、计划生育宣传费、计划生育手术费……乡上的干部，各管一项，各有各的收费名目，还记得的名目就有农业技术推广费、农村文化建设费、乡办公路养路费，等等等等，不下几十项，干部便走马灯似的往村子拥，来早的，收不到钱，就到农户仓里灌麦子；来迟了，没有麦子灌了，上房溜瓦的有之，牵猪吆羊的有之，干部们收费把眼睛都收绿了，如狼的眼睛一般绿，绿得渗人骨头渗人血。

村民们心里怯呀！就只有躲了。

还好，现在有地方躲。从家里走出来，随便搭一辆车，到城里去，有亲戚的找亲戚，没亲戚的找同乡，总能找到一个帮忙的人，寻到一个能干的活。现在的城市，就像一只迅速肿胀着的天狗，到处都是脚手架，到处都在起高楼，有多少打工的人，都能得其所有，搬砖和灰，挣一个不少，挣两个不多，只要躲得开干部就成。

冯来财也想躲出门打工去。但他生得太不争气了，腿短胳膊短的一个半截人，谁要他打工？他给谁打工？而家里惟一的亲人，他中风瘫痪了的老爹，怎么吃？怎么喝？

心强命不强的冯来财就只有守在家里了。

遇上干部进村的日子，冯来财是必须躲开的。他不怕干部上门把他的老爹怎么样，穷凶极恶不怕，如狼似虎不怕，就那一把骨头一堆肉，干部能把他的老爹怎么样？不能怎么样。但对他，虽然也很不起眼，也极是为人同情，催粮要款的干部也不会心慈手软，也就不会任他逍遥了。以往的经历，像是刀割一样，痛苦地铭刻在他流血的心上了。

因为交不起欠费（鬼晓得他欠了什么费），他被抓进乡政府，关在一间小黑屋里，他不敢动脚，一动就有人在脚下呻吟。他被关得迟，等他的眼光适应了小黑屋的光线，这才发现不大的屋子里满是人，只有一个放着屎尿桶的地方，还能搁下他的一只脚，他便艰难地挪到那里，坐下来，就有一股恶臭冲鼻而起，差点把他熏晕过去。他听到了一声咳嗽，是个女人的咳嗽哩，就挨在他的身边，他便紧张地往屎尿桶边又挪了挪，那女人却说话了，挪啥嘛挪？屋子里又不是关了你一个，我一个。女人的话真好听，冯来财不再往屎尿桶边挪了，却也没有往女人一边挪……小黑屋的日子呀！太难熬了，男女混居一起，拉个屎，撒个尿都很困难，还有生了病的，冯来财就是一个，只几日的时候，不知是哪一个人先病的，传染得几个人发烧咳嗽说胡话。但正是这一病，冯来财才被放出小黑屋。

在他初出小黑屋见到阳光的那一刻，不敢睁眼睛，感觉明亮的阳光，不是放射光线，而是放射光箭，每一箭都射着他的眼睛……他哭了，无声地哭了，脸上是一颗一颗浑黄的泪珠。

冯来财不敢想小黑屋。啥时想起，啥时都是一身的鸡皮疙瘩。

但是，冯来财爱想小黑屋和他关在一起的那个女人。紧挨着关在一起，不说话是不能的，冯来财就知道那个女人叫麻拉拉，怪可怜的一个人，嫁了一个病汉，家里的收成都在男人的药罐罐里熬没了。自然，麻拉拉也知道了他的名字，也知道了他的可怜。

可怜人同情可怜人，有点什么错失，也就悄悄地原谅了。

睡在黑屋子里，冯来财和其他男人撒个尿拉个屎，不是什么困难，麻拉拉就难办了，她一个女的，怎么解裤带，怎么脱裤子……可都是难上天的事呢。其中几个落难的男人，还不嫌自己苦，到麻拉拉憋不住撒尿拉屎时，总要眯着眼睛调笑一场。冯来财不准他们调笑，但又挡不住他们调笑，便在麻拉拉撒尿拉屎时，脱下自己的上衣，背对着麻拉拉，扯开衣服，挡着大家的眼睛……但他自己却犯了一回错，夜里睡着了，什么时候把他的短胳膊抡起来，压在了麻拉拉的乳房上，他不知道，只在梦里感觉到一种柔软，心醉神迷的柔软啊！……他醒了过来，发现自己的失措，抽回手来时，又看见了麻拉拉的眼睛，她亮晶晶的眼睛，在那时睁得圆圆的，她没有怪罪冯来财，这从她的眼神里看得见，一波一波地，流出来的都是善解人意的水呢！

冯来财抬手在他脸上打了一巴掌，黑暗中，他看见自己的一巴掌打出了麻拉拉一脸的浅笑。

可怜的人走出小黑屋了。他们都有意无意地互相瞄了一眼，却再没搭话，冯来财不知道麻拉拉现在的情况，他希望她的日子能好起来。

躲着干部的冯来财，总要这么想起麻拉拉，想得他的心口疼。

03

冯来财躲干部，就躲在村前一条大沟里。

所谓坡头村，顾名思义，就是坡头上的一个村子。出了村子往上走，沟深不见底，坡长不见头，乱草丛生，早些年逃避兵匪，村民们走进深沟，选择险峻背人的地方，凿一眼土窑洞，把身子躲起来。往往是，你今日凿一眼，他明日凿一眼，深长的沟坡上就满是那样的窑洞了。如今是，久无用场的窑洞，有些塌了，有些还勉强可用，隐没在荒草坡上，不下工夫找，还真是找不到。关中西府的北塬上，多有这样的大沟，坡头村邻着的一条叫龙尾沟，往西还有马尾沟、牛尾沟等等。冯来财就躲在龙尾沟的一处破窑洞里，陪他躲在一起的还有几只老绵羊，也不敢放到坡上去，怕干部发现捉了去，那可就要了他的命了。

躲在窑洞里的冯来财，掐着指头过日子。

有十多天了吧，躲在这里，冯来财昼伏夜出，到沟坡上给他的老绵羊打够来日要吃的草，再到沟底挑来要喝的水，还要乘着夜色，摸进村里去，不能点灯，也不能弄风箱，黑灯瞎火地给他瘫痪的老爹准备几口吃的，天不明，又急如星火地躲进沟里去，和他的老绵羊缩在破败的小窑洞里，相依为命地度过又一个白天。

瘫子爹心疼儿子，在儿子回家给他备吃备喝时，睁着眼睛在暗夜里埋怨：老天咋把我忘了？

瘫子爹说：快把我收去吧，天爷爷哩，别害娃娃没得好过！

瘫子爹的埋怨灌进冯来财的耳朵里，自然也不好受，听了也不言语，该做什么照做什么。倒是瘫子爹说得狠了，他也会高调回两声，叫他不要乱想，说：老天把谁忘得了？贵如干部，老天该收他时照样收。

高调回了两声，接着又软下语调说：人家不收你，是要你看着你娃过上好日子哩！

也是奇怪，和瘫子爹说过话，冯来财轻车熟路躲进深沟的窑洞里，把一只羊揽在怀里，在羊身上顺手捋着，忽然感到窑口一暗，他就知道有人跟来了。

跟来的是个干部，脸是白皙的，文绉绉的样子，戴了副如他脸色一样白皙的眼镜，看上去，很像一个教书的先生。

晨曦里，白脸干部环视了一下冯来财穴居的破窑洞，又看一眼和冯来财躲在一起的老绵羊，他的脸先红了，是那种透亮得像要滴血的红。

死猪不怕开水烫。冯来财有的是思想准备，来就来吧。是干部又怎么样？他已经活得人不像人，鬼不像鬼了，你干部找着我，还能剥皮剐肉不成？我就不信，你干部真敢给我一刀子？这么想着，冯来财的表现就很镇定，手指细心地分着羊毛，在羊毛里找着羊虱子。

躲在窑洞里，冯来财能做的事惟有一件，就是给他的羊儿捉虱子。他已经很有经验了，那些比扁豆小，比芝麻大的羊虱子，许多时候不在羊毛里，而是选了羊的耳朵眼，或是羊的卵蛋上，好像这两处地方的血最能养虱子。冯来财把羊揽在怀里，总要把羊的耳朵先翻开，捉尽耳朵眼里的虱子，再去摸羊的卵蛋，把上面的虱子捉尽了，这才在羊毛里翻虱子。有些虱子还真就钻在繁密的羊毛里，被明察秋毫的冯来财捉了出来，挤死在脚边的一块石头上。十多天在窑洞里躲着，冯来财把他几只绵羊身上的虱子几乎捉光了。这从他脚边的那块石头上看得清楚，羊头一般大的石头上，几乎被羊虱的血糊了一遍，满是被挤成光皮的虱子尸体。当然，有些虱子还是从冯来财自己的身上捉来的。好像是，在羊的身上捉虱子，他的身上也会痒，伸手去捉，也一定能捉到一只。因此，石头上的虱子尸体，已分不清哪些是羊身上的，哪些是他冯来财身上的。

镇定了也就眨眼的工夫。冯来财在羊身上捉虱子的手就抖起来了，很明显地发现一只黑乌乌的虱子了，伸手捉了几捉，却终究没能捉住。而与他一起躲在破窑洞里的羊儿，早已不能忍受一个生人的闯入，紧紧地挤在一堆，咩咩咩咩叫成了一片。冯来财的心就如刀割似的痛起来了。

家里原来是有一群羊的，很有规模的一群羊啊！冯来财和他瘫子爹的日子，就驮在羊背上，羊的毛色亮堂，日子也就亮堂；羊的毛色暗淡，日子也就暗淡。天生会养羊的冯来财，把羊儿养得如同家里的成员一样，养得特别的仔细。可有啥用呢？一只一只地，被干部捉去了，捉一只有一只的理由，不是顶了这费，就是顶了那费，现在，就剩下和他躲在窑洞里的几只了。

在冯来财的心里，几只羊儿都是他的亲人哩，像永远爱着他的瘫子爹一样，至亲不能分离……这是不难理解的，半截人冯来财，活在坡头村，几百号人口，谁对他亲过？差不多都视他为玩话，把他当做猴子一样耍，少不更事的时候，人家耍他，他也跟着耍，耍的把戏事后一想，全他妈的是羞辱人呢。明白了这一点，他不和村上人耍了，但他挡不住人家耍他，有时候把他架在一堵土墙上，问他话：你是谁日下的呢？咋不像你爹，你看你爹就不是半截人。知道羞辱的冯来财咬紧牙不吭声。有时候把他又沉下一口土坑里，问他话：你是谁生下的呢？咋不像你妈，你看你妈就不是半截人。知道羞辱的冯来财咬紧牙不吭声。往往是，冯来财架在土墙上下不来，沉在土坑里上不来，他就只有哭了，伤心伤肺地哭，哭来了爹，哭来了娘，把他从墙上抱下来，把他从坑里拉上来，戏耍他的人才嘻哈哄笑着散去。但这挡不住他们再一天又来逼他戏耍，直到母亲不明不白地满口吐着白沫，不治而死后，还有人把冯来财往土墙上架，往土坑里沉，当然，还要问那问了千万遍的话，冯来财不哭了，也不求饶了，他愤怒地骂出了口。

头一声他骂：我是你爹日下的！

再一声他骂：我是你妈生下的！

这倒是很起作用，从此没谁再和他玩那个游戏了。同时，也没谁再理睬他了，他在坡头村的街道上走过来，走过去，很想和谁说几句话，却终究没人和他说话。……孤独，太孤独了，到这时，他竟然不知羞耻地想，如果有人把他架上土墙，沉入土坑，他不会再骂人，他会很知趣地和大家玩上一场。可就是这样的想法，他也只能是空想了，直到家里养了羊，他提起放羊的鞭子，把羊赶到村前的沟里，与羊在一起的时候，他的孤独才减了几分。

冯来财把羊儿当成了他的亲人，及至长成大人，一个有血有肉有感情的大人后，他把羊儿干脆都看成了他的爱人。

爱人啊！谁能知道半截人冯来财内心的悲凉，他也是要有人爱的呢！但谁会爱他？特别是一个女人的爱，简直成了冯来财日夜做不完的一场梦。没办法，他就只有把羊看做他的爱人，除了给羊儿捉虱子，他还会把羊儿抱在怀里，抚摸它柔软的一身羊毛，把这一只抚摸顺了，再把那一只抱来，继续他的抚摸，偶然地，还会用他的嘴对了羊儿的嘴，香香地亲上一口。

白脸干部找见他时，他恰和一只羊亲在一起。白脸干部没说啥，只是看着他笑。

冯来财是心慌了，为自己不可告人的举动，也为脸笑着的干部，心里恨着自己。

努力地躲着，怎么还是躲不开干部的追踪。

冯来财在羊毛里徒劳地捉着虱子，一脸的沮丧，满腹的怨气，说：捉吧，都捉去吧，把羊都捉去了干净。

脸上架着眼镜的干部是一副好脾气，不论冯来财怎么敌视，他都一脸笑模样。那笑藏在干部的眼镜后边，冯来财却也看得很清楚，没有一点装腔作势，没有一点欺骗蒙蔽，全是他内心的表露。冯来财就有一些感动，并感到干部和干部是不一样的，有蛮横霸道不讲理的，也有关心下情讲道理的。

果然是，这个找到他的干部一说话，就把冯来财死寂的心说活了。他说：谁捉羊呀？我不捉，不仅不捉，还要再送你几只良种羊哩。

冯来财听得清楚，把怀里的羊推开，认真地看着干部的脸，发现干部白皙的脸还红着，是那种纯朴的、知错改错的脸红。见的干部多了，虽然没有冯来财认识的，也叫不上人家的名字，不知道人家的职位，可在他的意识里，干部的脸千人一面，差不多都是有几分僵硬，有几分冰冷。而跟踪到他藏身的窑洞里来的干部，怎么就脸红了？这使冯来财莫名地新鲜，在心里咕哝着：原来干部也会脸红呢！

咕哝着的冯来财突然就声高起来：你是谁？你说话算数？

脸红的干部没有告诉冯来财他是谁，只告诉他说话是算数的。还说，咱光明正大的养羊，咱躲他谁？村上人穷，你家更困难。按政策，你们村定为重点扶贫村了，你家是重点里的重点。你有养羊的技术，听人说，你会走路时就养羊了，先给集体养，后给大家养，现在给自己养，你有经验了，经验是个宝，哪能不用你的经验呢？你就还养羊，咱不信脱不了穷帽子！

冯来财怔怔地看着脸红的干部，听他一句一句地说着话。那些话他爱听，他听着就点头了。

没出两个日头，有一辆农用车载着五只布尔羊到坡头村来了。随车来的就有戴着眼镜的干部，他招呼着冯来财，把布尔羊卸下车，混进他的羊群里，使他的羊群突然起了变化，变得壮阔起来。

冯来财这时已知给他送来布尔羊的干部是县长了。他感激地看着说话算数的蒋县长，脸上倏忽浮起一抹羞涩的红晕，很有些不知所措地围着蒋县长的身子转。冯来财的心是忐忑的、局促的，因为他不知道这几只布尔羊需要多少钱？而他身上，干得没有几个子儿。

蒋县长看出了冯来财的忐忑和局促，拍打着身上的尘土说话了：安心养你的羊吧。现在没钱不要紧，把羊养好了，繁育起来了，就会有钱了。

04

有资格参加县城的赛羊会，乡政府一旦重视起来，村上自然也要重视起来了。

本来也是，村长与冯来财是连着一点亲的，就像他在村里常说的，谁能一笔写出两个“冯”字。好像冯来财有条件上县城参加赛羊会，是他的政绩工程一样，几天时间，咧着一张大嘴，喊得坡头村的人都知道了。去县城参加赛羊，开天辟地的头一遭，村里人是高兴的，也是眼红的。但是眼红归眼红，冯来财养羊给坡头村争了光，大家还是兴高采烈地寻到冯来财的家里来，向他表示真诚的祝贺。就是冯来财瘫痪在炕的老爹，也比以往精神大。冯来财在家时，就由冯来财招呼大家；冯来财不在家时，他就撑起半个身子，招呼大家了。

老爹的口气是豪迈的，说：回头让来财杀只羊，大家都吃上一口。

村里人就起哄：是啊是啊，咱们馋得喉咙长出手了。

大家在村里正起哄时，姜干部又来找冯来财了。这次是来帮助冯来财在羊群里选秀的。

选哪只羊好呢？

自然要选布尔羊了。这是原则问题，不把蒋县长推广的布尔羊选出来上县城参赛，还能选一个老绵羊不成？在这一点上没有争议，但在一群壮大起来的布尔羊里，该选哪一只呢？姜干部的意见，是要在蒋县长最先推广的几只里选一只。冯来财不同意，理由是，那几只羊都过了年纪了，养在一群羊里，几年下来，该配种时配种，该下羔时下羔，表现虽然出色，也很有功劳，但已不复当初的壮美，倒是繁育下来的后代，青出于蓝胜于蓝，显现出一种青春的优势来，特别是那只生了一双黑眼圈的公羊，膘肥毛光，同在一群羊里，就显得鹤立鸡群，很是出类拔萃。

冯来财从羊群里把那只黑眼圈公羊牵出来，姜干部的态度就先变了，绕着黑眼圈公羊看了一圈，他自己就先乐了。说：怎么像只熊猫？

冯来财跟上也乐，说：熊猫人才爱哩。

黑眼圈公羊这就成了进城参赛的羊了。它自己也像知道了这份荣誉，以往的张狂和顽皮，也有所收敛，裹挟在一群羊里，就有些许的矜持和傲慢。这是不难理解的，毕竟它已两岁的口了，目光中有了一种爱的渴求，仰头看着一团团雪花似的羊群，极为谨慎地选择可能成为它新娘的母羊，同时还不忘机警地发现可能挑战它的公羊。

姜干部把他在羊群里的选秀结果报告了乡上领导，作为一把手的侯书记和二把手的苟乡长，也撵到了坡头村，看了黑眼圈，忍俊不禁地笑了起来，他们笑得好开心，好快活，顺口表扬冯来财几句，说他会养羊，养得好。冯来财倒不怎么受宠，偏是姜干部跟着两位乡上领导，屁颠屁颠地乐，胖脸上的一张小嘴，一会儿贴在侯书记的耳朵上，一会儿又贴在苟乡长的耳朵上，说个没完。

姜干部对侯书记说：怎么样？不错吧。

姜干部对苟乡长说：弄不好在县城赛个状元回来，咱们乡可就光彩了！

侯书记点头了，说：是不错，确实不错。

苟镇长跷指头了，说：拿状元，咱不拿还让谁拿。

姜干部就更来精神了，走到冯来财的跟前，拍着他的肩膀吩咐着，要他拿出全身的本领，把黑眼圈侍候好，不敢在关键时候拉稀。县上举办赛羊会，不是冯来财一只羊，还有其他乡其他镇的羊哩，集中在一起了，能有一只孬羊吗？不会的，谁都攒足了劲，要夺羊状元。夺了羊状元，既是养羊人的光荣，也是村上乡上的光荣啊！可不敢马虎，不敢掉链子。啊，记下了吗！

说了一堆话，姜干部的嘴角上起了沫子，擦了一把，又强调了一句：记下了吗？啊，一定要记牢。

是个人，谁没有点儿虚荣心呢？

冯来财是一样的，尤其是他，天生短尺少寸，家里偏又困窘难当，一直以来，他就几乎活在人们的眼角缝里。幸亏蒋县长找到他，不遗余力地扶持他养羊，才使他的日子过得有了起色。这一次，他能去县城参加赛羊会，他想，他也该有这么一次风光了。

善于察言观色的姜干部，看懂了冯来财的内心变化，不失时机地在一旁鼓励着他：夺取羊状元，你有信心吗？

冯来财不是说大话的人，他低了头没应声。

姜干部哪里会放过他，在一旁更起劲地煽动着：当着两位领导的面，你表个态。

侯书记、苟乡长也在一旁鼓励冯来财了：是啊，你应该有信心的。

冯来财就抬起头来了，迅速地瞅了一眼姜干部后，把眼睛盯在乡上的两位领导脸上，一改曾经的犹豫和迟疑，很干脆地表态了：有信心。

陪在一边的村长先鼓起了掌，再有姜干部和侯书记、苟乡长，以及围来的村里人，都哗哗地鼓起掌来。掌声里，姜干部提议到冯来财的家里喝口水，侯书记和苟乡长便动了步，在姜干部的招引下，向冯来财的家里走去，进了冯来财的家门，两位乡上的领导，并没喝水，只对瘫在炕上的老人安慰了几句，就又走出了院子。

讪讪地跟着乡上领导的村长，不断看着领导的脸色，怕被领导批评。而事情就是这么怪，越怕批评，领导偏就批评上了。

侯书记批评说：当干部，心里要时刻装着群众，为群众的甘苦着想。

苟乡长跟着批评：冯来财的家庭问题，村上要有考虑。

领导的话，听得冯来财的心里热乎乎的，眼睛也湿润起来了。

姜干部熬在乡政府的院子里，侯书记、苟乡长的小九九，他的心里自有一本账。他所以热心这次的县城赛羊会，首先是他的本职工作要求，因为他就是农业专干；再者通过赛羊，加深一下他和领导的感情，这感情有蒋县长的，还有乡党委侯书记和乡政府苟乡长的。在这样的节骨眼上，他可不想出啥事。于是调整着说话的气氛，对冯来财说：领导多关心你呀！姜干部说话还瞄着侯书记、苟乡长的脸色，估摸他说得可妥当。他从两位领导的脸上得到了鼓励，就又对冯来财说：你也是，不能把钱都填进老人的药罐里，那有多少钱都是填不满的。倒是你，该有个女人了，白天给老人烧热饭，晚上给你暖热脚。

冯来财感动着乡上领导的关心。但他心里还有疑惑，疑惑他的困难是一直存在的，不是说乡上领导发现了才有的。而且，过去的困难更大，比现在大多了，有些就是他们当领导当干部的造成的呢。疑惑归疑惑，冯来财不会陷进疑惑里不出来。从蒋县长的身上看得出来，干部不是都不好，像现在的乡上领导，侯书记和苟乡长，就也表现得很有人情味，这样就好，老百姓就会欢迎。

冯来财还想，干部在一些时候的生硬甚至霸蛮，也许是一种不得已呢。干部也有自己的苦衷哩。

谁说不是呢？就说乡党委的侯书记，一家人都在县城，工作的工作，上学的上学，和他一起在县上工作的人，有人提拔当了县上领导，有人赖在县城就是不下乡，他是听了组织的话，下到乡上来了，从副乡长当起，快十年了，熬到侯书记的位子上，那一份苦和累，没经历过的人，谁又知得道。他已经想通了，不想往上走了，就像他在县城教书的老婆说的："官大官小，多大是个了？"老婆的心思他明白，就是想一家人在一起，热热乎乎过日子。老婆想得对，他的目标也就是回到县城去，平级调个肥一点的单位就成。可就是这一点目标，要想实现都是那么困难，找谁说话，都说再等等，下边离不开你，还需要你压阵。可他知道，跟在屁股后头的苟乡长，是怎么也等不及了，日思夜想，盼着他快走，走得早，给他腾位子就早。

不言自明，苟乡长就是这么想的。这么想错了吗？自然不错。

苟乡长也老大不小了，论年龄和资历，还都比侯书记长了一些。但他的文凭不如侯书记，混了个党校的毕业证，在提拔上就不如正规国民教育的文凭了。他不甘心啊，就只有努力工作了，努力地配合侯书记工作，把侯书记光光彩彩地送上去，也许就会有自己的发达。

05

当干部，没个热心肠还真是不行。

临去县城参赛的那日，热情的姜干部到坡头村接冯来财和他的黑眼圈公羊了。都是脸上贴金的事，村长自然要送一程的。虽然都是一门冯姓人家，过去的村长，不是乡上的侯书记和苟乡长批评他，他确实是不大关心冯来财的，在他的眼睛里，不是因为冯来财上县城参加赛羊会，哪儿会有他的位置。现在不同了，冯来财受到了乡上的重视，村长的态度自然大变样，再不能眼中没有冯来财了。如果在县城的赛羊会上，冯来财当真得个羊状元的荣誉，他的脸上也有光呀！当村长，就得有这点活思想，要不还有个啥当头。

把冯来财和他的黑眼圈公羊送出村子，送了很长一段路，直到姜干部把村长拦下来，他才拉住冯来财的手，告诉他放心地赛羊去吧，家里有他村长哩，不会叫炕上的老人受亏，不会叫圈里的羊受亏。

这些都是提前安排好的，村长再说，冯来财还是一句一个感谢。他欣幸，因为赛羊会，他在村里活得像个人了。

姜干部前脚走，冯来财牵头黑眼圈公羊后脚跟，这就到了热闹的乡街上。村长算个会来事的，扯了一条大红的绸子，找来几个手巧的女人，扎了一朵大花，戴在黑眼圈公羊的头上，使这只即将赶赴县城参加赛羊会的羊儿就很惹眼了。走在乡街上，一路走，一路有人赞叹，一直走着，就由姜干部招引着，端直走进街边的一个美发店。

赞叹的人群惊讶了！冯来财也惊讶了！

这是姜干部的预谋哩，他要把黑眼圈公羊洗得干干净净，打扮得漂漂亮亮，好到赛羊会上拿奖呀！

乡街上的美发店本来就小，三张椅子，有两张坐着客人，正无限舒服地接受着美发师的服务。突然闯进来两个人一只羊，地方便显得逼仄了。黑眼圈公羊对这样的环境是陌生的，行为就有些烦躁，如果不是冯来财牵得紧，左冲右突，还不知会惹出啥乱子来。而且因为这只羊，原来馨香的美发店，顿然弥漫起一股特殊的公羊的臊膻味。美发师和客人吃惊了，店老板也敏感到店里的变故，从店后的一个小隔间蹿出来，怒目盯着躁乱的黑眼圈公羊，刚喊出一声把羊牵出去的话，就发现了一张笑脸的姜干部，当下换了一副模样，换得那个快，冯来财打死也做不到。

老板很是殷勤地招呼着了：哎哟！是您来啦！牵个羊做啥呀？

姜干部也不客套，说：美发呀么。

老板说：给您做呀吗？

姜干部说：不，给这只羊！多么漂亮的一只羊呀，像只国宝大熊猫。

小小的美发店哄地笑翻了天，老板笑了，美发师笑了，客人也笑了。姜干部很有耐心地等着大家笑，笑得没力气了，才说这只羊是不好小看的，要上县城参加赛羊会，弄不好，得个状元回来，也是你们美发店的荣耀哩。姜干部还把冯来财介绍给了老板，说这羊就是他养的，他是蒋县长抓的点。知道吗？蒋县长都把他当朋友哩，你们还不快点儿，使出好的手段，给黑眼圈公羊美个发，也给羊的主人冯来财美个发。

老板就哭笑不得地搓着手，却也只有诺诺地应承了。

在美发店里工作的美发师是几个姑娘，她们天天给人洗发美发，清洗美化了无数的人头，却从来没有给一只羊做过洗发美发。显然，这是个新的课题，几位姑娘很快给她们的客人做完活，打发客人出了店，就围上来给这只黑眼圈公羊洗发美发了。洗是头一道工序，姑娘们伸着手，试试火火，就是不知从羊的哪儿开始用工夫。而且是一双眼睛惊异的黑眼圈公羊，完全不能领会人的心意，躲在冯来财的怀里，不肯让姑娘们给它洗。姑娘们就又乐成了一团，嘻嘻哈哈地朝着姜干部打飞眼。

同在一条街上，出门不见进门见，姑娘们都认识姜干部，笑闹本是平常事。今天却不同了，姜干部的脸板起来了，责备姑娘们笑什么笑？有啥好笑的，快动手吧，我没时间和你们笑。

给黑眼圈公羊洗发美发，是姜干部想出的主意，他自知这个主意的荒唐，但为了黑眼圈公羊在县城赛出成绩，他是什么手段都敢用的。

姑娘们乐着，姜干部训斥着她们，可他心里也有乐呀。但他是不敢乐的，训斥了姑娘们一顿，就又好话哄着她们了，让她们不要有保留，放心大胆地给咱们黑眼圈公羊洗发美发。什么洗发香波好，咱就用什么，乡政府埋单。把黑眼圈公羊给咱弄漂亮了，老板有钱赚，姑娘们少不了小费拿。

姜干部还强调：黑眼圈公羊的脸就是乡政府的脸。

姜干部的话字字如铁、句句似钢，说：咱能给乡政府丢脸吗？当然不能了！

姑娘们就收住了嬉笑，很认真地给黑眼圈公羊洗发美发了。姜干部站在一边指手画脚，一会儿要姑娘们用心，一会儿要冯来财好生配合，毕竟是你自己养的羊，肯定听你的拨弄。

从一踏进美发店的门，冯来财便毫没来由的心口痛，姑娘们的嘻哈调笑，姜干部的颐指气使，冯来财都没有太在意。他忍着心口痛，很配合地帮助姑娘们给他的黑眼圈公羊洗发美发了。

应该说，姑娘们是很有经验了。她们热水对上冷水，对出来的水温不热不冷，灌在绿色透明的喷壶里，照着黑眼圈公羊的卷毛，不紧不慢地喷着，喷出的水雾，像是晶亮的莲蓬，有着极强的穿透力，从毡片一样厚实的毛梢，一下子喷进到毛根上。一个姑娘有层次地在前喷水，另外的姑娘就在手上挤了洗发香波，涂抹在湿淋淋的羊毛上，很有节律、很是温柔地给黑眼圈公羊洗着了。

对于适当的享受，不仅是人的需要，其他动物也是需要的。可爱的黑眼圈公羊，刚开始还有点不习惯，渐渐地适应了，不需要冯来财的抚慰，就很自觉地配合着姑娘们，十分惬意地接受着她们的服务了。

放养在龙尾沟里的黑眼圈公羊，身上的确是脏，洗了一遍是黑水，再洗一遍还是黑水……几个姑娘不歇气地洗了五遍，从黑眼圈公羊的卷毛上流下来的水才不怎么黑了。一直坚守在美发店里的姜干部还不满意，招呼姑娘们又给黑眼圈公羊打了两遍洗发香波，又是极尽温柔地揉洗了两遍，看着黑眼圈公羊身上流下的水彻底地清亮起来，这才满意地说了一声“好”。不过，他还指示，给黑眼圈公羊的卷毛打了护发膏，又让姑娘们启动了一台小巧的吹风机，小心地给黑眼圈公羊吹风了，直到吹干了卷毛，使黑眼圈公羊一身雪白的绒毛蓬松起来，这才号令冯来财牵了黑眼圈公羊出来。

牵出来一看，心里是得意的，却又发现羊的黑眼圈不够油亮，就又号令冯来财把羊牵回到美发店，让店里的小姐们给羊的黑眼圈焗油，原本就好看的黑眼圈便更好看了，黑乌乌像在眼睛上戴了一副墨镜。

要知道，乡镇干部可是都爱戴那样一副墨镜的，侯书记是，苟乡长是，姜干部也是。

很自然地，被寄予厚望的冯来财在美发店里也洗了他的头发，也用吹风机、啫喱水造了型。

有了这一场的洗刷吹风，黑眼圈公羊确实好看多了，让人很容易地联想到“女大十八变”那句俗语，雄健的黑眼圈公羊更显雄健了，一身松软的卷毛，绒绒的似一堆雪片，遇风吹来，就会飘飘然飞去一般。冯来财也是一样，比他进美发店前的样子，有了很大的改观，虽然他的腿还是那么短，胳膊也还是那么短，头光了，脸净了，还真是美观了不少。

只不过是，冯来财看不见自己。

冯来财眼睁眼望着他可爱的黑眼圈公羊，因为卷毛蓬松起来的缘故吧，好像比原来胖壮了许多，精神了许多。到这时，他倏忽有些明白，刚才自己的心口痛，是他的黑眼圈公羊破天荒地由乡政府掏钱洗发美发，他借黑眼圈公羊的光，也破天荒地由乡政府掏钱洗了发，美了发。

冯来财心头不是滋味地悲哀着，又高兴着。

过去的日子，冯来财从没进过美发店的门，他自己舍不得掏那个钱，乡政府更不会给他掏那个钱。不过，他得承认，在职业的美发店里那一番捣腾，感觉真的是好。

姜干部当然只有高兴了。为他别出心裁的这一手，兴奋得手舞足蹈了，招引着冯来财，牵着他愈加美丽漂亮的黑眼圈公羊，进了乡政府的院子，并立即引来一片目光，大家无不对黑眼圈的精彩而叫好了。

乡党委的侯书记和乡政府的苟乡长自不例外，喜眉笑眼地夸了黑眼圈公羊，也夸了姜干部。

而姜干部细致入微的表演还没有结束。他让冯来财把吹洗过的黑眼圈公羊拴在院子里，捉了冯来财的手，去了他的房子里，变戏法似的从他的房门背后取出一套藏蓝色的西服和白色的衬衣，帮助冯来财换上。姜干部的话说得入情入理，暖心暖肺：咱们是谁？打断骨头连着筋的乡党啊！我得给你操着心，你说是不是？咱去县上赛羊，咱的黑眼圈公羊倒是漂亮的，黑眼圈公羊的主人，怎么能不漂亮呢？你没女人，有女人我就不操这份心了。没有呢？我就不能不操心，给你提前预备了一身，赶紧换上，看是哪儿不合适，也好到街上的裁缝铺里改。

如此厚谊，冯来财不能不领情，而且不能不感动。

在姜干部的房子里，冯来财脱了他的旧衣服，来换新衣服了。刚脱了旧衣服，姜干部又呐喊起来：先别换。你看你的脖子，车轴一样满是油！嘴里忙着，手上也忙着，姜干部打开房子里的热水瓶，向他的洗脸盆对着水。对好了，就按着冯来财的脖子洗，洗了一脸盆的油腻。洗得通透了，这才让冯来财换西服。照说冯来财的身材，要弄一身合窍的西服是不容易的，可姜干部给他准备的，换上身还真没刺挑，正好应了“人的衣裳，马的鞍场”那句话，冯来财立马就有一种脱胎换骨的变化。姜干部的脖子上是系着一条铁锈红的领带的，也当即扯下来，打在冯来财雪白衬衣的领子上，使得已很精彩的冯来财显得更加出彩了。

冯来财照了镜子，自己就很不好意思，嘴上说：不晓得要多少钱呢？

姜干部打量着冯来财，说：俗了不是？什么钱不钱的，咱不提这个话。

冯来财终是不能过意：那还能让您破费？

姜干部的手掌就拍在冯来财的肩上，拍了一下又一下，多年的老朋友似的，说：你要心里不落忍，得了羊状元，给蒋县长说句话，就说是我帮了你。

06

县城陷在一条深深的河沟里。

党委的侯书记和荀乡长，各自坐了一辆桑塔纳的小汽车前头走了，名义是冠冕堂皇的，给冯来财和他的黑眼圈公羊打前站。兵马未动，粮草先行，冯来财心想，这是对的。虽然不是行军打仗，却也是一场真刀真枪的竞赛，没有前站的充分准备，凭他一个冯来财能做什么，即便他有一只冠盖天下的黑眼圈公羊，也难保赛出个好结果来。冯来财理解乡党委侯书记和荀乡长的苦衷，就自个儿坐着一辆农用小三轮在后边撵了。自然地，好一场洗吹美发之后的黑眼圈公羊与他要同在一起了，一人一羊，相依为命地厮守在一起，在农用小三轮惊天动地的咆哮声里，往充满期待的县城蹿跳着。

这就从县城的北坡上下来了。

过去从未到过县城的冯来财，突然觉得自己像是跌进了一口大缸里，四围壁立的土崖上，全是雨水累年冲刷出来的小沟小渠，沟渠帮上，生着茂密的酸枣丛，与他们坡头村的龙尾沟没啥大差别。这使冯来财忐忑的心有了些许的平复。到沟底，农用小三轮又跑了一段路，便爬上一座拱起的水泥桥，污染得像是一河墨汁的流水，卷裹着一堆一堆的泡沫，那泡沫既有灰色的，又有黄色的，极不情愿地向下游涌动着。冯来财还嗅到了一股莫名的臭味，于是，他的心里竟然有了些微的骄傲，觉得他生活的坡头村，小则小点，沟河的水却要清亮得多，是矿泉水哩，村里人吃沟河的水，他的黑眼圈公羊也吃沟河的水。县城人可也吃沟河的水？如果无法选择地也吃沟河水，他们就太不幸了。那水能是人吃的吗？这么想着，冯来财就觉得他们生活的地方是多么幸福啊！

人山人海的赛羊会场就设在过了桥的一片空场上。给乡党委的侯书记和荀乡长开车的司机，都在桥头上站着，看见拉着冯来财和黑眼圈公羊的农用小三轮，立马迎上来，指挥着农用小三轮，停在水泥拱桥的一边，招呼冯来财下了车，并把黑眼圈公羊也卸下来，嘴里便一声赶一声地催：快！快！快！可是哪儿快得了，身材矮小的冯来财和他雄壮貌美的黑眼圈公羊，当下引来无数的目光，大家纷纷围拢过来，兴高采烈地品评着冯来财和黑眼圈公羊了。

说话的是个眼尖的女人：看吧，这人，这羊……嘿嘿，太有趣了！

接话的是个半老的男人：这是羊吗？怎么像只大熊猫？

再接话的又是个好奇的女人：好了，状元羊有了。

再再接话的就又又是个男人了：还别说，那只羊赛得过这只羊！

人山人海的喧嚣，压不住大喇叭的歌唱。冯来财听得清楚，大喇叭唱的是《走进新时代》。冯来财爱听这首歌，一字一句，很是悠扬地传进耳朵时，也不妨碍众口毫无遮拦的议论，也纷纷地传进了冯来财的耳朵。尽管议论有嘲笑他的词儿，但对他的黑眼圈公羊都是好奇的，肯定的，他心里就高兴。本来嘛，又不是来赛人，他身矮又怎么了？不妨事，赛羊会，他的黑眼圈公羊才是主角哩！

两个身体健壮的司机，在前头奋勇地推着人群，分开一条小道，才使冯来财和他的黑眼圈公羊顺顺当当地往前挪着。此情此景，冯来财似觉眼熟，在哪儿见过呢？噢！对了，电视上经常有的，是那演戏的、唱歌的明星出现了，才会有的场面呀！

两个司机一头的大汗，这才把冯来财和他的黑眼圈公羊送到预先分配的赛位上。

侯书记和苟乡长都等在那儿。侯书记手里提了一爪胡萝卜，苟乡长手里捏着一个肉夹馍。冯来财和黑眼圈公羊在赛位上刚站稳，侯书记把胡萝卜喂给了黑眼圈公羊，苟乡长把肉夹馍给了冯来财；侯书记嘴上“嘟嘟”“嘟嘟”招呼黑眼圈公羊吃，苟乡长嘴上“快些”“快些”催着冯来财吃。侯书记和苟乡长，都是一脸的焦急之色。

不急不由人啊。黑眼圈公羊把胡萝卜带叶子才吃了一半，冯来财把肉夹馍啃了两大口，就听到刚才唱着歌儿的大喇叭，传出两声“噗噗”的吹气声，接着就有人大着嗓门宣布：全县首届赛羊会开幕！

临时搭建的主席台上，站着许多领导干部，身材矮小的冯来财，从人缝里找着空隙，在主席台上找着他热爱的蒋县长，但他没有找到。所有的脸都不是他熟悉的那张脸，白皙的、温和的、戴着眼镜的……他人呢？正疑惑着，大喇叭里介绍着赛羊会专家组的名单，列在第一位的是蒋县长，下面还有一串名字，冯来财记不住，记住的只有蒋县长。是啊，有蒋县长在，他就高兴，就有信心。但他听得仔细，听见在他县长职务的前头，多加了一个“副”字。

冯来财懂得点官场的规则，有了那个“副”字，就只有站在人后了。

蒋县长这样的好人，是不该站在人后的。

果然是，蒋县长在大喇叭的介绍声里站到人前来了。那也是一个新搭的平台，高出地面三尺的样子，四方四正，各有丈余的宽度，铺了深绿的地毯，周边的栏杆上，也拉着深绿色的粗绳，看上去像是一个比武的高台。蒋县长站上去后，朝台下的群众举手致礼，冯来财就狠着劲地鼓掌了，嘴里好像还高喊着蒋县长、蒋县长的，只是他自己没意识到罢了。

跟在蒋县长后边，又有被介绍的几位专家走上了那个显眼的平台……赛羊活动这才进入到实质阶段。

赛羊会是以各乡各镇为单位组织的，大喇叭点着参赛乡镇的名字，每点一家就有人牵着羊上到那个平台上，接受专家的评判了。专家们的工作是认真的、公平的，先为参赛的羊称体重，量身高，再是为羊测体温，看牙口，最后就是观体态了。每只羊都有一份体测表，详细地记录下观测到的数字，以便最后决出状元羊来。

点到冯来财的黑眼圈公羊了。

现场的嘈杂，大喇叭叫头一声时冯来财竟没听到，点过了三声，他才在乡党委侯书记和苟乡长的提醒下，牵着他的黑眼圈公羊向竞赛台上走去了。不可否认，冯来财是特殊的，他的特殊就在于他的矮小；黑眼圈公羊也是特殊的，它的特殊就在于它的高大，当然还有它的黑眼圈。一个矮小的人，一个高大的羊，刚一站到竞赛台上，专家们还没有测量，台下的观众就先喝起彩来，仿佛一对人们心仪的明星，走上台来做表演，大家能不喝彩吗？热烈的掌声，此起彼伏，像是旱天里炸响的巨雷。

这太好了，就是说，冯来财和他的黑眼圈公羊已经赢得充分的印象分。

前面说过了，冯来财是懂得一点官场规则的。就说他吧，和蒋县长是熟悉的，黑眼圈公羊能来参加赛羊会，还不都是蒋县长的功劳。但在竞赛现场，蒋县长当着专家组组长，冯来财就不能上前套近乎，他得避嫌，不能被人怀疑。不过不太要紧，冯来财看见了蒋县长投向他的眼光，那眼光是热的，透着十分的赞赏，十分的鼓励。冯来财心领神会。

扛着摄像机的电视台记者，举着照相机的报纸记者和拿着话筒的电台记者，呼啦啦围到竞赛台前来了，他们有从省城西安来的，有从市府陈仓来的，还有就是本县来的，围在竞赛台前，咔嚓、咔嚓地按着快门，像是三伏天里的一场太阳暴雨，晃得冯来财的眼睛都有点晕了。

冯来财有那个感觉，记者们对他和他的黑眼圈公羊有着一种别样的热情，那是其他上台参赛的羊所未能得到的。这不难理解，他和他的黑眼圈公羊是太特殊了，特别是羊，比他冯来财更特殊。记者们的职业，决定了他们的敏锐，对特殊的事物，就有特殊的感觉，自然就会用功一些。而且冯来财也注意地看了，前面上台接受专家组测评的羊，确实没有哪一只能和他的黑眼圈公羊比。他的黑眼圈公羊太出色了，就是还没上台前，和各乡各镇选送的参赛羊站在一溜，他的黑眼圈公羊就已表现出与众不同的优势，是那种鹤立鸡群的、一边倒的优势呢！

像其他的参赛羊一样，黑眼圈公羊也被称了体重，量了体高，测了体温，看了牙口……而且还应专家组的要求，黑眼圈公羊在高台上走了秀。要说，黑眼圈公羊是没有那个训练的，但它走了，走得从容不迫，走得有模有样，很容易让人想起T型台上的模特儿，有型有款地走给人看。黑眼圈公羊的走秀，绝不比职业的模特儿走得差，一步一步，四只蹄子像是装了弹簧，抬腿轻盈，落地灵动，牢牢地吸引了评委们的眼睛，大家的脸上就有笑，是满意的、喜悦的笑……蓦地，黑眼圈公羊还昂起头来，高叫了两声，那嘹亮的叫声通过赛台上的麦克风传开来，不亚于一个高音演员的演唱，天籁一般，清脆悦耳，赏心悦目……人山人海的赛羊会场上，不失时机地响起了掌声，海啸一般的掌声啊！

现场打的分，现场出的结果，冯来财的黑眼圈公羊众望所归，戴上了羊状元的桂冠。

冯来财流泪了。

他脸上是幸福的笑，眼里却是不断线的泪珠子。他和他的黑眼圈公羊又一次被请上了赛羊台，又一次地被记者们的摄像机、照相机灯光哗哗地闪射了一场，冯来财的眼泪流得就更多了。

冯来财不认识县委熊书记，却是县委熊书记对着话筒，大声宣布他的黑眼圈公羊获得状元羊的好消息；冯来财不认识牛县长，却是牛县长给黑眼圈公羊戴的金牌，自然了，也给育养了状元羊的冯来财戴了金牌。随着牛县长登上赛羊台的，还有两位穿旗袍的姑娘。两个姑娘的身材真高呀！站在冯来财的面前，像是两棵挺拔挦直的白杨树。冯来财小心地举起头来，看见一身艳红旗袍的姑娘，脸上都扑了粉，涂了胭脂，画了眉。光闪闪的金牌，原来就端在姑娘们手里的圆盘里，还有花，一束扎着彩带的鲜花，也端在姑娘们手里的圆盘里。牛县长和冯来财握了手，说着“恭喜”“祝贺”的话，给他戴了金牌，送了鲜花。

接下来，就是状元羊的大巡游了。

来县上的农用小三轮车自然要退位了。一辆装饰得花团锦簇的彩车，早就预备在赛羊台一边。负责维护秩序的两位警察，全身披挂好了，很是威武的样子，帮助冯来财把黑眼圈公羊弄上了彩车。陪同牛县长给冯来财和黑眼圈公羊颁奖献花的两位姑娘，早前一步，已经上了彩车，一边一个，满面春光地站在彩车的前边，两个全身武装的警察，也是一边一个，守在彩车的后边，中间就是冯来财和黑眼圈公羊了。原来在赛羊会上挤成一疙瘩的人，现在又扯成了一条线，跟在彩车的后面，兴高采烈地涌动着，仿佛获得状元的是他们自己一样。

巡游的彩车上，装了两只大喇叭，一会儿唱歌，一会儿播音。唱的歌还是《走进新时代》，播的音就是冯来财如何养羊致富，他的黑眼圈公羊如何争得状元羊的消息了。

黑眼圈公羊像是通了人性，知道它的身份起了变化，有了一顶辉煌的状元桂冠，站在巡游车上，举止就有些高傲。头仰着，乌溜溜的黑眼珠，左看一眼，右看一眼，在大喇叭唱歌的间隙，还像它在赛羊台那样地高声叫着：“咩——咩——”

07

电视机前的姜干部激动得跳了起来。

不仅是姜干部，在乡政府收看电视实况的干部，在冯来财的黑眼圈公羊荣获状元榜的那一时刻，全都欢呼起来了。只是大家的欢呼，都没有姜干部表现得那么强烈。这是自然的事情，乡上有多少干部呢？老百姓不知道人头，混在其中的姜干部是知道的，党委口，正副书记有五个；政府口，正副乡长有七个；再是人大和政协，与上面两个口里的职位数差不多，而且每个口里，都有一大帮的办事人员，政府大灶不吃饭时见不着人，吃饭时就都是人了，敲碗打筷子，热闹比过庙会。哪个人都有点儿自己的想法，黑眼圈公羊赛出了名堂，大家礼貌地欢呼一阵，已是对姜干部的鼓励了，平时多有走动的几个同僚，就撵到姜干部的跟前，要他请客了。

大家的意见是统一的：吃他狗日的状元羊怎么样？

姜干部的态度是暧昧的：又不是我的状元羊。

说说笑笑的，姜干部走出了乡政府的院子，向近旁的一个村子走去了。乡上的干部人数多，但真正本乡本土的干部却不多，姜干部算是其中一个。他走去的那个村子就是生养了他的家。他所以未能跨乡工作，与他的身份有关系。不像其他人，大学校门出来就是干部了，他没能上大学，自学成才，早些年国家试行干部制度改革，在社会上公开招考干部。他参加了，考上了，签了一纸合同，荣幸地成了所谓的“合同制干部”，户口还挂在家里，领着国家的工资，吃着自家的粮食。因此，在政府大院里，他处事待人就要特别的谨慎，特别的小心了。就是来政府院子办事的人，乡里乡亲的，别人可以生硬，可以不理不睬，他又怎么能呢？既然不能，他就只有热心了，热心热肠地为群众做事，因此也为自己赢得一个好人缘。

选了冯来财和他的黑眼圈公羊去县城参赛，说心里话，姜干部也是想去的，毕竟他为黑眼圈公羊参赛做了许多工作。但是侯书记、荀乡长出马了，他就不好争了，就只有带点委屈地留在乡上了。

他还记着一句话，是他说给冯来财的“是该有个人给你暖脚了”。说了，就不能言而无信。

那么，找个谁给冯来财暖脚呢？

冯来财的那个条件，说谁谁愿意呀？熟悉乡情的姜干部，心里想着这件事，就很自然地想到一个人，他邻家的一位小寡妇。小寡妇比他低一辈，把他是叫叔的。两日前，回家碰到小寡妇，他把话也挑明了，只是小寡妇的态度不甚明朗，小寡妇红着脸嗔怪他：好我个叔哩，你给我说个好点的人嘛。

姜干部感觉有戏，说：我看冯来财就好着哩。

小寡妇说：他一个半截人，能有啥好？

姜干部说：他羊养得好。

小寡妇说：羊养得好不稀罕。

姜干部说：稀罕人家的日子吗？把羊能养好的人，日子就一定能过好。

小寡妇就不说话了。就这态度，是有了戏的态度。现在的冯来财，和他的黑眼圈公羊风光了，他要再去找一回小寡妇，把她心里的肯话掏出来。

就在姜干部去找小寡妇掏肯话的路上，冯来财和他的黑眼圈公羊巡游结束，受邀参加蒋县长给他特设的一顿佳宴。

是乡党委侯书记和苟乡长通知冯来财的。

也不知在县城大巡游时，侯书记和苟乡长都去了哪里，彩车锣鼓家什地巡游完了县城的两条主要干道，再回到初始时的赛羊台前，侯书记和苟乡长就冒出来了，招呼他们俩的司机把冯来财和黑眼圈公羊弄下彩车，便迎着冯来财，告诉他蒋县长设宴相请的消息。

侯书记的话是欣羡的：县长宴请，你有面子呀。

苟乡长的话也是欣羡的：跟你蹭口酒，县长的酒哩，那么容易蹭？

半天时间，冯来财做梦一般匆匆忙忙赶到县上来，匆匆忙忙地赛羊，匆匆忙忙地巡游……心里是热的，脸上也是热的，一切还在不知所措中，又有蒋县长特地设宴，请他喝酒。他无声地问自己：冯来财呀，你是什么东西？一个半截子放羊人，怎么就有了这么大的面子？

冯来财是想不明白了。

想不明白干脆就不想，跟着侯书记、苟乡长，向蒋县长设宴的关中风情园去了。

原以为宴请的只是人，没想到黑眼圈公羊也在内。侯书记和苟乡长前头走，冯来财牵着黑眼圈公羊后头跟；侯书记、苟乡长手无牵挂，走得快了，和冯来财及黑眼圈公羊落下了距离，俩人就会放慢脚步，等着冯来财和黑眼圈公羊赶上来。黑眼圈公羊争了状元，巡游时戴在头顶的大红花还在，戴在脖子上的状元牌也在，一路走来，像是又一次巡游，围观的人不时还要喝一声彩。走得冯来财的肚子叫了，这才走到气派非凡的关中风情园。

建在县城外的这处庭院式餐饮娱乐中心，冯来财只是听说过。待他走进来一看，比他听说的格局还要大。但又只是庄稼院落的格局，有新移栽的大槐树，以及树阴下排列整齐的、石雕的拴马桩，石雕的狮子，石雕的门墩等物，一一看来，风剥雨蚀，都有了很深的岁月痕迹。对此，冯来财并不陌生，他们坡头村，随便哪家，都少不了几件这样的物什。气派豪华的关中风情园，使冯来财兴奋的心，顿时有了一种回归感。

离开家也就不到一天的工夫，冯来财就想家了。他想把在县城发生的一切告诉病瘫的老爹，让他老人家忧愁的心，也有一次开怀和欢乐。

老人家为他的半截身材，背过人是流过泪的。为人父者，谁都想自己的后人魁梧高大，顶天立地。老天不睁眼，遇上他这个样子，哪能不忧愁呢？想不到老天也有开眼的日子，偏是他半截人冯来财和他养的黑眼圈公羊夺了状元。

风光啊！太风光了！

冯来财还在为自己高兴时，蒋县长（讨厌的副字，冯来财不理会副不副的）满脸笑容地迎上来了。

蒋县长捉了冯来财的一只手，说：恭贺你呀。

冯来财脸上飞着红，说：都是你的功劳哩。

扛着摄像机，举着照相机的记者，原来就跟着蒋县长的，这时又围上来，像在赛羊台上时一样，哗啦哗啦又是一通暴雨似的闪光。

记者们问话了，七嘴八舌的，听得冯来财不知回答哪个问题好。蒋县长在一边打圆场了，吃饭吃饭，饭还把咱们记者嘴堵不住了。有记者就抗议了，抗议的理由很充分，说：请尊重我们的职业需要，采访不到好新闻，吃饭不香嘛。冯来财就说话了。有些话是姜干部教给他的，心细如丝的姜干部在接他到乡政府后，不仅给他和黑眼圈公羊洗了发，美了发，还把他留宿在乡政府一夜，给他做了极尽可能的语言准备。姜干部信心十足地说，黑眼圈公羊肯定能当状元。当了状元就会有记者采访，也会有大领导问话，黑眼圈公羊回答不了记者的采访，回答不了领导的问话，成了状元也不成，除非成了精。怎么办呢？就只有你说话了，回答记者的采访，回答领导的提问。你要记住，该说的话就要说，不该说的话半句都不要说。啥是该说的话呢？譬如感谢领导的关怀，感激政府的帮助，一级一级地感谢，像蒋县长、乡党委书记和乡政府乡长，还有你们村的村长。这些话怎么说都不为过，要反复说，不断说，说得越多人越相信。姜干部说着，有一个小小的停顿，冯来财感觉得到那个停顿，就是说，冯来财也要感谢他的。那样的话，还就准备在他的舌头尖尖上，一张嘴就出来了。冯来财琢磨过了，认为姜干部说得对，他应该感谢帮助扶持了他的各级领导的。而且，他自己业已积累下了太多的感激之情。就是姜干部不在乡政府培训他，他也会大说感谢话的。特别是他身临其境获得如此大的荣誉后，面对好奇的记者们，那些话就像油炸花生豆，咯嘣咯嘣地就从嘴里滚出来了。

冯来财说：我的黑眼圈公羊赛成状元羊，大家知道我最想感谢谁吗？

众记者面面相觑，谁都没再说话。

冯来财就说了：最想感谢的就是蒋县长。

话匣子一打开，想关都关不上了。冯来财把他怎么躲干部，他怎么无奈，怎么困窘，怎么不得意都说了，正说着，话题一转，说起蒋县长怎么找到他，给他送良种羊，帮助他分析草和水的品质……说到这里，冯来财的声音大了起来，而且还带着幽默的成分。

冯来财像他起头回答记者提问一样，用的还是问句，说：大家知道我的羊吃的啥草吗？

众记者已习惯了他的说话方式，就都静默着等他说。

冯来财就说了：吃的中草药。

众记者就都惊讶了一下。

冯来财又说了：大家知道我的羊喝的啥水吗？

众记者依旧静默着。

冯来财说：喝的矿泉水。

众记者就又都惊讶了一下。

冯来财这才把蒋县长跟着他在龙尾沟一起放羊，收集草样标本、水样标本，到省城找专家化验的情况，仔细给记者们说了一遍。

记者们听得兴趣大增，有笔记的，有录音的，穿插还有一句两句的提问。冯来财也都恰到好处地给了回答。

冯来财也被自己感动了。感动他这么能说。

啥时候说过这么多话呢？没有吧。记忆中，他冯来财只有听别人说话的份儿，或者他被别人围起来嘲讽。而他的生活状况和他的身体状况，也有太多被人嘲笑的地方。

嘲笑者说他：咋不娶个媳妇呢？

这样开头，冯来财是不敢接茬的。他有经验了，这往往是被人残酷嘲笑的一个话头。

果然，嘲笑者又说了：热烫烫的媳妇多好呀，搂在怀里，你咋弄呢？啊？你行吗？要人帮忙吗？

哄堂大笑随之而起。

嘲笑者还不罢休，还要说：哎哟喂，还有这上炕，怕还得媳妇抱着你上吧。

今天不同了。没人嘲笑他，他也不用只听别人说，他成主角了，都听他在说，听他说话的人，还都是比过去嘲笑他的人高级多少倍的记者，他就不能不为自己感动了。

一旁听着的蒋县长也插话了：大家入席嘛。我们的状元羊和主人在县上还要留两天的，有大家采访的时间，现在吃饭填肚子了。

热热闹闹的采访告一段落，大家便随着蒋县长的引导，进了一个陈设古朴的雅间。获得状元羊称号的黑眼圈公羊，刚才还牵在冯来财的手里，这时也由关中风情园的服务生牵了过去，到院子的一角，享受给它准备的盛宴去了。

隔着明亮的玻璃窗，冯来财看得见他的黑眼圈公羊，在一堆平时很难吃到的胡萝卜、南瓜条、土豆块里，很矜持地吞咽着，不时地，还有人过去，站在黑眼圈公羊一边，哗啦哗啦合着影。

蒋县长把冯来财安排在宴会桌的主席上，他则坐在一边。就是这样一个举动，也被众记者所赞叹了。乡党委的侯书记和苟乡长依次坐在冯来财的另一侧，与记者们坐成一个圆圈。当记者们为蒋县长把冯来财推上主席这一细节交口称誉时，蒋县长把他面前的一杯酒端起来，站着说话了。蒋县长祝贺了冯来财，感谢了众记者，话锋一转，便说起了送冯来财来县上参加赛羊会的乡党委侯书记和苟乡长。

蒋县长的语气是真诚的，说：真的功臣还要算上他们俩。黑眼圈公羊能够当状元，冯来财养羊致富，没有乡党委和乡政府领导的支持扶助，是不会有现在的成果的。

侯书记和苟乡长都是明白人，赶紧抢过话：惭愧惭愧，我们能做多少工作，都是蒋县长的决心大。

侯书记、苟乡长说着，还把冯来财心里的一个疑问说出来：比方冯来财的良种羊养殖，最初的扶持贷款，可都是蒋县长自己掏钱担保的呢！

蒋县长一仰脖子，把他手里的酒先喝了，亮着酒杯给大家看，意思是先喝为敬。大家就不说话了，就都仰起脖子，喝了杯中的酒。

平时没喝过酒的冯来财，在对蒋县长的无限感激之情催促下，也把杯中的酒喝了个底朝天。

08

女人是和冯来财在乡政府黑屋子有过接触的麻拉拉，寡妇失业好几年了，眼角上经常印着一抹泪痕。

姜干部急如流星的脚步走进麻拉拉的家里时，看见她正在起羊圈。这是个力气活，男人在世时，都是由男人来干的，男人过世了，就只有她来干了。虽然她养的羊有限，就那么可怜的三两只，养在圈里半个月，也是要起一次圈的。起出羊屎羊尿浸透的旧土，换上没有膻腥的新土。不为别的，就为羊儿不落病。起出圈的土上到地里，种啥长啥，保证都是一季好收成。麻拉拉是个过日子的人，这些日常的经验她都有，既然有，就不能违背。因此，起羊圈的麻拉拉干得特别奋勇，特别专注，到姜干部站在羊圈外了，她还没有感觉。

姜干部说话了：唉！苦了你咧。

隔着半人高的羊圈墙，麻拉拉跟话把一锨羊粪撂出来，碎碎的几块粪土滚着，滚到了姜干部的脚面上，染脏了他的皮鞋，他就狠命地跺着脚，离羊圈远了些。麻拉拉瞧见了，就有些抱歉。

麻拉拉擦着脸上的汗，说：是你呀，还惦记着我的苦。

姜干部顺着杆子上，说：我惦记，还不是空惦记。有个人，实实在在地惦记着你哩。

麻拉拉从羊圈里转出来，招呼姜干部到前院里说话。前院里有棵枣树，青碧碧一树的枣儿，在阳光的照射下泛着玉一般的光斑。枣树下，四块碎砖支着一方过去槌布的青石板，石板的两边放着两块形状相像的石礅，来人了，就在上面坐，坐得石礅也似玉一样溜光干净。同是一村人，姜干部对麻拉拉家的情况是了解的，知道她持家谨细整洁，男人在时是这样，男人不在了，仍然保持着原来的整洁谨细。当然，要说变化也还是有的，就是家里没了原来的热闹，变得冷清了些。姜干部在石礅上一坐下，就又对麻拉拉说话了。

姜干部说：想知道谁那么惦记你吗？

从屋里端来一碗茶水的麻拉拉，对心情不错的姜干部说：喝口水，润润嗓子。

姜干部接了水却不喝，眼睛逼着麻拉拉，说：你不想知道吗？

麻拉拉经不起姜干部热情的目光，说：你前次都说了，还非要再问吗。

姜干部就得意了，说他前次是说过了。但你不知道冯来财现在的情况，他出名了，一下子出名了，大大地出名了，他的黑眼圈公羊在县城竞赛，一举夺得状元，羊风光咧，冯来财跟上也是风光哩。你没看电视吧，我在乡政府看了，戴了红花，披了彩带的冯来财和他的黑眼圈公羊，和县长一起照了相，还像耍社火一样，搭了彩车，满县城巡游。那个风光，你看见了，你会眼红的。你还会看见几个标致的小姐，是穿了旗袍的小姐哩，腿杆光着，白白的，长长的，陪着冯来财在巡游的车上，全县的人都看见了，冯来财太风光了！

只顾自己说话的姜干部，突然发现麻拉拉的脸有了点阴，就收住了自己的夸夸其谈，接过小碗，猛劲地喝了一口。

姜干部不知晓，麻拉拉对他早先说的那话是上心了的。近些天，冯来财去县上赛羊，她也是极上心的，家里没有电视，她去邻家屋里看，一趟一趟地去看，看到冯来财的风光，她高兴啊！为在一个黑屋子里关过的人高兴，便看得有些失态，把有电视的那家弄得不知她吃了什么药。她就慌慌地跑回家，前院后院地转，想着姜干部说的话，她的脸上就发臊，火辣辣的，没法平静下来，后来想起羊圈里的土，知道该起出来了，这就钻进羊圈，发着狠劲起羊圈了。起着羊圈，盼望姜干部再来说那话。现在，姜干部来了，说了，她却心里起了别扭。

姜干部窥破了麻拉拉的心理变化，放下水碗，说：咋的了？你不想听冯来财的好事。

麻拉拉也不否认：好事是人家的，我听的啥嘛，还不是白听。

姜干部就笑了，知道他的热心有结果了，说：你别不想听。听我的话，把你那几只羊合到冯来财的羊群里去，他牧羊主外，你理家主内，他的好事就是你的好事了。

阴了的脸又有些发臊，麻拉拉却还犟着嘴，说：半截人风光了，眼里还能有我，黄花女子还不一定入他眼哩。

姜干部再一次端起水碗，再一次猛劲喝了一口，放下水碗站起来，给麻拉拉肯定地说：你等我的话吧。我是干部，我不能说谎话。

还在县城留着的冯来财，不知道他的家庭生活将要发生的变化。他在蒋县长的安排下，要去几个适宜牧羊的乡镇去，与他的争得状元桂冠的黑眼圈公羊一起去，现场演讲，鼓动大家像他一样，积极发展养羊事业，脱贫致富奔小康。

持续几天的奔波演讲，冯来财累了，他的黑眼圈公羊也累了，这才由乡上的侯书记和苟乡长陪同着，回了他坡头村的家。

村头上，村长组织的锣鼓队，敲得地动天喧，把冯来财接上了，又一路敲敲打打地送到了他的家。鼓手舞动的鼓槌上，也都系了炫目的红绸布，飘飘荡荡，荡荡飘飘，红火了整个儿坡头村。

但这已不能使冯来财有所触动了。连续几日的风光，冯来财经历的红火，哪一场都比村长组织的排场红火，他习惯了，不以为然了。可他一进自己的家门，就没法不睁大眼睛，发出那种喜出望外的目光。

原来杂乱的院子，现在是既干净又整洁。

散乱撂着的碎砖头烂瓦，全都归整到院子的一角，垛得整整齐齐；还有散乱堆着的柴草，也都归整到院子的另一角，垛得整整齐齐；再是荒长着的杂草，一根根拔除后，泼了水，脚挨脚地踩了，踩得平平展展……冯来财注意到了，那挤挤挨挨的脚印，是一双女人的脚踩的呢！他的心便跳起来，猜想不会是七仙女下凡，也不会是狐仙鬼怪现身，到他院子来做好事。那么，会是谁呢？

从乡政府接着冯来财，并把他送回家的姜干部，也太沉得住气了。他有几次机会，可以明确地告诉冯来财，我是干部，我说话算话，说给你找个暖脚的，就给你找一个，现在，暖脚的人已进了你的门了，坐在你炕上了。但他忍了忍，把涌到喉咙口上的话又咽回了肚子。他在等待机会，像一个蒸馒头的高手，非得等到蒸笼里的气圆了，才好把锅揭开来，那样就一定是一锅又白又暄的好馒头。

这个机会到了，姜干部不能再等了。

紧紧地陪在冯来财身边的姜干部，高声大气朝着烟火蒸腾的灶屋里喊了一嗓子：麻拉拉，出来接人呀！

一团烫人眼目的红，从灶屋的烟火气里钻出来了，映照得湿淋淋的烟火气也似一团红色的雾岚。

麻拉拉？谁是麻拉拉？冯来财的思绪回到了乡政府的那个黑屋子里，不知道这个麻拉拉可是那个麻拉拉？

烫眼的那团红，大方地走到了冯来财的跟前，把他挎在肩上的一个布包接了过去，给他说：累了吧？进屋去歇着，一会儿吃饭。

这声音，这身段，就是黑屋子里与他挨在一起守了些日子的麻拉拉呀！

冯来财又有一种做梦的感觉，嘴里呢喃地说：是你吗？

麻拉拉浅浅地笑着，鲜亮的脸色和她穿在身上的贴身衫子一样的红。

冯来财还像梦呓似的呢喃着：真是你吗？

暂时地受了些冷遇的姜干部，显然不知道他们曾经的遭遇，只是看着他们认识，自己先放了心，觉得他的好心操对了。当然，事前他和冯来财的瘫子爹也说过了，麻拉拉未见冯来财，先见了公爹，把公爹喜兴得挣扎着，险乎从炕上坐起来。

老人眼里喷着泪花花，口齿含糊地说：好啊，好啊，我娃能得个女人，我死也能闭上眼睛了。

麻拉拉眼里有活，手上有活，跟着姜干部早两天来到冯来财的家，见过了病瘫善良的老人，自己就先心疼了。不用谁说，她自己就留了下来，先把老人炕上铺的盖的，身上穿的戴的，统统换洗了一遍，又把锅上灶上，盆盆罐罐，碗碗盏盏，也都洗涮干净，这才腾出时间，清理杂乱的院落。冯来财回家看到的景象，就是麻拉拉清早起来收拾出来的。

村长带着人，在村口锣鼓家什敲打着迎接冯来财的时候，麻拉拉开始入厨做饭了。

姜干部心里乐着，脸上笑着，乘兴向拥进冯家来的坡头村人宣布：我有一双鞋穿了。

西府的风俗是，成就一双好夫妻，谢媒的礼物就是一双鞋。麻拉拉在冯来财的家里忙了几天，坡头村的人不知道原因，还以为麻拉拉是乡政府指派来的义工，在冯来财上县赛羊的日子，帮助他料理家务的。姜干部这么一宣布，大家才回过神来，就都鼓着掌起哄了。

有人喊：挂红，赶快挂红。

有人喊：杀羊，马上杀羊。

迎接冯来财载誉回村的锣鼓队逐渐弱下去的声响，突然又喧天地敲打起来了，铜钹上、鼓槌上的红绸布，在鼓乐手们的舞动中，浸染着冯来财的家院，不知不觉地，麻拉拉站在了冯来财的身边，一个高挑，一个低矮，在一种不甚和谐的景象中，获得了一个料想之外的新和谐。

09

季节伴随着冯来财的运道，从炎热的夏天，已经越过成熟的秋天，进入漫长的冬天了。乡政府换届选举，坡头村是要推出一位人民代表的。这是个严肃的事情呢，却在坡头村出了故障，村民们在选举中，把自己神圣的一票，差不多都投给了冯来财的黑眼圈公羊。

村民的理由是：就是状元羊了，咱们村子，谁有状元羊的名气大？谁有状元羊的声望高？咱就推状元羊。

投票的会场在坡头村的街道上，虽只是初冬，顺着龙尾沟吹来的西北风还是有了一些寒意。主持选举人民代表的村长铁青着脸，不知道该怎么办了。过去，村里选了几届人民代表了，很顺利地都是他，这一次选举，他也想过了，把全村的男男女女都想了个遍，没有想出哪个人能跟他争当人民代表。因此，村长表现得很放松，既没在骨干群众里统一口径，也没要求骨干群众影响选票，做动员时，说得就很随便了，让大家充分发扬民主，不要瞻前顾后，不要留情面，觉着自己信任谁，就把自己神圣的一票投给谁，哪怕你投给的是一只羊。

村长的动员讲话说到一只羊时，散乱坐着的村民堆里，不能抑制地传出几声窃笑，同时还有一阵子的小骚动。

这有什么问题吗？村长没有意识到，却还得意他的讲话有水平，懂艺术，获得了村民群众的共鸣。

投票开始了。办法是原始的撂豆子，有选举资格的村民，人手一枚大黄豆，向一张条桌的碗里撂豆子。条桌上一溜摆着三只碗，碗边上贴着纸条子，写着村长和另外两个候选人的名字。开始撂豆子时，倒也撂得顺利，大家跟在村长的身后，看着他把黄豆撂进自己的碗里后，叮叮当当的，就都撂到村长的碗里了。村长自信地笑着，走到一边去，和几个撂过豆子的人一块儿扯闲话。就在这个空当，不知是谁，到桌前撂豆子时又摆了一只碗，并把自己的黄豆撂进去，嘻嘻地笑了一笑，轻轻地说：状元羊！这便不好收拾了，跟在后边的选民，接二连三地，把自己的大黄豆就都撂进了新摆的那只碗里了。

条桌边是有两个监票的人，看出了问题的严重，抽身去给村长汇报，结果却不能逆转了。

根本不用数黄豆，打眼一看，代表黑眼圈公羊的那只碗里的黄豆就多得多。村长春风得意的脸，到这时才拉了下来，他听得见村民中不甚友好的嬉笑，还听得见村民中开心的起哄。

起哄声像是有人指挥着，先是一句：状元羊。

紧跟着又是一句：黑眼圈公羊。

那个时候，冯来财不在推选人民代表的会场上。不在会场上，自然就不知道他媳妇麻拉拉的惊讶，怔怔地看着热烈的人群，看了一会儿，却也兀自高兴起来，脸面上是喝了酒后才会泛起的红，艳艳的像是两朵花儿。

嫁在坡头村的麻拉拉，早给自己定了一条规矩，凡事不出头，凡事不说话。可是面对这突如其来的事情，她就不能不出头，不能不说话了。

麻拉拉说：怎么能选一只羊呢？

尽管麻拉拉说话的声音不大，近乎自言自语，大家还是听见了，也便安静了下来。

麻拉拉却还说：羊又不是人。

正是她的这一句话，提醒了从乡政府来坡头村指导选举的姜干部。刚才，他被村民的选举弄懵了，胖乎乎的一张圆脸上，不尴不尬的，渗出了一粒粒油腻的细汗。他在心里叫苦了：怎么办？啊！啊！他完全地失了主意了。一向很有办法的姜干部，被坡头村的这场选举弄得手足无措，正不知如何是好时，麻拉拉的两句话，仿佛两束耀人眼目的闪光，使他的精神为之一振，他又成了很有办法的姜干部了。

姜干部是坐在村民撂黄豆的碗旁边的，他用力很沉地清了清喉咙，一只手扶着放碗的桌子，极有气势地站了起来，把眼睛睁得大大的，环视了坐得很散的坡头村村民，他开口说话了。

确有一些历练的姜干部，一开口，就表扬了坡头村群众的主人公意识和对自己的责任意识。他说，这很好，我们的事业要发展，大家要过上幸福美满的小康日子，没有主人公意识，没有对自己的责任意识，是绝对不行的。今天，大家推举乡人大代表，就充分地体现了这两种意识，大家把黄豆投给了状元羊，这没有错。咱们村最能代表群众利益的是什么？是黑眼圈的状元羊！

寂静的会场，这时起了一点点的骚动。

姜干部就把他的话停了一刹那，抬起他的双手，在空中向下压了一压，小小的骚动就又平息下来了。

当然了，黑眼圈的状元羊不是人。姜干部的声音是洪亮的，手势也是有力的，又比画地说着，就说得有些滔滔不绝了。这是事实，一个不可否认，不可辩驳的事实，状元羊不是人。但我要问大家，状元羊是风吹起来的？状元羊是天上掉下来的？不是吧。那它是怎么来的？也就是说，它是怎么成长的？怎么成为状元羊的？是人，我的亲爱的父老乡亲，大家应该比我看得更清楚，它是冯来财养大的，是冯来财把它养成了状元羊。

掌声接着姜干部的话音，刮风一般地响了起来。

姜干部在他的胖脸上抹了一把汗，等着大家的掌声停下来，就又说了一句话。

他说：状元羊不是人，冯来财是人。大家投票给状元羊，就是投票给冯来财，我们说，是不是这个理？

村民的回答声是那样的齐：是。

大家的目光在会场上逡巡着，找着被选为人民代表的冯来财。遗憾的是，大家找不见冯来财，只找见了冯来财过门几个月的媳妇麻拉拉。大家就想，这没啥奇怪的，不只今日的村民大会见不着冯来财，过去的村民大会，谁又见过同为坡头村村民的冯来财了？没有见过吧，在坡头村的政治生活中，在今日之前，大家把冯来财忘了，他冯来财也把自己忘了。

悄悄地就有了议论，说的什么话，似乎灌进人们的耳朵里了，却又辨不清是什么话。大家议论着，有人就冲着一脸喜色的麻拉拉起哄了：

起哄的人说：麻拉拉你说话呀，杀羊熬汤给大家喝。

一人起哄，大家跟着起：前次办喜事，说要杀羊熬汤，把人的味口吊起来了，却没杀，这次饶不过你了。

在乡政府的黑屋子里蹲过的麻拉拉，在村民的吵闹起哄声里，突然流泪了。她为她的半截男人冯来财高兴着，这份高兴也因为半截男人和她一起蹲过乡政府的黑屋子。那时候，半截人冯来财和她是个啥呢？猪狗不如呀！现如今，半截人冯来财是她的男人了，她是半截男人的女人，她的不如人的半截子男人冯来财，有机会成人了，被大家推选为人大代表，她怎么能不高兴呢！她眼里流出的泪水是甜的，是欢喜的，高兴甜美的眼泪水哩。

村民的吵闹起哄声还在耳边响着：杀羊熬汤……杀羊熬汤……

麻拉拉站立起来，挺起了胸，仰起了头，她想，她必须答应诚心诚意的村里人了。前次她和冯来财结婚，冯来财是要杀羊熬汤的，她把冯来财挡住了。她的理由很简单，咱就红火结婚这一天吗？一天的红火过去了，咱把嘴拿根绳子扎起来，不吃不喝不过日子。这么说，还不能阻挡冯来财，麻拉拉就又说，我又不是黄花闺女，头一回顶盖头，弄得那么铺张，你不怕人笑话，我还怕人戳脊梁骨哩！这么说，就没有给村里贺喜的人杀羊熬汤。这一回不同了，大家推举冯来财当人大代表，一个过去不像人的人，能够像人一样参加人代会，像人一样发表自己的意见，像人一样表达自己的立场，像人一样宣示自己的态度，就没有道理不给大家杀羊熬汤了。

阳光这时候照在人的身上，是那样的暖和，坡头村的父老乡亲，全都听到了麻拉拉嘴巴里响亮的承诺：杀羊！熬汤！

10

一只、两只……七只、八只……十八只、十九只……半截人冯来财对他当选人民代表的事丝毫没有预料，他像度过的每个日子一样，起早赶到龙尾沟里的羊圈里，把他的羊儿撵出来，任由黑眼圈的状元羊领头走进龙尾沟的草坡上去，他则留待一会儿，操起一张擦拭得明亮的铁锨，迅速地把羊圈里的羊粪蛋儿收起来，装进一辆堪称文物的木轮推车里，运出羊圈，堆在不远的那个羊粪堆上。日积月累，羊粪堆大得像座小山了。冯来财乐见羊粪堆不断增大，那可是再好不过的农家肥料，种麦下底肥，育秋上追肥，是价钱步步攀高的化学肥料所不及的，正是他所拥有的许多羊粪，他的责任田不及别人做务得细，长势却比别人家的好，收成也比别人家丰……养好羊，养好良种羊，是冯来财成家立业的根本，他爱羊，爱得如他的性命一样，不只是黑眼圈的状元羊，与黑眼圈状元羊同在一起的所有羊儿，都是冯来财心尖尖上的肉，与它们朝夕相处，冯来财惟恐慢待了哪一只，更怕少了哪一只。在他把羊圈收拾干净后，小步紧跑地撵上羊群时，他总会不由自主地要数一遍他的羊群。

冯来财数羊，数一遍，就会增加一遍感情，而且会有一遍的发现和收获，像他现在数到的那只和他关系最亲的羊。他还给它起了一个很好听的名字：福娘。

冯来财说不清楚，是他先亲着“福娘”的还是“福娘”先亲着他？他说不清楚是不要紧的，只要他的眼睛看见了“福娘”，他就知道他的眼光是柔和的，虽然他的眼光对每一只羊都是柔和的，但柔和与柔和是有区别的，那种细微的区别，除他自己体会得到外，“福娘”似乎也有体会。这也难怪，“福娘”是一只草羊，是冯来财羊群里最漂亮的草羊，它一胎下得了三只羊羔，它有充足的奶水养育它的羔儿成长，现在的羊群里，有它的儿子和女儿，还有它的孙子和孙女，换句话说，它已是一只儿孙满堂的慈祥的奶奶了。

慈祥的“福娘”似乎懂得冯来财对它的偏爱。只要冯来财高兴，朝着羊群任意喊一嗓子，或是吼一句小调，“福娘”都会不失时机呼应一声，自然它的呼应永远是那一种语言：咩！不要小看这一声单调的呼应，它会牵动冯来财的眼光，柔和的眼光啊，越过所有的羊儿，落在“福娘”一团雪似的身上，轻轻地抚摸着，“福娘”就很满足了。低下头来，拼命地啃着坡上的草，拼命地孕育下一代。

遗憾的是，“福娘”老了，它老得太快了，四五个年头的样子，就老得怀不上羔儿了。可它还在拼命地吃草，把自己的肚子吃得鼓鼓的，有可能的话，就寻到冯来财的跟前，偎在冯来财的身旁，有一下没一下地反刍着。冯来财听得见的反刍的动静，比往年小了许多。

这一天，“福娘”就很懂事地随着羊群，向龙尾沟的深处走去，自信是一坡好草时，羊群不再往深沟走，原地散开，埋头吃着秋天发黄的草。春天的青草使羊肥，深秋的枯草，其实更会使羊肥。青草肥羊，是因为青草的嫩；枯草肥羊，则是因为枯草的籽实，那可都是天然绿色的养料呢，在羊的齿舌上反刍烂了，咽在胃肠里，羊儿没有不肥的道理。“福娘”同往常一样，拼命地吃了一肚子的草，就又踱到冯来财的身边，偎着他的脚腿，仔细地反刍着胃肠的枯草和草籽。冯来财伸手摸着“福娘”身上的卷毛，一遍一遍地摸……摸着摸着，他叹息一声，他知道是为“福娘”而叹息的，不能怀羔儿的草羊，最后的结果只能是，杀了熬汤。

冯来财的叹息，“福娘”好像也听懂了，眼眸上蓦地蒙上了一层水汽！

冯来财是个放羊汉，早出晚归，相伴他的就只有羊群和草坡。放羊汉也是人呀！是人，怎么能一整天一整天地不与人说话呢？这没有办法，乱草丛生的龙尾沟除了他冯来财，没有第二个人，他就不能与人说话。尽管冯来财有了女人麻拉拉，有了麻拉拉带进门的一个儿子，可他也只有天黑回到家里，吃着麻拉拉做的饭，摸着儿子油光光的黑头发，还有虽然病瘫着，却是一脸笑模样的老父亲，冯来财才有机会说上话。他所说的，还只是他的羊群，羊群里的“福娘”，羊群里的喜欢打架的羊，渴望言语的羊……当然，还有功劳簿上英名赫赫的黑眼圈状元羊。

说起黑眼圈的状元羊，冯来财就又要说敬爱的蒋县长了。冯来财从县城的赛羊会上获得巨大荣誉回到坡头村后，就再没有见过蒋县长了。冯来财想念蒋县长，他说：蒋县长自担风险，给我贷款送来良种布尔羊，我不能让他再担风险了，我要攒钱，把蒋县长给我的风险贷款还了！

车轱辘的话，冯来财在家里说过许多遍了，他知道自己说得唠叨了，不说了，就到草坡上来给他的羊说。那么大的一群羊，有只吃草不长膘的羊似乎特别乐意当他的听众，听过了，还要喋喋不休地自说一通。

它说话的神态是逗人的，咩——咩——咩——一声连一声，情急时张着嘴半天不合，小巧的蹄子也派上了用场，急切地又是刨又是敲，生怕冯来财听不懂它的话一样。

冯来财的好性子，在这时表现得就更充分了，他会对略显干瘦的渴望言语的那只羊招招手，会像它又刨又敲的小蹄子一样，抬起脚来，跺在坡里的草上，大声地嘱咐着：少说话，多吃草，把你的身子吃肥了再说。

数羊的冯来财，眼睛盯着那只喜好打架的羊了。

虽说这只羊喜好打架，冯来财还是很爱它的。个中原因，在于它太像状元羊了，雪白的毛，如状元羊一样，到眼睛上，就很突出地生了两个黑眼圈，像是哪位著名画家蘸着浓墨画上去似的，美丽极了，漂亮极了。

它有一对粗壮尖锐的角。

它似乎知道其一生的荣耀就在那对角上，因此它要打架，像个好战的英雄一般，挺着它锋锐的角，追逐着它要挑战的对象。起先它是乱战的，逢着哪只羊，就是哪只羊，不分青红皂白，不辨曲直是非，迎头就是玩命的一击。乱冲乱撞地打斗了一些时日，它开始注意黑眼圈的状元羊了，注意地观察了一些时日，它混沌的眼神便完全聚焦在了黑眼圈的状元羊身上了。

这不奇怪，谁叫它们俩都是骄傲的公羊。

在一群羊里，只能有一只威霸四方、勇盖群雄的公羊。黑眼圈的状元羊，目前还是冯来财羊群的君王，它不怕那只像它一样的公羊，甚至胸怀开阔地容忍了像它一样的那只公羊的乱战乱斗。显然，黑眼圈的状元羊低估了像它一样的那只公羊，就在冯来财兵不血刃地打败他们的村长，被坡头村的村民推举为人民代表的这一天，一场潜伏着的战斗，在黑眼圈的状元羊毫无准备的情况下开打了。

年轻总比年老勇。不幸的是，只一回合，年轻的黑眼圈公羊，便把年长的黑眼圈状元羊顶了个四蹄朝天。

这个时候，与坡头村村民撂黄豆把村长的人大代表资格选下来的时间很相近。

冯来财未能目睹村长败选的场景，却完整地观看了两只公羊的战斗。起先，冯来财很为黑眼圈的状元羊所不平，还想上手帮它一把，急慌慌追到战斗者的身边时，冯来财笑了，他笑自己的呆傻。放了那么多年的羊，积累下来的经验告诉他，年轻的公羊挑战年长的公羊，是太自然不过的一件事。是状元羊又怎样，还能逃避羊群里这一自然法规不成？这么想着，冯来财站在一边不动了，他不错眼地看着两只公羊的打斗，打得激烈时，他还情不自禁地为它们喝着彩。

持续不断地打斗，打了多长时间呢？冯来财没有认真记，看着两只打斗得筋疲力尽的黑眼圈公羊，各自退后一步，撤出打斗后，他坐在了深秋的草坡上，又用眼睛数他的羊儿了。

很自然地，冯来财数到落在最后的那只羊了。

冯来财不由自主地心疼了一下。

他没法不使自己心疼。在他的羊群里，总是落在后面的那只羊，就离挨刀宰不远了。麻拉拉过门来，把病在炕上的瘫子爹服侍得病情大为好转。依着麻拉拉的主意，十天半月的，一辆皮轮架子车上，铺上厚厚的麦草，麦草上再铺被褥，把瘫子爹扶着坐在暄软的被褥里，由麻拉拉拉着，去一趟乡医院，扎针拔火罐，开药换方子。开销不谓之不大，钱不便利时，就牵一只羊，麻拉拉前头拖着架子车，架子车上躺着病瘫的老爹，车后还拖着一只羊。吃着中草药，喝着矿泉水的羊儿，因为状元羊的名声，已成为人们渴望的一种口福。因此，钱不凑手不要紧，羊能维持对老爹的医疗支出。

好些日子了，落在羊群后面的羊儿，已有六只牵进了医院，成了医院灶上的美味。

再是麻拉拉带给冯来财的儿子，暑假过后要上学，学校的老师，委婉地提出一个要求，让给他们灶上贡献两只吃着中草药，喝着矿泉水的羊儿，他们的儿子就可以上学了。冯来财疼着他的羊儿，却也觉得老师们的要求没什么不合理，便在儿子上学的那天，又把落在羊群后边的两只羊牵着，和他的儿子一起送进了学校，一起交给了尊敬的老师。

在龙尾沟的荒草坡上放着羊，冯来财支棱着耳朵，他倾听来自学校的儿子们的琅琅读书声，很意外地，也听到了他的羊儿挨刀的哀鸣声。

冯来财数着羊儿，数得他一会儿喜，一会儿悲，数得他蓦地闭上了眼睛，不再数羊了。他举起头来，感受着那太阳的光芒，漫天遍野地笼罩下来，他和他的羊群就都笼罩在缥缈的阳光里了。

麻拉拉就在这时撵到了冯来财的身边。她走得太急了，一走到冯来财的身边，粗重的喘气声就把冯来财惊得站立起来。

冯来财余惊未消地说：你，你咋来了？

麻拉拉说：我怕等不及哩。

冯来财说：啥事等不及了？

麻拉拉说：好事么。

冯来财笑了：好事？你怀娃了吗？

麻拉拉喘气匀了些，也不和冯来财绕圈子了，直截了当地说：村民推举你当人民代表了。

11

冯来财听了，却并没有乐起来，背过身去，看着他数一回少一回的羊群，嘴里没来由地叨咕着：人民代表，我当人民代表了？该不是我的羊成了人民代表吧？

做人大代表的感觉还是不错的。

冯来财没上会前，只晓得人代会上吃得好。好到怎样一个程度呢？他就不知道了；凭想象，大碗吃肉，大碗喝酒是不会错的。可在他上会后吃第一顿饭时，就叫他张大了嘴，举着筷子不晓得从哪里下手了。乡街上的几家大馆子，在那几天都被乡上包了下来，每一顿饭都由乡上出菜单，各家按着菜单准备。为了不致吃饭时混乱，人大代表都分了组，一个组里一个乡干部，恰好，冯来财分在姜干部所在的那个组里。几天的好吃好喝下来，要冯来财说他都吃啥喝啥了，他还真的说不清楚，因为许多东西都是他头一次吃，头一次喝，譬如他听说过的海参、甲鱼、河蟹等等，再是他没听说过的生鱼片、海鱿蚌、老鼠鱼等等，无一样不吃得人大代表饱嗝冲天，心花怒放。还有喝，白酒倒上了，红酒倒上了，啤酒倒上了，而服务员还在一旁征求代表的意见，喝啥饮料，酸奶、果汁、醋饮……冯来财听着，没一样不陌生，看别人要什么，他也要什么，喝了酸奶，喝了果汁，喝了醋饮……如果还有别的啥饮料，也会跟着大家，一样都喝上一些的。

陪在桌子上的姜干部也是，高声大气地招呼大家吃喝，他自己则转着桌子敬大家的酒，白酒敬了一圈，红酒、啤酒又敬了一圈，敬到冯来财身边，总要多停那么一会儿，手拍着冯来财的肩膀，问他家里可好？冯来财听得懂，姜干部所问的家里，其实就是他的媳妇麻拉拉。冯来财心领神会地点着头，一连声地回答：好么。敬那一圈白酒时，姜干部这么问冯来财，冯来财这么回答了；转过身又敬红酒、啤酒时，姜干部又这么问，冯来财还这么回答。同桌人，就是不知道姜干部给冯来财说媳妇的事，也听出了其中的故事。当然，那样一件美事，与红火一时的状元羊搅在一起，桌子上的人就都知道了，就把那事在桌子上说了一遍又一遍，满桌的人就都嚎叫冯来财了，说他不能有了女人，忘了媒人，怎么着，也该谢一谢媒人的。

邻桌的人听得高兴，也插话进来，吵叫冯来财，牵两只羊来，在人代会上谢媒，大家跟上喝口汤。

嚎吵声起伏不断：杀羊——喝汤！

嚎叫声连成了一片：杀羊——喝汤！

此情此景，冯来财没法再装了。他也想姜干部对他真是不薄，蹿前跑后，把他的黑眼圈公羊推到县城拿了状元桂冠；跑后蹿前，又给他说了麻拉拉这样的一个好女人，他真该谢谢姜干部的。

吵叫声还在继续：冯来财杀羊，我们选姜干部！

这么嚎叫着，冯来财便站起来，尽管他站着和坐着高不了多少，却也尽显了冯来财一身的豪气，端起餐桌上的一杯啤酒，仰脖儿灌进喉咙，放下酒杯，两只手在嘴上大气地一抹，声音拔得高高地说：

我现在就回家牵羊去！

冯来财这么一说，嚎吵着的代表们却静了下来，静得谁腕上手表嗒嗒的走动声，都听得很清楚。姜干部站出来打圆场了，拉冯来财坐，说大家瞎吵叫啥？他关心冯来财，是他做干部的本分，怎么能受人谢呢？快甭乱嚎吵了，腾出嘴来吃饭。

大家都吃姜干部的劝，冯来财却还犟着脖项，立马要回坡头村牵羊。

姜干部按着冯来财的肩头，说他，想让我犯错误吗？啊？乡上开得起人代会，就供得起代表的吃喝，这也是尊重代表，尊重民意的呀。

暂时地，冯来财不乱挣了，话却说得掷地有声，大家等着，我一定牵两只羊来，我不丢谎。

接下来又是一通地吃，一通地喝。姜干部就把蒋县长副职升为代县长的事给冯来财说了。

冯来财是高兴的，连声地问：真的吗？真的吗？

得到了姜干部肯定的回答，冯来财就说：就该是这样！就该是这样！

姜干部就还透露了乡党委侯书记的事。说他如愿以偿，调回县上了，和老婆娃娃团聚了。

冯来财自然还是高兴的，说：这就好。这就好。

说话之间，一桌人你碰一下，他碰一下，大家吃得一嘴的油气，一嘴的酒气，直把餐桌吃喝得一片狼藉，这才作罢。

乡上的人代会，按着既定程序进行着，听了政府的工作报告，讨论了乡政府的工作安排和打算，就到投票选举乡政府班子的重大事情来了。这次投票增补一名副乡长，姜干部是一个，还有县上安插来的一个。会议把投票选举的事放在第三日的上午，也就是说，选举一结束，人代会就散。但在代表中间，流传着两个选举动向，有说要选县上安插的那一个当副乡长，有说要选姜干部当副乡长，听说组织上给一些骨干代表谈了话，倾向是县上安排的那一个。这样的风声，自然地灌进了冯来财的耳朵，在会间休息时，他还凑到姜干部的身边，低声地问了他。姜干部不好说啥，脸上苦苦的，也是低声地回答了冯来财：凭良心吧。

冯来财听得出姜干部的弦外之音，就在会议的第二日傍晚，偷着溜回坡头村，从他的羊群里牵了两只落在后头的羊，连夜回到乡上，交给承办会议吃喝的几家餐馆，叫他们把羊杀了，来日早上，让代表们喝羊汤。

羊在挨刀时的嘶叫声是很悲哀的，冯来财听不得那个声音。把羊交代给几家餐馆的老板后，就躲出去找姜干部了。

冯来财把姜干部堵在了他的宿舍里，平时不见烟火的一个年轻人，这个晚上一根接一根地抽着烟，冯来财推门进去后，发现姜干部的宿舍里着了火一般，捂的都是呛人的烟气了，姜干部坐着的那个三斗桌上，有一个权且用碗做的烟灰缸，里边的烟头重叠着，堆得都快满碗了。

姜干部被冯来财的悄然进入惊了一跳。

冯来财嘿地憨笑了声，就把他牵羊给大家喝汤的事说了。

正说着，就有羊挨刀子的悲鸣声传来，冯来财本能地缩了缩脖子，浑身不由自主地打起了哆嗦，好像挨刀的不是他的羊，而是他自个儿的肉体。姜干部也听到了羊挨刀的悲鸣。自然地，他比冯来财要超脱一些，在一碗烟灰里拧灭了他还夹在手上的烟头，对依旧瑟缩的冯来财说了一句话：何必呢？不值当。

冯来财不明白姜干部的真实心理，说：咋就不值当呢？

姜干部还是苦瓜一样的笑脸说：给你说，你也不明白。

冯来财说：我不要多明白，只明白一条就好，谁给老百姓做事，我就支持谁。

姜干部就不再说啥了，伸手捉了冯来财的胳膊，使劲地摇了摇。

来日早起，代表们都喝了羊汤。喝着时，就有传话，是半截人冯来财献的羊呢。

投票开始了，县上安排的那位副乡长候选人也得到了一些票，而三分之二的多数票，却老实不客气地投给了姜干部。

掌声鼓起来了，冯来财听得见他的掌声是最响的……也就在他热烈鼓着掌的时候，他不知道，正有一个无法回避的悲剧，在他们坡头村的小学发生了。

12

妻子麻拉拉给冯来财带来的乖儿子，受老师指派，上树打核桃时，踩劈了核桃树股，闪跌在地上，摔得昏迷了过去。

会议一结束，就有村上派来的人，把这个不幸的消息告诉给兴高采烈的冯来财。

冯来财脸上的笑一时还收不回来，问着来人：谁从核桃树上跌下来了？

来报消息的人不管冯来财听清楚了没有，拉着他的胳膊就走，边走边又给他说了一遍。

冯来财这才听清楚了。失慌地问：娃现在怎么样？在哪里？

报消息的人说：已到了乡医院了。

冯来财就和报消息的人往街西的乡医院跑。起先跑得很快，跑到医院门口了，冯来财的腿一软，一下子扑爬在地，像是他身上的筋被人抽去了，骨被人敲碎了，几次的挣扎都没能从地上爬起来。还是报消息的人，几乎是连搀带抱，才把他从地上拉起来，扶着他进了乡医院的急诊室。在那里，冯来财一眼就看见躺在一副门板上的，他的儿子。冯来财的声哑了，扑到儿子跟前，惨烈地叫着：儿子！儿子！

一旁的麻拉拉便起了哭声。

冯来财的呼叫声大了起来：我的好儿子啊！

麻拉拉的哭声跟着也大了。

检查一毕的医生，收拾着他的听诊器、血压计，很无奈地摇头了。医生说乡医院的条件有限，孩子摔得又太重，不是乡医院能看好的，赶快转院吧。

情急之中，冯来财拧转身，抓住医生的手，非常冲动地说：医生奶奶，你给娃治，我回去牵羊，你要多少只，我给你牵多少只。

医生很年轻，还是个女的，对冯来财的举动和言语很不适应。但她在医院里，哪天不得经几件事，想想比之冯来财的举动言语还有更为难堪的，给她下跪，抱她的腿，她都忍过去了，怎么能忍不了冯来财的举动和言语。她忍住了，就还很有耐心地劝慰冯来财：不要你牵羊。

冯来财却还固执己见：我有羊，我要牵。

女医生打断了他的话，说：这不是牵羊的事。娃的伤太重了，你在乡医院耽搁一分钟，娃就有一分钟的危险，你不想叫娃一直在危险中吧。

麻拉拉悲极声咽，哭得昏了过去，一堆泥似的软在了地上。

医生摔脱了冯来财抓她的手，俯下身赶紧救起了麻拉拉……在女医生的好心帮助下，叫来了县医院的救护车，冯来财和麻拉拉的宝贝儿子顺利地住进了县医院。

县医院的救助是有效的，娃的命保住了，喂吃也能吃，喂喝也能喝，而且能拉屎能撒尿，可就是不说一句话，睁着眼睛，骨碌碌转到大眼角了，骨碌碌转到小眼角了，却总是视若无物。

守在娃娃病床边的麻拉拉一个劲地抹眼泪，一个劲地唠叨：你说话呀，儿子，就说你疼，身上疼哩，好吗？

冯来财附和着麻拉拉：是哩，就说一句，说你身上疼。

植物人！县医院的医生做过会诊了，明确地告诉了冯来财和麻拉拉，孩子就这样了，成了植物人了。

13

冯来财和麻拉拉起先还不明白植物人的意思，去问医生，问了这个问那个，把医生差不多都问烦了。医生就给他们说：你叫你娃，看你娃能应你们吗？不能答应，就是植物人。

冯来财和麻拉拉这才有些明白，但又不愿承认，嘴里喃喃地：能吃能喝，能睁眼睛，怎么就植物人了？

医生中有人早已认出在县城和媒体上大出了一回风头的冯来财，就给他说：你是谁呀，黑眼圈状元羊的主人呢，我们能哄你？你说，我们敢吗？

冯来财和麻拉拉就有些泄气，但又不想认命，就还坚持住在县医院里，给他们植物人的儿子治疗着。可是这样的治疗是个无底洞，别说冯来财那样的穷家小户，就是一个财大气粗的暴发户又能怎样？把钱扎成砖头一般的硬块，一个一个往里扔，也难填满那个无底洞。无限的哀与无限的愁，像是秋尽冬来的天气，印在冯来财和麻拉拉的眉眼上，再也退不去了。主治的医生也是好意，看出了他们的困窘和不甘，在一个初雪的早晨，来到病房例行查房手续时，先是“唉”了一声，便开口劝着冯来财和麻拉拉，说：不是我说我自个儿，也不是说你们为父为母的，咱都尽心了。我是医生，不能见病不医，可有些病就是医不了。不错，你们是娃的父母，心在儿身上，儿有病，爹心疼娘心疼，可也只能心疼，爹娘替不了儿子。咋办呢？总是耗在医院里，不是个办法，非把你一家耗光耗尽耗得没个出路。这样吧，我开些药，你们把娃弄回家去，在家里养着，看有没有奇迹发生。

熬在医院里，麻拉拉把一双风里雨里挖抓得糙黑的手，也熬得白白嫩嫩的了，搭在儿子的额头上，本能地抚摸一下，抚摸一下……麻拉拉没接医生的话，甚至连头都没抬，泪水在眼眶里旋转着扑嗒嗒就有一串子滚落下来，冰冰凉凉地，砸在她白皙的手背和儿子的脸上。

不！冯来财努力地挺了一下身子，说：我们不回家，就在医院里治。

冯来财说话的声很大，是他过去从没有过的事情，麻拉拉就有些受惊似的抬起了头，望了一眼冯来财，又望了一眼主治的医生。让人难以想象的是，在这时刻，麻拉拉的脸上竟然有了一丝笑意，久违的笑意呀，仿佛梨花带雨一般，这使为人夫为人父的冯来财，还有尽职尽责的医生，心口上都有被刀戳了一下的锐疼。

麻拉拉说：谢谢你了，医生。你是好意，你尽力了，我们听你的。

冯来财却不答应，看着医生的肩头上有从外边带进病房的几片未消的雪花，他踮着脚为医生拍了去，说：就在你手里治，我们不怕花钱，只要娃好，花钱怕啥吗？你说呢？冯来财说得豪气满怀，柔肠满怀：为人父母，能把一个重病的娃娃拉回家吗？不能吧！

主治医生还能说啥呢？摇了摇头，又点了点头，转身从病房里要出去时，麻拉拉叫住了医生，说娃的事她做主，就听医生的，给娃办出院，回家去。冯来财却推着医生出了病房，给医生说：你听我的，这事我说了算。还说他回家牵只羊来，都是状元羊一样的品种，吃中草药，喝矿泉水，熬的羊汤香哩。

也不管医生的态度如何，冯来财说到做到，果断地回了一次坡头村，从羊群里捉了一只羊，像他的状元羊一般生着两只黑眼圈的羊。这只羊不是因为落在羊群后边被冯来财捉住的，恰恰是要和状元羊争夺羊群统领的那只青春的羊，冯来财打破过去坚守的规矩，刻意地把这只羊选出来，他要以他的诚心感动医生，治好他植物人的儿子。

儿子是在学校劳动受的伤，学校也花了一些钱。农村学校能有多少钱呢？小小的花费，已告穷尽。这一点冯来财也知道，再逼学校，就只有拆房卖了。冯来财怎么敢让学校拆房呢？其间，当了副乡长的姜干部来到村上，计划大力推广冯来财养羊致富的经验，碰到这样的悲伤事，一方面安排村上派了专人，为冯来财义务放羊，一方面掏出他工资的一半，捐给冯来财为儿子治疗。在他的带动下，学校的老师也都捐了钱。但这些钱，在治疗一个植物人的费用中，只能起些雨过地皮干的作用。

一文钱难得倒英雄汉。

半截人冯来财不是英雄，为了儿子的治疗，他必须英雄起来。捉了羊后，在家看了一眼父亲，就一路小跑地往县城的医院赶了。这次回坡头村，冯来财感觉他和自己的村庄陌生了。哪儿陌生了呢？细想，又找不出头绪，只觉村里的人，看他的眼睛，又回到了他未养成状元羊以前的那种神态了。倒是被他挤掉人大代表资格的村长，得知他回村的消息，颠颠地撵了来，问长问短，其所超乎寻常的关心，叫冯来财简直不敢多想，他是真的关心还是一种幸灾乐祸？

牵羊路过乡政府，冯来财想起了姜干部，脚底一斜，便进了乡政府的大门，去敲姜干部的宿舍门，敲了一阵，没有敲出姜干部人来，却敲出了其他几个干部，问人家，也问不出个眉目，冯来财只好牵了他的羊，又从乡政府的大门里走出来，心想日了怪咧，乡政府的气氛咋的和他们坡头村一个样？

答案在喧嚷的乡街上得到了。

是几个嘴快的人，看见一脸晦气的冯来财牵羊走来，围了上去，问他牵的可是状元羊。冯来财老实地回答：不是。众人就有些奇怪，责备冯来财莫要哄人，是你的状元羊，谁还能抢了去不成？话撵话地说着，就说到了状元羊获选人大代表的事，连带着说了姜干部，拉大旗，做虎皮，借着一只状元羊，不把上级组织安排的副乡长人选当回事，自己逞能选自己，当上了副乡长，位子还没坐热乎，有人反映了，上边下来查，看不把他查下来才怪。

头脑中像是钻进了几只蜂，嗡嗡地响着，冯来财张着嘴，脸上不尴不尬尽显愣怔之色。

围着冯来财的人，说话散了。

他们走出很远了，还有话传来，什么状元羊，还不是姜干部日鬼捣棒槌的结果，找小姐给羊洗澡不算，还找小姐给羊焗油打摩丝，也太费心了吧。

从纷乱的乡街上怎么走出来，又怎么风尘仆仆地走进县城，冯来财全无知觉了。到他牵着羊一头走进县医院，迎面碰上了他在乡政府找不见的姜干部，脸上就像火一样烫了起来，好像他做了多大对不起姜干部的事。原来的情况是，冯来财想他见了姜干部，还有他一肚子的话要说，现在是绝对说不出来了。

显然地，姜干部是一脸的愁云，看着牵羊走来的冯来财，紧走几步，走到冯来财近前，一肚子的话像豌豆一样滚到嘴边了，也是硬生生咽回去了。

有恩于他的姜干部说不出话来，冯来财不能不说话：上边查你了？

姜干部点了点头，说：你知道了。知道了好，知道了也好有个思想准备。等人家找你谈话时，你就知道咋说了。

冯来财火急地接了话，说：我就给他们说，你是好干部，老百姓欢迎的好干部。

姜干部脸上的愁云淡了些，说：我也是，想当个百姓欢迎的干部，但这由不了我，我没办法了。

冯来财抖了抖精神，说：我找蒋县长去，他给我说过，有啥难事就找他，我去找他，就说你的事。

姜干部脸上的愁云就又淡了些。

冯来财信心十足地说：你回你的，让他们查去，我给蒋县长一说，看他们还咋个查。

14

县政府和县医院在两条街上。

县政府在老街上，县医院在新街上。从县医院要去县政府，非得穿过一条繁华的市场，市场上人山人海，从来都是那么热闹。半截人冯来财刚一走进市场，就有眼尖的人认出他和他牵着的羊，虽然这只羊不是那只名扬县城的状元羊，因为都有两只熊猫一样的黑眼圈，就很自然地被大家误认为状元羊了。

哇呀！是状元羊哩。

卖吗？啊，给个价，咱要了。

吃中草药，喝矿泉水的羊，熬汤一定鲜了。

七嘴八舌地，全都是说话的嘴，冯来财这才醒悟，他到县政府去找蒋县长，还牵着他给县医院牵来的羊，脸上讪讪地，很有些不好意思，转身牵着羊，又回了县医院，直直地去了后院的职工食堂，把羊拴在食堂存煤的板棚下，给灶上的大师傅招呼了一声，这才一身没有牵挂地去了县政府。叫他遗憾的是，他没有找见蒋县长，他甚至连县政府的门都没能进，窗玻璃明亮的门卫室里，两个身穿黑色制服的青年，把他拦在大门外，告诉他，蒋县长到省上开会去了。

冯来财知趣地转了身，走了两步，又拧过身去，对那两个英俊的青年说，蒋县长回来了告诉他，我是冯来财，我的羊夺了状元，我还没好好谢他哩。

再回县医院，天已经黑下来了。

冯来财去医院病房看麻拉拉和他们的娃娃，在门口，听到他贴心贴肺的麻拉拉一声又一声地呼唤着娃娃的名字，他听着，心里一颤一颤地，感觉到亲爱的麻拉拉，从喉咙里发出的呼唤，都带上热烘烘的血的味道。冯来财挪进病房，在娃娃的头上摸了一把，在麻拉拉的头上也摸了一把，啥话都没说，就又退出病房，去了后院的食堂。

食堂的师傅们都认识冯来财，原因不仅在县医院住得久了，重要的是他和状元羊的名气。他把类似状元羊的那只羊一拴到煤炭棚里，大师傅们就明白了，半截人是送给医院感谢医生的。因此，他刚一折回医生们的职工食堂，就有大师傅把一碗稀饭和夹着咸菜的两个蒸馍给了冯来财，让他先吃，吃饱了再杀羊。

这样的两个蒸馍和一碗稀饭，吃得冯来财颇不自在，几次，卡在食管咽不下去。

杀羊，冯来财是下不了刀子的，他养的羊啊，一只一只，全都宝贝似的，他怎忍心操了刀子，血刃羊的脖子呢！但在今天傍晚，为了他和麻拉拉的娃娃，他必须杀他宝贝似的羊了。毕竟，羊的宝贝，是不比他和麻拉拉的娃娃宝贝的。

艰难地吞下了蒸馍、稀饭，冯来财接过大师傅们给他准备的一把刀子，走向了他的宝贝羊，只见眼前一道白光闪过，黑眼圈的宝贝羊一声尖锐的啸叫，当下便倒在了血泊中。冯来财扔下刀子，不再看他宝贝羊一眼，转过头去，径直去了前院的病房。

香哩！真个是香呀！！

从天明的沉睡中醒来，冯来财就闻到了羊汤的异香。他从陪床的一只小凳上站起来，抽了抽鼻子，便循着羊肉的香气而去。在医院的职工食堂，黑压压已是一片来喝羊汤的人。大师傅们不忘冯来财，给他原汁原味地舀出一大碗来，让他先尝味道。喉结在他的瘦筋筋的脖项上活动着，他几次举起碗来，都已挨着嘴唇了，却没有尝一口。

冯来财咽不下他宝贝羊的肉汤啊！

端着热气腾腾的羊汤碗，冯来财走出医院职工食堂，走出医院的大门，走过了早晨清寂的市场，走到了县政府的大门口，昨天值班的那两个青年不见了，换班的是另外两个穿制服的英俊青年。冯来财问他们，蒋县长可回来了？两个青年面面相觑，冯来财就有些明白，昨天的英俊青年把他骗了，他们不想让他见到蒋县长，编着谎话哄他走。明白了这一点，冯来财的胆子大了起来，也不等新换门岗同意，端着羊汤碗就往县政府的院子进。回过神的两个青年，赶在冯来财的前头，拦住了他，问他找蒋县长有啥事，冯来财把羊汤碗向两个青年鼻尖上逼了逼，说：没啥事，就给蒋县长送一碗羊汤。两个青年还是拉着他不让进，还说：你的羊汤你喝吧，蒋县长还缺一口羊汤了？冯来财强辩着：说得好，说得对，蒋县长还就缺我一口羊汤。给你说，我是谁？我是冯来财，状元羊的主人冯来财，蒋县长支持了我，帮助了我，我还欠着蒋县长为我养羊贷款的担保钱哩！我给蒋县长送一碗羊汤算个啥，送他一只羊，送他十只羊，都还不了他的人情呢！

冯来财的强辩越说声越高。然而，不管他是喊也罢，吼也罢，终究被两个青年门岗挡着，未能走进县政府大院一步。时间一分一秒地过，县政府大门出来进去的人稠了起来，而端在冯来财手里的羊汤，才来时还冒着热气，现在已经凉下来了，凉得汤碗上起了一层蜡样的白油。

嘀嘀，嘀嘀，两声蜂鸣似的轻响，有辆黑色闪光的轿车从县政府院子的深处开出来，开到了大门口上，青年门岗把冯来财强拉到门边上，举起右手，向那辆小轿车敬着礼，目送着小轿车滑出门外，转头向大街的一端驰去……肚子里生着怨气的冯来财，眼珠子也跟着黑色小轿车转了。倏忽，他看见坐在小轿车后座上享受门岗敬礼的人，就是他要找的蒋县长哩！甩开两个青年门岗，追着越跑越快的小轿车。

冯来财喊叫着：蒋县长，羊汤……蒋县长，羊汤……

15

接下来的日子，冯来财从县医院到县政府去，又从县政府走回县医院，这样的行走，像是他经常温习的功课，没完没了。他数着自己走来走去的次数，数到后来，数得他都糊涂了，不知道自己来来去去走了多少趟，总之，没有一次进得了县政府的大门，没有一次见得了蒋县长。

自然，冯来财还必须筹措给娃娃住院治疗的费用，原来的一点积蓄，加上麻拉拉带来的一点箱底，早已花得精光。冯来财就卖起他的羊了，不管他的羊是什么优良品种，能换来钱就都卖，一只一只又一只，从坡头村他的羊群里捉了出来，或在乡街上卖掉，或牵到县城的市场上卖掉，换来几张铮铮响的纸币，一张一张地花在娃娃的伤病上。但是，如医生说的那样，花再多的钱，都没有治愈迹象，苦受苦挨，羊群里也只剩下最后那只闻名遐迩的状元羊了。

应了那句俗语，祸不单行。长期病瘫在炕上的老爹，在初冬一场连绵三日的大雪天里，硬在了他睡了一世的土炕上。

冯来财回到坡头村给老爹办丧事，前脚进屋，刚哭倒爹的灵前，麻拉拉后脚跟了回来，背上驮着他们植物人的娃娃。把娃娃在另一盘炕上安顿好，麻拉拉像冯来财一样，悲天哀地地也哭倒在爹的灵前了。

眼泪安埋不了爹的尸骨。

冯来财把状元羊捉到村长跟前，他自己跪了下去，声音嘶哑地说：就靠村长你了，我没啥谢乡亲们的，就这一只状元羊了，吃中药，喝矿泉水，杀了它，叫大家也喝一口汤。

村长的脸是冷的，比过去曾经有过的冷还冷……他看着跪在他面前的冯来财，从他的口袋里掏出一盒好猫烟，弹出一根叨在嘴上吸着了，吸得快要烧到他的嘴唇上了，才狠狠地吐出来，张嘴说话了。说出的话，一字一句，都像冰疙瘩一样，砸到了冯来财的脸，砸到了冯来财的心。

村长说：你能么，你的羊能么，现在咋不能了？

村长说：甭给我跪，安埋你爹不是我一个人弄得了的，你得给村上跪去，挨门齐户地跪，把大家都跪出来再说。

冯来财听出了村长的气怨，也感受到了村里人的气怨。他实在弄不明白，这人都是咋了，昨天是一个样，今天是一个样，明天又会是一个样，脸像小孩的屁股似的，变得那么快。他冯来财得罪谁了，他谁都没有得罪，他只是遭了难，儿子摔断了腰，爹没了命，就把人都惹下了。冯来财这么想着，怎么都想不通，觉得应该另有原因，是什么原因，是他和黑眼圈羊一起风光过吗？如果是，他仍然想不通，他怎么就不能风光一次呢？理是这个理，但现在讲不通了，给谁讲都不通，眼目脚下的事，就是求爷爷告奶奶，把瘫子爹安埋了比啥都重要，入土为安，冯来财不敢和村长，和村上人抗辩。

冯来财捉来了黑眼圈的状元羊，把它抱在怀里拍了拍，就又猛地推开来，顺手操起一把利刀，照着状元羊的咽喉捅了进去。

状元羊尖锐地叫了一声。

是夜，冯来财架起一口大铁锅，把状元羊剥了皮的肉氽在锅里煮烂了，切成块，装了碗子，浇上羊汤，赶在天明时，一家一户地送，他相信村里人都听见了状元羊挨刀的尖叫声，也相信村里人吃了状元羊的肉，喝了状元羊的汤，会到他们家里来，帮他安埋他的瘫子爹的。

不出冯来财的所料，村里人来了，探头探脑地都来了。

就在把瘫子爹的棺材下到坟坑里的时刻，远远地站着姜干部，一把一把地在他的脸上抹着泪。

冯来财不知道，姜干部的副乡长帽子已被摘下来了。

16

锅是冷的。炕是冰的。

依偎在一起的冯来财和麻拉拉，咋也觉不出一丝的暖意。隔着一道一道的黄土墙，悲苦的一对人儿，嗅得到人家锅灶上蒸馍煮肉的香气……年来了，偶尔的，会有一个二踢脚的炮仗“嗖”地蹿到高空中，“啪”地炸出一片红纸屑……透过镶了一块手片大的窗玻璃，冯来财看见了钉在院墙上的羊皮，他的荣耀的状元羊的羊皮呀，平平展展地被几个木头橛子钉着……家徒四壁的一个院子，能换两个小钱的，惟有这一张状元羊的皮子了。冯来财把昏昏沉沉的麻拉拉从他的怀里拉出来，言语柔暖地说：年难过，年难过，难过也得过呀。呢喃地说着，冯来财从炕上下来，头重脚轻地走到状元羊的皮子前，拔了钉着的木橛，卷了羊皮出了门，天黑时，就下了县城，来到县政府的大门口。

说个良心话，冯来财没想再来县政府了。

冯来财不傻，他知道蒋县长是躲着他了。

卷了状元羊的皮子出了门，冯来财的本意是在乡街上卖掉，换两个小钱，割两斤瘦肉，剁碎了包饺子过年的。可他不知为什么，心由不了脚，一步一步地竟又下了县城，去了县政府的大门口。是的，他想见蒋县长，他想给蒋县长说说姜干部的事，姜干部被选上副乡长，他不够资格吗？他不够条件吗？什么贿选，不就是给代表杀了两只羊吗？我愿意，心甘情愿地杀给代表吃，关姜干部什么事？当然还想给蒋县长说声“对不起”，他把优良品种的羊群养没了，他还欠着蒋县长为他养羊担保的贷款，他没办法，厚着脸皮只有先欠着了……是的，他还想再问一声蒋县长：你咋也躲着我了……下到县城来，冯来财不像过去找蒋县长，冯来财都要和门岗强辩理论，说他是蒋县长扶持的养羊专业户，他的羊获得了县上赛羊会的状元……这一次，他静静地等在县政府的门外，看着一个个走出走进的人，看着一辆辆滑出滑进的小汽车，希望蒋县长看得见他，像头一次和他见面时一样，和蔼可亲，知冷知热……可是，冯来财等到了天黑，也不见蒋县长出现在他的面前。

蒋县长忘记他了吗？

蒋县长认不得他了吗？

疑疑惑惑地，天黑尽了，天上又飘起雪花，冯来财也困得站不稳了。他踱到县政府大门口那个较为避风的角落，继续盯着从县政府大门出来进去的人和小汽车，他看见所有的人都很忙，都走得特别快，大包小包的，或提着，或扛着，仿佛威严的县政府大门前是个年货交易市场……终于，县政府的大门口寂静下来了，冯来财也觉得身上冷了，先是皮肤上的冷，再是血管里的冷，后来就是他的骨头冷了……他觉得自己就要冻僵了，这才意识到卷起来挟在胳膊里的状元羊皮子，抖开来，披着到了自己的身上。他感到了状元羊皮子的温暖，一点点地往皮子里缩着，渐渐地，竟然把自己的身体全都缩没在黑眼圈状元羊的皮子里了，落雪一重又一重地积累在状元羊皮绒绒的卷毛上，让人看去，好像冯来财就是那只黑眼圈的状元羊了！

是的，冯来财甘愿他能成为一只羊。他想，敬爱的蒋县长忘记了他，不认识他了，可他总该记得和认识状元羊吧？

原载2007年《江南》杂志第1期

珍藏的父亲

01

短寿死的……母亲对着我又在骂父亲了，这成了母亲的一个习惯，只要她想起父亲时，忍不住都要这样骂的。起初，我从母亲的骂声里听出的是不屑，渐渐地，我却从母亲的嘴里听出了骄傲和自豪。

受了母亲的影响，作为儿子的我，对父亲也便有了许多的骄傲和自豪。这是不错的，父亲在儿子的眼里，无论多么了不起，或是无论多么稀松平常，儿子大概都要放大了看的。譬如我的父亲，他虽然读了几年私塾，把《幼学琼林》《三字经》以及唐诗、宋词中一些经典句子，都能背诵得汤汤如同流水，但他确实只是一个地地道道的农民。农民做农活天经地义，一辈子在土里刨食，差不多都能做得有些道行。不过，我的父亲是要被尊为庄稼把式的，因为他的农活做得似要更为精到一些，就像西府庄稼汉说的，“摇耧撒籽摞垛子，扬场折项旋筛子”，这样六种农活，是堪称为技术含量最高的霸王活。我们坡头村的庄稼汉，公认我父亲做的是头一等好。

霸王活不说别的，就说撒籽和折项两种，在我小的时候，没少领教过父亲的精彩。

白露高山麦。这是通行西府千年的一句民谚，讲的是我们那里下种的节气，时日挨过白露，地里就会起霜，这时候家家户户种麦正忙。种麦前，撒籽是个关键，撒不好，籽种交合在一起，是为交籽，麦苗出土就会太稠；而两趟籽种区分开来，又会留下大空，形成空籽，麦苗出土就会太稀。是这样了，来年就会欠收。把麦子的欠收弄在种麦时，怎么说都是大家不愿看到的。这就要一个撒籽的把式来领事了，我的父亲是当然的领事人，在那个初寒即到的日子，坡头村的人，牵了牛，套上马，背了犁，扛上耙……一大伙人，一大伙牲畜，全都集合在地头上，等待我的父亲先在地里撒籽了。

这时的父亲，几乎就是一个众星捧月的演员，而齐集在地头上的人和畜牲，就都是翘首以观的“粉丝”了。

我父亲跨着大步，在地头上走出八叉的距离，搭眼向地头的那一端瞄上一眼，这便信心十足地撒起麦种来了。他的腰上是刹着一条宽宽的粗布腰带的，脚腕上也都要刹上一条宽宽的粗布裹腿，使我父亲看上去，便就有了十分的精神和干练，他在光裸的地里走着大步，手在胸前挂着的搪笼里拈着麦种，两步一撒，如是扇人耳刮一般，在空中划出一个弧形的扇面，抛投在空中的麦籽，无不受到太阳光的照射，颗颗麦种就都染上金色的光斑，洒落开来，是非常浪漫非常张扬的……挂在父亲胸前盛装麦种的搪笼也是金黄色的柳条编织的，不是很宽，但却较长，不熟悉用途的人看上去，还以为是条漂流在河水里渡人的小船。在搪笼里盛装上麦种，其实是很沉重的，父亲却举重若轻，机械地，同时又节奏明快地抛撒着籽种，因为负重，也因为走得虎势，每一脚下去，都在暄软的田地上踩出一个很深的脚窝……大家屏气凝神，一眼眼看着我的父亲，撒到地的那头了，再从那头撒回地的这头……父亲的嘴里，是要呼出气雾的，那一口一口呼出的气雾，因为节气渐冷，就都白腊腊挂在他的胡须和眉毛上，晶晶莹莹，像是挂着耀人眼目的霜花。父亲在地里撒过一个来回了，要在地头上喘一口气的，他要吃一锅烟，就在这时，等在地头上的人和牲畜，都像得了命令一般，吆吆喝喝，人欢马叫地进到地里，或者翻土播种，或者耙耱碎土。

麦黄谷黄，秀女下床。

卧了一个冬天，又长了一个春天的麦子，赶在五黄六月的炎热天，就要割倒上场了。麦粒儿碾打下来，跟风是要扬出来的。要把麦粒和麦糠分离出来，折项是个关键，七人八锨地顺风扬着，父亲站在风头上，脊梁光裸，油汗亮滑，插在麦粒和麦衣子（这很有趣吧，西府人喜欢把麦糠称麦衣子，好像裹在麦粒上的麦糠，就是人穿的衣裳一样）之间，把扬场的木锨翻出许多花样来，干干净净，利利索索，折出一道深渠，清白分明地隔开了麦粒和麦衣子。

现在有了机种机收，不再撒种扬场了。可我在此后的日子里，时常还要想起父亲撒种和折项的那一幕，感觉那是一种不需排练的舞蹈。宽广高远的蓝天是为父亲预设的幕布，广阔规整的田地和光亮平滑的场院是为父亲预设的舞台，单凭父亲尽情地舞蹈了。

庄稼把式的父亲，终其一生，脚踏着大地，成为土地上一个忠实的舞者，我想不到，在他吃了一生黄土后，又被黄土一口吃掉时，却谜一般留下了三件珍藏，即宝贝一样的一双手纳圆口黑缎软鞋、一顶草灰色红星粗布军帽、一面青铜双鱼镜。

父亲视为至宝的三件珍物，原是藏在一个木制的枕匣里的。在父亲没有辞世之前，不仅我没有见到过，我的哥哥姐姐也没有见到过。

甚至我们兄弟姐妹都没有听说过。

父亲却突然地倒头了。因为突然，父亲倒头的那个晚上，哥哥和姐姐们，因为工作，或是因为业已出嫁，就都没有在家，只我和母亲，恓恓惶惶守在父亲的身边。于是，我看见了打开的木制枕匣里，原来还秘藏着那双手纳圆口黑缎软鞋、那顶草灰色红星粗布军帽和那面青铜双鱼镜。不过，三件父亲珍藏着的宝贝，在父亲倒头前，他都让它们挪了地方，手纳圆口黑缎软鞋穿在了父亲的双脚上，草灰色红星粗布军帽戴在了父亲的脑袋上，青铜双鱼镜捂在了父亲的胸口上。

从没见过父亲的这三件珍藏，突然地撞进了我的眼睛，让我惊诧莫名。正诧异时，却已听见母亲哽咽着骂上了。

母亲骂着：短寿死！

在我的记忆中，母亲在责骂父亲时，所用总是“短寿死”这三个字眼。

母亲责骂着父亲时，把父亲穿在脚上的手纳圆口黑缎软鞋，戴在脑袋上的草灰色红星粗布军帽小心地取下来，又小心地放进了木制枕匣里，接着还取下父亲捂在胸口上的双鱼青铜镜，也原封放进木制枕匣里了。放好之后，母亲仍如父亲活着时一样，把那只木制枕匣上的铜质扣子扣好，又加上原来就锁在上面的一把铜锁。

母亲把父亲生前珍藏的三件藏品重又珍藏好后，就又呜呜咽咽地哭了起来。而此前，母亲在替父亲珍藏他的藏品时，是住了哭声的。母亲再次啼哭起来后，有好些天就没停过，便是困极睡着的时候，眼角还有泪珠，扑啦扑啦地往出滴，使人怀疑母亲根本就没有睡着。不过，母亲的哭声很弱，是那种极受压抑的样子。

母亲哭着时，总会骂出一声“短寿死”的。

母亲的骂声亦如她哭着的声音一样，是很孱弱的，是极压抑的。

我跟在母亲的身后，真想她能大哭起来，痛痛快快地哭一场。可是从把父亲安埋掉，母亲一直没有大哭。母亲把父亲的枕匣留了下来，却留不住父亲的生命，惟一能留下来的，大概就是这只木制枕匣了。

要说，也不是什么珍贵的木材，也不是什么特殊的制作，素面素身，可就是因为生前为父亲枕在头下，还留存着父亲的气味，而且还因为珍藏着父亲珍藏的三件物品，枕匣被母亲接了过来，并且很好地珍藏了下来。

在母亲看来，她珍藏起了父亲的珍藏，也便很好地珍藏起了父亲。

当然了，如果不是母亲说，我无法知道珍藏在枕匣里的三件物品，都有什么故事？母亲给我说了，我才知道，虽然识得一些文字，却到底是一个农民的父亲，其内心世界竟是那样丰富。

我是无论如何都要像母亲一样，为父亲而骄傲，而自豪了。

02

父亲的三件珍藏，要我说，最精美、也最喜兴的要数那双手纳圆口黑缎软鞋了。其中会是一个什么故事呢？知情的母亲却一直守口如瓶，从不给我说。

我又岂能甘心，就向我的母亲腆着脸请求了几回。

母亲还是不给我说，不仅不说，却是一定要咒骂父亲“短寿死”的。这样的骂，吊在母亲的嘴上，我听得懂，那几乎是不能算做骂的，充其量只能算是一种习惯，怀念我父亲的习惯。但一牵扯上手纳圆口黑缎软鞋，母亲嘴上的“短寿死”就是货真价实的骂了，一点假也不掺地怨恨着我的父亲。便是母亲到她生命的最后日子，忍不住给我来说手纳圆口黑缎软鞋的故事时，还不能自禁地、恶狠狠地骂我父亲“短寿死”。

母亲的咒骂是痛彻肺腑的，她说我的父亲吃着碗里，还看着锅里，都不怕把他的牙打了，咽进肚子里把他噎着了！

母亲这么骂“短寿死”的父亲，我一下子听明白了，父亲在母亲之外，还有另外一个女人的。这让我头痛，就不想让母亲往下讲了，因为我在心里想，人活一世，谁没有一个两个的秘密，那是他自己的隐私呢，可能很龌龊，也可能很美丽，这又有什么呢？最好的办法就是让这些隐私永远地秘密着吧。但是我的母亲不说则已，一但说起来，就由不了我，她是必须说出来了，而我也是必须要听下去的。

我还劝了母亲：咱不说了行吗？

我的母亲用她病弱的眼睛剜着我，说：你不是一直想要知道吗？你甭挡我，挡也挡不住，我要说，说了你也别脸红。

我能怎么办呢？只能硬着头皮听了。

这是一个怎样摄人心魄的故事呀，母亲说得上气不接下气，我亦听得上气不接下气。正如母亲所预料的那样，起初，我是听得脸红了，听着听着呢，我不脸红了，甚至又听出了母亲对父亲的骄傲与自豪。

便是躺在医院的病床上，身体非常虚弱的母亲，也在恶狠狠地叙说中，表露出她以往讲说父亲时那种訾骂中的怀念和赞许。

是浪漫的，也还很能感动人。

事情还得从父亲把母亲用大红轿子娶进门的时候说起。那天夜里，他们两个被折腾了一天的新人，睁着大大的眼睛都没有脱衣睡觉，一会儿你看我一眼，一会儿我看你一眼，一句话都没说。夜太静了，只有燃烧着的一双喜烛，忽儿“哔”的一声，炸出一个烛爆，然后又悄悄地放着红光，直到烧得落在烛台上，剩下最后的一滴烛泪，摇摇晃晃地熄灭了去，两双闪闪发亮的眼睛这才沉入了黑暗，但是他们还是不说话，相对着又坐了一会儿，有一双眼睛飘动起来了，那是父亲的眼睛呢，飘动着没有靠近母亲，而是离母亲越来越远，最后竟消失在母亲的眼睛里……在那一刻，母亲说她差点跳下铺了大红褥子，盖了大红被子的火炕，追着父亲而去。但是一个新嫁娘的矜持扯着她的手脚，她没能追下火炕，她流泪了，无声无息地流泪到天明，提了一把竹扫帚，把院子扫干净了，又到门头上去，把门前的街道也扫得干干净净……这时候，母亲已忍住了还要长流的眼泪，并且拧了一把毛巾，把脸上原有的泪渍，也擦抹得没了痕迹。

父亲夜半出门，他会去了哪里呢？

快到早饭时，家里的人才知道，父亲去了村东头的一家马坊里，陪着马坊的几头牲口，度过了他的新婚之夜。

这处马坊是村里老财东家的，有个年过六十的孤老头子照看着，隔着一堵墙，就是老财东家的深宅大院。在娶来母亲之前，村里的老财东给他娶了一个小老婆，庄稼把式的父亲，在老财东迎娶小老婆的那天，被老财东借用过来，赶着三头大马的花红轿车，走到三十八里之外的岐阳县周村镇祝家庄接小老婆。血气方刚的父亲，那天在他的赶车的鞭梢上，拴了一截红绸子，抡圆了甩出一鞭子，会有一声比放大炮还要脆的裂响。老财东欣赏父亲的鞭子功，那天在从他家的门前出发前，老财东鼓励着父亲，让他甚是得意地甩了三声鞭花，这就载着一行娶亲的人上路了。

老财东所以选择父亲，吆喝着马拉的花红轿车给他接小老婆，不只因为父亲的鞭花甩得好，村子里满是正经本分的庄稼人，肯定还有如父亲一样鞭头子花的人。老财东没有选择别人，而是选择了父亲，重要的一点是父亲粗通一些文墨，这可是其他人所不能比的。本来，老财东娶小老婆并不需要赶轿车的人通文墨，关键是老财东的小老婆祝金花，偏也识得一些文墨，她们家如果不是生了变故，那样的黄花闺女，谁会推给他老财东来填房。

祝金花家里出了什么变故呢?

说出来可是太吓人了。祝金花的父亲在周村镇开着个粮食集，低进高出，大钱没有挣下多少，小钱还是挣了一些的……祝金花嚷嚷着要读书，她父亲就遂了她的愿，送她上了县城的新学。这期间，祝金花的父亲又还盘了两扇大磨，把他粮食集上的麦子加工成面粉出售，自然又多了一条生财的门路。一切的一切，眼看着都往好的方向发展，突然地祸从天降，祝金花的父亲被北山土匪绑去了。

这都怪祝金花的父亲，拿捏不住自己，在周村镇请了十来桌酒，为他庆了个五十岁的生日，没想到第二天天不明，就凄惨地做了肉票。

北山土匪的鼻子也是灵，好像早就知道祝金花的父亲要去县城看女儿。祝金花的父亲起了个早，骑了头拉磨子的老马，刚出周村镇，就被候在镇街口上的土匪牵了马缰绳，没向南边的县城走，而是向北上了山……很快北山土匪给祝金花家里下了条子，让他们准备些银元，如不然，就到北山上来收尸。

北山土匪狮子大张口，要的赎金，把祝金花父亲经营的粮食集连盘子端给人，也还差着一大截，哭了几天几夜的祝金花，也是救父心切，她擦干了眼泪，放出话来，谁出得起赎她父亲的钱，她就嫁给谁，做大做小无所谓。坡头村的老财东闻讯，差了人去，没费多少口舌，就把大事定了下来。

祝金花是个识文断字的姑娘，来给老财东做小，老财东想着不能委屈了人家，在迎娶的诸多细节上，能够博取祝金花欢心的事体，他都尽量做到位……父亲有幸执掌娶亲轿车的鞭子，所依凭的也就是他像祝金花一样，识得一些文墨。

便是老财东布置他的喜宅和洞房，也是请了父亲的。原因是我父亲的对联写得好。在私塾，教父亲识字的九先生，自幼练成的功夫，捉起笔来，写得一手绝妙的汉隶。父亲跟了几年，在他的熏陶下，一笔汉隶写得也就很有模样了。老财东让父亲给他的喜宅和洞房写对联，父亲没敢太造次，他建议老财东请九先生，给他喜宅的大门写了对联，而他自觉选择了老财东的洞房，给他的洞房写了对联。

父亲后来在坡头村写了一辈子对联，但他自己认为，给老财东迎娶祝金花的洞房门上写的对联是最得意的一副。父亲虽然离世多年，但他写的那副对联却至今流传，是我们坡头村流传不多的一个佳话。

洞房对联曰：

乡心秦岭云千里

旅梦书香月初圆

03

迎娶小老婆祝金花的老财东，自然一身好打扮，他穿着团花的黑绸棉袍，上身还加了件锭蓝色织着暗色大朵牡丹的短褂，头上戴了顶缀着红绣球的直贡呢瓜皮帽，精神抖擞地骑着一匹雪青色大马儿，走在搭了红帐子，拴了大红花的轿车前面，昂扬豪气，率领着大家轰轰隆隆、招招摇摇地走着，快要走进祝家庄的街道时，还从右胯旁悬着的一个珐琅彩眼镜盒里，取出一副水晶石眼镜来，戴在他的眼睛上。

当时的父亲，看清了老财东的一举一动，他知道老财东是高兴的，而他也为老财东高兴着……这种从内心发出的高兴，一直很好地保持着，但到他们进了老财东的丈人家，喝了人家准备的喜酒，吃了人家准备的喜面，呼啦啦走出张灯结彩的老财东丈人家大门，看着老财东迎娶的小老婆，被她家的娘舅背了出来，走到父亲赶着的花红轿车前，转身把红袄红裤红盖头的财东小老婆架在轿车的前档上，父亲听出了盖头下压抑着的啜泣声……哦，要离娘了，哭几鼻子是应该的，不哭，反而是要遭人耻笑的。但是，父亲听出老财东小老婆的哭，好像不大对味，也就是说，那不是离娘的哭。

父亲的心头突然冒出这样一个感觉来，把他自己竟然吓了一跳。

父亲在问自己，人家老财东的小老婆是为啥哭呢？

父亲这一问，把自己一下问糊涂了，他猜不出财东小老婆哭的原由，因为他知道，老财东的家底尽人皆知，是方圆百里之内少有的殷实人家，别说她嫁到老财东家是为了救父，即使没有这档事，她嫁进老财东家的高门楼里，吃香的，喝辣的，穿绸子，着缎子，还不由着他小老婆祝金花的心性来了。

可是问题哪会这么简单，老财东已经老了，小老婆祝金花却还很小，天底下，哪有黄花闺女愿意嫁个糟老头的？没有吧，这应该就是老财东小老婆哭的原由了。

唉唉唉，父亲心里这么想着，不免暗自叹息起来。

父亲在心里叹息着，这就看见祝金花的陪嫁抬出来了。父亲奇怪祝金花的陪嫁不是红红绿绿的绸子缎子，不是玉琢金打的宝玩，而是抬在箱笼里、端在手上的书，卷了角儿的、没卷角儿的、沉甸甸的书。

父亲的眼睛睁大了。

一股风赶在这时吹来了，吹起了新娘祝金花的盖头布。父亲看见祝金花捂在脸上哭泣的不是手绢毛巾，还是书，一本打开的书。

父亲不能叹息了。他知道他的责任，是要赶着马拉的花红轿车，把老财东的小老婆祝金花平平安安地接上走。这是不好犹豫的，父亲在老财东的小老婆祝金花钻进扎花绣朵的轿帘后，扬起手里的鞭子，拨转了马头，就要一路往回赶了。当然，起步时父亲还要甩出三声响鞭的，这是一个规程，必须要甩的。老财东所以选了父亲来赶轿车，看重的就是父亲的鞭花甩得响，不仅甩得响，而且甩得很有准头，丈三长的鞭梢儿，父亲抡圆了甩出去，说是打马头上的左耳尖，就绝打不到马头上的右耳朵……父亲的鞭梢儿落在马身上的哪里，哪里就会毛掉皮烂，渗出点点的血渍来。但在这个时候，父亲的鞭子倒是抡得特别的圆，可到他要甩鞭花时，却甩得一点都不响。

父亲奇怪他甩的鞭花怎么就不响了呢？不仅不响，甚至还有点闷。

闷闷的三声鞭花响过后，父亲的心性也由一路而来的欢快，变得闷闷的了。他赶着轿车往回走，轿车上如果坐的是另外一个人，父亲是会赶出一些花样来的，这没什么，新嫁娘吗，哪里能不让人折腾呢!八百里关中平原，哪儿不都一样，祖上流传下来的习俗，有什么道理没有？父亲是不知道的，但父亲小的时候，跟上坡头村的成人，上邻村耍新娘，都要这样耍一耍，闹一闹的，好像不耍不闹，嫁女的一方不会高兴，娶亲的一方也不会高兴，世代沿袭，到了父亲的手上了，他怎么能不耍闹一番呢？父亲耍闹的方法就在他鞭梢下的三匹马身上，他要让马驾着轿车跑起来，是个坑呢，也不躲，是个疙瘩呢，也还不躲，任意地颠，任意地簸，把轿车上坐着的新娘非要颠簸得心从嘴里蹦出来不可。颠着簸着，还可能猛地刹住闸，让疯跑的马停下来，这就要闪新娘一个爬扑了，闪轻了呢，也还罢了；闪重了呢，就还可能出丑。在父亲的记忆里，不少那样的恶作剧，把人家坐在轿车里的新娘闪得扑出轿帘之外，头上顶着的花红盖头也会闪得跌了出去。来的时候，父亲已经谋划好了，路上是要折腾一下老财东的小老婆祝金花的，父亲已经听说，祝金花是在县城上了新学的姑娘，她就是再怎么不得意也不该嫁给老财东呀！父亲是这样想的，到老财东的小老婆祝金花坐上轿车后，父亲却打消了要闹祝金花的念头。

当然，那样的习俗也不是不能破，破了也不一定就不好。譬如要亲颠轿，不来那一场耍闹，别人会怎么看，那是别人的事，祝金花应该是喜悦的。她是新娘子呀，颠轿把她颠得头晕呕吐，花容失色，能是她的好吗？既然不好，父亲就不打马颠轿了。

这让父亲更觉奇怪，弄不懂他一个庄稼汉，满身的马粪味，却还会柔情似水，怜香惜玉了呢。

父亲把三匹大马拉着的轿车赶得很平稳，生怕颠到哪个坑里，或是簸到哪个疙瘩上。

父亲小心地赶着轿车，生怕把轿车里的祝金花颠闪着了。但是父亲想要听到祝金花哭，父亲奇怪自己听着祝金花的哭，是比他听过的秦腔曲子还好听哩。祝金花不哭，父亲能有啥办法呢?他没别的办法，他只有打马颠闪轿车了。父亲的念头刚起，他的丈二长鞭就抡了起来，“啪”地一个甩。奇了怪了，前阵子甩不响的鞭花，这会儿甩响了。父亲没有收手，连着又甩了两声响……前头骑马的老财东，甚至回了一下头，看了眼把鞭花甩得脆响的父亲。

受了鞭花的抽打，三匹马使着性子跑开了，越跑越快，父亲隔着轿车帘子，感觉得到祝金花在轿车里被颠闪成了风中的草，但她还是不哭……她不哭，不是她耐得颠闪，父亲听见她嗷嗷地干呕起来了！

轿车疯狂地颠闪着，祝金花嗷哇嗷哇地干呕着，进了坡头村，停在了老财东的家门口。

鬼使神差……父亲后来想他那时一定受了鬼的指示，神的差遣，他由不得自己了，他从他坐着的轿车前档上，腾出一只手来。父亲觉得那只手是从他心上生出来的，像条溜溜的软蛇一般，悄悄地溜进了轿帘里，父亲捏住了新娘子祝金花的一只脚，那只脚太小了，盈盈的一把，刚好握在手心里，就像握着一只染了红的小鸡崽，父亲握在手里后，就没有想放开，他担心一放手，那只染红的小鸡崽就会飞走。父亲握着，轿帘里的祝金花也没反对，静静地任由父亲捏弄，薄薄的一层轿帘，挡不住祝金花雪亮的眼睛，她是一定看见了父亲的魁梧健壮，年轻英俊……祝金花的手脚没有动，但她还在干呕，呕着呕着还真呕出来了，满嘴黑黑红红的呕吐物，喷射出来，糊在父亲伸进轿车里的胳膊上……父亲嗅到了一股异样的味道。父亲想到了砒霜，能够致人死命的砒霜！

父亲的头大了。

老财东的家门口，张灯结彩，蹿到半天的二踢脚、炸在地上的万字头，在癫狂的花红轿车停在门口时，就都被点燃了，激烈的炮仗声掩盖了父亲的惊问。

父亲说：你喝砒霜了？

轿帘里的祝金花没应声，她还在没命地吐……颠颠闪闪的花红轿车颠闪得祝金花把肠子肚子都要吐出来了。

父亲想抽出他的手，可是祝金花的指甲把他掐住了。她掐得真是心狠，父亲感到他的手都被掐出血来了！

04

一场恶作剧，却出人意料地救了祝金花一命。

父亲手上被祝金花掐了的地方，隐隐地作着疼，这让父亲对祝金花要恋恋不舍了，从此以后，父亲的心头颤悠悠放着一个老财东的小老婆祝金花。

父亲不敢往老财东那儿去，他一走到那里，手上被老财东小老婆祝金花指甲掐过的地方就会发痒，同时，心头上就会升起恋恋不舍的情愫来。这太折磨人了，父亲不知道他的这份心思什么时候是个头。于是，在家里提说给他娶亲的时候，父亲一口应承了下来。他是想，也许给自己迎娶了新娘，他会把老财东的小老婆祝金花从他的心里赶出去，换上自己的新娘子。可是他没想到，扯旗放炮地娶回了自己的新娘子，却并没把老财东的小老婆祝金花从他的心里赶出去，以至他在新婚之夜，撂下自己洞房里的新娘子，去了老财东的马坊里和马坊里的老雇工滚在一盘炕上，听马槽里的大马嚼草喷鼻子。

父亲的举动是太荒唐了。天亮后因为母亲的冷静处置，还没被我的老爷爷，也就是父亲的父亲发现。但到要吃早饭时，父亲还没有回来，我的老爷爷就要过问了。三问两不问，母亲又能怎么说呢？母亲不开口，我的老爷爷已经看出了问题，他到街上去了。临出家门时，老爷爷顺手操起父亲给他拴的那杆长鞭子，在街上问了几个人，就问出了父亲的下落，知道父亲窝在老财东的马坊里，老爷爷便大步流星地去了。

在我的老爷爷赶到老财东马坊里的时候，老财东已经早到了马坊，父亲缠着老财东，坚决地要给老财东扛长工，说有口吃的就行了。

老财东不知道父亲的心思，还当父亲和他开玩笑的，因此也就顺了父亲的话茬子，答应了父亲说：这是个便宜哩，我又不傻，还怕便宜烧了手。

我的老爷爷就在这时赶到老财东的马坊里，父亲的鞭花甩得好，老爷爷的鞭花甩得也不赖，气冲冲的两只脚还没走到马坊里，老爷爷便壮胆似的甩了一声天雷飞炸似的鞭花，这才威赫赫闯进马坊去，长长的鞭杆梢，戳着父亲的头，大骂父亲是个不知羞耻的瓜货，不给我往回滚，钻在这里成啥精!

老财东拨开老爷爷的鞭杆子，有几分玩笑，还有几分认真地给老爷爷说：快把你的鞭杆收起来，咱说话。

老爷爷不理老财东，依然用鞭杆戳着父亲的脸，向他雷吼天地地喊：往回给我滚，给我滚!

父亲没有动，他给我的老爷爷说：我给人家老财东说好了，从今日起，给他家扛长工。

父亲的话把我的老爷爷——他父亲说晕了，他睁圆了眼睛，看一眼我的父亲，看一眼旁边站着的老财东，老爷爷不知该怎么说话了。在我们村子，老财东的家底最殷实，我的家也不错，地有百十亩，牲口有三五头，不缺吃，不少穿，哪里用得着给别人家扛长工。笑话呀，这不是羞辱自己家吗！娶了新娘子不顾家，往人家老财东的马坊钻，已是一种耻辱了；偏不知道，还要不顾家的尊严，给老财东扛长工，这是又一种耻辱了，大耻辱呀！老爷爷想着父亲说的话，感到胸腔里正有一团黑血在翻浪，他不听父亲的话，抡圆了手里的鞭梢子，在父亲的头盖上甩了响亮的一声鞭花，父亲不是钢打铁铸的，抗不住爷爷的鞭花抽，他低头逃出了老财东的马坊，走向了回家的街道，而我的老爷爷还觉不解气，撵在父亲的身后，一会儿给父亲甩一声鞭花，一会儿又给父亲甩一声鞭花。

老爷爷的鞭花在此后的许多天里不断地从老财东的马坊响起，一声复一声，声声不断地响过一条街，鞭花暴响的前头，是我低头奄脑的父亲，他新婚时缝制的新里新面新棉花的黑布袄，已被老爷爷的鞭花打出密密麻麻的洞眼儿，露出一疙瘩一疙瘩的棉花絮，像是天上的飞雪一样，在老爷爷鞭梢上飘舞。

百日长的时间，父亲总要跑到老财东的马坊里去，而老爷爷又总是甩着鞭花把父亲追回来。这让村里人看着，倒真觉得有趣，同时还觉得父亲和母亲怎么了？是一对强扭的瓜吗？对此，别人怎么看都是不当紧的，我的母亲心里有主意，她揣摸出了父亲的心思，自己呢，心里是一边痛苦着，又一边感佩着，觉得血气方刚的父亲是个真汉子。母亲有的是耐心，她不难为父亲，就是听到别人闲话，说是父亲愣往老财东的马坊钻，是父亲恋上人家老财东的小老婆祝金花了，母亲也是不慌的，坚信父亲只是个想吃野食的小马驹，吃得上吃不上，终到了还要回到她的炕上来。因此，在老爷爷甩着鞭花追赶父亲时，没人去掩护父亲，母亲是要挺身而出的，冒着挨鞭花的危险，把父亲一次一次地领回她的住房里。哪怕这样的领回是又一次徒劳，母亲没有半句怨言，也没有半句不满。父亲是皮肉上的伤口呢，母亲就小心地给父亲的伤口敷药；父亲是衣服上的伤口呢，母亲就又密针细线地给父亲缝起来。

老爷爷的鞭花没能把父亲抽得回心转意，母亲的忍耐和抚慰同样没能使父亲回心转意……到了最后，父亲用他练得不错的汉隶写了一纸文字，拍在老爷爷的面前，宣告他和老爷爷断绝了父子关系。

老爷爷气得吹胡子瞪眼，举起牛筋拧的鞭子又要抽父亲，但老爷爷看见父亲决绝的神情，把鞭子凌空挥了挥，让父亲光杆杆一个出了家门。

老爷爷痛不欲生地大骂父亲：你娃走出这个家门，就不要想着再回来。

05

果然是，父亲从此没再进过老爷爷的家门。父亲走出家门后，把村头上一孔地窑收拾出来住了进去，真像他自己选择的那样，给老财东扛起了长工。

在老财东家扛长工，父亲干活是在地里的，吃饭就进了老财东家的院子，他也就有了机会见到大门不出的祝金花，和她能说话是一种享受，说不上话，见一面也是享受……老财东是自己装糊涂吧，父亲在他家扛长工，他就没有往别的地方想？

父亲头一次进他家院子吃饭，老财东还把父亲请到他家院子的石饭桌上，在祝金花端饭来时，还给祝金花介绍了父亲。

老财东说：这人还体面吧！那天娶你可是多亏了他哩。

老财东的话没说明，但他们都知道啥意思。祝金花不寻死了，老财东的兴头也上来了，他是感激父亲哩，抬头发现贴在他们洞房门上的喜联还在，就还指着喜联给小老婆说：你看咱门上的喜联，写得不错吧！在坡头村，就他写得出那样的联句。

祝金花早把洞房门上的联句看熟了，她看得懂那副喜联的用意，也喜欢那副喜联的用心，她看着年轻英俊的父亲，轻轻淡淡地笑了一下。

祝金花这样的一笑，在父亲看来，却像六月的日头一样，把他的脸热辣辣地照着了……父亲和老财东吃的是干捞面，拌了红红的辣子油，父亲就美滋滋地咥着，同时心里还美滋滋地想着，想祝金花是欣赏他写的喜联呢，如不然，早就被风吹雨淋没了。

父亲在老财东家扛着长工，他自己耐得住性子往下扛，老爷爷却是扛不住了，父亲再混蛋，也是他的儿子呀，而且是，他的眼前不见了父亲，可他给父亲娶的新娘子还在眼前转，老爷爷心里肯定不是味儿，他不能闭上眼睛，于是就把家里打麦场上放草的两间小瓦房腾出来，盘了炕，盘了锅，卷了铺盖和碗瓢，把新娶来的母亲安顿了进去……老爷爷给母亲说的话很无奈，很凄凉。

老爷爷说：就看你的造化了。

母亲点着头，安慰老爷爷说：你放心，他会回头的。

还真让母亲说对了……到母亲一人孤灯独影地在小瓦房里熬了不多日子，终于是，在那个突如其来的晚上，父亲跑到老财东的马坊，去了只一会儿，就又跑回来了，跑回来的父亲怀里揣着个小布包，小布包里包着双手纳圆口黑缎软鞋。不用父亲说，母亲知道那双好看的鞋子该是老财东的小老婆祝金花送给父亲的。母亲的眼睛一瞥一瞥的，看着跑回家的父亲把那双鞋子从小布包里取出来，母亲打心里承认，那双鞋子的做工是很精细的，不仅父亲看得直了眼，母亲看得也直了眼。母亲没有防顾，父亲在把那双手纳圆口黑缎软鞋重新包进小布包后，突然变得像个疯子，扑上炕来，顺势把母亲压在身下，大巴掌冰雹一般往母亲的身上落，母亲没有感到疼，甚至有股压抑不住的幸福感，正从父亲的巴掌下洪水一般漫涌上来，充塞了母亲的全部意识……母亲呻吟着了，不知怎么的，她身上穿着的衣服脱落光了，父亲身上的衣服脱落光了，结婚以来，一对儿新人头一次做了他们该做的事。

来日清早，有一声尖利的啼哭从老财东的高门楼里窜了出来，父亲和母亲都听见了，那是老财东的哭声了。

而在这个时候，一夜狂欢的父亲和母亲，还都光溜溜睡在自己的热炕上，睡了一阵甜蜜无比的黎明觉。

老财东撕心裂肺的哭叫，响彻了村子的角角落落，满村的人都如父亲和母亲一样，在老财东悲怆的哭叫声里，手忙脚乱地穿上衣服，赶到街道上来，大家口口相传，确凿无疑地告诉对方，老财东的小老婆死了。

啊啊，死了？

好好的，怎么就死了呢？

疑惑或者不解，都不能改变那个冰冷的事实，老财东的小老婆吞了两颗金纽扣，到天明时，脸上便没悲痛也没忧伤地死了。前去帮忙收尸的人甚至传说，老财东的小老婆，脸色还红艳艳地带着浅浅的笑意。

坠金！这该是一个财东家小老婆自绝人世的方法，便是断送自己的性命，也要以一种富贵的方式来完成。

父亲在这个清凉的早晨，被我温婉纯良的母亲骂了一句“短寿死”。

父亲是听到母亲的责骂了，但他看了一眼母亲，没有表示愤怒，没有表示抗议，他很知错地低下了头。

“短寿死”的父亲却没有短寿，他活得很旺实，到年老辞世的时候，他和母亲一共生育了七个孩子，所有的孩子又都成了家生了子，成了村里难得一见的大家庭。我听我的哥哥和姐姐说，也用我的眼睛看，父亲和母亲过活得十分和睦，好像从来没有吵过一次嘴，就是母亲不开心了，骂一句父亲“短寿死”，父亲所能表现给母亲的，也还是一个羞赧的笑，让在一旁为子女的我们看了，总觉是他们夫妻间的打情与骂俏。

06

精致的、好看的手纳圆口黑缎软鞋，老财东的小老婆祝金花是怎么做出来的？又是怎么送给父亲的？母亲没有明明白白说出来，但含含糊糊的一些交待，给了我许许多多猜想的理由，我是必须做出一些可能的猜想了。现在，我的脚上穿的是黑亮亮的皮鞋，以及科学合成材料制作的运动鞋和休闲鞋，像祝金花送给父亲的手纳圆口黑缎软鞋，如今像飘逝得仙鹤一样，是非常稀见和珍贵了。便是热恋的情人，可以在稠人广众的大街上激情拥吻，在公园的小树林里偷偷摸摸，但想让涂着红嘴唇，染着红指甲的少女，点灯熬油，一针一线地制作一双手纳圆口黑缎软鞋，那是想都不敢想的事。

老财东的小老婆祝金花却耐着寂寞，忍着性子，给父亲要做一双手纳圆口黑缎软鞋了。我已亲眼见到，祝金花给父亲做的手纳圆口黑缎软鞋，鞋底子是白色洋布一层一层刮了浆糊粘起来的千层底，是这样了，还要用拧出来的细麻绳，一针一针，细细密密纳过的。祝金花在送给我父亲的手纳圆口黑缎软鞋鞋底上纳了多少个针脚，我没数过，知道那是数不过来的，但我看见鞋底上的麻绳儿疙瘩，在鞋底儿的周边，纳了两圈好看的“万”字，众星拱月地围定了鞋底中间一只欲飞不飞的蝙蝠……我想，这就是祝金花的良苦用心了，她是要祝愿我的父亲“万福”的。

赶着三匹快马，拉着花红的轿车，把祝金花从她娘家接到坡头村，父亲把手伸进轿帘后边捏住祝金花的脚，父亲是有胆量的。父亲捏了祝金花脚的感觉过去了许多天，父亲没有忘记，祝金花又岂能忘记……接下来，祝金花看了写在她洞房门上的喜联，知道那是父亲的手笔，祝金花的心是该有进一步地触动了，而父亲又还放着家里的新娘子不顾，头顶着老爷爷的鞭子抽，一身棉花花絮地往老财东的马坊来，要给老财东扛长工，父亲不是鬼迷了心窍是什么？

这一切，祝金花都听到了耳朵里。

祝金花是听老财东给她说的。老财东说得很得意，得意他的家业，得意他新娶的小老婆祝金花，而且得意坡头村殷实人家的儿子——我父亲，甘愿与他的家庭绝缘，上他的门来给他扛长工……实在说，这是老财东的天真了。

老财东哪里知道，他的小老婆祝金花听了他得意的言说，心里是作何想呢？

老财东不知道，或者是强装天真和无知，还要不断向祝金花表达他的得意。

父亲就在老财东得意的表达和目光中，走进了他的家，给他扛长工了。

父亲进出在老财东的家里，要给老财东既做地里的活，又要做家里的活。地里的活是沉重的，要赶牲口拉犁翻地、耕地和耙耱，还要赶牲口拉土送粪……做罢这没头没尾的农活，父亲回到老财东的家里，挑粪担土，扫院子搂柴，眼里全是活，手里全是活，好像是，父亲尤其爱做挑水的活。地处渭北高原上的坡头村，地下水位在二十丈以下，早些年，村里人集资打了一口井，从井下要打一桶水上来，没有两个人便做不到，父亲却一个人就完成了。他挑回一担又一担水，把老财东家灶房里的水缸挑满了，还要挑一担水回来，连桶搁在水缸边……父亲做这一切，老财东的小老婆祝金花是看得见的，父亲或许是想得到她的一声赞许，又或许是想得到她的一句抚慰，但是没有，老财东的小老婆祝金花视而不见地沉默着，没有赞许父亲，也没有抚慰父亲，她缄默着，像是老财东的院子里生长着的那株白玉兰，可以随风摇曳，可以含芳吐翠，但就是坚持着，悄然无声，静默无语……父亲不相信祝金花会哑巴下去，他有这个耐心，始终扼守着老财东家长工该做的活，该做的事，却不期然地，有了一个机会，祝金花是必须和父亲说话了。

事情就出在春节后的斗对联乡会上。

这是坡头村一带传承久远的一个民俗，过了正月初十，村与村之间要斗一斗对联的。那年以坡头村为主的东片村，和以坡上村为主的西片村，在初十的正午时分，锣锣鼓鼓敲得就都打起来了，还有社火芯子、高跷队也组织起来了，他们早有约定，头一天西片村访问东片村，主持人老财东率领着东片村的斗对联大军，由两位大汉各擎一根高杆，分别挑着他们昨晚琢磨推敲了半夜拟写的大红对联，等在坡头村的村头上，迎接着西片村的人上门挑战。

他们迎接挑战的对联是：

丁山征西域战功卓著
平王都东洛文治武功

要知道，这副对联是父亲亲拟亲写的，他的汉隶工整，朴拙苍古，浑厚追远，是很有些看头的。联句的意思也昭然若揭地把西片村类比为西域，而把他们东片村又自比为唐代大将军薛丁山和古时建都洛阳的周平王，极尽羞辱地贬损西片村。

每逢斗对联乡会，东西两片村子是要人尽其才的，有拟对联才华的人，就要组织起来，称为“文士”班子，躲在铺展了文房四宝的指挥所里，绞尽脑汁，也要拟写出出奇制胜的好对联。同时，还要向对方派出密探，混迹于对方的营垒之中，打探出对方的对联是什么句子，好转报指挥所里，知己知彼、有的放矢，拟写出他们的对联来。

看来西片村的密探是把东片村的对联早已打探到了，他们锣鼓声声，旗幡荡荡，高擎着一副对联向以坡头村为主的东片村来了。

他们打出的对联是：

纸虎无胆裙钗舞墨真可笑

蛟龙生风壮士横刀谁敢欺

别人看不明白西片村对联的用意，父亲是一眼便看懂了，知道他们是冲着老财东的小老婆祝金花来的，他们知道祝金花的文墨，误以为今年斗对联，一定汇集了祝金花的智慧，就以此来羞辱东片村了。

父亲琢磨着西片村的对联，想要给他们以重重还击的，他差不多都在心里已经拟出一副还击对联了，并摇着头自鸣得意着，铺纸捉笔，就要用他拿手的汉隶写出来时，祝金花来了……她走动的声音像是一股温软的香风，如果没有裙钗上的环佩，招摇撞击出几声脆响，父亲几乎感觉不到祝金花已站在了他的身后。

东片村斗对联的指挥所就设在老财东的家里，老财东的小老婆祝金花要来太方便了……在指挥所里，父亲只是“文士”班子的一个人，此外还有九先生等一干人。祝金花莲步轻移，走进“文士”班子里来，九先生是要惊讶的，到他张开的嘴还没合下来，祝金花已开口说话了。

祝金花说：这副对联就让我写吧。

父亲捉在手里的笔僵在空中了，有一滴浓墨悬在笔尖上，凝结着，“吧嗒”掉在他面前的大红纸帖上……父亲把手中的毛笔给了祝金花，见她写的竟然也是一笔汉隶，竖若立柱，横若梁栋，一点不比父亲的汉隶差，把父亲和九先生看得目瞪口呆。

祝金花写的对联是：

应春已久枝叶未发原非蓝田种

举止失措诗书虽读难为儒林人

父亲还没什么表示，守旧古板的九先生即已击掌称绝了。

挑对联的两条汉子，把祝金花拟写的对联，高挑在长杆上，飘飘摇摇，走到斗对联来的西片村人面前，他们洋洋得意的脸，突然都灰了下来，低头耷脑，羞得锣鼓不鸣，旗幡倒悬，怏然落寞而去。

这成了东片村此后斗对联获胜的一个佳话。

父亲也是高兴的，然而他高兴了没有多少日子，就突然地高兴不起来了。

起因在老财东的小老婆祝金花身上，她躺在炕上不吃饭了！当然她不吃饭，水还是要喝一点的。为此老财东黑着脸，在院子里走出走进，嘴一张一张的，父亲看得出来，他是在骂人的。他在骂祝金花吗？是的，他是在骂祝金花，他在院子里不出声地骂出骂进，最后就骂到大街上去了，吆喝着谁有旧书卖，有了就往他的家里送……此言一出很快就有许多人绳子捆着，包袱包着，把他们家里的旧书送到老财东家里来了，换一块银元，或几块铜子儿。

老财东收购旧书作何用呢？供给祝金花熬粥吃。

正是这个发现，让父亲难以忍受地痛苦起来了。父亲不晓得祝金花为什么不吃柴火烧的饭？这太过分了，在老财东家的灶房里，包括老财东和家里其他人，吃的都是柴火烧的饭，蒸的馍，祝金花怎么就要特殊呢？好像她特殊得还蛮有理由，说她吃不了柴火烧的饭，都太柴火味了，她要吃书本烧火煮的饭，这样的饭食吃着香，是书香味儿呢！

这让父亲震惊着并痛苦着，却又不能自禁地，要去窥探祝金花烧书煮饭的情景了。

父亲知道那是祝金花的陪嫁了，一卷卷线装的《论语》《诗经》《古文观止》……还有《三国演义》《水浒传》《红楼梦》……一卷卷被祝金花抱进厨房，码在为她专门垒砌的炉灶旁，被祝金花一页页撕着，撕碎了，填进灶眼里，熊熊地燃烧着，红红的火焰煮着锅里的稀粥或面片……此后的日子，父亲总能心惊肉跳地看见，祝金花把一卷卷的书籍焚烧在炉膛里，让他的鼻腔里总是弥漫着纸墨燃烧的特殊味道……祝金花把娘家陪嫁的书籍都烧光了后，又烧光了老财东家里的书籍，没有书籍烧了，老财东是不急的。老财东想，没了书籍煮饭吃，看你祝金花吃什么？你总不能把自己饿死吧。老财东没想到，祝金花没了书籍煮的饭，还就真的把自己饿着了，饿得有气无力，都要饿昏了，才把老财东逼出家门，收购书籍烧火给她煮饭吃。

祝金花的这一举动，在老财东的家里引起了不小的震动，但她我行我素，坚持烧书煮饭，然后就在家里拧着细麻绳纳鞋底，缝鞋帮，一针一针，祝金花纳得一丝不苟，父亲看在眼里，不晓得这是给他做的，但他看见了，心里却没来由地受用着，他是多么想要得到祝金花的一双鞋呀。

父亲得到了，就在桃花盛开、春情荡漾的那个傍晚，父亲把老财东家灶房的水缸都挑满了，最后又挑了一担水放在水缸边，看着再没有他要做的活，正打算离开时，祝金花把一个裹着蓝印花布的小包塞进了父亲的怀里，让他拿着离开老财东的家。

祝金花说：你为啥要糟践自己呢？

父亲没有说话。

祝金花又说：你快不要糟践自己了。

月亮在那天傍晚升起得特别早，而且也特别的圆，亮汪汪地照着老财东家有点空寂的院落，父亲探头看了看悠远深白的天，咽了口唾沫，想他也是有话要给祝金花说的。

父亲说：你为啥要烧书煮饭呢？

祝金花没有说话。

父亲说：你是读了书的人，我相信你原来不是烧书煮饭吃的，你说是吧。祝金花仍然没说话。

父亲说：你可不要烧书煮饭了。

07

母亲又骂父亲“短寿死”了。

此后多年，母亲开口凡骂 “短寿死”时，我就知道她想我的父亲了。接着呢，她就又该给我讲父亲了，讲父亲的故事。

祝金花死了，父亲回到了母亲的炕上，让母亲幸福地怀上了父亲的种子，并很快给父亲生下了他爱得不忍放手的大儿子，接下来又生了二儿子和三儿子……父亲因此老实巴交地做务他的庄稼，养活他的妻子和儿子，忽然地就有了他平生的第二个收藏。这也正是母亲在骂父亲“短寿死”时，给我讲的新故事。

看见了吧，一顶草灰色红星粗布军帽……母亲是这样开头的，很有些说书人起头叫板的味道，一下子强化了我对那顶草灰色红星粗布军帽的认知，原来是非同寻常的。

确实也是，这顶草灰色红星粗布军帽，是八路军出击西府，解放了我们坡头村时，一位叫栗生念的指挥官送给父亲的。

现在的人，对八路军的西府出击，可能知之不多。解放战争大胜利的前夕，彭德怀将军统率陕北红军，与胡宗南的国民党军队，打了不少大仗，随着辽沈，淮海等大型战役的胜利，毛泽东在延安的窑洞里做出决策，加快了解放全中国的步伐，保卫延安的红军，从陕北一路南下，把胡宗南的国民党军赶到关中西府的扶风、眉县等地，在那里摆开战场，进行了七天七夜的殊死较量。胡宗南兵败南逃四川，关中全境解放。在解放战争史上，称其为“西府出击”。

战役打响的前一天夜里，父亲清晨起得早了些。一个晚上，关门闭户的一家人，像往常一样，吹灯上炕后，就都安安静静地睡了去。此前许多天了，西府人的日子就没安静过，先是大批胡光光（胡宗南）的国民党军队，蚂蚁搬家一般，弥漫了西府的村村寨寨，搅扰得大家日不能作，夜不能寝，胆小的人家，就还从家里逃出来，躲在野地或沟道里。我们家就是这样，在父亲的统领下，弃家去了村西的那条大沟里。别处人不知道，关中西府多是这样的大沟，沟深难以见底，沟坡陡峭犹如墙壁。不知哪年哪月，又是哪些人，在沟壁上凿了许多土窑洞，其中高低不等，机关重重，很适合当地百姓逃避匪祸。这些窑洞都很破败，父亲把一家人带到了西沟里，随便选了一处破窑洞，躲在里边，惶惶不可终日，耳听空气里忽儿“嗖”的一声枪响，忽儿“咣”的一声炮响，苦苦地挨着日子，突然就听人传来话说，胡光光的军队走了，走得没了影了。得了消息，父亲这才统领全家，拍干净钻在沟道土窑里沾在衣服上的灰尘，回到数日不曾进过的家门。

家里没有人，挡不住胡光光的军队进来，他们在家里的锅灶上做饭，盆子不够用，把家里人起夜的脚盆（也就是尿盆）也翻腾出来，拿到锅灶上用了。这个细节，让躲祸的一家人回到家里后，先是看得目瞪口呆，接着又笑得岔了气。父亲把家里的物件清理了一下，发现损失了七只青瓷大碗，一口铁铸的锅，再还丢失了两把挖地的镢头，以及一条拴狗的铁绳和一块磨刀的磨石。这些物件在今天看来，实在算不上什么，可在当时，就几乎是一个农家的全部了。父亲能够想到的是，大凡胡光光的部队过，村里必有一场大劫，他们有大队的人马，要吃要喝，在农家院子，打碎几只盆子和碗，砸烂一两口铁锅是稀松平常的，而弄丢锄头、铁绳和磨石，就有些想不通，他们拿走那些东西干吗呀？是能吃喝呢？还是能够打仗？

父亲心疼他的这些物件，一遍遍骂着胡光光，便脚不闲、手不闲指挥着一家人，把被胡光光军队搅扰得乱乱的家收拾出来，踏踏实实地喝了一顿热烫烫的晚汤，就和家里人沉沉地睡下来了。

多少日子，躲在沟道里的破窑洞里，何曾睡过一个好觉，全都攒下来，要在家里睡了。因为睡得死，晚上村里有新的军队来，父亲和家里人却都不知道。直到早起的父亲，把大门的门关拉开，有一个身穿草灰色粗布军装的人从门缝里倒进来，父亲这才知道又驻进军队了。

倒进大门的军人把父亲吓得不轻，同时也把他吓得不轻。他霍地从地上站起来，手很自然地抽出了别在腰间的那把泛着蓝光的短枪。这个动作做到一半时，那个军人不做了，又顺势别在了腰里刹着的皮带上，抬起手来，给父亲行了一个军礼，并对父亲说：让你受惊了。

说着话，军人的脸上还红了一下。

父亲不懂得军人向他行礼就是对他的致歉，依然胆怯地向后倒退着，身后有一个倒下来的锨把，把父亲的脚跟绊了一下，差点把父亲绊个大坐墩。就在父亲踉跄了几下后再站稳时，发现面对着的那个军人和他过去见过的军人不一样，这个军人的脸是笑的，非常和善可亲的笑啊!

父亲惊惧慌忙的心平静了下来。

军人就是栗生念，他给父亲宣传上了，说他们是共产党的军队，共产党的军队是为人民的。

父亲的胞弟在省城读书，他回家来给父亲曾讲过这些道理。眼下又被栗生念说起，父亲很是认真地琢磨着，觉得他说得太对了，他打心眼里认同那两句话，并同时觉得那两句话像两棵树苗一样，从此扎根在父亲的心里，不断地生长着，越长越是茂盛，越长越是粗壮。

栗生念说话的声音，那一刻在父亲的耳鼓上放大着，他听出了那个声音的熟悉，在曦微的晨光中，父亲气定神安地定睛看着栗生念，发现不仅熟悉他的声音，好像他的模样也是熟悉的……此一时，栗生念也打量着父亲，他也看出了父亲的熟悉……两个人你看着我，我看着你，突然地就都认出了对方。

父亲说：是你呀，你是栗生念!

栗生念说：是呀，我是栗生念。

俩人都很自觉地向前走了一步，相互抓住了对方的胳膊。这是不错的，他们俩几年前已有了一面之识。那一次，父亲的胞弟从省城往家领来了几个人，其中就有站在他面前的栗生念。那时候他还小，几乎就是个洋学生，细皮嫩肉的一张脸，笑起来还有两只小酒窝……父亲知道他的胞弟与北边（延安）有联系，他领的人一定也是要去北边了。果然，在家里住了一个晚上，天未明就都走了。父亲胞弟是和他们一起走的，走了后就再没回家……父亲想着他的胞弟，自然还会想起一笑两酒窝的洋学生。想不到，时隔几年，再见面时，细皮嫩肉的洋学生脸变黑了，皮肤也变粗糙了，人也变成了一个威武雄壮的军人栗生念。

栗生念不好意思地看着父亲说：你还记得我?

父亲说：怎么能忘记呢?

栗生念就很感动了，说：你看我，也太巧了，就睡在了自家门外，不是你开门，还不知要睡到啥时候。

父亲就埋怨栗生念了，说：到了家门口了，怎么不敲门进来呢？睡在门外，着凉了怎么办？

栗生念呵呵朗笑了两声，说：你把我当成啥了？是嫩豆芽吗？我们是钢铁的军人，别说是睡在村里，就是睡在冰天雪地又怎么样？

父亲满意着栗生念的话，很热情地请他家里坐。栗生念却看出了家的问题，问父亲怎么住到村头上来了？父亲不隐瞒他和老爷爷的矛盾，拣他能说的理由，给栗生念简要地说了一下。父亲说这些时，以为栗生念要批评他不孝的，却没有，竟还表扬了他，说他做对了。

栗生念的原话是这样的：好，你与地主家庭决裂了，好！

父亲当时并没完全听懂栗生念的话，自己还臊眉失眼内疚着，但在以后的日子里，父亲渐渐地、彻底地懂得了栗生念的那句话。这是土地革命教给父亲的，坡头村的老财东被划为大地主，戴上了帽子，同时还有老爷爷等几个人也被划为地主或富农，戴上了帽子。这是个肉眼看不见的帽子，无影无形，压在谁的头上，谁就受不了，不是一天两天地受不了，而是到死都脱不了帽子地受不了……眼目脚下，地主富农的土地财产都分给了贫下中农。父亲和地主家庭决裂了，他没有地，也没有房产，父亲就是贫下中农，他自然分到了土地和房产。本来父亲是能分回老家院子的，但父亲拒绝了，就还住在村头住惯了的草料房里。不过父亲把草料房翻修了一下，比原来大了一些，敞亮了一些。

当然这都是后话了。

把栗生念请进家里来，父亲让母亲烧了热水，让栗生念洗了脸，还泡了茶……父亲面对着栗生念打问了。

父亲问：我的胞弟呢？他也来了吗？

栗生念摸了一下他的后脑勺，说：先在延安见过几面的，后来就再也没见了，不知道他现在在哪里？

父亲兄弟几人，他最爱的就是上了延安的胞弟，生性活泼，脑瓜子好使，在村里的私塾上了几年学，这就上到了县城的学校，接着又上了省城的学校……胞弟回家里来了，就给父亲讲城里的风景，还讲他读的书。就是那次回家北上，胞弟给父亲讲，他在省城的学校已光荣地加入了中国共产党。父亲太想他的胞弟了，问不到讯息就只有遗憾了。

栗生念耐心地安慰着父亲，说胡光光就要被他们打跑了。胡光光一跑，咱关中就全解放了，说不准那个时候，你的胞弟就会回来，回来看你的。

栗生念安慰着父亲，就还动员父亲，要他带着他去见乡亲们。说他们前边要打仗，他们村子一带就是后方，他们是人民的军队，人民军队需要人民的支援。

栗生念的话，父亲听得似懂非懂，但他觉得听着好听，就带着去敲村里人家的门了。

走在宽阔的村道上，父亲的眼里都是穿着草灰色粗布军装的人，一团一伙地，抱着枪睡在村道上。父亲感动了，眼里流出了泪花儿，他带着腰别短枪的栗生念，敲开了村里所有人家的大门。父亲在敲村里人家的门，是还要想起他的胞弟的。胞弟在，胞弟也会领着栗生念去敲村里人家的门的。胞弟不在，他就替胞弟敲了。父亲敲开了村上人家的门，让大家听栗生念的宣传，他自己也跟上搭着话，宣传共产党的好，宣传共产党军队的好。

从陕北打来的这支军队，在村里整修了仅有一天时间。但在这一天，父亲脱胎换骨般爱上了这支队伍。他们不拿群众一针一线，群众做了好吃的，请他们到家里去吃，他们也都千拒万绝，坚决不进群众的家，不搅扰群众的生活，而群众要出肥，要运土，要挑水，要搂柴，他们却又抢着帮群众的忙。群众过意不去，把他们做好的饭菜送出门来，送到他们的手上，他们不得不吃，吃了后又都给了群众边区票（一种在延安通行的货币）。只是一天，他们便与群众仿佛鱼水般一家亲了。

身穿草灰色粗布军装的队伍，在村子里列成了长队，他们就要开拔上前线了。

他们走出村子的时候，父亲是跟着腰别短枪的栗生念，父亲已经知道，他是这支队伍的首长。

父亲坚持跟着已是首长的他，一直跟到了村外，栗生念让父亲留步，父亲也就不再跟了。

栗生念随着大队伍继续往前走，走了一程，却突然转回头来，向父亲跑了过来，跑到父亲跟前，把他头上的草灰色红星粗布军帽摘下来，端端正正戴在父亲的头上。

栗生念说：你想你胞弟了，就看一看红星军帽。

08

忽然地，父亲从一个庄稼把式的农民，变成了一个新社会的积极分子。

村里决议要办一所小学了，县上公派的老师也进了村，但办学的屋舍在哪儿呢？大家的眼睛都盯上了村口上的那座小庙。

不是很大的庙堂里，塑了一尊泥胎佛像，不论旧社会，不论新社会，庙堂里总是香火不断，善男信女总是络绎不绝。突然地要拆了办学，大家还是很不舍得，惶惶然如临罪恶，你拿着香裱去小庙给佛像烧了，他拿着香裱到小庙给佛像烧了……几天时间，小庙里的香火从来没有过的旺盛，而且还有许多议论在传播，说什么小庙就是坡头村村神，动了小庙的佛像，就是动了坡头村的神，以后坡头村怕就没有安静日子过了！

父亲看见了小庙旺盛的香火，也听到村里人沸沸扬扬的议论，他站出来说话了。

父亲说：什么神不神的，不就是个泥塑的大胖子吗？把他挪开来，腾出地方办学校，大胖子不会有意见的。要知道，让孩子读了书，识了字，才是坡头村过上好日子的根本哩。

有一笔汉隶好写的父亲，是村上少有的知识分子，而他又被划了贫农成分，自然要在互助合作化、人民公社化后的村子里承担责任了。

父亲承担的是个什么责任呢？说来却很模糊，他没有当过一天村干部，不是大家不选他，而是他一次一次推辞着，坚决不干。但村里有了事，出面的却一定是他。记忆中，有两件事情最能说明问题。

其一是，人民公社化后，国家掏钱给村里拉电，村干部没有不积极响应的，开会都作出了决定，抽调社员配合来到村上的专业技术人员，挖坑栽杆，拉线通电……都到这时候了，村干部突然想起，这么大的一件事情，还没有征求父亲的意见，他们就都急煎煎到了我家，来给我父亲说了。村干部把这事想简单了，以为是件造福村民的好事，给父亲说上一嘴，父亲就会高兴地让他们去做。可问题完全不是这么回事，村干部唾沫飞溅地说着拉电的好处，父亲却一语不发，他蹲在我家的火炕上，一锅接一锅地吃旱烟，红玛瑙的烟嘴噙在父亲的嘴里，吃得一口比一口重，浓浓的烟雾，从他的嘴里漫出来，顺着他的脸颊往上爬，爬着钻进头发里，又在头发里蒸腾飘散，让人看了，还以为他的头发在燃烧……父亲眯细着眼睛，把村干部一个一个都看了一遍，村干部知道父亲要说话了，都把耳朵支棱了起来。

父亲说：要拉电你们拉去么，给我说啥呢？

村干部听出麻烦了，赶忙给父亲检讨，说：我们忙昏头了。

父亲说：把我忘了？

村干部说：哪能呢？

父亲就把吃在嘴里的烟锅拔出来，在炕边咣咣咣咣磕着烟灰，每一声响都像磕在村干部的心头上，让他们忐忑不安。父亲说：老先人说了，不要惹电不要惹电，这电是个啥东西？我不知道，我不敢，你谁本事大日得了天，你谁就惹电去。

兴冲冲来向父亲讨主意的村干部，让父亲的一句话全给说蔫了。父亲说的“惹电”是西府人的一句俗语，大家常都挂在嘴上，是在劝告人时说的，要大家遇事必须谨慎，必须守规矩，不知道、不懂得的事儿就不要贸然去做。村干部听懂了父亲的劝告，来请主意的心，热腾腾的，当下凉得三九天的冰凌一样。

正是父亲的一句话，坡头村拉电的事拖下来了，一直拖后了近十年，还是村里人自掏腰包拉来的。

其二呢，就是来作村里的收支分配大决算了。

我的眼前总有一幅图景，那就是父亲打得溜转的算盘。别人是两只手打一个算盘，父亲是一只手打一个算盘。夏收后的初伏天里，父亲被抽出来，和队委会的会计出纳，把几张桌子搬到村子中央的大槐树下，来为村里人决算一年的收成了。村子中央的这棵大槐树现在还蓬蓬勃勃地生长着，撑开的树冠，几乎要埋没半条村子。父亲当年为村里人大决算的日子，正是大槐树生长旺盛的时候，浓密的树叶遮住了暴晒的阳光，树上的知了没死没活地嘶叫着，树阴下的父亲、会计和出纳，噼里啪啦拨打着算盘珠……他们是从全村劳动力的工分计算起的，然后又计算出全村人的粮食分配量……要知道，这是全村人最操心的事，有父亲参与其中，大家就会放心，但大家还会把关切的眼光，投向大槐树下决算的父亲、会计和出纳，他们三个人都有分工，会计唱数字，父亲和出纳打算盘，算盘打得疾，算盘打得徐，仿佛都在唱数字的人，他像秦腔舞台上的名角一样，抑扬顿挫，拖腔拉调，有板有眼地唱着数字，而在唱出一个数字之前，都会有一个高腔大调的“打”字爆唱出来，然后才是一行数字，像是水一样流出来，绝对不会乱了。不仅是我，坡头村的人在大决算的日子，总能听到槐树阴下嘹亮的算盘声和唱数声：

打——一十三分八厘，

打——一百二十二斤六两，

……

前头的“打”，打的是工分，后头的“打”，打的是口粮……在一声声的喊“打”声里，大槐树上的知了，也一呼一应，“知了”“知了”地声声应着。

大决算的桌子上，父亲是一身洗得粉白的汗褂和裤子。他在大槐树的决算桌上，既是一位一丝不苟的决算者，又是村民信任的监督者……决算出来了，父亲是要把决算结果，用他喜欢的汉隶，按着人名户头，非常工整地誊抄出来，上墙公布给大家。

这就是父亲在村里的威信了。

在此之前，开展互助合作，是父亲带的头，人民公社化了，还是父亲带的头……眼目脚下，要把小庙的泥佛搬倒，腾出庙堂办学校，父亲又怎么能不带头呢？

母亲骂着“短寿死”，给我们回忆说，那是个春暖花开的日子，小庙的庭院里，有一株紫荆花，几百年了，腰身都有合抱粗了，那一日，树枝上的花朵，像泼了血一样，红了整个庙院，“短寿死”的穿过紫荆花树巨大的树冠，恰有几朵飘落下来的花瓣，粘在了他的头盖和肩膀上，他没有注意到……母亲说，他那时一定是鬼迷了心窍，别说是几片紫荆花瓣儿，就在他之前，已经围到庙堂里的许多村里人，“短寿死”的也看不见了。

那时，大家的脸色都很复杂，有些呢，还双手合十，举在胸前，闭了眼睛，嘴里咕哝咕哝祈祷着什么。好像他们围在庙堂里，便是一种仪式，保护神佛不被破除的仪式。大家不说话，因为大家的心头，沉甸甸地操心着神佛的命运，乔山山脉的中观山山脚下，我们这个叫做坡头村的村子，有多少代的建村史了，是没人知道的，大家也不知小庙的建庙史，但是大家知道，小庙之于村子的意义，是根深蒂固的，怎么能说破除就破除呢？母亲说了，他“短寿死”的不知道，我是知道的，小庙的神佛就是村子的心根。母亲这么说着，还举了一个例子，说我一次玩耍，把自己给玩丢了，她到小庙来，给神佛烧香化纸，祈求神佛保佑，隔了一夜，把一家人都找得红了眼睛，以为我真的要丢了，却在我家的麦秸垛里发现了我。发现我时，我还没事人一样呼呼大睡，母亲说她把我拉起来，搂在她怀里，举起巴掌就要在我屁股上抽的时候，她的嘴唇碰了我的额头，而我的额头，正像火球一样，把她的嘴唇几乎烫出水泡来。母亲说她吓坏了，抱着我去看医生，看了好些天，我身上的烧就是不退，她就又约了几个婆娘家，到小庙里给我去叫魂，这一叫呢，你娃的魂回来了，烧退了，又是一个活蹦乱跑的小子。

我没见到给我叫魂的情景是个什么样子？但我见过婆娘家给别的孩娃叫魂的情景，非常的庄严，非常的肃穆，同时还非常的滑稽与可笑。

婆娘家一群数人，黑鸦鸦像是一团幽魂，在太阳落山天将扑黑的时节，手拖一杆老秤，秤杆上系着那个孩娃的一件衣服，秤钩上吊着一面铜镜，婆娘家拖着装备奇特的老秤，在暮色里的村庄里逡巡着，每走一步，都要拉得秤杆上系着的小小衣服，像是鸟儿的翅膀一样，飞腾一下，同时呢，吊在秤钩上的铜镜，亦如鸟叫一样，尖锐的叮当一声。

婆娘家有嗓门好的，要一边行走一边领头呼唤，她叫着的失魂孩娃的名字。我见到的那次叫魂仪式，是给村里一个名叫牛娃的男孩做的。领头呼唤的婆娘，声音就很嘹亮地呼唤着了。

她在前头呼唤：牛娃呀——牛娃呀——

后边跟着婆娘家和混在其中的失魂孩娃，就都随声响应：回来了——回来了——

如此反复，以至无穷，直到把村庄的角角落落都走遍，都喊遍，最后回到失魂孩娃的家里，还要继续呼唤。这个时候，失魂孩娃的父亲，一般都要爬上房顶，斜倚在屋顶上，也来呼应叫魂的演唱，使其原有的声势还要壮大一些。

我看着为别人叫魂的情景，心想我的父亲可是爬在屋顶上为我的失魂壮过声色。

叫魂让我认识了青铜镜。神秘的叮当作响的青铜镜啊！

“短寿死”的进了小庙的庙堂……母亲不无愤怒地给我絮絮叨叨，你说他没鬼迷心窍，他咋能谁也不看，谁也不理，把一盘挂车的粗皮绳，搭在了神佛的脖子上，他背转了身，把皮绳勒在肩膀上，嗨哟——嗨哟——使了牛的力气，把他拽得满脸通红，脖子上的青筋暴起手指般高。“短寿死”的应该想到，是应有人帮他些力气的，却没有，他就只有独自个儿使劲了……嗨哟——嗨哟——“短寿死”的给自己鼓着劲，终于是，泥塑的神佛，经不起他一而再，再而三摇拽，轰隆一声垮倒下来，积年累月的尘灰，随着神佛的垮倒，腾起一股冲天的迷雾，在场的人呛得都咳嗽了起来，咔咔咔……咔咔咔……持久地响彻着小庙，“短寿死”的也咳嗽了，但他没有回头，撇下肩上的粗皮绳，端直又往小庙的大门外走出了。“短寿死”的没留神，有一只圆圆的青铜镜，从神佛垮倒的肚腹中滚出来，一直追着他，他不知道因为一时用力过猛，还是毁了神佛，自己心里虚弱，走着是腿上虚飘飘、软塌塌的，像踩着云，踏着风，便就走得歪歪扭扭，很失形状，前两步向左弯，后两步又向右拐，神佛肚腹里蹦出来的青铜镜，却像生了眼睛一般，追着他左弯右拐的脚步，叮叮当当滚着来了，他右弯，青铜镜右弯，他左拐，青铜镜右拐，就在“短寿死”的走在紫荆花树下时，滚来的青铜镜，狠狠地砸在他的脚背上，把他砸痛了，他这才发现了青铜镜，弯下腰来，把青铜镜捡起来，吹了吹沾在上面的灰尘，举在眼前看了好一阵子，他没有撂下青铜镜，而是很小心地揣在了黑色夹袄的怀里。

这是只双鱼的青铜镜呢。父亲看在眼里不知他可知道，在中国的传统图形中，鱼是有着生殖繁衍，多子多孙含义的，这是一种祝福，譬如鲤鱼跃龙门的传统，就更表达了人们祈求富贵、升官进仕的良好愿望。把这样一个铜镜，藏在小庙神佛的肚腹里，应该是坡头村人祖祖辈辈的一个深刻祈愿了。父亲把双鱼的青铜镜拿回家来，小心地擦拭干净，又藏进他的枕匣里，我不敢胡乱猜想，但也证明，父亲破除迷信的意志，其实并不坚定，他对小庙，对小庙里的神佛，还是心存着很大的敬畏的。

“短寿死”的不该作那个孽呀！后来的母亲，可能是为父亲赎罪吧，她就非常敬佛了，特别是在父亲离世以后的日子，母亲是常要到改做了学校的小庙里去，在村里孩子琅琅的读书声里，找一个背人的地方，给没有泥佛的小庙，燃几炷香，烧几张纸……母亲嘴里念念有词，说的什么，母亲不会给第二个人说。直到有一天，我作为学校的一个学生，看不惯母亲的作为，撵到母亲身边，叫她不要搞封建迷信，母亲训斥我了，说我恁大个娃娃，又知道个啥吗？

是的，我是不知道，在父亲被老爷爷摇着鞭子，把父亲赶出家门后，他自己没有地种，而他又要养活一家子人，是小庙里的居士，把小庙的庙地租给父亲让他耕种，他才黑汗黄汗没让一家人饿肚子。

是小庙的租地养活了我们一家。

09

现在，这面双鱼青铜镜就收藏在我的手里，我会时时取来，捧在掌心上，小心把玩的。这没什么好说，我喜欢这面青铜镜，它周边滚圆，有一道素净的宽缘，主纹为两条活泼的鲤鱼，首与尾相衔相叼，表象十分生动，便是鱼的身样，也非常的肥硕，鱼鳞清晰，展鳍折尾，活灵活现，同向旋环，逐浪嬉戏，溅起一波又一波的水浪，圆满曲转，细密流畅，饶有情趣，特别地惹人喜爱。整面青铜镜，包浆均匀自然，品质高古，实为一个值得珍藏的青铜镜。我把玩它时，反面正面都要触味的，便是上古打磨出来照人的镜子，也还依旧明亮光洁，照人是人，照物是物，一点也不作假。

我是多么喜欢这面青铜镜呀！

但我却不知道，坡头村小庙神佛肚腹里珍藏的青铜镜，难道仅只是其铸铭的图形所表示，祈愿多子多孙的含义吗？我想会有一层这样的意思，但应该还有别的意义，譬如世道人心，佛天仪礼等等。

父亲的双鱼青铜镜收藏在他的枕匣里，他会像我一样把玩吗？也许会也许不会。如果他把玩了，我是会看到的，可在他生前长长的日子里，我没有见过父亲收藏在他枕匣里的双鱼青铜镜，但我相信父亲是非常珍爱这面双鱼青铜镜的。这从父亲对待母亲的态度上是看得出来的，双鱼青铜镜所蕴含的多子多孙，大富大贵的寓意，起码在母亲的生育方面是很好地实现了。听母亲说，在父亲向小庙租种庙地时，小庙里的那个居士，还很神秘地告诉父亲，说父亲命里有五个儿子。居士说，你有五条汉子，你想想你能不富吗？你肯定是富了，大富大贵呀！父亲还将信将疑着，居士就还告诉父亲，说你不要不信，日后你就知道了。自此，父亲坚信不疑地实施着他的生育计划。也是母亲争气，一个接一个，连着给父亲生了四条汉子，而父亲的家业果然一点点发生着变化，直到全国解放，坡头村的人，像父亲一样都有了奔向新生活的新气象，父亲就更相信居士的话了。

但问题随之而来。

母亲在给父亲生育了四条汉子后，却生了个女儿。

女儿也好，父亲很快乐地把母亲的头生女儿——我的大姐养了下来。可接着下来，母亲又生了一个女儿，父亲就不能容忍了。那应该是我的二姐呢，可父亲没让我的二姐生下来哭一声，就把她溺死在尿盆里了！这还没完，母亲又给父亲生了一个女儿。这应该说是我的三姐呢，父亲同样没让我的三姐生下来哭一声，就用同样的办法把她溺死了！这让我的母亲无比痛伤，也让我的父亲特别沮丧，又去问了已不在小庙里的居士。居士给父亲说，你这人太心急了，你想呀，老天爷给你的女儿你咋能不要呢？回去吧，下来如果还是个女儿，你就要顺应天意，把女儿好好养起来，你就一定会再得到一个儿子的。父亲听了居士的话，到母亲给我生下四姐后，父亲虽然心里老大不高兴，却还顺应天意养了下来。于是就有了我。我是从母亲嘴里知道这些事的，知道后，就觉得我的一条生命，原来是这样沉重，一直地背着二姐和三姐的两条生命一起成长的。

父亲为他有五条汉子而骄傲着，特别是我这个小儿子，从我记事起，睁着眼睛的时候，都是架在父亲的脖子上过来的……我听父亲给我讲故事，他讲了给他送了草灰色红星粗布军帽的栗生念。父亲一旦讲起栗生念，自然还要讲说他聪明活泼的胞弟，便是我从父亲的脖子上下来，背起书包，到父亲毁了泥佛改办了学校的小庙里去，端坐在小庙的殿堂里读书后，父亲是还要向我讲他给我讲了许多遍的故事。

我理解父亲，他是想他胞弟的，他的胞弟这是怎么了？

父亲没有找到他胞弟的消息，我却为父亲找到他怀念的栗生念的消息。我上学了，在清明的日子里，有组织地去扶眉战役(就是那次解放关中的西府出击作战)烈士陵园扫墓，回来给父亲说，栗生念可能就光荣在其中了。父亲还没听我把话说完，就抬起巴掌，在我的脸上狠狠地留下了五条鲜艳的手指印。父亲不相信那样的人会牺牲，但后来的事实证明，给父亲草灰色红星粗布军帽的那个栗生念，还真的牺牲在扶眉战役中，而且就安葬在扶眉战役烈士陵园里。

父亲得到消息的日子，割了肉，沽了酒，还买了香烟，到扶眉战役烈士陵园，把煮得喷香的肉埋在栗生念的坟头上，把斟得满碗的酒洒在栗生念的墓碑上，最后，父亲点燃他买来的香烟，点燃一支，就在栗生念的坟头前插一支，直到把他买来的香烟都点燃了，都插在栗生念的坟头前。

父亲是在纪念栗生念的，同时也在纪念他杳无音讯的胞弟。

忽然就天下大乱，上到国家主席，下到生产队的记分员，一顺顺成了万劫不复的走资派，拉出来戴上高帽子，挂上大牌子，走村串乡，游行批斗，这让父亲大为迷惑，不晓得这人是怎么了？放着好好的日子不过，瞎折腾做什么？学生娃不上学了，工人们不做工了，农民们也不种地了，把走资派拉出来游斗，把地富反坏右拉出来游斗……这么弄，如果顶得了吃，如果顶得了穿，父亲或许也能往下混的，大家不都是这么瞎轰轰吗？但父亲忧愁着越来越艰困的生计，他要站出来表达自己的意见了。

别的地方父亲管不了，坡头村的不是还乐意听他的话吗？

父亲把表达他意见的时日，选择在了过年的时候。在这些个日子里，村与村不是要进行妙趣横生的斗对联活动吗。父亲早早地拟好了一副对联，并自掏腰包买了大红的帖子，用他惯写的汉隶，工工整整地写了，在正月初十斗对联的日子，挑在一根长长的竹竿上，从我家大门里走出来了，走在了坡头村的街道上，但他走得是那样的孤单，那样的不合时宜。

以往的日子，斗对联时是多么热火呀！

一千九百六十八年的春节，在坡头村传承了许多年的斗对联活动，没有了动地喧天的锣鼓队，没有了华彩沸腾的社火队，就只有父亲一个人，高擎着他写的一副对联，寂寞地在村街上走着，西北风扫起村街的碎草和烂柴，还有许多散碎的大字报，在父亲的身前身后，翻卷飞扬，更加显得父亲的孤单和凄凉，以及他的凌然和无奈……偶然地，村街上有一个两个人走过，见了斗对联的父亲，也都像见了瘟神一样，匆匆地走过去，走进街道边上的一个大门里，“哐”地关紧大门……这时的我，也已一十三岁了，我是很想跟着父亲一起上街的，可我不敢，而且父亲也不让我跟他上街，他把我挡在家里，说他一个人够了，是灾是祸，都是父亲一个人承担了。

我躲在大门里边，从门缝里看着父亲，我看见他打到街道上的对联是：

春节开门红先要介绍好经验

大搞丰产田永远不种瞎八旦

趁着坡头村春节斗对联的风俗，父亲打出这样的对联，是算不上一副好对联的，太直白，太没有韵味了。父亲终其一生，拟写了许多对联，这是他自己最看不上眼的一副对联，但却足以看出父亲的良苦用心，他在用对联劝告坡头村人，咱们是庄稼汉，咱们种好庄稼是本分。

可是，父亲的良苦用心并没有得到坡头村人的认同。

人在那个混乱的时候，都像疯了一样，神经是不正常的。父亲被迅速地揪了出来，拉上街头游斗了。造反派给父亲起先定的罪名是“以生产压革命”，大字报贴到了我家大门上。在进一步的揭发和批评中，对父亲的罪名就升级为“村盖子”了。对此，父亲是不服气的，还和造反派强辩，说他活了一辈子，解放前没当过国民党的保甲长，解放了没当过新政府的支书记分员，他怎么就“村盖子”了？造反派不要父亲强辩，坚决地游斗批判父亲了，用牛笼嘴做的高帽子已经做好了，还有用大车粪板糊了纸的大牌子也制作好了，并派人提前送到了我家……我发现，父亲对于游斗他似乎早已做好了准备，一点都不为即将到来的折磨所畏惧，但他对造反派写在高帽子和大牌子上的黑墨大字是看不惯的，太潦草，太不成样子，怎么看怎么别扭，父亲就决意另写一遍了。父亲让我取来给我裁作业本的刀临纸，并招呼母亲熬了浆糊，把高帽子和大牌子重新糊了一层，又让我磨了墨，取了笔，用他拿手的汉隶，照着造反派给他定的罪名，重新写了一遍。

我得承认，父亲的汉隶写在高帽子和大牌子上，确实比造反派的胡涂乱写好看多了。

接下来的日子，父亲被游街批斗了多少场，现在我是记不起来了，但我不能忘记父亲汉隶书法，顶在他的头上，挂在他的脖子上，对他受伤的心给予了非常多的安慰。

父亲配合着造反派的行动，他给我说过一句话，认为游街批斗就像耍社火一样，在那个枯燥恐惧的日子，能把大家耍热闹了，耍开心了，我就给大家耍嘛。

但有一个消息传进了父亲的耳朵，是清理阶级队伍的外调人员传来的，传说父亲念念不忘的胞弟，北上延安不久，便把性命丢了。他不像栗生念，把命丢在了战场上，父亲的胞弟没有，他到延安连枪杆子都没动过，却突然地成了清洗对象，话没说几句，就被自己人活埋掉了。

听到这个消息，父亲在一个伸手不见五指的晚上消失了。

没人知道父亲去了哪里，家里人都操心着他的去向，而造反派还一天三次上门要游斗父亲……苦苦地熬过了二十多天，原来留着短须的父亲，一把长须的回家来了，他背回了一把黄土，说是安埋着他胞弟的坟前土。父亲把那一把土揣在怀里，说他在胞弟小的时候，就经常这样，像揣这把黄土一样揣着胞弟……回到家里的父亲，看来是饿坏了，母亲给他擀了面，是调了辣子油的热干面，端来让父亲吃，父亲迫不及待地挑了一大口，塞进嘴里香香地嚼着了……嚼着嚼着，嚼了好一阵，却突然地不嚼了，而且还把嚼着的面条吐了出来，说他感觉热干面咋都是柴草味，他反感柴草味，他想吃一顿有书香味的饭，而且还要亲自烧。

母亲知道父亲的旧病犯了。

父亲想起烧书煮饭吃的祝金花了。

但母亲并不忌讳，而且又要心疼父亲了。她听父亲这么一说，就顾自背过身去抹泪。

父亲却视而不见，在家里翻找着书籍。父亲忘了，家里的藏书都在运动中被造反派翻出来烧了。家里没有书，别说父亲嘴里喊叫的《左传》《史记》《唐诗》《宋词》《三国演义》《红楼梦》……便是我上学的课本，也被当做“四旧”烧了。

家里没了书籍，父亲就只有想别的办法。当天夜里，父亲在街巷里转着，转了一村又一村，父亲捡拾被风卷落在地上的大字报。父亲捡拾得很辛苦，风吹着大字报在街巷里打滚儿，父亲奋勇地撵着，撵着了捡一张……父亲这么捡拾了一夜又一夜，估摸着捡拾的大字报能够烧煮一锅饭了，父亲给锅里下了米，坐在灶火前，一页一页撕着大字报，小心地填进灶火门里，烧煮着锅里的米……这是父亲平生吃的最后一顿饭，我在父亲身后曾经小站了一会儿，然后又跑到母亲的身边……我站在母亲的身边，头一次听母亲骂了父亲“短寿死”。

父亲把他拿大字报烧煮的稀饭盛在碗里，没让母亲吃，也没让我吃，他自己端着吃了……可他把大字报烧煮的稀饭才喝进嘴里，就像祝金花坐他赶的花轿一样，干呕起来，嗷嗷嗷嗷，把他呕得还真大吐起来。

10

父亲死了，用当时的话说，是自绝于人民。

父亲死了，父亲的三件珍藏就由我母亲替他收藏了。母亲后来也辞了世，在她弥留之际，母亲把那只手纳圆口黑缎软鞋、那顶草灰色红星粗布军帽和双鱼青铜镜全都交给了我。母亲说了，五儿（我在兄弟中排行老五）啊，妈把你们兄弟姊妹看了一辈辈子，你算一个仔细人。母亲说着呢，就把珍藏着父亲三件宝贝的木制枕匣给了我，要我小心保管，我没有辜负母亲的嘱托，从她手里接过来，已经又是很好地保管了许多年。我还能把父亲的珍藏保管下去，到我也老了的时候再传给儿女们吗？

忽然地，从老家传来话，说要平坟种地。让我快快起身，赶回来还能见父亲一面。父亲去世四十年了，我还怎么能见父亲一面？我想了想，是传话的人太性急了，说话省略了几个字，他说我快起身，赶回来还能见父亲一面，其实是说见父亲的坟堆一面。在我们关中西府，村子都是人口多，土地少，死人和活人争地的现象从来都十分突出，过去就曾平过一次。但这次不同，所平的坟就有父亲的一座，我的心就矛盾了。但我能说啥呢？啥都不能说了。而且我又想，我是不是该把父亲的珍藏还给他了。

对，把父亲的珍藏还给他。

主意既定，我找来一方干净毛巾，把珍藏着父亲遗珍的枕匣擦了好几遍。我还找来一方黑绸的包袱皮，把珍藏着父亲遗珍的枕匣包裹起来，抱在怀里，坐上回老家的汽车，一路往回走了。

正是小麦黄熟的季节，我回老家的路边，就都是一望无际的麦浪……我的记忆里，这条回家的路，原来很不好走，走一趟没个半天工夫是到不了家的，现在另辟蹊径，取弯改直，高垫路基，建了一条钢铁护栏的高速路，仅有一个半小时就能到家。我怀抱着父亲的珍藏，像抱着一个活体的生命，我感觉到一种鲜活的温度，源源不断地暖和着我的肌肤，那会是父亲温暖的灵魂吗？

父亲的灵魂啊，恰如这摇曳在故乡土地上的麦穗一般，泛滥着一片金色的浪涛。我被金色的麦浪迷惑着，却突然想起父亲在他辞世的那一晚，是给我说了一句话的。

父亲说：过去的日子都是好日子。

2009年12月20日改于西安后村

五色朋友
（代跋）

“疏影横斜水清浅，暗香浮动月黄昏。”宋代诗人咏梅的这两句诗，流传是很广的。秋冬季节，花草树木渐次凋零，而松、竹、梅三色植物，却秀于冰天雪地而不败，实在是要让人感佩的。他们中郁郁葱葱、挺拔雄健的青松，节节向上、历冬不凋的翠竹，笑傲严寒、凌霜吐蕊的腊梅，很自然地，为人们誉为“岁寒三友”。

所谓友者，没有松、竹、梅的精神气节，大概是不能算的。所以说，“在家靠父母，出门靠朋友”，我们身在天地间，谁又能没有自己的朋友呢？

多一个朋友，多一条路。益友不畏多，损友不怕少，这是我们所要牢记的。诸葛孔明在他的《出师表》里明言：“亲贤臣，远小人，此先汉所以兴隆也；亲小人，远贤臣，此后汉所以倾颓也。”由此可见，朋友之于人们的影响，是太大了，大至一个国家的兴与衰。此中的奥妙，太深太大，我等凡夫俗子，看不很清，识不很透，难免上当受骗，朋友吃了朋友的亏。不过，依我直奔甲子的岁次和积累，以为人生交友，是不能少了以下五色的。

即所谓：

白发朋友。刚从校门里走出来，意气风发，却一张白纸般的简单明了。你侥幸地获得了一份工作。满意不满意都不要紧，你从你的工作岗位上看出去，可能看到与你一样如同白纸似的面孔，你以为你不孤单，你有朋友了。可我要说，你错了，那个如你一样白纸似的朋友，给你一点忙都帮不上。不仅帮不了你的忙，还潜在地是你的一个对手，与你在一个单位里，将要进行一场没有硝烟的竞争。你不想竞争，那么好了，你去发现单位里白了头发的老年人，他们经历了太多的雨雪风霜，眼看着就要退休下岗，怀抱孙儿颐养天年了。你不要回避他们，你该主动地迎上去，给他们喝干的茶杯里续上水，向他们真诚地问声好。你尊重了白发，白发就会关注你。白发人对黑发人的关注，绝对不会是一张空头支票，他们在长期的工作和生活中积累下来的人脉资源，是笔让人受用不尽的财富，不敢说，一个黑发人在他年轻时能够交到多少白发朋友，关键的时候，有那么一二人足矣，你是不想受益都不能了，你会因为白发朋友的提携和帮助，脱颖而出，迅速发达起来的呢。

黑发朋友。父亲头发白了的时候，突然变得和善起来，有酒喝了，不忘给我倒上一杯，喊着我和他碰了喝。性情和善起来的父亲，也是因头发白了的缘故吧，嘴巴跟上也碎了，没酒喝时，都要叨叨个不停，喝了酒后，就更叨叨得没完没了。当时我还觉得烦，后来父亲去了，在我想听他叨叨却再也听不到时，才猛然发现，原来父亲的叨叨没一句是多余的，全是他一生阅历的总结。当然，父亲只是一介农民，我从土地里走出来，走进了城市，有了自己的事业，我事业中不乏父亲一样的白发人。因为我对父亲的理解，在和事业中的白发人交往时，我很能理解他们。现在，我的头发也白了，想着我事业途程上的白发人，在我黑发时，得到了他们多少关怀啊！他们把我当成了他们的黑发朋友，提携我，指导我，让我受益匪浅。受他们影响，白了发的我，特别地重视黑发朋友，总想着能够给予他们一些有益的帮助，到我油尽灯灭时，也好赚黑发朋友的几滴眼泪。

红粉朋友。煞费苦心，又是哄，又是骗，终于抱得一位美妻回到家里后，这个男人是该满足的。然而他能死心塌地多少天？一年？两年？三年？……偶然的一个机缘，让他从柴、米、油、盐、酱、醋、茶的庸常生活里抬起头来，迎面碰上一位往日的女友，他们聊了两句，聊得很不尽兴，就又选取近旁的一处茶社，或是一家咖啡馆，坐了进去，继续着他们的聊天。今天聊了，过了几天再约，再聊……聊的都是什么？今天聊了今天忘，明天聊了明天忘，可能有工作方面的话题，也可能有生活方面的话题，相互聊着，虽然鸡毛蒜皮，但却都不觉得烦，你心上生了一个结，话说出来，她帮助你解释；她心里有了疙瘩，说出来了，你帮助她溶化。不可以给领导说的话，在红粉朋友跟前可以说；给父母不能说的话，在红粉朋友跟前可以说；甚至给妻子儿女不能说的话，也在红粉朋友跟前可以说。但有一个前提必须弄清楚，红粉朋友就只能是红粉朋友，绝不可以发展为情人，那样是会破坏了一切的。

蓝颜朋友。相对于红粉朋友而言，蓝颜朋友也是不可或缺的。他是你未遂的爱情，曾经山盟海誓地爱你，最后却转型成友谊。其中经历的酸、甜、苦、辣，可能让你十分伤心，让你赌咒发誓不想再见他。可是世界太小，你们低头不见抬头见，见面多了，难免不想起你们曾经青梅竹马的纯洁，不想起你们青涩芬芳的初恋，红着脸又说起话来。这时没了争吵，也没了仇视，有的都是分手后的关怀，并彼此真诚地祝福着对方。这样的关怀，比友情热一点，比爱情凉一点，从容又默契，美丽又温暖。一生中有这样的男性朋友，相信你会多做几个浪漫的美梦，而使你额头上的皱纹能够迟到几年，并时时感到一种别样的依靠。我那么描述蓝颜朋友，狭隘地只是说了一种，相信只要自己用心，可能会有形形色色的蓝颜朋友，走入适合自己需要的视野。

绿衣朋友。他们原来的衣服色彩是纯白的，近些年才有所变化，开始穿起绿色的衣服，不过还没到普遍的程度。他们不是别人，是治病救人的医生。年轻时，饥也饥得，饿也饿得，头疼了，脑热了，吃几片药，打一针吊瓶，蒙头盖被睡上一场就没事儿了。那么上了年纪呢？像我一个直奔甲子的老人，就不是这么简单了。到医院查体，总能找到问题来。去年，我就因为血糖高了，尿酸高了，住到西安市中心医院。住院治疗让人心怯，却心怯着结交了一位绿衣朋友，算是我生命中的一大收益了。在医院时，他精心给我诊断治疗，发现我心情郁闷，他就摘下绿色的口罩，和我扯闲拉家常。正是他的善解人意和精心治疗，我只在医院里住了不长时间，血糖恢复了正常，尿酸也恢复了正常。我出院时，他送我到医院门口，我们俩握着手，我说我把你这个朋友认下了，他点头表示了同感。现在，我们逢着节假日，或是逢着谁的喜事，都要相约着坐一坐，吃饭喝茶，聊天聊地，他成了我的健康顾问，我则成了他的心理顾问。不断地发展着我们的友谊，我们两人的妻子和孩子也都成了好朋友。两个家庭的热情走动，带给我们既有心理上的愉悦，更有身心上的健康。因此我要说，结交一位专业造诣高超的仁爱医生朋友，如同家里敬着一尊神，亲近而又平安。

我把写的这篇短文作为这部书稿的跋，连我自己都觉得有点牛头不对马嘴。但我细想，我所收入书中的几部中篇，先后获得国家级及省级文学奖，这是我的欢喜事，也是朋友的欢喜事。我太感谢关心我、支持我、帮助我的朋友和读者了，我愿他们与我共享我的成果时，也共享我的体会。

2010年4月29日西安曲江